Inlassable voyageur, Robert Pobi a longtemps travaillé dans le monde des antiquités. Il vit au Canada. Après ses thrillers à succès (*L'Invisible* puis *Les Innocents*, disponibles chez Points), Robert Pobi revient sur le devant de la scène avec *Serial Bomber*, deuxième volet des enquêtes de Lucas Page, dont la première, *City of Windows* a reçu le Prix du Meilleur Polar Points 2021.

DU MÊME AUTEUR

L'Invisible
Sonatine, 2012
et « Points Policier », n° P3029

Les Innocents
Sonatine, 2015
et « Points Thriller », n° P4454

City of Windows
Les Arènes, « Equinox », 2020
et « Points Thriller », n° P5349

Robert Pobi

SERIAL BOMBER

Traduit de l'anglais (Canada) par
Mathilde Helleu

Equinox
Les Arènes

TITRE ORIGINAL
Under Pressure

ISBN 978-2-7578-8665-6

Pour Kenneth Meany...
Mentor,
Ronchon,
Génie maléfique.

1

Musée Solomon R. Guggenheim
New York

Dana Goldrich se demanda combien cela en faisait. Cinq ? Huit ? Aucune importance, car de toute façon cette fois c'était fini – ce serait son dernier verre. Pas *le tout dernier*, non, mais celui qui la ferait basculer de pas assez ivre à presque parfaitement bourrée. La frontière était mince – il lui avait fallu trente-cinq années de tournois de golf, de ventes aux enchères caritatives, de dîners de gala à dix mille dollars le couvert et d'événements d'entreprise interminables pour maîtriser l'exercice à la perfection, sans oublier les mois d'ennui pendant le confinement dû au Covid-19. Ce petit jeu l'amusait au plus haut point.

Dana ne voulait pas se donner en spectacle. Comme son père le lui avait appris, il n'y a rien de pire qu'un ivrogne qui ne sait pas boire. On y était – l'ultime filet d'eau claire à la fontaine. Pour être sûre de ne pas craquer, elle devait se le promettre. Elle recourut donc aux grands moyens : *Parole de scout* ; *Juré craché* ; *Croix de bois, croix de fer, si je mens je vais en enfer*.

Cette dernière expression était la plus convaincante. Chargée de conviction et sous-tendue par la notion romantique d'une mort préférable au déshonneur.

Croix de bois, croix de fer.

Dana fit le signe de croix.

Ce faisant, elle renversa un peu de son verre, ce qu'elle trouva parfaitement hilarant. Elle lécha la vodka sur son pouce et entreprit de remonter la rampe.

Les invités semblaient ravis de parler boutique, ce qui ce soir consistait en deux choses : les 5 *R* (Réduire, Réutiliser, Refuser, Recycler, Réparer) ou les tuyaux boursiers. Dana était persuadée que ce mélange contre nature de cols-blancs et d'écologistes 2.0 était voué au désastre. L'un des bouffeurs de quinoa en viendrait inévitablement à insulter l'un des capital-risqueurs, les esprits s'échaufferaient et quelqu'un finirait par se prendre un verre dans la figure. Ou du moins par se faire engueuler copieusement. Elle doutait qu'on en vienne aux mains – les types de Wall Street se prenaient pour des durs, mais ils n'étaient pas très à l'aise avec la violence physique. Quant aux obsédés de l'empreinte carbone, ils croyaient aux câlins, pas à la baston.

Le mari de Dana, Sheldon, discutait avec ses copains de fonds spéculatifs quelque part dans l'atrium. Elle scruta la foule en tenue de soirée, mais il devait y avoir au moins cinq cents personnes, dont la moitié étaient en smoking, serveurs compris. Shelly n'étant pas particulièrement grand non plus, c'était comme chercher un diamant dans un seau à glace. Cela ne la dérangeait pas outre mesure ; elle ne mourait pas d'envie d'entendre un nouveau laïus sur un investissement quelconque – il s'agissait aujourd'hui de capital étranger, notamment saoudien.

Bien sûr, tout le monde discutait de la société organisant l'événement, Horizon Dynamics. Shelly était excité par la rumeur qui courait. Ce soir, ses amis attendaient une annonce importante – le genre d'annonce qui ferait gagner beaucoup d'argent à toutes les personnes présentes lorsqu'une introduction en Bourse très attendue serait officialisée au matin. La rumeur devait avoir un fond de vérité, car elle avait déjà entendu plusieurs invités débattre du meilleur moyen d'échapper aux impôts.

Dana gravit la galerie en colimaçon d'un pas lent et délibéré indiquant un taux d'alcool proche de la perfection. Elle avait lu quelque part que l'éthanol entraînait des troubles de l'équilibre car les êtres humains avaient hérité leur oreille interne du requin. L'explication était d'une simplicité à tomber. De fait elle trébucha, avant de se rattraper à la rambarde in extremis en renversant encore un peu de son cocktail au passage.

C'est à ce moment qu'elle se retrouva nez à nez avec l'épouse d'un collaborateur de la boîte de Sheldon, une femme au sobriquet d'écolière dont elle n'arrivait jamais à se souvenir – Muffy, Missy ou quelque chose de ce genre. Cette dernière était accompagnée d'une amie arborant un look à la Cruella d'Enfer, jusqu'à la coiffure crantée bicolore.

En apercevant Dana, Muffy/Missy poussa un cri perçant et fit un bond de chiot surexcité.

« Dana ! Quelle charmante surprise… »

Elle pouvait à peine bouger les muscles de son visage, mais parvint tout de même à étirer les lèvres en une parodie de sourire.

Dana se pencha vers elle en prenant soin de tenir son verre à distance. Sans se toucher les joues, elles se firent une bise à la rigueur métronomique.

« Ravie de vous voir », dit-elle en essayant de se rappeler comment la femme s'appelait.

Muffy/Missy lui présenta son amie, dont le nom se perdit dans le brouhaha. Elle avait visiblement bénéficié des mêmes procédures de taxidermie – sa bouche ressemblait à un soufflé trop cuit.

Nouvelle tournée de bises aériennes.

Muffy/Missy lui demanda des nouvelles des enfants (Dana n'en avait pas) et voulut savoir quand Sheldon et elle reviendraient passer l'un de ces fabuleux week-ends à la mer (ils n'y avaient jamais mis les pieds).

« Je reviens dans une minute, mentit Dana en agitant le doigt vers un point vague en haut de la rampe. J'ai promis à une amie que je l'aiderais à décrocher un stage pour son fils. Je vous retrouve en bas. »

Cela sembla satisfaire Muffy/Missy, qui reprit sa descente avec Cruella.

Durant son ascension vers la verrière et les machines à confettis, Dana ignora la plupart des œuvres d'art exposées. Le décor – car il s'agissait bien de cela – était un mélange de panoramas naturels photographiés par Ansel Adams et de sérigraphies d'Andy Warhol produites en masse. Les types de Wall Street se gargarisaient de mots tels que « juxtaposition », « espace négatif » et « consommation à outrance » comme s'ils les comprenaient – ou en avaient quelque chose à faire. Dana travaillait au département d'art de chez Christie's et savait reconnaître un message publicitaire. En mettant une canette de soupe Campbell à côté d'un paysage de la Sierra Nevada, on faisait passer un message on ne peut plus clair : trop de déchets, pas assez de durabilité. C'était la raison pour laquelle ils étaient là : Horizon Dynamics allait changer le monde. Du moins, c'est ce que proclamaient les immenses bannières accrochées au plafond : *Les solutions d'aujourd'hui aux problèmes de demain !*

Andy Warhol, à ses yeux, c'était de l'art pour tee-shirt. Évidemment, les gens l'aimaient. Bien sûr, on savait immédiatement à qui on avait affaire. D'accord, il était emblématique d'une certaine époque. Et alors ? Tout ce qu'elle voyait en regardant ces affiches et portraits sérigraphiés, c'était un homme qui avait su surfer sur la vague.

Pour les investisseurs, c'était une autre affaire. Warhol était une référence, aussi bien pour le collectionneur que pour le néophyte. Il bénéficiait d'une forte image de marque. Qu'il s'agisse d'un paquet de lessive, d'un portrait de Mick Jagger recouvert d'un motif camouflage ou de l'un de ses premiers croquis de chaussure, on reconnaissait instantanément sa patte. Découvrir un Warhol dans une vente aux enchères était bien plus simple que de se demander avec une certaine angoisse pourquoi un petit tableau valait plus cher qu'un grand. Pour acheter un *Campbell's Soup 2* de 1969, numéroté et signé au stylo-bille, il suffisait de savoir lire un catalogue.

Ansel Adams, en revanche, était incontournable : un géant de l'art américain. Voir ses œuvres accrochées à côté de celles de Warhol lui faisait l'effet d'une mauvaise blague. Pourtant, Dana savait qu'Adams n'était pas aussi accessible. Il était malheureux de voir combien l'intérêt pour son œuvre avait diminué en cette époque où tous les propriétaires de smartphones se prenaient pour de brillants photographes. Admirer un cliché d'Adams, pour elle, c'était comme lire Whitman – ce n'était pas à la portée de tout le monde.

Elle avait presque fini de gravir la rampe lorsqu'elle prit conscience que son verre était vide. Comme elle en avait renversé la moitié, elle s'autorisa à en reprendre un petit dernier. Mais ce serait tout – un seul. Ensuite ce serait fini pour la soirée. Croix de bois, croix de fer.

Dana observa l'atrium par-dessus la rambarde. Le bar était bien trop loin pour qu'elle y retourne avec ces talons. Elle ne se sentait pas non plus d'humeur à recroiser Muffy/Missy et son amie Cruella, qui lui parleraient d'enfants qu'elle n'avait pas et de voyages qu'elle ne ferait jamais.

Elle cherchait l'ascenseur des yeux lorsque les lumières commencèrent à se tamiser. Elle observa l'atrium en s'accrochant à la rambarde.

Le quatuor à cordes entama une petite composition légère qui ressemblait à un gazouillis d'oiseaux.

Des confettis argentés commencèrent à pleuvoir des

machines, voletant en une nuée chatoyante. Des lasers transpercèrent l'épais nuage, qui pulsait au rythme de la mélodie. Il semblait animé, vivant.

Un tonnerre d'applaudissements éclata dans l'atrium.

Depuis le sol, des hologrammes s'élevèrent jusqu'aux confettis d'argent – des troncs d'arbres en trois dimensions poussaient vers le ciel en étirant leurs branches. Les membres holographiques se courbaient en atteignant l'essaim métallique. Un instant, le Guggenheim se changea en luxuriante forêt translucide.

Les faibles gazouillis générés par les violonistes changèrent de gamme et se muèrent en cris d'oiseaux exotiques.

La pièce tout entière disparut. Dana fut transportée dans les temps anciens précédant les premiers balbutiements de l'évolution humaine.

Elle applaudit avec le reste des participants.

Son esprit eut à peine le temps de percevoir le flash.

Et le premier instant de l'explosion.

Puis elle fut réduite à néant par l'onde de choc.

2

Montauk, État de New York

Lucas Page était assis sur la terrasse, occupé à ruminer de vieilles pensées. Il était plus de deux heures du matin, mais il avait perdu toute notion du temps. C'était l'une de ces chaudes soirées d'automne qui donnent l'impression que l'hiver ne viendra jamais. Il était installé dans le gros fauteuil en cèdre avec un café depuis longtemps refroidi. Son cartable en cuir défraîchi reposait sur le plancher, rempli de copies à corriger, mais l'attention de Lucas était concentrée sur le ruban nébuleux de la Voie lactée. Les vagues s'écrasaient en rythme sur la plage.

Lui vint alors à l'esprit qu'il se trouvait au plus près d'une forme de méditation – une pratique que les médecins, dans la terminologie vague et raffinée qui est la leur, lui avaient vivement conseillée « en période de stress ». Pourtant, quand les voix commençaient, rien ne pouvait les faire taire ; elles obéissaient à leur propre calendrier. Les quelques heures qu'il avait passées branché sur les chaînes d'information leur avaient donné toute latitude pour un peu de terrorisme émotionnel – rien de tel qu'un bon flash-back pour les réveiller.

La tête appuyée contre le lourd fauteuil, il fixait les étoiles de son œil valide. Ici, loin de la pollution lumineuse de la ville, il avait une vue dégagée sur le ciel quand la météo était d'humeur clémente. Le télescope était sorti, mais il était surtout destiné aux enfants. L'une de ses tentatives souvent trop zélées de leur en apprendre un peu plus sur l'univers. Après dîner, ils avaient scruté le cosmos tour à tour, mais Lucas était préoccupé par l'explosion qui avait eu lieu en ville et les enfants avaient fini par se lasser. Ce n'était pas très amusant d'être avec lui s'il ne leur accordait aucune attention.

Lucas préférait l'œil nu au télescope – avoir une vision d'ensemble l'empêchait de se laisser distraire par des détails. Il était ainsi depuis l'enfance. Son attention passait d'une étoile à l'autre, d'une constellation à la suivante, cartographiant inconsciemment leurs mouvements au fil des minutes. Il était concentré sur les Pléiades et avait repéré cinq des sept sœurs – pas si mal, à l'œil nu et en cette période de l'année – lorsque Erin sortit de la maison.

« Salut, toi, dit-elle en s'asseyant sur ses genoux, attentive à prendre appui sur sa jambe valide. Je pensais que tu étais parti nager. »

Il sourit dans l'obscurité ; l'eau n'était jamais bien chaude par ici, mais se baigner au mois d'octobre équivalait à un aller simple vers l'hypothermie. De toute façon, avec ou sans ses prothèses, Lucas nageait comme une cocotte en fonte.

« Je n'arrive pas à dormir.

– Alors à la place tu observes le ciel ?

– Voilà.

– Tu n'utilises pas ton engin de compétition ?

– C'est pour les enfants, moi je n'aime pas ça. Trop d'aberrations chromatiques.

– Bien sûr, les *aberrations chromatiques*... Suis-je bête. »

Lucas sourit en enfouissant son visage dans l'épaisse chevelure rousse d'Erin, qui cascadait sur sa poitrine et son tee-shirt *Wonder Woman*. Elle portait ce parfum Bulgari, qui était pour lui indissociable de sa femme.

« Je réfléchis. »

Ils étaient engagés dans un dialogue silencieux depuis que la nouvelle avait été annoncée à la télévision. « Je réfléchis » n'était pas une réponse digne de ce nom, mais cela suffisait.

« Combien de temps on va rester cachés ici ? »

Elle posa la tête sur son épaule, puis leva elle aussi les yeux vers le ciel. De sa main droite, il attrapa la couverture posée sur l'autre fauteuil et parvint tant bien que mal à l'en couvrir.

« On ne se cache pas, on *attend*. Les événements de ce genre ont tendance à se produire en série. Pour le moment, ça me rassure d'être ici, où statistiquement il y a moins de chances que quelqu'un fasse exploser nos enfants. »

Tous deux gardèrent le silence ; ils étaient donc d'accord sur ce point.

« L'hôpital n'a pas appelé, dit Erin en remontant ses pieds sous la couverture, ce qui veut dire qu'on ne leur a envoyé aucun survivant.

– C'est parce qu'il n'y en a pas.

– Comment tu le sais ? » demanda Erin en se raidissant.

Lucas comprit qu'elle n'avait pas envisagé cette possibilité.

La vidéo amateur diffusée sur CNN et les photos pixélisées sur Fox leur avaient exposé les grandes lignes de l'affaire : la verrière et la porte avaient été soufflées, mais la structure du bâtiment semblait relativement intacte. Le bilan provisoire s'élevait à cinq cents victimes, on pouvait donc en déduire que l'explosion avait été conçue pour détruire les corps mous et non les surfaces solides. Or il n'existait qu'un seul type de bombe capable de produire ce genre de dégâts.

« Fais-moi confiance.

– C'est pour ça que tu restes dehors à compter les étoiles ? La plupart du temps, tu donnes l'impression de les préférer aux humains. »

Lucas sentit qu'on touchait à la fin du badinage. Erin allait rentrer se coucher ou aborder le sujet qu'elle s'efforçait d'éviter.

« Tu penses qu'ils vont t'appeler ? »

En plein dans le mille.

« Je ne m'occupe pas de terrorisme. En tout cas pas de ce genre-là.

– Tu es sûr que c'est un acte terroriste ?

– La seule chose dont je sois sûr à ce stade, c'est qu'il y a beaucoup de morts.

– Si seulement l'humanité pouvait être plus bienveillante…

– Si seulement l'humanité pouvait finir le boulot, surtout, et s'autodétruire une bonne fois pour toutes !

– Ne sois pas cynique. Je tolère tes sarcasmes parce qu'ils sont souvent drôles, mais tu es trop gentil pour être cynique.

– Toute la communauté du renseignement va se mobiliser pour arrêter les coupables. Ils peuvent bien ressortir tous les anciens de la naphtaline, mais moi ce n'est pas mon secteur. Les terroristes ne sont pas si malins. Ils ont des modes opératoires plutôt standard et se feront prendre bien assez tôt. Au pire, le FBI me demandera de jeter un coup d'œil sur deux-trois choses. Si tel est le cas, je veux que tu restes ici avec les enfants. »

Sa réponse était aussi honnête que possible.

« Bon, et si on allait se coucher ? suggéra-t-elle en prenant doucement appui sur sa jambe en aluminium. Fais bien attention à ce que tu réponds. »

Ils rentrèrent dans la maison, le télescope toujours pointé vers le ciel nocturne.

3

Musée Solomon R. Guggenheim

Brett Kehoe, l'agent spécial du FBI en charge de Manhattan, faisait les cent pas dans le véhicule de commandement Blue Bird. Il supervisait ses hommes, en contact avec les agents sur place, mais planait dans une autre dimension – une dimension où rien n'existait plus, en dehors des flux vidéo de ses équipes nettoyant les débris de l'explosion.

Les images qui s'affichaient sur le mur d'écrans évoquaient des fouilles archéologiques sous-marines. Les spots lumineux projetaient leurs rayons dans la poussière, qui ondoyait comme de la vase. Emmitouflés dans leurs équipements de sécurité, ses agents auraient pu être des plongeurs en eaux profondes. Leurs masques à gaz rappelaient des scaphandres ; leurs mouvements étaient lents et délibérés. Ne manquaient que les bulles.

Les départements impliqués – le NYPD, les pompiers et le FBI – n'avaient pas perdu de temps à se demander si l'explosion était accidentelle : le Guggenheim caracolait en haut de la liste des cibles privilégiées établie par les services antiterroristes du FBI. En outre, rien dans l'infrastructure du bâtiment n'était à même de provoquer de tels dégâts.

Ce qui inquiétait Kehoe, c'était la créativité de certains terroristes, qui non contents de faire le plus de mal possible leur réservaient parfois des cadeaux bonus – armes biologiques et chimiques en tête, suivies par le grand spectre de la radioactivité. Ceux qui n'étaient pas assez riches ou intelligents pour ces options étaient toujours capables d'organiser un deuxième round pour bien appuyer leur message : tuer un paquet de gens, attendre l'arrivée des secours, et recommencer.

Ses équipes tentaient de reconstituer l'explosion sans succès, car pas un seul téléphone ou équipement de surveillance n'y avait survécu. Les caméras du musée n'avaient rien enregistré non plus, à l'exception d'un flash blanc – un dernier instant d'inutilité sauvegardé sur le Cloud avant d'être grillées par la déflagration.

La vidéosurveillance du parc avait fourni un semblant de contexte. Mais même au ralenti on ne voyait que la verrière et la porte qui explosaient. Pour le moment, la seule chose sur laquelle tout le monde s'entendait, c'était que l'intérieur du Guggenheim était aussi carbonisé qu'un cratère de volcan.

Laissant la police scientifique passer la scène au peigne fin, les agents du FBI se concentrèrent sur ce qu'ils faisaient le mieux et se mirent en quête d'informations. Les experts en informatique, plongés en pleine nécromancie digitale, ratissaient les forums, réseaux sociaux et sites web en tout genre. Le Bureau avait fait appel au département de la Justice, qui s'était associé à celui de la Sécurité intérieure pour rechercher tout groupe ou individu dont le profil correspondait peu ou prou aux paramètres psychologiques, politiques ou religieux en lien avec ce qui venait de se produire. Des emails étaient triés, des appels et SMS extraits de coffres-forts numériques, des listes de passagers étudiées, le tout au nom du Big Data qui, comme Kehoe le comprenait, surveillait déjà ces gens en permanence.

Le gala d'Horizon Dynamics comptait cinq cent quatre-vingt-quatorze participants enregistrés, un mélange d'écologistes prospères et d'investisseurs fortunés – ce qui signifiait qu'un bon pourcentage des richesses de Park Avenue allaient être redistribuées par voie d'héritage. Bientôt, tout Manhattan regorgerait de cérémonies éplorées, de nécrologies fleuries et de Bentley flambant neuves.

Ils avaient retrouvé trente-deux participants partis avant la fin. Ce qui laissait cinq cent soixante-deux invités, sans oublier les soixante employés du traiteur et les quarante-deux salariés du musée. Si l'on y ajoutait les passants carbonisés par le jet de flammes devant l'entrée, ainsi que les piétons qui marchaient tranquillement sur le trottoir avant de se manger les portes en verre, on arrivait à un total de sept cent deux victimes.

Comme les nantis se connaissaient tous, les téléphones s'étaient mis à fumer. Kehoe avait enchaîné des discussions avec le maire, le gouverneur et le procureur général, sans oublier un échange très succinct avec le vice-président. Les médias étaient aux aguets, l'enquête serait un sujet de préoccupation affiché. Lorsqu'un car rempli d'enfants en colonie de vacances finissait dans une rivière, les gens allumaient des bougies et organisaient des veillées ; apparemment, lorsqu'un tas de riches se faisait tuer, c'était le continent entier qui se mobilisait. Encore une belle démonstration du sens des priorités à l'américaine.

Kehoe avala sa dernière gorgée de thé et jetait le gobelet dans la corbeille quand Calvin-Wade Curtis, qui dirigeait l'unité dédiée aux explosifs, pénétra dans le véhicule. Curtis avait fait trois périodes de service comme démineur en Afghanistan, où il s'était pris de passion pour la science de la détonation. C'était cette expérience, ajoutée à son diplôme de chimie moléculaire, qui avait retenu l'attention de Kehoe.

Curtis paraissait vingt ans de moins que son âge ; il le devait en grande partie à sa petite taille et à ses cheveux blonds en bataille. Les années qu'il avait passées à écumer le monde n'avaient pas atténué son accent nasillard de la campagne, mais il était intelligent, pas trop bavard, et Kehoe ne connaissait personne qui soit plus calé en explosifs. C'était aussi un guitariste de blues accompli – un talent dont il faisait la démonstration tous les jeudis soir dans un bar de Houston Street. Il n'avait qu'une mauvaise habitude : le sourire nerveux qu'il affichait toujours aux moments les plus inappropriés. Comme maintenant.

Curtis avait remis sa tenue de ville, mais le masque et la combinaison intégrale qu'il portait en faisant de l'archéologie parmi les résidus de plâtre et les restes humains avaient laissé des marques rouges sur son nez et son front. Il claqua la porte et se versa un café, avant de se laisser tomber dans le seul fauteuil inoccupé.

« Chawla m'envoie vous rendre compte des opérations », dit-il après avoir pris une profonde inspiration. Samir Chawla était l'agent spécial à qui Kehoe avait confié la responsabilité de l'enquête. « Les prélèvements et spectromètres n'ont détecté aucun agent radioactif, chimique ou biologique. Il y a deux-trois choses inhabituelles qui vont nous demander un peu plus de temps, mais je crois qu'on est bons. Par contre, j'ai trouvé ça », ajouta-t-il en faisant apparaître un sachet en plastique.

Son sourire nerveux était fatigué, mais toujours parfaitement déplacé. Kehoe observa le sachet à la lumière. Il y découvrit ce qui ressemblait à une quantité infime de cendre de cigarette. Curtis passa la main dans ses cheveux, puis l'essuya sur son pantalon.

« J'ai envoyé les échantillons au labo, pour une analyse au spectromètre de masse, mais, de ce que j'ai vu au microscope, on dirait bien un CIM..., un composite intermoléculaire métastable. Je pense qu'ils ont maquillé ça en confettis. Les CIM sont des nanothermites…, des nanocombustibles…

– C'est-à-dire ?

– C'est-à-dire que c'était une explosion thermobarique. Une bombe aérosol, précisa Curtis en se passant de nouveau la main dans les cheveux. Le toit, les fenêtres et la porte n'ont pas explosé, ils ont cédé sous la pression. Les personnes présentes ont eu les tympans, les yeux et les poumons broyés par une onde de choc qui a aspiré tout l'air de la pièce avant de déchaîner une tempête de feu. Le carburant en suspension a créé une déflagration mais n'a pas détoné au sens classique du terme, ce qui explique que la plupart des victimes aient inhalé du carburant en feu. Comme l'onde de choc initiale a sans doute peu endommagé leur tissu cérébral, qui est protégé par un os relativement épais, il est possible que beaucoup d'entre elles aient survécu pendant plusieurs secondes – ou même minutes – après avoir été carbonisées, dit-il en laissant un peu retomber son sourire. Pas la meilleure façon de mourir. »

Kehoe mettait un point d'honneur à ne jamais faire étalage de ses sentiments au travail. Malgré la fatigue, il n'entendait pas déroger à sa règle : « Beau boulot », répondit-il.

Le bâtiment avait subi très peu de dégâts – du moins comparativement aux invités –, mais il resterait tout de même fermé plusieurs mois, le temps d'effectuer les travaux qui s'imposaient. Les fenêtres avaient volé en éclats et quelques cloisons s'étaient effondrées, mais le célèbre monument était toujours bien reconnaissable. On ne pouvait pas en dire autant des victimes, qui rappelaient les moulages de Pompéi.

Moins d'une heure après l'attentat, deux représentants de la compagnie d'assurances s'étaient présentés en demandant à voir les lieux. Kehoe les avait refoulés aussitôt – non sans leur avoir montré au préalable les restes de ce qui avait dû être une jeune femme et qui tenait désormais du pneu fondu.

Ils ne reviendraient pas de sitôt.

Kehoe rendit le sachet à Curtis et fit un geste en direction de la porte ; il avait besoin d'un peu d'air frais.

Les deux hommes sortirent dans la matinée d'automne. La brise légère formait un contraste étonnant avec l'environnement humide et exigu du véhicule de commandement. C'était un véhicule dernier cri, mais il était prévu pour recevoir 8,6 corps humains – un chiffre qu'ils dépassaient, à l'instant même, de 22,4 unités. Dans de telles conditions, il se transformait vite en cabanon moite à l'odeur de fauve. Kehoe posa le pied sur l'asphalte, étonné que l'air soit aussi frais malgré la proximité de quelques centaines d'humains rôtis façon cocotte-minute.

Le quartier entier avait été fermé à la circulation – de la 87e à la 90e Rue et de la Cinquième à Park Avenue –, le murmure de la ville se faisait donc plus lointain que d'habitude. Toutes les voitures garées dans le périmètre avaient été enlevées, et seuls les riverains étaient autorisés à franchir le cordon de police – ce qui n'était pas sans poser problème au NYPD. Kehoe était fier d'être new-yorkais (quoique d'adoption). Les habitants de la ville étaient des gens bien. Il avait pu le constater lors du 11 Septembre et de l'énorme panne de courant de 2003, où nombre de personnes avaient distribué des couvertures, des glaces et des chaussures. Ces derniers temps, pourtant, les choses semblaient différentes, comme si la ville entière pouvait d'un moment à l'autre revenir à l'état sauvage. Kehoe (et les analystes qu'il payait pour réfléchir) tenait les réseaux sociaux pour responsables de la situation. Ces derniers accentuaient les clivages et fragmentaient le tissu social en îlots de plus en plus insignifiants. Chacun semblait désormais vivre dans un monde partagé entre *eux* et *nous*, ce qui n'arrangeait pas les choses.

Samir Chawla approchait, un café à la main. Sans se départir de son sourire nerveux, Curtis mit un terme à la discussion avec la formule d'usage – « Je vous tiendrai au courant » – et s'éloigna sans lui serrer la main.

« Du nouveau ? demanda Kehoe à Chawla – un homme mince et musclé qui carburait au café et à la salade.

– Compte tenu du nombre de victimes, nos équipes sont noyées sous un déluge d'informations de taille à paralyser Google. J'ai demandé des renforts ; certains agents sont déjà arrivés du Vermont, du New Jersey et du Massachusetts. On en attend une centaine de plus. Nos hommes s'occupent d'installer des postes de travail dans un étage vide. Il va y avoir un travail mathématique considérable. »

Kehoe jeta un coup d'œil au bout de la rue. La foule ne poussait pas les barrières, mais faisait tout de même un raffut énorme. Des cinglés en tout genre arrivaient par paquets depuis la veille au soir, avec des pancartes dénonçant un faux attentat orchestré par le gouvernement. Ils portaient des casquettes rouges, des tee-shirts *QAnon*[1] ou des emblèmes nazis. Certains étaient en costume de Muppets. À quelques jours d'Halloween, les déguisements ne manquaient pas dans la foule, ce qui multipliait les problèmes de sécurité. Kehoe se demanda à quel moment précis l'ignorance avait basculé dans la crétinerie absolue. Il aurait voulu éprouver de la compassion pour ces gens, mais, de son point de vue, ils ne le méritaient pas. Ce qui l'agaçait le plus, c'était l'énergie qu'ils mettaient à essayer de connecter toute une masse d'éléments épars, quand faire le lien entre deux ou trois constats élémentaires semblait hors de leur portée. Pour

1. QAnon est une mouvance regroupant les promoteurs de théories du complot selon lesquelles une guerre secrète a lieu entre Donald Trump et des élites implantées dans le gouvernement, les milieux financiers et les médias, qui commettraient des crimes pédophiles et sataniques. *(Toutes les notes sont de la traductrice.)*

quelle raison ces abrutis se ruaient-ils sur les théories du complot à chaque événement d'envergure ? Kehoe n'était pas de nature pessimiste – vu son travail, il n'en avait pas le droit –, mais de temps à autre il se sentait épuisé, presque tenté d'abandonner.

Comme si les badauds ne suffisaient pas, les médias eux aussi s'évertuaient à lui pourrir la vie. Toutes les chaînes de la planète semblaient avoir envoyé une équipe sur les lieux, ce qui représentait pas loin de deux mille personnes. Les journalistes avaient monté des tentes dans le parc, mais la police parvenait à les tenir à distance pour le moment. Le FBI n'avait pas encore fait d'annonce détaillée et s'était contenté d'un communiqué informant la population qu'on ouvrait une enquête sur ce qui ressemblait fort à un attentat terroriste. Visiblement, cette déclaration succincte était encore trop compliquée pour les reporters, qui s'évertuaient à faire porter le chapeau soit aux islamistes, soit aux extrémistes de droite.

Pour le moment, Kehoe avait mieux à faire que s'occuper de ces charlatans. Il traversa la rue en direction du bâtiment, escorté par deux de ses hommes, et s'arrêta devant le musée. Quel genre d'individu – ou d'*individus* – pouvait trouver légitime d'assassiner sept cents personnes innocentes ? Après trente ans passés à côtoyer la lie de l'humanité, Kehoe éprouvait toujours la même répulsion dans ces moments-là.

Parmi tous les travailleurs en combinaison blanche, il n'avait aucun mal à distinguer ses équipes de celles de la police scientifique : les hommes du Bureau parcouraient les gravats en quête de preuves, tandis que ceux du légiste sortaient les morts de la poussière pour les charger dans des fourgons qui faisaient la navette sans discontinuer depuis la veille. Deux personnes brancardaient justement un nouveau corps. En les observant, Kehoe se sentit coupable de raisonner en chiffres et non en vies humaines.

La médecine légale possédait deux étages de bureaux en ville, ce qui était loin d'être suffisant pour gérer un tel afflux. Un centre de tri temporaire avait donc été installé dans un entrepôt, où les techniciens passeraient le prochain mois à essayer de mettre des noms sur les cadavres.

« De quoi d'autre avez-vous besoin ?

– J'ai besoin de plus d'analystes et de programmeurs, répondit Chawla sans hésiter. Des gens doués avec les chiffres. »

Il y eut soudain comme un remue-ménage derrière Kehoe, qui se retourna tandis que ses hommes se plaçaient devant lui par mesure de protection.

À proximité du parc, un homme portant une casquette rouge était pris à partie par deux policiers armés de fusils. L'individu avait une caméra Go-Pro montée sur sa casquette, qu'il montrait du doigt avec insistance tout en hurlant qu'il connaissait ses droits. L'un des deux agents posa la main sur le coude de l'homme, ce qui le fit instantanément passer de la colère à la fureur. Il cracha sur le policier, ce qui annonçait à coup sûr la fin de la dispute. L'agent saisit l'un des colliers de serrage accrochés à sa ceinture.

L'homme à la casquette n'avait pas l'intention de se laisser faire. Il amorça un faux départ vers la gauche puis feinta sur la droite, avant de se faufiler entre les deux agents comme un petit singe. Une clameur s'éleva de l'attroupement au bout de la rue, ponctuée de sifflets et d'applaudissements.

« Cours ! Cours ! Cours ! » scandait la foule.

Casquette s'élança en direction d'une civière que l'on chargeait dans le camion.

« Fake news ! » cria-t-il en brandissant un cutter jaune sorti de nulle part.

À cet instant, les policiers le rattrapèrent. Ils tentèrent de le maîtriser tandis qu'il lacérait la housse mortuaire.

« C'est un mannequin ! gueula-t-il en découvrant le corps calciné. C'est un faux ! » cria-t-il encore tandis que les policiers le plaquaient à terre.

Il affichait un sourire triomphant, tandis que le cadavre, libéré de sa housse, dégringolait, sa tête venant heurter la chaussée près de lui.

« La preuve ! C'est un mann… »

Le crâne explosa, déversant un ragoût de cervelle sur le bitume et l'éclaboussant de sang et de morceaux divers.

L'homme vomit ses tripes pendant que les policiers le menottaient.

La foule hurlait.

Kehoe était impressionné que les flics n'aient pas troué la peau de ce type. Mais leur chance ne serait pas éternelle ; les rues étaient pleines d'abrutis de cette espèce. Quelqu'un finirait par se prendre une balle – méritée ou non. La seule façon d'éviter les incidents était d'élucider ce crime au plus vite.

Kehoe se tourna vers Chawla, qui avait l'air consterné.

« Vous avez besoin de plus de puissance informatique ? lui demanda-t-il.

– Oui, chef.

– Alors dites à Whitaker de me retrouver à l'héliport. »

4

Montauk

Lucas bataillait avec le souffleur de feuilles. Sa prothèse n'aidait vraiment pas. Sans conviction, il tira une fois ou deux sur le cordon d'allumage, mais ne réussit qu'à éveiller l'intérêt du chien, qui l'observait depuis la porte comme s'il lui était poussé des plumes. À deux doigts de balancer l'engin par la fenêtre, il décida qu'il ferait mieux d'aller faire un tour sur la plage plutôt que de s'emmerder avec des travaux d'entretien dont il se fichait éperdument. Pour ce que ça lui faisait, ils auraient pu bétonner le jardin et le repeindre en vert, le monde ne s'en porterait que mieux. En plus, il payait quelqu'un pour s'occuper de ces choses-là. M. Miller était vieux comme les pierres. Il venait tous les dix jours exactement (qu'il vente, pleuve ou neige) et extirpait une vieille tondeuse à gazon de sa Ford mangée par la rouille. Il s'appliquait ensuite à tailler absolument tout ce qui dépassait – pelouse, mauvaises herbes, fleurs, arbustes, jouets d'enfants. Lucas le soupçonnait fort de n'avoir aucun autre client.

Il lui faudrait trouver autre chose pour détourner son attention de l'attentat de la veille. Il posa le souffleur par terre près du break et lui décocha un coup de pied. L'appareil heurta la jante avant, ce qui fit sursauter le chien.

« Alors, gros bêta ? On va se promener ? »

Lemmy fit entendre un bruit hybride, qui tenait autant de l'homme que du chien.

« Je vais prendre ça pour un oui », dit Lucas en refermant la porte du garage.

Erin avait laissé les portes-fenêtres ouvertes et les rideaux voltigeaient dans la cuisine, comme s'ils craignaient l'arrivée de l'hiver. Les enfants étaient à l'étage, les plus grands sans doute occupés à consommer des kilobits de données sur leurs machines (le week-end, ils avaient droit à une demi-heure le matin). Laurie et Alisha jouaient probablement avec la maison de poupées que Lucas leur avait achetée dans un vide-grenier le week-end du 4 juillet.

La maison n'était pas aussi grande que la plupart des monstruosités qui jonchaient le littoral. Chaque centimètre carré d'espace était occupé par le désordre des enfants, mais Lucas ne se plaignait pas, trop heureux d'avoir une maison où passer les week-ends. Ils avaient beaucoup de chance. À l'origine, il n'existait que deux chambres à coucher, mais la plus grande avait été divisée et le grenier aménagé pour les garçons. Les deux petites filles dormaient dans des lits superposés. Lucas avait passé une partie de son enfance dans des familles d'accueil et dormi six mois dans une baignoire, il s'émerveillait donc encore de tout l'espace dont ils disposaient. Les enfants ne se plaignaient pas, même quand leurs amis venaient passer la nuit avec eux et qu'ils devaient sortir les sacs de couchage.

Erin était installée dans le petit bureau près de la cuisine, d'où elle travaillait pour l'hôpital.

« Alors, tu leur as réglé leur compte, à ces feuilles ? » s'enquit-elle sans réussir à masquer son amusement.

Il était de notoriété publique que Lucas n'était pas un grand adepte du jardinage.

« J'ai opté pour une approche plutôt… minimaliste.

– Qu'entends-tu par "minimaliste", exactement ? demanda Erin en posant ses lunettes sur le clavier.

– Dans le cas présent, il faut comprendre "inexistante". Même si évidemment, tout est très relatif. Mon minimalisme sera toujours l'excès d'un autre et vice versa. On pourrait discuter sémantique toute la journée, ajouta-t-il en s'appuyant sur le bureau. Je peux même appeler la mécanique quantique à la rescousse. »

Lemmy se dirigea vers son bol et lapa bruyamment, buvant presque autant d'eau qu'il en renversait à côté.

« Tu veux aller faire un tour sur la plage ? » demanda Erin en posant la main sur sa cuisse d'origine.

Elle avait vraiment un don pour lire dans ses pensées.

« Je ne suis pas sûr, ce souffleur de feuilles a l'air hyper marrant. Enfin, si j'arrive à l'allumer…

– Ah mais ça ne s'allume pas, monsieur, ça se *démarre*, dit Erin en partant de son petit rire idiot.

– Comme je le disais, mon approche est très minimaliste. Et oui, je veux aller me promener. Tu penses que ça intéresserait les enfants ? demanda-t-il en prenant soudain conscience du calme qui régnait. Ils sont là, au moins ?

– Les grands font leurs devoirs et Alisha joue à la poupée. Je pense qu'ils ont peur que tu retournes travailler…

– Les enfants ! cria-t-il dans le silence. Qui veut aller se balader ? »

Une demi-heure plus tard, ils longeaient la falaise de Bluff Lookout. Lemmy gambadait en tête de peloton, mais ne s'éloignait jamais de plus d'une vingtaine de mètres avant de revenir vers eux en bondissant. Damien et Hector faisaient la chasse aux monstres marins près de l'eau, baskets trempées et jeans mouillés jusqu'aux genoux. Hector avait trouvé une carapace de crabe blanchie par le soleil, il affirmait que c'était un crâne d'extraterrestre. Laurie et Alisha, quant à elles, accumulaient des galets dans un grand sac en toile, qu'elles avaient convaincu Erin de porter. Maude et Lucas fermaient la marche.

Il émit un sifflement strident pour leur signaler qu'il était temps de faire demi-tour : la marée montait et Turtle Cove serait bientôt envahie par des pêcheurs en cuissardes avec leurs cannes de trois mètres de long. Il pêchait parfois à marée montante avec les enfants, essentiellement des merlans ou des maquereaux, sur la plage devant la maison (Lucas ne connaissait rien aux sports de plein air, qu'il découvrait avec les enfants), mais ils ne se mêlaient jamais aux pêcheurs du week-end, qui débarquaient de la ville dans leurs 4×4 à cent mille dollars, vêtus de marques de la tête aux pieds – ces types se prenaient vraiment trop au sérieux.

Comme ils faisaient demi-tour, Lucas se tourna pour admirer l'océan.

« Vous admettrez que malgré les vacanciers, c'est un endroit charmant. »

Mme Page y venait chaque année et avait fait découvrir les lieux à Lucas lorsqu'il était âgé de six ans. Ils avaient passé dix étés sur la péninsule avant que les soucis financiers de la vieille dame ne le lui permettent plus. Après cela, elle avait compté sur la générosité de ses amis pour s'offrir le luxe d'un week-end à la plage de temps en temps. Lorsque, bien des années plus tard, Erin et Lucas avaient eu l'occasion d'acheter une propriété à Montauk, il l'avait vécu comme un retour aux sources. Ils y venaient souvent en week-end et y passaient des vacances trois fois l'an. En été, ils mettaient la maison en location.

« Mouais », dit Maude en haussant les épaules. Elle se transformait en jeune femme à vue d'œil, mais retombait en adolescence dès que cela l'arrangeait. « Est-ce que tu vas retourner travailler pour ces types ? »

Elle portait un jean déchiré aux genoux et un tee-shirt à

message. Au ton qu'elle employa pour dire « ces types », Lucas comprit qu'elle avait parlé avec Erin.

« Ce n'est pas prévu. Ils font appel à moi pour un genre de problèmes assez particulier, et ce qui s'est passé hier…

– L'explosion au musée ?

– Oui, l'explosion au musée. Ce n'est pas du tout mon domaine. Je ne vois pas en quoi je pourrais leur être utile. En tout cas, ce ne sera pas comme la dernière fois.

– C'est une attaque terroriste ?

– Je ne sais pas, reconnut Lucas. Personne n'en sait rien.

– C'est ce qu'ils disent à la télé, en tout cas.

– Le problème, c'est qu'il suffit de donner une plateforme à ces gens et plus rien ne les arrête, certainement pas le mensonge, ni l'ignorance. Il n'y a qu'à voir tout ce qui se dit sur Internet. »

Lucas aimait tous ses enfants, mais il avait un lien particulier et mystérieux avec Maude. Peut-être parce qu'il avait dû batailler pour gagner sa confiance, ou parce que c'était elle qui ressemblait le plus à Erin (ce qui n'avait aucune cause génétique, puisqu'ils avaient tous été adoptés). Quoi qu'il en soit, il avait plus de facilité à lui parler, comme s'il la comprenait un peu mieux.

« Et celui-ci ? dit-elle avant de lui tendre un galet qui semblait parfaitement rond.

– Elliptique », trancha-t-il.

Maude récupéra la pierre et l'examina avec scepticisme pendant quelques secondes.

« Neuf centimètres quarante-quatre sur l'axe le plus long, neuf trente-six sur le plus court.

– Si tu le dis, répondit-elle en fronçant le nez.

– Tu peux mesurer, si tu veux », proposa-t-il avec un sourire.

Il ne se trompait jamais. Pas sur les chiffres, et encore moins sur les mesures.

« Comment tu fais ça ? demanda Maude en jetant le galet à l'eau.

– C'est un petit truc. Comme être capable de retourner ses paupières.

– Rien à voir, fit-elle avec une moue dégoûtée. Pas besoin d'être intelligent pour retourner ses paupières. »

Lucas haussa les épaules. Il avait rencontré un paquet de « grosses têtes vides », comme il les appelait, surtout à l'université.

« Possible, dit-il en s'immobilisant. Est-ce que tu as pris une décision concernant l'école ? »

Signe des temps, le lycée de Maude avait décidé de laisser tomber les arts au profit du commerce. On y faisait le minimum pour stimuler l'hémisphère droit du cerveau, or c'était précisément ce qui l'intéressait. Il était évident qu'elle serait plus heureuse ailleurs. Ils avaient passé un entretien dans une école disposant d'un excellent programme d'arts et attendaient qu'elle se décide à faire le transfert.

« J'ai mon mot à dire ?

– Est-ce que je t'ai déjà demandé ton avis si c'était pour ne pas en tenir compte ?

– Non, je ne crois pas, répondit-elle après y avoir réfléchi un instant.

– Alors, qu'est-ce que tu en penses ? »

En voyant le book de Maude, l'école avait décidé de l'accepter. Mais le temps n'était pas extensible à l'infini et ils devaient donner leur réponse le vendredi suivant. Cette décision la stressait beaucoup.

« Tu devras sans doute travailler beaucoup plus, mais je pense que tu t'ennuieras moins », dit-il avant de s'interrompre. Elle avait entendu tout cela mille fois, il était temps d'arrêter d'essayer de la convaincre. C'était à elle de faire son choix. « Mais tu le sais déjà.

– Je croyais que j'avais jusqu'à vendredi.

– C'est le cas.

– Mais comme tu vas sans doute partir…

– On n'en sait rien.

– Ah non ? fit-elle en plissant les yeux d'un air moqueur.

– Non. »

Elle le dévisagea avec méfiance. Puis : « Bon, ce ne sont pas quelques jours de plus qui vont changer quoi que ce soit. Alors oui, d'accord. J'irai à LaGuardia.

– Maude s'inscrit à LaGuardia ! » cria Lucas à Erin en lui faisant de grands gestes avec sa prothèse.

Toute la famille l'acclama en chœur.

Dans le brouhaha, Hector s'exclama : « Hé, il y a un hélicoptère qui atterrit devant chez nous ! »

Un Jet Ranger bleu marine orné de trois lettres jaunes toucha terre en soulevant un nuage de poussière. L'onde de choc subsonique rida la surface de la mer.

Lucas se tourna pour croiser le regard d'Erin, qui lui fit un faible sourire chargé d'innombrables petites tristesses. Les portes de l'hélicoptère s'ouvrirent sur deux clones du FBI, l'un en taille *L*, l'autre en *XXXL*. Dès qu'ils eurent pris position de part et d'autre de l'engin, la silhouette inimitable de Brett Kehoe descendit les marches.

Lucas pensait être arrivé au bout de ses surprises, quand une quatrième personne sortit de l'habitacle, une grande femme noire qui même à deux cents mètres de distance exsudait un puissant magnétisme : l'agent spécial Alice Whitaker. Kehoe comptait sans doute sur son aide pour appuyer sa tentative de chantage affectif.

« Notre week-end est N-I-K-É, dit Maude.

– Dis donc, ma grande, lui dit-il en posant la main sur son épaule, qu'est-ce que je t'ai dit, la dernière fois ? Tu pourrais au moins l'épeler correctement. »

5

Le temps qu'ils arrivent à la maison, Kehoe et Whitaker les attendaient sur le patio. Les trois décennies que l'homme avait passées à s'encanailler au FBI n'avaient pas émoussé son naturel aristocratique, qui était l'un de ses traits distinctifs au même titre que son charme, ses manières ou la crainte qu'il inspirait. Il avait changé de coupe de cheveux depuis la dernière fois, mais ressemblait toujours à l'ambassadeur d'un quelconque produit de luxe. Il portait l'un de ces costumes sur mesure aux revers surpiqués qu'il affectionnait tant et semblait à l'aise dans cette tenue même à la plage.

Le chemisier en lin de Whitaker contrastait avec sa peau sombre et ses yeux plus noirs encore. Même dans ses vêtements Ralph Lauren, elle paraissait capable de tuer une meute de loups à mains nues. Tout comme Kehoe, elle avait changé de coiffure. Ses cheveux, tressés en fines nattes semblant avoir été conçues par un ingénieur satellite, étaient ramassés en queue-de-cheval serrée.

Elle ne souriait pas vraiment, mais Lucas voyait bien qu'elle était contente de le voir. Il s'aperçut à contrecœur que le sentiment était réciproque, comme avec tous les anciens compagnons d'armes.

Lucas et Whitaker avaient fait équipe l'hiver précédent, pour sa première mission au Bureau depuis presque dix ans. Il se plaisait à croire qu'il l'avait choisie, même s'il savait que Kehoe avait tout manigancé – ce dernier les avait laissés évoluer à proximité l'un de l'autre en attendant que la magie opère. Dès le début, ils s'étaient appréciés à leur corps défendant et avaient développé une complicité inattendue qui avait fait ressortir le meilleur de chacun d'eux. Elle était intelligente, pas compliquée et ne tolérait pas ses foutaises – une qualité rare. Ensemble, ils étaient passés par des choses qui lui avaient fait gagner sa place sur la courte liste des personnes en qui il avait une confiance absolue. En un sens, cela faisait d'elle un membre de la famille.

Les deux autres agents sortirent discuter avec les hommes de la police locale, arrivés sur les lieux en même temps que l'hélicoptère. La situation était théâtrale au possible, surtout pour Kehoe, qui n'était pas porté sur les mises en scène de ce genre en temps normal, ni sur les démonstrations de force inutiles.

Lucas envoya Erin et les enfants à l'intérieur. Ces derniers coururent à l'étage, mais elle resta dans la cuisine, d'où elle les observa attentivement depuis la fenêtre, les bras croisés. Lucas se demanda si lire sur les lèvres faisait partie de ses talents cachés.

Les poutrelles blanchies de la tonnelle projetaient d'étranges ombres rectangulaires sur le visage de Kehoe, derrière lequel cohabitaient plusieurs personnages aussi mal lunés les uns que les autres.

Le pilote avait installé une chaise pliante sur la plage et emmagasinait un peu de vitamine D en lisant un livre. Les deux autres agents s'étaient postés de part et d'autre de la propriété, en bordure de gazon. Quant aux hommes du shérif, ils avaient pris position près de la route.

Lucas et Kehoe se dévisagèrent pendant quelques instants, mais ce fut Whitaker qui finit par briser la glace :

« Sympa, les cheveux. »

Lucas avait laissé Maude les lui décolorer pour se faire la main avant Halloween ; elle comptait se déguiser en

Sting, les cheveux blonds étaient donc incontournables. La couleur était censée s'estomper, mais cela faisait déjà trois jours qu'il ressemblait à une version punk de Frankenstein.

Lucas essaya de sourire, mais quand Kehoe se tortilla sur sa chaise il comprit qu'il faisait involontairement cette grimace à la Boris Karloff qui terrifiait tout le monde.

« Merci », dit-il.

Whitaker eut un petit sourire désapprobateur.

Kehoe meubla le silence en répondant à un texto – le douzième depuis qu'il s'était assis.

La complexité de leur relation n'était un secret pour personne. Les deux hommes avaient cessé de se parler pendant dix ans. Tous deux en avaient profité pour se pardonner un peu, malgré ce qu'ils avaient perdu. « L'incident », comme l'appelait Lucas, avait bouleversé sa vie entière, jusqu'aux moindres atomes de son existence. C'était sans doute la même chose pour Kehoe, quoique d'une manière différente. Il planait toujours entre eux comme une onde magnétique invisible à l'œil nu.

L'incident avait presque détruit Lucas physiquement. Il lui avait fallu plusieurs années pour se familiariser avec le nouveau Dr Page. Lorsqu'il était sorti de l'hôpital – le corps rapiécé par toutes sortes de quincailleries expérimentales, son premier mariage aux ordures, sans travail ni le moindre ami –, il s'était trouvé face à un homme qu'il ne reconnaissait pas mais dont il pouvait être fier. Il avait alors rencontré Erin, qu'il avait épousée. Ensemble, ils avaient fondé une famille, constituée d'enfants dont le monde n'avait pas voulu. Il avait accepté un poste à l'université de Columbia et accidentellement écrit un best-seller. Lucas oublia qu'il avait jamais travaillé pour le FBI… jusqu'au soir où Kehoe l'avait appelé à la rescousse, l'hiver précédent, réveillant du même coup tous ses vieux démons.

Erin leur apporta deux cafés et un thé sur un plateau

en osier, qu'elle posa sur la table avant de repartir sans un mot.

Kehoe entama son petit exposé, de son phrasé habituel : « Nous ne connaîtrons le bilan définitif que dans quelques heures, mais pour le moment le compte s'élève à sept cent deux victimes, en incluant les employés du musée et du traiteur, ainsi que les quelques piétons malchanceux qui passaient par-là au moment des faits. »

Kehoe leva la tasse en porcelaine et but une gorgée de thé. Lucas se pencha en avant, entrecroisant les doigts de sa main gauche et ceux de sa prothèse ; même dans la tiédeur de l'automne, l'aluminium était froid contre sa peau.

« Je vois mal comment je pourrais t'être utile cette fois-ci, Brett. »

Au travail, Kehoe avait une qualité infaillible : il faisait toujours appel aux bonnes personnes.

« Vu le nombre de victimes, dit-il en reposant la tasse, il va y avoir beaucoup de travail mathématique. Restent aussi les autres inconnues : mobile, suspect, idéologie, logistique et finalité. À l'heure qu'il est, nous ne savons même pas par où commencer. Personne n'a revendiqué l'attentat. »

Ce qui était étrange, car les actions de ce genre avaient toujours un objectif bien défini ; le plus souvent, il s'agissait de faire parler de soi.

« Aucune revendication ?

– Rien de crédible, en tout cas. Quelques tweets des suspects habituels – État islamique et al-Qaïda –, mais on voit qu'ils ne savent pas de quoi ils parlent. Comme on pouvait s'y attendre, quelques excités ont aussi essayé d'avoir leur quart d'heure de célébrité : militants anti-avortement, miliciens, suprémacistes blancs, fous de Dieu..., toujours les mêmes demeurés. Mais aucune revendication digne de ce nom.

– Et les médias, ils en disent quoi ?

– Ils nous pourrissaient déjà la vie dix minutes après l'explosion, dit Kehoe en répondant simultanément à un nouveau texto. J'ai une bonne responsable de com, mais elle ne peut pas écrire les articles à leur place. Les chaînes de télé se préoccupent plus de divertir et de tenir en haleine que d'informer, et j'ai comme l'impression qu'ils vont bien nous emmerder sur cette affaire. Plus que d'habitude, a priori, dit-il avant de reposer son téléphone. Et c'est sans compter l'éternel cauchemar : les justiciers du Net et les complotistes en tout genre. Ces abrutis ont envahi les réseaux sociaux et nous font vraiment du tort. Hier soir, deux jeunes amish originaires de Pennsylvanie ont été passés à tabac sur Bleecker Street. Ils sont toujours dans le coma. Apparemment, ils parlaient allemand et quelqu'un les a pris pour des musulmans. Leur photo avait circulé sur les réseaux sociaux, où les internautes ont fait ce qu'ils font le mieux : tout interpréter de travers. Et ce n'est qu'un début », dit Kehoe en avalant une autre gorgée de thé.

Lucas n'avait pas grand-chose à répondre. Il se contentait d'intégrer les informations.

« Tu n'es pas au bout de tes peines, Brett.

– C'est pour ça que je suis là : personne ne compte les allumettes aussi vite que toi. » Son visage resta impassible tandis qu'il ouvrait sa mallette et en sortait un dossier marron épais comme une dalle de jardin. « Jette un œil à ça », dit-il en le faisant glisser à travers la table.

Lucas posa sa main en aluminium sur la chemise en carton et l'attira à lui. Il comprenait ce que Kehoe était en train de faire, mais il n'avait pu retenir son geste. En ouvrant ce dossier, il verrait des clichés de victimes – des corps détruits, calcinés, qui feraient remonter à la surface tout ce qu'il s'était efforcé d'oublier.

Machinalement, il l'ouvrit à la première page.

Comme il s'y attendait, une photographie de… quoi exactement ? L'aspect général était celui d'un crâne humain, mais la peau brûlée était ridée et aussi noire que le charbon. Seul élément de contraste, les dents blanches, qui semblaient avoir été posées a posteriori. Il aurait pu s'agir d'un homme, d'une femme, ou d'un mannequin diabolique tout droit sorti des studios hollywoodiens. Lucas rabattit la couverture – il ne ressentait aucune envie de s'encombrer le cerveau de cauchemars supplémentaires.

« Et alors ? fit-il, conscient que Kehoe le tenait.

– J'ai besoin de quelqu'un qui sache identifier des motifs dans le chaos…

– Mais si vous préférez passer la main, intervint Whitaker, personne ne vous en voudra. »

Lucas tourna la tête vers l'océan et enleva ses lunettes de soleil pour mieux apprécier cette image de l'Atlantique en haute définition. Deux hommes pêchaient dans les vagues, vêtus de gilets de sauvetage et bardés d'ustensiles métalliques. Ils lorgnaient en direction de l'hélicoptère, sans doute curieux de savoir si Snoop Dogg était venu fumer un petit spliff à la plage. Le paysage à l'arrière-plan ressemblait à un tableau de maître, tout en nuances bleues et grises, parfaitement préservé et sans craquelures. Un instant, il se demanda si le panorama avait perdu de sa magie depuis qu'il lui manquait un œil.

Kehoe se leva et traversa son champ de vision. Il semblait sortir d'une séance photo du magazine *Life* organisée chez les Kennedy dans les années soixante. Brett était le mouton noir de sa famille ; il avait renoncé à diriger un empire agricole pour se consacrer au maintien de l'ordre.

« Je voudrais seulement que tu passes quelques éléments en revue, pour te faire une idée de ce qui s'est produit. Prends ça comme un exercice scientifique. C'est tout ce que c'est, après tout : de la physique-chimie pure et simple. Examine les données et la liste des victimes. Vois s'il y a des anomalies. Cela représente une journée, deux tout au plus. Après, tu reviendras ici te mettre les doigts de pied en éventail.»

Lucas leva l'œil sans bouger la tête. Il observa Kehoe de ce qu'il savait être son regard flippant, celui où ses prunelles n'étaient pas alignées. Il repensa à la photo du brûlé. Aux sept cent une autres victimes. Il connaissait mieux que quiconque l'effet d'une explosion. Ainsi que ses répercussions.

« Bien sûr, Whitaker ici présente sera là pour te chaperonner, ajouta Kehoe en jetant un coup d'œil à sa montre. Alors c'est oui, ou je suis tombé sur un de tes mauvais jours ?

– À qui as-tu confié l'enquête ?

– Samir Chawla. C'est un agent qui a été transféré de Los Angeles il y a quatre ans.»

Lucas se tourna vers Whitaker pour lui demander si ce Chawla était compétent, mais elle devança la question :

« Très », dit-elle.

Lucas se retint difficilement de sourire – il avait oublié ce petit tour de passe-passe, cette façon qu'elle avait de répondre aux questions avant même qu'elles soient posées, comme si elle était connectée aux esprits alentour par Bluetooth.

« Brett, tu sais que je ne suis pas très porté sur le travail d'équipe. Ce n'est pas pour être pénible, mais je connais mes points faibles.

– Je ne fais pas appel à toi pour tes talents de coopération.

– Alors pour quoi, exactement ?

– Je veux seulement que tu fasses ce que tu sais si bien faire », répondit Kehoe dans un esprit de camaraderie inhabituel.

6

Lucas s'efforçait de ne pas regarder en direction de l'hélicoptère. Il allait partir, Erin l'avait bien compris. Ils devaient seulement trouver le moyen d'en parler sans se disputer. Ils se regardèrent en chiens de fayence pendant un moment. Erin parvenait mal à cacher sa déception.

Personne n'ignorait qu'il retournerait travailler pour eux de temps en temps, mais Erin était une optimiste. Pour elle, « de temps en temps » renvoyait à un moment lointain et indéterminé qui n'adviendrait sans doute jamais. Lucas ne pouvait plus jouer les antihéros réfractaires. S'il avait remis le couvert, c'était parce qu'il en ressentait le besoin. Erin et lui en avaient discuté *ad nauseam*. Ils s'étaient finalement résignés à un compromis qui n'en était pas un, puisque l'un des deux obtenait tout ce qu'il voulait tandis que l'autre faisait semblant de se réjouir pour lui.

Lucas décida de commencer par la bonne nouvelle :

« Je serai rentré dans deux jours au maximum…

– Et le guignol, là ? demanda-t-elle en désignant l'agent posté dans un coin du patio, la carrure exagérée par un épais gilet pare-balles.

– Le *guignol* restera là jusqu'à mon retour, autrement dit demain soir. Peut-être avant. Je peux aussi prendre le train. »

Il savait que l'un des hommes de Kehoe le raccompagnerait, mais mentionner le train créait une illusion de routine ; rien de nouveau sous le soleil au Pays des Optimistes.

« Tu seras libre vendredi pour l'inscription de Maude à LaGuardia ?

– Oui, normalement. »

Elle l'observa avec scepticisme, mais n'ajouta rien. Lucas voyait qu'Erin se retenait de dire des choses blessantes. Il s'avança et la prit dans ses bras. Ils restèrent enlacés un moment, flottant dans un monde absolument dépourvu d'hélicoptères et d'agents du FBI.

Laurie et Alisha entrèrent main dans la main. Laurie, sept ans, avait été la plus jeune jusqu'à la venue d'Alisha. Ils s'étaient inquiétés des tensions que cette nouvelle arrivée pourrait créer, mais Laurie avait endossé son rôle de grande sœur avec enthousiasme. Aujourd'hui, après presque un an sous le même toit, les deux fillettes étaient inséparables. Elles étaient aussi les plus calmes parmi leurs enfants et s'approchaient souvent dans le plus grand silence quand Erin et Lucas étaient en pleine discussion.

« Tu t'en vas ? demanda Laurie.

– Seulement quelques jours. »

La petite fille se tourna vers Erin pour vérifier s'il disait la vérité, ce qui brisa le cœur de Lucas. Il s'accroupit en mettant tout son poids sur sa jambe valide, et les deux petites filles s'approchèrent.

« Je dois aller en ville pour le travail.

– Tu vas arrêter des méchants ? » demanda-t-elle en posant une main sur son visage – un geste d'affection qu'elle n'avait jamais eu auparavant.

Erin et Lucas avaient essayé de parler des événements de l'année passée avec les enfants. La conversation s'était attardée sur le rôle de Lucas au FBI. Il avait été relativement facile de l'expliquer à Maude, Hector et Damien – ils avaient du moins compris l'idée générale –, mais cela s'était révélé plus compliqué avec Laurie et Alisha.

En fin de compte, l'affaire avait dû être résumée à un combat entre les gentils et les méchants.

Aucun d'eux – pas même Alisha, qui avait encore des difficultés avec les principes de base du langage – n'avait oublié ce qui s'était passé au dernier Noël. Tous les membres de la famille étaient passés sur le divan d'un psychologue. Tous sauf Lucas, qui avait fait son travail d'analyse en solitaire, de sa manière étrangement pragmatique. Tous les enfants s'étaient débattus par intermittence avec ce traumatisme. Tous sauf Maude, qui affirmait qu'elle allait bien – et qui en avait l'air. Elle s'était pliée de bon gré à une unique séance de thérapie, au cours de laquelle la psychologue avait conclu qu'elle était déjà très douée pour gérer les traumatismes et ne devrait revenir qu'en cas de besoin. Un point pour les gentils.

Le fait que les enfants se soient remis d'aplomb aussi vite constituait la preuve qu'ils avaient réussi à créer une famille soudée et fonctionnelle. Lucas se demandait souvent comment il s'en sortait en tant que père – un questionnement qui aurait été inconcevable pour tout autre aspect de sa vie.

Alisha lui fit un bisou sur l'oreille, avec un gros bruit de succion qui lui dépressurisa les sinus.

« Nous aussi on peut venir ? cria-t-elle directement dans son conduit auditif.

– Désolé, mon ange, dit Lucas en lui rendant son bisou. Vous êtes trop petits pour que papa vous emmène au travail. »

À ces mots, le visage d'Alisha se renfrogna. Laurie et Erin se couvrirent les oreilles, tandis que Lucas détournait la tête en préparation de la réponse programmée :

« Je suis pas petite ! » cria-t-elle.

Soudain, tous les enfants furent dans la cuisine. Maude avait un carnet à dessin sous le bras, les doigts noircis par le fusain et des traces de doigts sur le tee-shirt. Hector tenait la carapace de crabe trouvée sur la plage, fraîchement repeinte en noir. Damien s'installa sur l'un des tabourets de bar avec sa guitare. On aurait dit une bande de pirates miniatures.

Lucas opta pour une approche directe ; il valait mieux ne pas mentir aux corsaires.

« Il faut que je rentre en ville.

– C'est cette attaque terroriste ? » demanda Maude.

Lucas savait qu'elle lui posait la question pour l'aider à expliquer la situation aux autres. Il lui en fut reconnaissant.

« Oui. C'est seulement pour quelques jours. Ensuite, soit je reviens ici, soit vous me rejoignez à la maison. »

Damien descendit du tabouret et mit sa guitare en bandoulière comme un fusil.

« Eh ben, je te dis *merde* ! Enfin, pas vraiment merde. Mais comme je ne peux pas dire bonne chance parce que ça porte malheur… tu m'as compris.

– Vous allez me manquer, les enfants. »

Avant même d'avoir franchi le seuil, Lucas sut qu'il regretterait sa décision.

Il entendit la turbine de l'hélicoptère se mettre en route et aperçut Whitaker, qui l'attendait. Elle ouvrit la porte en tapotant son poignet.

« Docteur Page, le *tempus fugit* à tire-d'aile. »

Il était temps de se mettre dans la peau du personnage.

7

Long Island

L'hélicoptère vira vers l'intérieur des terres. La surface ondulée de l'océan laissa place à la morne géométrie des étendues suburbaines. De là où ils se trouvaient, les rues semblaient tristes, déboisées, résignées à accueillir les ténèbres de l'hiver. Ils volaient bas, ce qui permit à Lucas de distinguer les arbustes coiffés de bonnets en polystyrène, les bateaux bâchés pour la saison, les piscines couvertes et la kyrielle de décorations d'Halloween qui attendaient leur heure de gloire avant de retourner encombrer greniers, caves et garages jusqu'à l'année prochaine. La périphérie laissa bientôt place à la ville, les jardins aux voies rapides, parkings, immeubles et centres commerciaux – le cœur de la psyché américaine.

Le bras posé sur l'accoudoir, il enserrait le cuir molletonné de sa griffe en aluminium, le petit doigt appuyé contre la carlingue. Comme ils perdaient de l'altitude, un bourdonnement se diffusa de la cloison à son doigt métallique puis à son bras, jusqu'à la tige d'ancrage de sa prothèse transhumérale. La vibration se répandit jusqu'à la base de son crâne comme un foret dentaire émoussé. Il écarta son bras.

Kehoe était assis face à lui, dos au pilote, le regard

perdu à travers le hublot. À ses côtés, Whitaker observait Lucas avec une pointe d'amusement ou d'incertitude, à moins qu'il ne s'agisse des deux à la fois. Son air amical dissimulait le prédateur qui se cachait en elle. L'un des hommes de Kehoe – le gros, celui qui s'appelait Hoffner – occupait le siège à côté de lui et semblait avoir été mis en veille le temps qu'on recharge ses batteries. Il avait le regard indifférent qui allait avec l'uniforme ; à se demander s'il savait sourire. Le deuxième homme était resté chez eux par mesure de précaution. Erin lui avait-elle apporté un café et des muffins ou l'avait-elle jeté dans un taxi *manu militari* ? Venant d'elle, les deux options étaient envisageables.

Les chiffres étaient la spécialité de Lucas. Les motifs. Repérer les anomalies, ou l'absence suspecte d'anomalies. En matière de géométrie, il était capable de choses impressionnantes, mais si l'on exceptait le millième de seconde qui avait dévasté sa vie, il ne connaissait pas grand-chose aux explosions. Pourtant, Kehoe voyait juste sur un point : les événements de ce genre pouvaient être réduits à leurs dimensions physique et chimique. Ce qui signifiait qu'il ne pouvait pas lui être entièrement inutile.

Lucas se demanda ce qu'aurait pensé Mme Page, si elle avait été en vie. Approuverait-elle qu'il travaille pour le FBI ? Sans doute pas, mais depuis le jour où elle l'avait adopté jusqu'à celui de sa mort il n'avait jamais vraiment su la déchiffrer. Lucas se fichait de l'opinion des autres, mais son avis à elle aurait compté. Il devait son existence entière – sa maison, ses études, absolument tout – à cette vieille dame excentrique qui avait su repérer le potentiel d'un orphelin de cinq ans.

Après dix minutes relativement tranquilles, ils commencèrent à survoler le Queens, puis l'East River, avant d'entamer leur descente sur Manhattan.

La zone d'atterrissage improvisée se trouvait à deux blocs du Guggenheim, à l'intersection de la 90e Rue Est et de la Cinquième Avenue – c'était le plus proche emplacement disposant des autorisations nécessaires. L'hélicoptère fit du surplace un instant avant de descendre à la verticale sur le marquage jaune fraîchement peint au sol, projetant déchets, feuillages et rubans de police en tous sens.

Les visages de leur comité d'accueil étaient dissimulés derrière des appareils reflex, des dispositifs d'éclairage et des caméras d'épaule. Les journalistes eux aussi avaient répondu à l'appel. Ils étaient essentiels pour entretenir la peur addictive qui faisait désormais partie du régime des Américains, au même titre que les hot-dogs et les muffins gluten-free. En plus des reporters, une foule de manifestants brandissaient des pancartes ou faisaient de la pub pour leur page Facebook. Parmi eux, beaucoup portaient des tee-shirts *QAnon*, des casquettes *Make America Great Again* ou des costumes de superhéros. Lucas se demanda ce qu'ils faisaient tous là, quand lui-même aurait préféré être n'importe où ailleurs. Il y avait toujours une proportion non négligeable de la population pour prendre plaisir au spectacle de l'horreur.

Une armée de policiers chargés de garder la populace dans le rang faisaient le poireau en gilet de kevlar, avec casque tactique, coudières et genouillères, le doigt sur la détente de leur petit fusil d'assaut. On aurait dit les choristes de Dark Vador. Même les supporters de QAnon ne s'amusaient pas à leur chercher des poux.

Les patins raclèrent l'asphalte. Whitaker bondit de l'hélicoptère avant même que les pales aient commencé à ralentir. Tandis que Lucas détachait sa ceinture, Kehoe lui glissa :

« Merci d'avoir accepté. »

Dehors, sans le bruit du moteur, la rumeur était assourdissante. La foule se partageait en plusieurs contingents aussi désynchronisés en matière de rythme que d'idéologie. Lucas releva les mots « fake news », « dirigeants fascistes » et « État profond » au détour d'un slogan ou d'un autre.

Le crépitement des appareils photo se mêlait aux questions criées par les journalistes et aux lumières des retransmissions vidéo en direct – un flux d'informations sorties de tout contexte et retransmises en divers points du spectre médiatique. L'Amérique avait les yeux rivés sur l'écran. Chaque New-Yorkais voulait prendre un selfie aussi près que possible du Guggenheim, pour prouver au monde qu'il existait.

Kehoe ignora les questions des reporters et les cris furieux des complotistes. Il se dirigea tout droit vers un fourgon du FBI garé dans un enclos grillagé.

Hoffner lui ouvrit la portière passager puis se glissa derrière le volant. Whitaker et Lucas s'installèrent sur la banquette arrière. Les habits de plage de ce dernier – un jean, une paire de sandales, un pull à col en V – ne détonnaient pas tant que cela avec la tenue chic et décontractée de sa voisine.

Elle n'avait pas parlé de tout le vol, mais ils étaient maintenant à quelques centimètres l'un de l'autre et libres de parler sans micro.

« Alors, vous êtes devenu plus aimable, depuis la dernière fois ? demanda-t-elle avec un grand sourire où semblaient se bousculer trop d'incisives.

– Définissez “aimable”.

– J'en déduis que non. »

Lucas observa les visages dans la foule, tous tournés vers la rue, téléphones levés dans l'espoir d'obtenir le rush de dopamine de quelques vues YouTube supplémentaires. Bienvenue dans le futur, où chacun vit pour l'approbation de la chambre d'écho.

La Cinquième Avenue avait été fermée sur trois blocs. La gestion de la circulation routière et piétonne devait être un véritable cauchemar logistique.

Lucas n'en était pas à sa première enquête, mais il

n'avait jamais vu un tel déploiement de ressources – la moitié des flics de la ville semblaient être sur l'avenue. Des agents en uniforme de Storm Troopers étaient postés tous les trois mètres, devant chaque pas-de-porte. En plus d'assurer la sécurité, ils contrôlaient le flux des passants et empêchaient les intrus d'entrer dans le périmètre. On se serait cru sur l'avenue principale d'un État policier.

Hoffner se faufilait lentement entre les véhicules d'urgence. Cette cadence réduite devait taper sur les nerfs de Whitaker : elle avait horreur d'être passagère, presque autant qu'elle détestait rouler doucement.

Le fuselage de paquebot du Guggenheim apparut au loin. Ce bâtiment qui avait suscité les moqueries avant de devenir un classique intemporel était désormais le siège de la confusion la plus totale.

« Vous êtes prêt ? » lui glissa Whitaker.

Lucas se demanda si elle savait à quel point ces trois syllabes étaient chargées de sens.

8

Depuis le trottoir, Lucas contemplait la structure géométrique du plus célèbre ouvrage de Frank Lloyd Wright. Le bâtiment semblait étonnamment intact, quand on savait que l'explosion avait tué sept cent deux personnes et incinéré un milliard de dollars de photographies de l'Amérique disparue et de posters de bananes.

Toutes les ouvertures avaient été barricadées avec des planches, mais les traces de suie donnaient une idée des horreurs qui s'étaient produites à l'intérieur. Un tube pour hamster géant tenait lieu de sas d'entrée. Devant la porte principale, le trottoir était strié de fils électriques, de canalisations et de rubans *Danger!*. Débris et éclats de verre jonchaient le sol. Un oiseau se tenait près du sas, occupé à picorer le matériau isolant.

Les équipes du légiste continuaient à sortir des corps – deux femmes en combinaison s'appliquaient à manœuvrer un brancard jusqu'à la file de camionnettes noires garées à l'angle.

La police était partout.

Whitaker posa la main sur l'épaule de Lucas, qui sursauta.

« Je suis à portée de radio si vous avez besoin de moi.

– Si c'est pour vous appeler à la moindre occasion, autant m'en aller tout de suite.

– Votre gentillesse m'avait manqué.

– Tout le plaisir est pour moi.»

Lucas ouvrit la porte et s'avança dans le tunnel en plastique, dont les dix mètres lui parurent anormalement longs. En franchissant le second seuil, qui donnait sur les lieux proprement dits, il fut soudain transporté dans un lieu familier: l'enfer.

Les spots étaient réglés en mode soleil équatorial. Lucas portait toujours des lunettes noires, même à l'intérieur, mais elles ne suffirent pas à masquer ce qu'il découvrit. Il resta près de l'entrée pendant quelques minutes, le temps de calmer les pulsations dans sa poitrine. Tout ce qu'il voyait, entendait et sentait enfonçait des clous d'acier dans sa mémoire sensorielle. Il se demanda s'il serait capable de continuer.

Lucas se concentra sur son souffle, s'efforçant de respirer de façon profonde et régulière, ce qui était loin d'être évident avec un masque anti-poussière. À travers le filtre, chaque inspiration produisait un bruit de vieux pot d'échappement et chaque expiration soulevait le masque en lui chatouillant les cils.

Il ferma les yeux une seconde, mais l'obscurité, ajoutée au bruit sifflant de sa propre respiration, lui donna l'impression d'avoir été enterré vivant. Une peur sourde l'envahit. Il retira son masque et se passa la main sur le visage. Tout de suite, il se sentit un peu mieux et s'avança.

Lucas s'était rendu au Guggenheim des dizaines de fois, mais malgré son architecture unique le musée était méconnaissable. Chaque centimètre carré d'espace – les murs incurvés, les plafonds, la rampe menant à la verrière – était noirci par le feu, couvert d'une suie qui s'accumulait partout et gommait toutes les aspérités. Le sol charbonneux était zébré de traces de pas, de roues ainsi que d'ustensiles divers, et jonché de bris de verre. Des milliers de mètres de câbles électriques serpentaient par terre et le long des murs. Il n'y avait plus aucun corps sur le sol de l'atrium, mais une trentaine de personnes en tenue anticontamination continuaient d'empaqueter ceux des étages supérieurs. On entendait le grincement erratique des brancards transportant les cadavres à la morgue.

Lucas commençait à comprendre ce qui s'était passé.

Il s'avança au milieu de la vaste salle en surveillant où il mettait les pieds. Sur sa gauche, une femme en combinaison Hazmat l'interpella :

« Hé mec, enfile ton masque ! »

Lucas savait qu'elle avait raison, les particules en suspension auraient pu obstruer un aspirateur. Mais il ne supportait pas la sensation de claustrophobie ni le bruit amplifié de sa respiration. Il lâcha le masque, qui tomba au sol dans un nuage de poussière, tel un calamar mort touchant le plancher de l'océan.

Ravalant l'adrénaline en fusion qui lui rongeait l'estomac, Lucas prit une profonde inspiration. L'air avait un goût de goudron et une note aigre à laquelle il préférait ne pas penser. Il regarda lentement autour de lui.

Tout en haut, au centre de ce qui constituait auparavant une verrière mais qui n'était plus désormais qu'un trou recouvert de bâches et de planches, était suspendu un engin ressemblant à un moteur de vaisseau spatial. Quatre hommes en harnais s'occupaient de le démonter, assistés par des treuils et une équipe au sol.

L'espace se comprimait, sa respiration se faisait difficile. Lucas savait qu'il ne pourrait mettre un terme à cette torture qu'en s'échappant d'ici. Cela ne pouvait se produire que d'une seule façon. Il ferma les yeux, se força à oublier où il se trouvait.

Lorsqu'il les rouvrit, les couleurs avaient disparu.

Et la texture avec elles.

Et la salle où tant de personnes avaient trouvé la mort.

Il ne voyait plus qu'un espace réduit à ses valeurs numériques. C'était un processus automatique, qui le frappait comme un poing d'acier. Tout n'était plus que chiffres, représentations numériques générées par un algorithme mental invisible au reste du monde.

Pivotant sur lui-même, les bras écartés, Lucas s'imprégna de la géométrie du musée. Il forma une représentation mentale de l'environnement, donnant vie au musée d'une manière que le génie de Wright lui-même n'aurait pu concevoir – un mélange tourbillonnant de distances, de dimensions, de hauteurs et de volumes qui se gravait à jamais sur son disque dur mental.

Il lui fallut quelques instants pour absorber la scène. Lorsqu'il eut fini, il ferma les yeux et prit une nouvelle inspiration.

Lorsqu'il les rouvrit, le monde était revenu à son état normal.

Enfin, presque.

Il se laissa le temps de retrouver ses esprits avant d'entreprendre son ascension vers le sommet de la rotonde.

Les équipes médicales l'ignorèrent, voyant en lui un employé du Bureau comme les autres. Lucas piétinait les débris de verre, tout en évitant les petits monticules de suie qui jonchaient le sol. Les œuvres d'art exposées avaient disparu, atomisées. Elles n'avaient pas même laissé de rectangle noir sur les murs. Rien n'en subsistait.

Sur les deux étages supérieurs, quelques cadavres reposaient encore dans leur position d'origine. Du peu qu'il en vit, les légistes devraient avoir recours à l'ADN, aux empreintes dentaires et aux bijoux encastrés dans leur chair noircie pour les identifier.

Après six minutes d'ascension, Lucas parvint au sommet et resta là, à regarder les techniciens travailler sur la machine calcinée suspendue au plafond. Il s'agissait à l'évidence de l'un de ces engins utilisés pour projeter des confettis dans les fêtes ou créer une atmosphère hivernale sur les plateaux de tournage ; dans l'industrie du cinéma, on appelait ça un « canon à neige ».

Lucas calcula le volume de la pièce, le nombre de

corps, l'oxygène disponible. Il estima la force nécessaire pour anéantir tout cela. La quantité de carburant nécessaire. Le temps que cela demanderait.

Puis il attendit.

Lorsque le processus s'enclencha, Lucas s'en étonna presque.

Le temps s'arrêta, figé entre deux sauts de trotteuse. La mécanique de l'univers s'interrompit. Plus rien ne se mouvait – ni les personnes autour de lui, ni les courants d'air, ni même son propre cœur.

Une fissure s'ouvrit dans l'espace-temps.

Tout.

Recommença.

En.

Marche.

... Arrière...

Marche.

En.

Recommença.

Tout.

Les employés du FBI évoluaient à rebours du temps. Certains apportaient des cadavres. D'autres déchargeaient des brancards, sortaient les corps des housses avant de les poser par terre.

Tout se déroulait en accéléré. Tout se déroulait au ralenti.

Les hommes et femmes en combinaison blanche entraient à reculons à mesure que la poussière en suspension était aspirée par leurs pas, les traces de roues effacées par leur avancée à contretemps.

Les cadavres s'empilaient. L'espace s'emplissait peu à peu de corps calcinés gisant au sol, désarticulés.

Soudain, Lucas fut seul avec les morts. Ils reposaient, silencieux, tandis que la fumée réintégrait leurs dépouilles.

Puis vint le feu, qui implosa en un champignon inversé.

Une pluie de verre germa du sol, puis s'éleva jusqu'au

toit vitré où elle s'aggloméra en cent soixante-quinze panneaux individuels.

Les portes d'entrée se refermèrent.

Les affiches de Warhol et les tirages d'Adams apparurent dans leurs cadres.

Les morts se dressèrent, se levèrent, la peau raccommodée, les côtes recollées, les poumons regonflés.

Les globes oculaires rapiécés.

Les tympans reconstitués.

Des verres se hissèrent dans leurs mains. Des sourires se dessinèrent sur les visages, des mots s'échappèrent des lèvres.

Des confettis d'argent s'élevèrent du sol, jusqu'au canon à neige surplombant la foule.

C'était *passé*.

C'était *maintenant*.

Ils étaient vivants.

Puis Lucas cligna des yeux et l'horloge s'arrêta. Les morts se figèrent en pleine célébration ; leurs rires, leurs vies et leurs espoirs restèrent suspendus durant un intervalle de temps trop infime pour être mesuré.

Lucas les observa pendant ce qui aurait pu être une fraction de seconde ou un fragment d'éternité. Il examina le canon à neige. Puis la foule en liesse. Les boîtes de soupe sur les affiches. Les bannières accrochées au plafond promettant *Les solutions d'aujourd'hui aux problèmes de demain !*.

Il cligna des yeux et l'horloge se remit en mouvement, cette fois dans le sens voulu par l'univers. Le monde explosa et il fut soudain de retour dans le présent, avec les morts, la poussière et les brancards.

Kehoe avait raison, c'était seulement de la physique-chimie.

Son estomac se noua. Il attrapa une poubelle métallique qui avait roulé contre un mur.

Un goût de suie, de viande, de mort et de temps emplit sa gorge. Il se pencha pour vomir.

9

Véhicule de commandement du FBI

Après avoir jeté sa combinaison dans le panier destiné à l'incinérateur, Lucas se lava le visage plusieurs fois au désinfectant, en insistant sur les narines dans l'espoir d'effacer l'odeur de chair brûlée. Les particules étaient tenaces. Il se rabattit donc sur le café pour masquer le goût, sans plus de succès.

Kehoe avait rassemblé ses principaux collaborateurs dans le véhicule de commandement. Lucas s'était résigné à l'idée de devoir faire une présentation – le FBI formait une communauté soudée, où les rapports de confiance dépendaient de l'investissement et des résultats de chacun. Il était disposé à faire la démonstration de ses talents de prestidigitateur, mais ce serait tout : il n'était pas là pour s'intégrer, seulement pour offrir un regard extérieur. Ils devaient simplement savoir que le Dr Page n'était pas un poids mort.

Le commandant de la brigade des pompiers, un petit homme du nom de Ben Morrison, faisait partie du groupe. Il clignait rarement des yeux, semblait n'avoir aucun sens de l'humour et était affligé d'un évident complexe d'infériorité. Tandis qu'il lui serrait la prothèse, Lucas avait remarqué qu'il effectuait un mouvement de torsion de l'épaule, ce qui indiquait une poigne conçue pour briser les métacarpes. Il avait l'air fatigué et d'une humeur massacrante. Parmi les autres personnes présentes se trouvait l'agent chargé de l'enquête. Samir Chawla était un bel homme mince âgé d'une trentaine d'années, dont la prestance n'avait rien à envier à celle de Kehoe. Il portait un fort beau costume ainsi qu'un turban couleur lavande assorti à sa cravate (et également, soupçonnait Lucas, à ses chaussettes). Ses yeux noirs et son visage d'oiseau, dont le trait le plus marquant était un long nez aquilin, lui donnaient l'air plus intéressant qu'il ne l'était. Chawla semblait se prendre très au sérieux. Comme Whitaker lui avait dit qu'il était intelligent, Lucas lui accorda toutefois le bénéfice du doute. On lui présenta ensuite Calvin-Wade Curtis, l'homme au sourire inamovible qui dirigeait l'unité des explosifs. À son maintien, Lucas comprit qu'il avait fait carrière dans l'armée ; à ses manières, qu'il avait grandi dans une petite ville du Sud rural. Son accent traînant le faisait paraître un tantinet naïf. On lui aurait donné quinze ans, mais il répondait aux questions avec une grande pertinence. Whitaker était appuyée à l'un des bureaux, manches retroussées et bras croisés. Le gros automatique chromé qu'elle portait à la ceinture contrastait avec les tons naturels de ses vêtements. Comme en d'autres occasions, Lucas ne put s'empêcher de penser qu'elle était là pour veiller sur lui.

« Alors ? » s'enquit Morrison d'un ton sec.

On voyait qu'il n'était pas ravi d'être remis en cause par un sans-grade. Mais l'homme semblait intelligent et réfléchi, même si sa poignée de main trahissait un certain manque d'assurance. Lucas opta donc pour ce qu'il pensait être une réponse polie :

« La cause de l'explosion est facile à déterminer…

– Facile ? s'indigna Morrison. Ça nous a pris…

– Ben, je suis curieux de savoir ce que le Dr Page souhaite nous dire, l'interrompit Kehoe.

– Nous avons affaire à une explosion thermobarique », dit Lucas.

Morrison en resta bouche bée.

« C'est de la physique-chimie pure et simple, poursuivit-il en jetant un regard entendu à Kehoe. Le bâtiment est relativement intact, si l'on fait exception de quelques cloisons et des sept cent deux personnes qui s'y trouvaient. Les œuvres exposées ont été réduites à néant par une onde de choc colossale, qui a fait éclater toutes les vitres. Un carburant volatil a été projeté au moyen du canon à neige. Utiliser une poudre aurait éveillé l'attention, j'imagine donc qu'ils ont choisi un genre de confettis ou de paillettes. Je vote pour des confettis en aluminium, puisque c'est un métal qui peut se lier très facilement à tout ce qu'on veut – comme le magnésium, qui permet d'accélérer la vitesse de combustion. Sans compter que la couleur correspondrait à la thématique Warhol, puisque les murs de son atelier, la Factory, étaient entièrement argentés. Une fois l'air empli de confettis, ces derniers ont été enflammés. Je pense que la machine elle-même a pu être modifiée pour générer une flamme ou une étincelle. Les explosions de silos à grain sont souvent provoquées par des décharges électrostatiques – un générateur de Van de Graaff accidentel. On a donc une décharge ou une étincelle qui enflamme les confettis. L'onde de choc initiale broie les tissus mous, puis la conflagration calcine tout ce qui reste. »

Morrison ne semblait pas avoir l'habitude des surprises.

« Il a fallu *cinq heures* à mes hommes pour comprendre ça…

– Alors vous avez besoin de plus d'effectifs, dit Lucas en prenant une gorgée de café. Ou d'hommes plus intelligents. »

Kehoe lança un regard à Morrison, l'air de dire : « Je vous avais prévenu. »

« C'est bien joli, intervint Chawla, mais vous avez quelque chose de nouveau à nous apprendre ? »

Kehoe tendit à Lucas une liasse de papiers, maintenus ensemble par un trombone surdimensionné. Il s'agissait d'une liste des victimes, comportant des renseignements divers organisés par colonnes. Lucas savait pertinemment à quoi jouait Kehoe. Il détestait faire son numéro de singe savant, mais se prêta malgré tout à l'exercice.

Lucas passa en revue la première page, puis la deuxième. Chacune comportait quarante-cinq lignes de texte organisées par ordre alphabétique, où s'étalaient des informations de base sur les victimes : sexe, âge, profession, adresse…

Il parcourut les dix-sept pages, avant de les reposer sur le bureau près de Chawla.

« D'accord, dit-il.

– Quoi, "d'accord" ? fit Chawla, l'air perplexe.

– Sept cent deux victimes, commença-t-il sur un signe de Kehoe. Trois cent vingt-quatre hommes, trois cent soixante-dix-huit femmes, ce qui équivaut respectivement à 46,1538 % et 53,8461 % de l'ensemble. La tranche d'âge la plus représentée est celle des quarantenaires, avec deux cent huit individus, dont cent-dix-sept hommes et quatre-vingt-onze femmes. C'est étonnamment la seule tranche d'âge où les hommes sont majoritaires, si l'on excepte les personnes de quarante et un ans. Sur sept cent deux victimes, cinq cent dix-huit vivaient à Manhattan. Après Manhattan, les principaux lieux de résidence par ordre décroissant sont le Connecticut, la Californie, le Paraguay…, c'est un pays, pas un État américain, précisa-t-il en regardant Chawla, puis le Maryland, le New Jersey, le Texas, la Norvège, l'Allemagne, l'Angleterre, le Canada et le Nouveau-Mexique. »

Tout le monde le fixait avec des yeux ébahis, même Whitaker.

« Combien d'entre eux avaient un 7 dans leur numéro de rue ? interrogea Kehoe, imperturbable.

– Cent soixante et un. Pour trente-six d'entre eux,

le 7 occupe la première place ; pour quarante et un, la deuxième, ce qui constitue le groupe le plus important ; pour trois d'entre eux, la cinquième. C'est le groupe le plus réduit – ce qui s'explique par le fait que seules neuf victimes au total avaient un numéro de rue à cinq chiffres. C'est une rareté. Le chiffre le plus courant parmi ces sept cent deux victimes est le 2, dont on retrouve neuf cent huit occurrences, suivi du 1 avec huit cent quatre. »

Kehoe ne souriait jamais au travail, mais sa satisfaction était visible.

« Combien de personnes âgées de cinquante-cinq ans ?

– Trente-huit hier. Trois d'entre elles auraient célébré leurs cinquante-six ans aujourd'hui et deux demain.

– Merde alors… lâcha Chawla.

– Je pourrais continuer comme ça toute la journée, dit Lucas en se levant, mais j'ai mieux à faire. À présent, si vous voulez bien m'excuser, je n'ai aucune envie d'être ici. »

Lucas quitta le microclimat du véhicule et sortit sous le soleil automnal en descendant le marchepied d'une enjambée prudente. Whitaker lui emboîta le pas. Elle ferma la porte derrière elle, assourdissant la conversation qui se poursuivait entre Kehoe, Chawla et Morrison.

Deux blocs plus haut, les manifestants continuaient de scander : « Fake news ! Fake news ! Fake news ! » Le degré d'ignorance de ses concitoyens le consternait.

Il ferma les yeux et se concentra sur sa respiration, tâchant d'ignorer la foule dont le tumulte s'élevait par-dessus la rumeur de la ville. Il était difficile de trouver un équilibre entre cette journée radieuse, la gravure de Gustave Doré à l'intérieur du musée et les imbéciles dans la rue. Il se demanda s'il allait vomir de nouveau.

« Vous m'avez manqué, vous savez », dit Whitaker en arrivant derrière lui.

Même sans la voir, il savait qu'elle souriait.

10

26, Federal Plaza

Lucas compta trois cent sept agents dans la salle de conférence, ce qui devait être un record. L'auditorium n'était pas très différent de celui où il donnait ses cours à Columbia, juste un peu plus bas de plafond – et plus fourni en armes de poing. Une estrade trônait au bout de la pièce, ainsi qu'un mur d'écrans dernier cri encore éteints – chose inhabituelle, pour une enquête de cette envergure. De toute évidence, Kehoe voulait accaparer l'attention.

Il donnerait le coup d'envoi de l'enquête en personne, mais tous les briefings à venir – deux par jour, d'après le protocole – seraient effectués par l'agent spécial Samir Chawla, qui se tenait sur le côté. Le FBI était une immense machine bureaucratique obéissant à une hiérarchie aussi immuable que son austérité vestimentaire. Au Bureau, chacun avait un poste, chaque poste une fonction, et chaque fonction sa raison d'être, depuis le sommet de la pyramide jusqu'au laveur de voitures.

Kehoe avait l'attitude parfaite, le dosage idéal de pondération et d'autorité. Son milieu d'origine et son environnement professionnel étaient diamétralement opposés – il avait grandi dans une riche famille de la côte

Ouest qui s'était non seulement illustrée dans l'agriculture et l'industrie, mais aussi dans la politique. Pianiste concertiste à l'âge de quinze ans, il avait ensuite suivi des études classiques à Yale, d'où il était sorti diplômé en droit. Lucas comprenait ce qu'une telle fortune impliquait – lui-même avait bien connu cela. Très peu osaient décevoir les attentes de leur famille pour suivre un itinéraire de poète maudit. Les histoires comme celle de Kehoe démontraient à l'envi que le métier avait quelque chose d'addictif. Il n'y avait qu'à voir le nombre d'agents qui avaient tout sacrifié – mariage, amis, santé, jeunesse – sur l'autel de leur carrière.

Kehoe lui-même ne pouvait pas triompher du temps ; ces vingt dernières heures lui avaient fait perdre un peu de son lustre. Il venait d'annoncer qu'il leur faudrait travailler dans un esprit de collaboration, y compris avec d'autres agences aux niveaux fédéral, étatique et municipal.

« Il n'est pas impossible qu'il y ait des interférences entre les différentes juridictions, mais je ne veux pas que ce petit jeu de l'oie freine notre travail. Si vous rencontrez des problèmes, je vous demande de consulter le service juridique. Cette affaire va faire les gros titres pendant longtemps. Cela veut dire qu'on ne peut se permettre aucune erreur, dit-il en levant une main pour faire taire les murmures. Nous avons déterminé que l'explosion était due à une bombe thermobarique. Vous vous souvenez sans doute de la première utilisation officielle de la bombe à effet de souffle massif, ou MOAB – communément appelée "Mère de toutes les bombes" –, par nos forces armées en Afghanistan, le 13 avril 2017. Le dispositif utilisé au Guggenheim est une version modifiée et allégée de la MOAB. » Son élocution se faisait plus fluide avec chaque syllabe, la volonté prenant le pas sur l'épuisement. « Les armes thermobariques sont relativement simples à fabriquer. Elles agissent à peu de chose près comme les explosions de silos à grain… dit-il avant de s'interrompre pour boire une gorgée de thé. Dans ce cas précis, les particules inflammables ont été délivrées sous forme de confettis en aluminium, projetés par un canon à neige – le type d'engin utilisé au cinéma et à la télévision pour créer des effets météorologiques. »

À ces mots, une image en haute définition de la machine à confettis s'afficha sur les écrans. Les quatre énormes tambours d'acier ressemblaient maintenant à ce qu'ils étaient : des bombes.

« À l'heure qu'il est, le TEDAC[1] s'occupe de démonter tout le système boulon par boulon. Ils nous ont confirmé la composition chimique des confettis : une fine couche d'aluminium, à laquelle ont été agglomérés d'autres composants, notamment des molécules de magnésium, qui ont accéléré la combustion et amplifié l'onde de pression. Les banderoles accrochées au plafond étaient fabriquées dans le même matériau. Les engrenages à tambour ont été modifiés de façon à créer une charge statique après un certain nombre de tours – environ soixante-dix – ce qui correspond au moment où presque tous les confettis avaient été expulsés. En plus des sept cent deux vies perdues, l'explosion a détruit pour un milliard de dollars d'œuvres d'art. »

Des centaines de morts : murmures fugaces. De l'argent perdu : exclamations choquées.

Kehoe leva un sourcil, qui fit taire toutes les voix.

« Beaucoup d'entre elles avaient été prêtées par des collectionneurs privés, mais certaines appartenaient à des entreprises. Ce qui signifie qu'on ne peut pas entièrement écarter une fraude à l'assurance ou un abus de confiance. »

Kehoe posa les mains de part et d'autre de l'estrade

1. Le Terrorist Explosive Device Analytical Center (TEDAC) est l'organisme du FBI chargé d'analyser les dispositifs explosifs terroristes.

et se pencha en avant. Une photo du Guggenheim s'afficha sur les écrans autour de la pièce.

« L'entreprise ayant organisé le gala – Horizon Dynamics – est une société privée qui devait ouvrir son capital ce matin ; on estime que l'introduction en Bourse aurait généré un demi-milliard de dollars. C'est pour cette occasion que la soirée avait été organisée. Horizon Dynamics est une compagnie spécialisée dans l'évaluation des risques environnementaux et la régénération des écosystèmes endommagés par l'industrie, particulièrement les sites d'extraction pétrolière et les mines de bauxite. Tous ses dirigeants et la plupart de ses cadres intermédiaires sont décédés : l'entreprise ne s'en relèvera pas. Comme il s'agit d'un crime dont les retombées se comptent en milliards de dollars, nous travaillerons main dans la main avec la SEC[1], les services d'inspection de la poste et des impôts, la CFTC[2] et le département du Trésor. Jusqu'à présent, aucune de ces agences n'a pu nous fournir de piste.

« Jusqu'à preuve du contraire, nous considérons cet attentat comme un acte terroriste, bien que le motif idéologique nous soit encore inconnu. Notre groupe d'intervention conjoint collaborera avec toutes les agences extérieures habituelles. Nous avons également contacté certains services de renseignement étrangers via les départements de la Justice et de la Sécurité intérieure. Pour l'instant, les gens que nous recherchons sont de vrais fantômes, nous ne savons même pas s'ils sont américains. Tout ce dont nous sommes sûrs, c'est qu'ils sont plusieurs.

1. La Securities and Exchange Commission (SEC) est l'organisme fédéral américain de réglementation et de contrôle des marchés financiers.
2. La Commodity Futures Trading Commission (CFTC) est une agence fédérale américaine indépendante chargée de la régulation des Bourses de commerce.

« D'après les premiers indicateurs, l'attentat est trop élaboré et méthodique pour avoir été perpétré par un groupe islamiste ; la plupart d'entre eux sont incapables d'une telle sophistication. Nous ne les excluons pas entièrement pour autant, mais nous penchons davantage pour une organisation financée par une puissance étrangère. On m'a également signalé la possibilité d'un groupe éco-fasciste… Nous attendons d'avoir du nouveau, dit-il en se tournant vers Lucas, qu'il fixa un moment. Dans l'analyse des indices, nous devrons non seulement nous pencher sur les éléments dont nous disposons, mais aussi nous intéresser à ceux qui manquent.

« Nos équipes interrogent absolument tout le monde, de l'agence d'événementiel à l'entreprise de livraison, en passant par l'usine de confettis et bien sûr le fabricant du canon à neige. »

Kehoe fit un signe de tête et les écrans affichèrent aussitôt des photos de la scène se déroulant derrière le cordon de police du musée : une foule brandissant des pancartes conspirationnistes et des écriteaux *QAnon*. Les messages ne manquaient ni de slogans invraisemblables ni de fautes d'orthographe.

« Ces personnes constitueront votre plus gros obstacle. Nous passons les réseaux sociaux et les forums au peigne fin ; ils diffusent des mensonges et des fausses informations à un rythme effréné. Deux touristes ont déjà été laissés pour morts par des justiciers du dimanche. Ces gens sont une source de joyeusetés inépuisable, donc préparez-vous à ce que ce ne soit qu'un début. Vous savez tous combien les réseaux sociaux peuvent nous donner du fil à retordre ; avec un tel nombre de victimes et tant d'attention sur la scène internationale, on peut s'attendre au pire. Des innocents risquent de faire les frais de l'effet de meute. Ce groupe de complotistes devant le musée n'est que la partie émergée de l'iceberg. Je pense que leurs rangs vont grossir de façon problématique, tant dans le monde virtuel que dans le monde réel. Une fois de plus, si vous avez le moindre doute, n'hésitez pas à poser des questions, dit-il avant de faire un pas de côté en désignant Lucas d'un signe de tête. Ce qui m'amène au Dr Page, l'homme qui se tient au fond de la salle avec l'agent spécial Whitaker. »

Lucas comprit que le moment était venu de faire un petit numéro de famille soudée. Sans se donner la peine de saluer l'assemblée, il lui fit cadeau d'un bref hochement de tête et laissa Kehoe continuer :

« Ceux d'entre vous qui étaient là l'hiver dernier pendant l'affaire du sniper se souviennent sans doute de lui. Le Dr Page est mathématicien..., astrophysicien, pour être exact, et travaille pour nous en tant que consultant. Ses méthodes ne sont pas toujours conventionnelles, mais je veux que vous l'aidiez sans rechigner, quoi qu'il vous demande. Veuillez garder vos téléphones et vos ordinateurs à portée de main et vous tenir au courant des avancées. À l'avenir, les briefings seront assurés par l'agent spécial chargé de l'affaire – vous connaissez tous Samir Chawla. »

Kehoe fit un signe de tête à ce dernier, puis éteignit le micro et s'éloigna de l'estrade.

11

Bureaux de CNN,
Columbus Circle

Melanie McGillivray achevait son cinquième mois de stage au service communication de CNN. Elle était titulaire d'une licence d'informatique et se spécialisait dans l'analyse des systèmes. Elle espérait un jour diriger le service informatique d'une entreprise du classement *Fortune 500* ou d'une société high-tech de la Silicon Valley. Mais en attendant d'avoir l'expérience et les contacts nécessaires à une si périlleuse ascension, elle devrait se satisfaire d'un travail qui ne soignait ni son statut social, ni ses finances, ni son amour-propre – ce dernier manque étant le plus douloureux.

Aujourd'hui, comme tous les jours depuis cinq semaines, elle était reléguée dans l'un des derniers cercles de l'enfer. Melanie et quatre autres stagiaires étaient chargés de gérer l'afflux délirant d'emails reçus par la chaîne. Dans toute autre entreprise, elle aurait passé son temps à mettre en quarantaine des virus provenant de sites pornos (transmettre des virus virtuels par voie d'organes génitaux tout aussi impalpables lui semblait d'une délicieuse ironie), à réparer des bloqueurs de pop-up, à installer des correctifs antivirus, à mettre à jour des logiciels et de manière générale à maintenir le taux d'erreur humaine à un niveau raisonnable.

Mais McGillivray ne travaillait pas dans un bureau classique. On n'y vendait ni gadgets, ni propriétés immobilières, ni services administratifs. Ici, le fonds de commerce était la denrée la plus prisée qui soit : l'information. Ce métier générait une quantité extraordinaire de correspondance et toutes sortes de cauchemars numériques.

Depuis l'explosion du Guggenheim la veille au soir, chaque citoyen faisait preuve d'un zèle inhabituel, particulièrement les malades mentaux de tous bords. Le réseau de la chaîne était inondé d'« indices » et de « renseignements » divers. En d'autres termes, de foutaises absolues. Ces messages s'ajoutaient à ceux des trolls habituels, dont ils filtraient déjà les inepties à longueur de journée. La machine tournait à plein régime.

Dans le secteur de l'information, les reporters comme leurs sources étaient la proie constante des hackers et maîtres chanteurs de tout poil. Cela rendait la transmission et la sauvegarde de l'information de plus en plus difficiles. Les journalistes formant une corporation légitimement paranoïaque, ils avaient recours à de nombreux logiciels de cryptage et mots de passe ultracomplexes qui leur permettaient de protéger l'information – y compris d'eux-mêmes.

Chad Worthington fulminait, courbé par-dessus l'épaule de Melanie. Il avait reçu un SMS anonyme lui conseillant de prendre au sérieux un e-mail qui ne lui était jamais parvenu.

« Ce n'est quand même pas sorcier, bon sang ! cracha-t-il. Où peut bien être cette connerie d'e-mail ?! »

Chad était un stéréotype absolu et semblait en tirer une grande fierté. Il était aussi l'un des rares présentateurs hétérosexuels à ne pas avoir pris sa retraite anticipée avec un parachute doré au moment de la vague #MeToo. C'était un très mauvais journaliste, mais un présentateur acceptable – ce qu'il percevait avec une clairvoyance inhabituelle dans ce milieu. En temps normal, Chad ne se prenait pas au sérieux, mais aujourd'hui il faisait exception à la règle.

McGillivray s'efforçait de l'ignorer tandis qu'elle tapait, cliquait, surlignait, glissait, agrandissait. Il lui fallut quatre minutes pour retrouver l'email. Le courrier ressemblait à une publicité pour engrais, ce qui expliquait qu'il ait atterri dans les spams.

« C'est bien celui-là ? » demanda-t-elle.

Worthington se pencha par-dessus son épaule en plissant les yeux. Il sentait la laque et l'eau de Cologne, avec une pointe de café.

« Qu'est-ce que j'en sais ? répondit-il en brandissant son téléphone. Tout ce que j'ai, c'est ce texto. Je ne vois pas qui s'emmerderait à me contacter sur ma ligne cryptée pour me faire consulter une brochure…

– Peut-être que ce n'en est pas une, suggéra McGillivray en se retenant de lever les yeux au ciel. Il est possible que ça en ait *seulement* l'air. »

Melanie scanna le courrier avec un antivirus et l'ouvrit lorsque ce dernier lui donna le feu vert.

Ce n'était pas une brochure.

C'était une lettre.

Ils entamèrent la lecture.

« Mon Dieu ! » s'exclama-t-elle, une fois arrivée à la moitié du premier paragraphe.

Worthington n'avait pas fini de lire, mais il avait l'habitude de parler en même temps. C'était l'un des talents qui, après trente ans passés devant une caméra à écouter les commentaires du producteur dans l'oreillette, étaient devenus une seconde nature chez lui.

« L'email est authentique ? demanda-t-il.

– Il a été envoyé hier à… dix-huit heures trente-deux

passées de trente secondes, dit-elle en consultant l'horodatage.

– Soit trente secondes avant l'explosion », observa Worthington sans essayer de masquer son excitation.

12

26, Federal Plaza

Lucas et Whitaker se trouvaient dans le bureau de Kehoe avec Chawla et l'agent spécial Kathryn Brady. Cette dernière était l'une des têtes pensantes du groupe d'intervention antiterroriste et une spécialiste du conformisme idéologique. À mi-chemin entre la psychologue et la nécromancienne. Lucas se demanda quels étaient ses rapports avec Whitaker, car il flottait entre elles une tension silencieuse. Brady était une femme élancée au visage large, dont les grands yeux noirs lui mangeaient le visage. À première vue, elle respirait l'intelligence et semblait avoir un détecteur de connerie réglé au millimètre. Lucas décida toutefois de réserver son jugement – tout le monde pouvait donner l'illusion de la compétence pendant quelques minutes.

Au cours de cette réunion, Chawla s'occupa principalement de distribuer les rôles. C'était un homme intéressant et sa présentation confirma l'avis de Whitaker, mais une certaine suffisance filtrait sous son vernis d'autorité, ce qui conduisit Lucas à se demander s'il saurait accepter les critiques. Les enquêtes de cette envergure étaient vouées à faire quelques sorties de route et il fallait être capable de rectifier la trajectoire rapidement.

Chawla toisait Lucas, espérant sans doute lui faire détourner le regard. Une bataille perdue d'avance.

« Vous n'êtes pas de cet avis, docteur Page ?

– Si, l'explosion présente tous les signes d'un attentat terroriste, mais je pense que vous en venez aux conclusions un peu vite…

– Mais encore ? demanda Chawla d'un air irrité.

– Comme le disait Kehoe, cela pourrait être une fraude à l'assurance ou un vol d'œuvres d'art. Une manipulation boursière. Une compagnie rivale qui élimine la concurrence. Quelqu'un qui veut faire passer un message. Je n'ai pas de boule de cristal, mais je pense qu'il est trop tôt pour se limiter à une seule piste de réflexion.

– Pourriez-vous développer un peu ? intervint Brady.

– Avec sept cent deux victimes, on retrouve bien cette dimension massive de l'attentat terroriste ; mais ces gens n'étaient pas des Américains moyens en balade au centre commercial. Pour la plupart, il s'agissait d'investisseurs richissimes, invités à une soirée bien particulière. Le musée abritait des milliards de dollars d'œuvres d'art. Quant à l'explosion elle-même, elle ne visait pas seulement à leur ôter la vie : c'était un acte sadique. On a voulu les faire souffrir.

– Et selon vous, cela ne s'apparente pas à du terrorisme ? »

Lucas n'aimait pas qu'on essaie de le piéger comme un étudiant en première année de philo.

« Bien sûr que cela s'y *apparente*, mais il pourrait aussi s'agir d'une quantité d'autres choses…

– Pour que la fraude à l'assurance soit rentable, il faudrait qu'il y ait des dizaines de bénéficiaires, dit Chawla en remontant légèrement les manches de sa veste, laissant apparaître le centimètre de chemise réglementaire.

– Qu'est-ce qui vous fait dire ça ? demanda Lucas en le dévisageant par-dessus ses lunettes de soleil.

– L'œuvre la plus chère valait environ trente millions de dollars. Personne ne tuerait sept cents personnes pour une somme pareille.

– La semaine dernière, une femme a été assassinée dans le Lower East Side pour trois dollars. Multipliez la somme par 702 et vous verrez que pour certains criminels, cette assemblée vaut exactement deux mille cent six dollars. Il y a des gens qui mettraient la ville entière à feu et à sang pour trente millions.

– Vous pensez vraiment que c'est une arnaque à l'assurance ? »

Lucas commençait à perdre patience, mais s'efforça au calme.

« Tout ce que je dis, c'est que si le nombre des victimes se prête à l'interprétation terroriste, il y a d'autres possibilités.

– Docteur Page, dit Chawla avec un rictus, il s'agit du monde réel, pas d'un manuel de vulgarisation scientifique en vente à l'aéroport. »

Lucas comprit à cette pique que l'homme avait sans doute lu certaines critiques peu inspirées de son dernier livre.

« Pour l'instant, la seule certitude, c'est que nous ignorons complètement qui a fait cela et pourquoi. Quiconque affirme le contraire devra se préparer à un échec cuisant…

– Page, Chawla, intervint Kehoe, cela ne mène à rien.

– Je ne fais que répondre aux questions », dit Lucas en haussant les épaules.

Chawla se pencha en avant.

« Je ne pense pas…

– Je le sais bien. C'est pour ça qu'on m'a fait venir. » Lucas but une gorgée de café et croisa le regard de Whitaker, qui souriait par-dessus l'épaule de Chawla. « Toutes mes excuses, Brett. Je vais examiner la liste des victimes pour voir si je remarque quelque chose d'intéressant. Une anomalie quelconque. »

Kehoe hocha la tête, comme si cela suffisait à clore le débat.

« Bien, tout doit passer par l'agent spécial Chawla ici présent. Et, Chawla ? lança-t-il avec autorité, je vous demande de coopérer avec le Dr Page. »

Le visage de Chawla était encore figé entre la stupeur et l'indignation lorsqu'un homme frappa à la porte et entra sans y être invité. Il s'agissait du monstrueux assistant de Kehoe, Otto Hoffner.

« CNN vient de recevoir une lettre du terroriste », lâcha-t-il.

13

La nouvelle se répandit comme une traînée de poudre, soulevant les derrières de leurs chaises et générant un murmure qui s'amplifia jusqu'à devenir un concert d'exclamations. Chawla fendit la pièce, Lucas, Brady, Whitaker et Hoffner sur ses talons, en ligne droite vers l'une des salles de conférence sécurisées aux cloisons de verre opaques.

Lorsqu'il ouvrit la porte, deux hommes étaient déjà au travail. Il leur présenta le premier, l'agent spécial Stanley Tranter. Ce dernier travaillait au service de linguistique appliquée et aurait semblé plus à son aise sur un parcours de golf ou assis sur une tondeuse à gazon autoportée. Le deuxième, Olly Porchnoy, travaillait à la Criminalistique numérique. Il pouvait avoir douze ans aussi bien que trente et portait un costume très bon marché qui ne détonnait pas avec ses chaussures en similicuir et sa chemise froissée couleur lavande. Il sentait la crème contre l'acné.

Porchnoy ne perdit pas de temps en poignées de main et passa tout de suite aux choses sérieuses :

« Bien, dit-il en tapant sur l'un des dix claviers d'ordinateur alignés sur la surface en imitation bois. Cet e-mail a été envoyé hier soir à l'adresse professionnelle de Chad Worthington chez CNN, à dix-huit heures trente-deux passées de trente secondes. Le courrier était déguisé en spam et avait donc été bloqué par le filtre du réseau.

Aujourd'hui, Worthington a reçu un texto l'informant qu'il avait manqué un e-mail important et s'est adressé aux informaticiens de la maison. Ce sont eux qui nous ont appelés. Le courrier est toujours en cours d'analyse, mais il semble qu'il ait été transmis via un serveur anonyme. Les métadonnées ne nous ont rien appris, et je doute que le code nous en dise plus. »

Il se tut et changea de clavier sans rien ajouter. Lucas reconnut l'attitude d'une personne plus à l'aise avec les chiffres qu'avec les gens.

Hoffner embraya : « L'auteur de l'attentat a prévenu CNN que s'ils ne publiaient pas sa lettre il tuerait des enfants en direct à la télévision. Il leur a donné jusqu'à quinze heures pour la diffuser. »

Lucas jeta un œil à sa montre – cela leur laissait à peine vingt minutes d'avance sur le reste du monde.

L'équipe de Brady se trouvait chez CNN, au Time Warner Center, d'où elle la tenait au courant des avancées. Brady tapota l'écran de son iPhone – enserré dans une sorte de coque imperméable qui lui donnait la taille d'une batterie de voiture.

« Le producteur s'est résigné à accepter, pour empêcher une nouvelle attaque. Leur service juridique a préparé un courrier pour couvrir leurs arrières.

– Pourquoi ce chantage ? demanda Lucas, qui ne comprenait pas la logique de la requête. Les chaînes de télé n'ont pas vraiment besoin d'incitation pour diffuser ce genre d'info…

– Je pense que vous comprendrez quand vous aurez entendu ça », dit Tranter, avant de leur en faire lecture à voix haute.

La lettre tenait en deux paragraphes. Ni salutations ni fioritures, uniquement des énoncés clairs, concis. Le langage était austère et dépassionné, mais la menace on ne peut plus tangible.

Ils voulaient une révolution. Ils voulaient que le monde

se soulève contre la technologie. Pour une renaissance de l'humanité. Pour remettre les pendules de l'histoire à zéro.

Dans le cas contraire, ils réduiraient le monde en cendres.

Quelque chose devait avoir changé dans l'expression de Lucas, car Whitaker lui tapota le bras.

« Qu'est-ce qui vous fait sourire ? » chuchota-t-elle.

La lecture terminée, Chawla affichait toujours le même air irrité. Brady attendait, les bras ballants, l'air déconnectée. Hoffner gardait les yeux fixés sur sa tablette.

« Cette lettre n'a pas été écrite par notre tueur, dit Lucas en haussant les épaules.

– Qu'est-ce qui vous fait dire ça ? demanda Chawla, déjà prêt à en découdre.

– Elle n'a pas été écrite par une personne, mais par une machine. »

14

Whitaker s'engouffra dans l'ascenseur juste avant la fermeture des portes.

« Vous devriez vous calmer un peu…

– J'en ai marre de me faire emmerder.

– Manque de bol, c'est la vie. Vous feriez mieux de vous y habituer. Les gens vous font chier, ils me font chier, ils trouvent même le moyen de se faire chier eux-mêmes. Vous êtes trop intelligent pour vous battre contre des moulins à vent. Et moi je ne suis pas assez bête pour ça. »

Lucas pressa sa phalange en aluminium sur le bouton. Ils entamèrent leur descente vers le parking.

« Qu'est-ce que vous nous avez fait, là-haut ? »

L'ascenseur s'enfonça dans les profondeurs du bâtiment, tandis que les numéros effectuaient un décompte semblable à la minuterie d'une bombe.

« Cette lettre n'a pas été écrite par les personnes responsables de l'attentat, mais par un algorithme.

– Vous en êtes cer… commença-t-elle, avant de reformuler la question : Comment le savez-vous ? »

Depuis quatre ans, Lucas dispensait un cours intitulé « La théorie de la simulation et le cosmos », dont le postulat de départ était que la vie humaine avait été créée par un code informatique complexe régissant la mécanique de l'univers. Même s'il se plaisait à dénigrer l'intelligence des étudiants qui fréquentaient sa classe, il lui fallait reconnaître que beaucoup d'entre eux lui avaient donné du fil à retordre. Il avait beau être astrophysicien, la nature transversale de ce cours avait attiré de nombreux étudiants en informatique, dont certains avaient plus d'un tour dans leur sac. Il lui arrivait régulièrement de corriger des copies écrites par des algorithmes. Les premières fois, il avait bien vu que quelque chose ne tournait pas rond, sans réussir à mettre le doigt sur le problème, mais, lorsqu'il s'était enfin décidé à prendre le temps de décortiquer l'une d'entre elles, il avait compris ce qui le tracassait : le texte avait été composé par un générateur automatique.

« Ce n'est pas la nécessité qui est mère de l'invention, c'est la paresse. J'ai lu de nombreuses dissertations rédigées par des outils textuels. J'ai d'ailleurs écrit deux articles sur le sujet. Ce sont des maths à l'état pur. Les êtres humains ont une façon de penser bien particulière.

– Et les ordinateurs ?

– Les ordinateurs ne pensent pas, ils imitent la pensée. Avec les nouvelles évolutions, on n'a plus besoin d'édicter toutes les règles auxquelles la machine doit obéir – ce qui était une solution imparfaite, car le programmeur ne peut pas anticiper toutes les situations. Aujourd'hui, l'intelligence artificielle se perfectionne à force de tâtonnements, ce qu'on appelle l'« apprentissage profond ». C'est un mode d'acquisition qui repose sur l'exemple et non sur la règle. Les machines sont très douées pour cataloguer les exemples. Plus que les humains, pour être honnête – comme le démontre leur efficacité aux échecs, au jeu de go ou pour couper les carottes. En revanche, elles ne savent pas aussi bien traiter les informations nouvelles. Mettez un oignon dans une machine à couper les carottes, ou donnez un jeu de cartes à un programme d'échecs, et ils ne valent plus un clou. Ils ne savent pas s'adapter. Autrement dit, ils sont incapables de *penser*. Ce qu'illustre bien ce qui s'est passé en mars 2018, quand une voiture autonome d'Uber a renversé une piétonne. Le logiciel a bien enregistré sa présence sur la route, mais n'avait jamais vu d'humains en dehors des passages cloutés et n'a donc pas compris que cette femme se trouvait réellement là. Il n'a pas été capable de s'adapter à une situation inédite – même s'il ne commettra pas la même erreur deux fois.

« Le langage, en revanche, comporte un nombre limité de composants et de difficultés, c'est pourquoi cette lettre a bien pu être écrite par une machine. Son texte a été généré par un algorithme à partir d'une somme de données. Cependant, s'il y a une chose dont les ordinateurs sont incapables, c'est d'écrire avec style – et je vous garantis que le GAT, pardon, le générateur automatique de texte, qui a composé cette lettre n'est pas particulièrement sophistiqué. »

L'ascenseur descendit jusqu'au sous-sol, où les portes s'ouvrirent sur trois hommes armés de fusils, le doigt sur la détente. Cette mesure de précaution excessive en disait long sur la paranoïa qui s'était emparée du système.

Lucas suivit Whitaker dans le couloir à l'éclairage blafard qui menait au parking.

« Comment expliquez-vous que Tranter n'ait pas su voir ça ?

– Il faut lui laisser le temps. À tous les coups, on va recevoir un appel dans une demi-heure, quand il aura passé le texte dans un de ses logiciels et qu'il me donnera 80 % de chances d'avoir raison. Mais ce sera trop tard, parce que CNN aura déjà diffusé la lettre et que le message aura commencé à circuler. Or, vous savez comme moi que le pays ne manque pas de tarés prêts à mordre à l'hameçon au premier Pizzagate[1] venu.

1. Théorie conspirationniste prétendant qu'il existe un réseau de pédophilie autour de John Podesta, l'ancien directeur de campagne de Hillary Clinton.

– Alors qu'est-ce qui se passe vraiment, selon vous ? »

À ce stade, c'était la question centrale.

« Vous voyez Ted Kaczynski ?

– Unabomber ?

– Non, Ted Kaczynski, l'auteur de livres pour enfants. »

Whitaker lui jeta un regard noir.

« Je me souviens de mes cours à Quantico, dans les grandes lignes. C'était un… merde, c'était un mathématicien, non ? Il pensait que le progrès technologique conduisait l'humanité à sa perte et a essayé de provoquer une révolution en envoyant des colis piégés à diverses personnes – propriétaires de magasins d'informatique, professeurs d'université, etc. Il a aussi essayé de faire exploser un avion de ligne, mais le mécanisme a mal fonctionné et le pilote a pu atterrir. De la fin des années soixante-dix au milieu des années quatre-vingt-dix, il a tué trois personnes et en a blessé plus d'une vingtaine… »

Lucas s'aperçut qu'il avait toujours dans la bouche un goût de suie, et de quelque chose d'autre aussi.

« Cette lettre, poursuivit-il, c'est une version expurgée du manifeste d'Unabomber. Elle ne contient rien de nouveau : au lieu d'appeler le système "société industrielle", l'algorithme l'a renommé "civilisation technologique". C'est à peu près toute la différence. Le courrier reprend les griefs principaux de Kaczynski – à l'exception de ses partis pris politiques – et les synthétise en quelques lignes que le citoyen moyen, avec son déficit de l'attention galopant, peut comprendre sans mal. C'est toute la beauté des outils de synthèse automatique : ils sont capables d'ingurgiter de vastes quantités de données. L'ironie de la situation, c'est qu'un technophobe n'aurait jamais recours à un algorithme pour appuyer sa thèse.

– En somme, ces gens se foutent de nous ? Ils n'ont pas vraiment peur que Skynet prenne le contrôle du monde ?

– La personne aux manettes est intelligente – on ne construit pas une bombe thermobarique de ce genre sans un sacré paquet de matière grise. Rien n'est fait au hasard. Il s'agit peut-être de nous induire en erreur. Ou peut-être pas, dit-il avant de se tourner vers elle. C'est quoi, ce "Skynet", au juste ?

– Vous n'emmenez jamais vos gosses au cinéma ?

– Si, tout le temps. La semaine dernière on est allés voir *De Nuremberg à Nuremberg.*

– Je pensais que vous étiez plus du genre *Le shérif est en prison*.

– Ça, c'était la semaine d'avant. »

Whitaker rit de bon cœur.

« Comment se porte la couvée, d'ailleurs ? Avec tout ça, j'ai oublié de demander.

– Tout va bien. Erin ouvre un nouveau cabinet avec une collègue, elle est très enthousiaste. Maude est une vraie artiste en herbe ; Damien s'efforce de devenir le prochain Jimi Hendrix ; Hector semble se foutre d'absolument tout, je le vois bien devenir serveur ou romancier ; quant à Laurie et Alisha, c'est le grand inconnu – elles sont encore trop jeunes pour que je puisse me faire une idée.

– On dirait que tout va pour le mieux dans le petit monde des Page.

– Je n'ai pas à me plaindre, dit-il avant de prendre conscience qu'il était lui aussi censé apporter sa pierre à l'édifice de la conversation. Et vous ? Quoi de neuf ? Vous avez tué quelqu'un, récemment ?

– Personne, dit-elle en riant. J'essaie de devenir une vraie femme d'intérieur, donc j'ai fait l'acquisition d'un cactus. Il est en plastique, mais personne n'ose m'en faire la remarque. »

Un Latino en treillis et casquette des Yankees se tenait devant trois SUV alignés sur le côté de la station de lavage. Il chantonnait en remplissant un seau d'eau et Lucas jalousa son travail un instant.

« Salut, Augustin ! lança Whitaker en lui faisant un signe de la main. Tu ne t'arrêtes donc jamais ?

– J'ai trop de travail ! » répondit l'homme avec un accent prononcé.

Lucas suivit Whitaker dans l'allée principale, où s'alignaient les véhicules noirs emblématiques du bureau.

« C'était quoi, cette petite vanne de Chawla à propos de votre livre ?

– Chawla ne lit pas de livres, même s'il y a des images à l'intérieur. Il a probablement cherché mon nom sur Google.

– D'ailleurs, de quoi il parle, ce livre ? »

Les lumières d'un Navigator clignotèrent à leur approche. Lucas ouvrit la portière passager.

« J'y analyse l'expérience du chat de Schrödinger.

– Moi qui vous prenais pour un ami des chiens…

– Et dire qu'Erin se demande pourquoi je ne quitte pas la maison plus souvent ! »

15

Quelque part sur Broadway

Le téléphone sonna dans l'habitacle.

« Whitaker à l'appareil, dit-elle en décrochant via un bouton sur le volant.

– Vous êtes toujours avec Page ? fit la voix de Chawla en stéréo.

– Je suis là, dit Lucas en s'efforçant de ne pas laisser filtrer son irritation.

– Bien, écoutez, j'appelle pour vous mettre dans la boucle. La lettre va être diffusée à l'antenne dans cinq minutes et je voulais vous tenir au courant au cas où quelqu'un d'important poserait la question. Nous avons donné un nom au poseur de bombe, que nous utiliserons dans tous les communiqués et conférences de presse. Ce sera aussi sa désignation en interne.

– Je vous écoute, dit Whitaker en tambourinant sur le volant tandis qu'ils ralentissaient à l'approche d'un feu rouge sur Broadway.

– Comme nous l'avons fait par le passé, nous utiliserons les premières lettres de la cible pour former l'acronyme. »

On avait formé Unabomber à partir des mots « université » et « avion ». Lucas ne voulait pas entendre ce que

Chawla s'apprêtait à dire, mais ne pouvait pas l'empêcher de continuer.

« Nous allons donc l'appeler Guggabomber.

– Vous vous foutez de nous, c'est ça ? » demanda Lucas sans retenir un rire.

Whitaker coupa le son.

« Page, soyez sympa. Vous n'avez pas besoin de ce job, mais moi si. Essayez d'être constructif », dit-elle en lui jetant un regard assassin.

Lucas haussa les épaules tandis qu'elle réactivait le micro.

« Écoutez, Chawla, vous devriez peut-être essayer quelque chose de plus léger, suggéra-t-il. Dans le même esprit, quitte à ce que ce soit moins… spécifique, peut-être.

– Comme quoi ?

– Qu'est-ce que j'en sais, moi !? s'emporta-t-il. Mais pas Guggabomber, par pitié ! On va passer pour des crétins. Pourquoi pas… » Il tenta de résumer tout ce qu'il avait appris sur leur homme ces derniers jours. « Pourquoi pas le Tueur aux machines ?

– "Le Tueur aux machines" ?

– C'est juste un exemple et il n'est pas particulièrement bon, mais c'est toujours mieux que Guggabomber. Ça correspond à ce qu'il essaie de dire dans sa connerie de lettre, où il affirme vouloir détruire la technologie. Et quand il s'avérera que j'avais raison et que ce courrier a été écrit *par* une machine, ça collera aussi à la nouvelle interprétation. Dans tous les cas, ça fonctionne », dit-il en jetant un regard à Whitaker.

Il avait l'impression d'avoir fait preuve de diplomatie.

Elle n'en secouait pas moins la tête d'un air désespéré.

« Le Tueur aux machines, répéta Chawla pour se faire une impression. Le Tueur aux machines… Je crois qu'on va rester sur Guggabomber », trancha-t-il avant de raccrocher.

Whitaker affichait toujours le même air désapprobateur.

« Quoi ? demanda-t-il. J'ai essayé.

– Je ne vous parle plus, à part pour vous demander la route, dit-elle en levant une main. D'ailleurs, on va où exactement ?

– Wall Street.

– Pourquoi ?

– Les requins sont toujours attirés par l'odeur du sang. »

16

Flash spécial de CNN

« Bonjour, ici Chad Worthington. Ceci est une exclusivité CNN.

« Il y a quelques instants, nous avons reçu une lettre de l'auteur de l'explosion qui a eu lieu hier soir au musée Solomon R. Guggenheim de Manhattan. Nous sommes pour le moment dans l'impossibilité de révéler comment nous avons pu vérifier l'authenticité de ce courrier, mais il a été certifié par le porte-parole du groupe d'intervention antiterroriste supervisé par le FBI.

« Prenez garde, le contenu de cette lettre peut s'avérer choquant et il n'a pas été expurgé :

Le système est défectueux, il doit être corrigé pour assurer la survie de l'humanité. Par humanité, nous entendons une société humano-centrée, où la valeur des relations sociales l'emporte sur les rapports entre l'homme et la technologie. La civilisation technologique est un oxymore qui ne peut se perpétuer. Nous ne le permettrons pas. Dans toute guerre, un premier coup doit être tiré. Dans trente secondes, l'institution technocentrique Solomon R. Guggenheim servira d'exemple.

La destruction de la civilisation technologique est impérative si la société des hommes veut survivre. Cette civilisation comporte des aspects positifs, mais ils sont si indissociables de ses aspects négatifs qu'il faut tout détruire pour pouvoir reconstruire une société digne d'exister. Les citoyens doivent accepter que la civilisation technologique ne puisse être réformée car le système y est trop omniprésent. Ce dernier doit être détruit. Nous le ferons par tous les moyens possibles. L'explosion d'aujourd'hui est le début d'une révolution. Tous les citoyens doivent nous rejoindre. Réduisez en cendres le système technologique. Rejetez les machines et embrassez votre humanité. La destruction est le seul objectif. Lorsqu'elle sera complète, la révolution aura eu lieu. Rien ne peut nous arrêter. Nous allons tout brûler.

« L'agent chargé de l'enquête, Samir Chawla, a surnommé l'auteur de la lettre "le Tueur aux machines". C'est par ce nom que le FBI se référera à lui en interne, ainsi que dans les futures conférences de presse et communiqués officiels.

« Nous n'en savons pas plus à l'heure qu'il est. Après la coupure, je recevrai le Dr Melanie Rimbaud, ancienne directrice adjointe du Consortium antiterroriste, un think tank qui conseille les gouvernements du monde entier sur les meilleures façons de combattre l'extrémisme politique et idéologique. Le Dr Rimbaud enseigne l'éthique de la diplomatie à Harvard et a récemment publié un nouveau livre intitulé *Bonne ou Mauvaise idée : Comment faire la distinction dans un monde complexe et souvent chaotique*. »

17

26, Federal Plaza

Assis à son bureau, Kehoe examinait la lettre. Elle avait beau manquer de détails, le message était clair : à travers cette prose dépassionnée, c'était une promesse de chaos qui se dessinait. Si le Guggenheim n'était vraiment qu'un début, le système allait être mis à rude épreuve.

Derrière la cloison de verre, les écrans de télévision diffusaient des variations de la même image en cristaux liquides : un présentateur fixant la caméra d'un air grave et donnant son avis sur un sujet dont il ignorait tout. Cela faisait trois minutes que CNN avait diffusé le scoop en exclusivité (ce qui ne tenait pas debout, se disait Kehoe : les terroristes auraient dû l'envoyer à toutes les chaînes s'ils voulaient vraiment provoquer le chaos). L'information se propageait maintenant sur les autres médias. Une fois de plus, l'agent spécial du FBI était à la fois impressionné et angoissé par la vitesse à laquelle les nouvelles circulaient dans le monde numérique. Particulièrement les *mauvaises* nouvelles.

On ne pouvait pas compter sur les médias pour agir de façon responsable, mais on pouvait toujours leur faire confiance pour être fidèles à eux-mêmes. Leur comportement était on ne peut plus prévisible.

Kehoe ne prit pas la peine de relire la lettre. Il se focalisa sur l'aspect général de ce manifeste miniature. Deux paragraphes. C'était peu, quoique suffisant. Lorsque cette affaire serait classée, la lettre figurerait en bonne place dans l'histoire – leur première vraie piste. Il n'oubliait jamais que si les agents faisaient de leur mieux pour lire dans les pensées des suspects, ces derniers en faisaient tout autant de leur côté.

Il fixait toujours la feuille lorsqu'on frappa à la porte. Avant même qu'il ait relevé la tête, une ombre imposante ne pouvant appartenir qu'à Otto Hoffner obscurcit son bureau.

Ce dernier attendait un signe pour parler ; comme le savaient tous les subordonnés de Kehoe, son immobilité ne signifiait en rien qu'il n'était pas occupé.

Kehoe se pencha en avant, les coudes sur son bureau, ses doigts joints sous son menton.

« Qu'est-ce qu'il y a, Otto ? »

Comme à l'accoutumée, le visage de Hoffner ne laissait transparaître aucune émotion – le vrai agent secret de cinéma. Il ne tombait jamais le masque, même lors du pot de fin d'année.

« Je voulais juste vous informer que Page était parti.

– Comment ça, "parti" ?

– Tranter était en train d'analyser la lettre et Page a pris la porte avant qu'il ait fini d'exposer ses conclusions.

– Est-ce qu'il a dit quelque chose ?

– Oui, que la lettre n'avait pas été écrite par un être humain, mais par une machine. »

Kehoe réfléchit un moment.

« Whitaker est partie avec lui ? » lâcha-t-il enfin.

Le géant hocha la tête.

Une fois Hoffner parti, Kehoe resta immobile quelques instants, tentant au mieux d'organiser ses pensées. Finalement, il décrocha le téléphone pour appeler Chawla, qui répondit à la première sonnerie.

« Oui, j'écoute.
– Comment vous entendez-vous avec Page ? »
Il y eut une pause, le temps nécessaire à Chawla pour trouver un moyen d'exprimer les choses de façon diplomatique.
« Je veux la vérité, insista Kehoe.
– Ce type est complètement cinglé. Il nous a claqué la porte au nez après avoir exposé une théorie fumeuse selon laquelle la lettre aurait été écrite par un robot, ou un androïde… Enfin, je ne sais même pas ce qu'il voulait dire. »
Kehoe se remémora ce que le grand chef d'orchestre George Szell avait un jour dit à propos de Glenn Gould : « Ce cinglé est un génie. »
« Ne le prenez pas personnellement, Sam. Il est comme ça. Vous allez devoir trouver un terrain d'entente. Croyez-moi, il vous apportera une aide inestimable.
– Oui, chef », dit Chawla avec une évidente déception.
Kehoe posa le combiné et reprit sa posture méditative, les doigts joints en clocher sous le menton. Trente secondes à peine s'étaient écoulées lorsque le téléphone sonna de nouveau.
« Brett Kehoe à l'appareil, dit-il en se redressant.
– Oui, chef, c'est Stan Tranter.
– Qu'est-ce que je peux faire pour vous, Tranter ? » demanda Kehoe en faisant de son mieux pour rester courtois.
Il n'avait pas dormi depuis la veille et peinait à masquer son irritation.
« J'appelais pour vous dire que j'ai analysé la lettre à l'aide d'un logiciel.
– Ah oui ?
– Il y a plus de 80 % de chances pour qu'elle ait été rédigée à l'aide d'un algorithme de synthèse.
– Un algorithme de synthèse ?
– Oui, chef, c'est un outil de résumé de texte, qui

permet de condenser de grandes quantités d'informations. Les avocats s'en servent très souvent.»

Kehoe remercia Tranter avant de raccrocher.

Lorsqu'il fut de nouveau seul avec ses pensées, il esquissa un demi-sourire pour la première fois en vingt-quatre heures.

Content de te retrouver, espèce de cinglé.

18

Wall Street

Whitaker jeta un regard circulaire à l'ascenseur, visiblement impressionnée par sa décoration luxueuse.

« Dites donc, c'est plus beau que chez moi.

– C'est surtout plus grand.

– Sans blague… Je suis obligée de ranger mes chaussures dans le four. »

Lucas s'apprêtait à lui demander si elle les y avait déjà oubliées en l'allumant, mais elle le gratifia d'une de ses réponses anticipées :

« Je suis plutôt branchée livraison à domicile.

– Je vois.

– Qu'est-ce qu'on fait là, déjà ?

– On mène l'enquête. »

L'ascenseur ralentit, puis s'arrêta avec un *ding*. L'aiguille en cuivre indiquait qu'ils étaient arrivés au dernier étage. Les portes s'ouvrirent sur un vestibule richement décoré. Deux femmes aux robes hors de prix et aux sourires plus coûteux encore occupaient un comptoir aussi massif et lustré qu'une vieille Cadillac. Derrière elles, sur le mur lambrissé de chêne, une plaque en cuivre indiquait *Knechtel Equity*.

À l'approche de Lucas et Whitaker, les deux femmes hochèrent la tête à l'unisson.

« Bonjour, docteur Page, ravies de vous revoir », dirent-elles dans une parfaite harmonie stéréophonique, avant de sourire à Whitaker de concert.

Cette dernière leva un sourcil, puis se tourna vers son compagnon d'un air incrédule. Lucas ne faisait aucun mystère de ce qu'il pensait des banquiers, tout comme des armes. Il refusait de se frotter aux uns et aux autres.

« Puis-je entrer ? demanda Lucas.

– Il vous attend », dirent les réceptionnistes d'une même voix en désignant le couloir.

Whitaker suivit Lucas dans le corridor jalonné de bustes en bronze.

« Robot ou androïde ? » chuchota-t-elle en levant le pouce par-dessus son épaule.

Lucas ignora la question :

« N'oubliez pas que nous sommes là pour les besoins de l'enquête », lui rappela-t-il en ouvrant la porte.

Cette nouvelle pièce abritait elle aussi un bureau de la taille et de l'aspect d'une voiture de luxe. La femme assise derrière semblait sortir de la même fonderie que les deux phénomènes de la réception, même s'il s'agissait cette fois d'un modèle vintage.

« Docteur Page, ravie de vous revoir. Vous pouvez entrer », dit la secrétaire d'une voix monocorde.

Par deux fois, elle jeta un coup d'œil furtif à ses cheveux décolorés. La situation était inédite : en temps normal, les gens étaient plus décontenancés par ses parties métalliques.

« Merci, Renée. »

La pièce dans laquelle ils pénétrèrent semblait tout droit sortie de l'âge d'or de Hollywood. Dans un angle, une fenêtre ouvrait sur la pointe sud de l'île ; on avait l'impression d'être suspendu dans les nuages au-dessus de la métropole. Le sol en marbre noir était recouvert de splendides tapis persans. En dehors d'un bureau massif et de deux canapés en soie, les deux seuls meubles étaient des armoires en galuchat disposées de part et d'autre de la cheminée. Une immense bibliothèque s'étalait sur trois niveaux – dont chacun disposait d'une rampe et d'une passerelle. Il fallait des générations pour acquérir une bibliothèque comme ça.

Mais le clou du spectacle était la scène de taxidermie trônant au centre de la salle – un taureau menaçant de ses deux mètres de cornes à bout d'argent un ours gigantesque dressé sur ses pattes arrière, lèvres retroussées en un grognement silencieux. C'était une représentation du combat métaphorique qu'affectionnaient les barons de la finance, les nouveaux bandits des temps modernes[1]. La composition aurait eu sa place au Muséum d'histoire naturelle.

L'homme assis derrière le bureau se leva et s'avança vers eux.

« Content de te voir, Page, dit-il en lui serrant la main.

– Paul, je te présente l'agent spécial Whitaker. Alice, voici Paul Knechtel…

– Enchanté de vous rencontrer, agent Whitaker », dit Paul Knechtel en lui tendant la main avec un sourire chaleureux. Sa voix était empreinte de gentillesse et de sincérité. « J'ai un rendez-vous dans vingt minutes, Lucas. Dis-moi si je dois l'annuler.

– C'est important ?

– Depuis hier soir, tout a pris de l'importance. Surtout les actions du secteur technologique », lui répondit Knechtel en pressant un bouton sur son bureau.

La porte s'ouvrit immédiatement sur la secrétaire.

« Oui, monsieur ?

1. Dans le monde de la Bourse, le taureau représente un marché haussier (pour attaquer, le taureau lève la tête), tandis que l'ours représente un marché baissier (l'ours attaque en abaissant ses pattes sur sa proie).

– Renée, vous voulez bien m'apporter un jus pomme-gingembre ? demanda-t-il avant de se tourner vers Lucas et Whitaker. Qu'est-ce que vous buvez ?

– Un café.

– Oui, parfait, dit Whitaker.

– Deux cafés, donc. »

Knechtel s'installa sur l'un des deux canapés, pinçant son pantalon au niveau des genoux tandis qu'il s'asseyait délicatement sur le brocart. Il jeta un œil à la grosse Panerai en or qu'il portait au poignet.

« Alors ce rendez-vous, je l'annule ? »

Il examina les cheveux de Lucas mais n'y fit aucune allusion.

« Non, je vais faire court, dit ce dernier en s'asseyant sur le deuxième sofa. À peine le temps d'un café. Tu seras à l'heure pour ton rendez-vous. C'est à propos de l'attentat du Guggenheim. »

Le sourire de Knechtel s'effaça aussitôt.

« J'ai perdu des amis hier. Toute la profession est en état de choc – on connaissait tous quelqu'un. » Son attention sembla se relâcher. Un instant, ce fut comme s'il était ailleurs. « La lettre diffusée par CNN est déjà en train de remuer les marchés, reprit-il. Les actions de la filière technologique ont eu une petite poussée – les courtiers sont en rogne qu'on s'en soit pris à leur ville et ils ripostent de la seule façon qu'ils connaissent.

– Cette lettre n'est que pure foutaise. Je suis sûr qu'elle ne reflète pas du tout la réalité. »

Lucas et Knechtel étaient amis depuis le MIT, à l'époque où Lucas rédigeait son premier doctorat. Knechtel venait d'une famille dont la richesse se mesurait au nombre de plaques à leur nom sur les frontons des musées. Il avait un QI presque surnaturel – un don qu'il avait mis à profit en passant un doctorat sur la propulsion par réaction, un domaine si théorique que seule une poignée de personnes dans le monde pouvaient en comprendre les applications. Cependant, les études n'avaient été pour lui qu'un échauffement avant de s'impliquer dans les affaires familiales. Knechtel était un milliardaire devenu ingénieur en aérospatiale, qui dirigeait une société d'investissement aussi ancienne que Wall Street elle-même.

« Cette discussion doit rester entre nous, Paul, dit Lucas en s'enfonçant dans le canapé. Je voudrais seulement connaître ton opinion sur Horizon Dynamics. Que pourrais-tu me dire qui ne soit pas déjà de notoriété publique ?

– La boîte est sortie de nulle part il y a huit ans, je dirais. Une petite entreprise montée par une famille du Midwest. Ils se sont d'abord spécialisés dans les dégâts environnementaux causés par la fracturation hydraulique : décontamination et régénération des sols. Ils avaient une approche ultra-novatrice basée sur les nanotechnologies et l'intelligence artificielle. Très high-tech. Ils se sont bâti une solide réputation. Il y a six ans, les fondateurs ont décidé de reprendre leurs billes et ont vendu aux frères Hockney.

« Les Hockney sont des gens très secrets, tout à fait inconnus du public mais incontournables à Wall Street. De ce que j'en sais, c'est Seth qui est à l'origine de cet accord, ce qui est inhabituel : William est censé être le décisionnaire et le cerveau du tandem. La ligne environnementale de l'entreprise semble être en contradiction directe avec leur parcours. Je pense que ce n'était pas une décision évidente pour eux, mais ils ont investi massivement dans les infrastructures et embauché de jeunes talents. Ils ont bien compris que la réputation d'Horizon était fondée sur l'innovation. Par la suite, William a pris les choses en main. La rumeur veut que ce soit lui qui ait placé le Finlandais Timo Saarinen à la tête du secteur recherche et développement.

« Saarinen est intelligent, son travail en botanique a

été salué par le comité Nobel il y a une quinzaine d'années. Il participe toujours à des conférences et donne des TED Talks[1] sur la relation des grandes entreprises à la préservation de l'environnement. Bénéficier de son approbation représente un sérieux coup de pouce dans le milieu. Sous la direction de Saarinen, Horizon a décollé.

« Il y a peu, les frères Hockney ont décidé d'ouvrir leur capital. Leur introduction en Bourse devait les aider à faire face à la demande croissante de réhabilitation environnementale – l'opinion publique est en pleine évolution partout dans le monde. L'expansion à l'international est une chose que les Hockney connaissent bien ; ils ont toujours été doués pour exporter le savoir-faire américain. Le gala au Guggenheim était une opération de communication destinée à promouvoir leur entrée en Bourse. Ce que presque personne ne sait, c'est qu'une annonce allait être faite au cours de la soirée.

– Quel genre d'annonce ?

– Les Hockney se sont lancés dans le financement étatique, confia Knechtel. Il y a beaucoup d'argent à se faire pour qui veut concurrencer la BRI – la Nouvelle Route de la soie chinoise –, le projet néocolonial qui permet à la République du Peuple de s'approprier les matières premières à l'échelle du globe. La méthode de la Chine consiste à proposer de financer les infrastructures d'un pays en prenant ses ressources naturelles pour caution. Quand l'État emprunteur ne peut plus assurer les paiements – et c'est tout l'intérêt de l'opération –, il abandonne du même coup le contrôle de ses ressources. Via ce programme, la Chine s'est implantée de façon particulièrement agressive en Afrique et en Amérique du Sud. »

1. Les conférences TED sont des conférences organisées au niveau international par une fondation à but non lucratif nord-américaine, The Sapling Foundation. Elles ont pour but, selon leur slogan, de « diffuser des idées qui en valent la peine ».

Knechtel s'interrompit lorsque Renée revint poser un plateau d'argent sur la table basse en loupe d'orme. La secrétaire versa le contenu d'une cafetière géorgienne dans deux tasses en porcelaine, avant de remplir le verre de Knechtel d'une sorte de boue filandreuse. Cette femme avait quelque chose d'éthéré, presque irréel. Lorsqu'elle fut partie, Lucas remarqua qu'elle n'avait fait aucun bruit, ni avec ses talons sur le marbre ni en servant les boissons.

À l'expression qui se peignit sur le visage de Knechtel tandis qu'il saisissait sa concoction herbeuse, il était évident qu'il avait quelque chose en tête. Il but une gorgée et releva les yeux sur Lucas.

« Je ne peux pas te dire comment je l'ai appris, mais Horizon s'apprêtait à annoncer qu'ils avaient décroché un projet à plusieurs milliards de dollars au Paraguay : la réhabilitation d'une mine de bauxite. Bien sûr, cela aurait fait grimper leur valorisation de manière substantielle. »

Whitaker se tourna vers Lucas, qui assemblait mentalement les pièces du puzzle.

« Pourquoi ai-je l'impression que tu ne me dis pas tout, Paul ?

– Cela fait une semaine que ces mêmes Paraguayens sont en ville, en quête de financements pour un projet d'infrastructure, répondit Knechtel après avoir pris une nouvelle gorgée de sa potion. Le FMI a proposé une aide de soixante-dix milliards, mais ils sont venus essayer d'obtenir plus d'argent à un taux plus avantageux. Cette somme ne suffira pas à construire tout ce dont le pays a besoin – routes, aéroports, un nouveau barrage hydroélectrique qui devrait être le troisième plus grand au monde… Il leur faut plus de cent vingt milliards. Les Chinois se fichent du plafond instauré par le FMI, tout ce qu'ils veulent, c'est avoir la mainmise sur le pays. Ils seraient ravis de financer les travaux. Mais le gouvernement du Paraguay est prudent et préfère éviter de se compromettre avec la Chine. C'est l'un des rares pays d'Amérique latine à ne pas avoir signé d'accord dans le cadre de la BRI, avec l'Argentine, le Brésil, la Colombie et la Guyane françaisc.

– Les Hockney disposent d'une telle somme ? » demanda Lucas en étudiant son café.

À la télévision, les gens n'avaient que des *milliards* à la bouche, mais Lucas savait que disposer de fonds pareils était beaucoup plus extraordinaire que ce que beaucoup s'imaginaient.

« Ils n'auraient pas recours à des fonds propres, répondit Knechtel en balayant la question d'un revers de la main. Il leur suffirait de faire appel à des investisseurs, ou de s'associer avec des banques qui accepteraient de vendre des parts à leurs clients. »

Lucas se leva et commença à arpenter la pièce.

« Cette annonce aurait instantanément fait grimper la valorisation de l'entreprise et les profits des Hockney, dit-il en s'arrêtant pour contempler l'immense ours brun.

– Oui, et s'ils avaient fini par financer ce projet d'infrastructure, le gouvernement paraguayen leur aurait renvoyé l'ascenseur en faisant appel à leurs services. Il se trouve justement qu'ils détiennent des dizaines d'entreprises de construction.

– Donc, si je résume, les Hockney prêtent cent vingt milliards de dollars aux Paraguayens – une somme qu'ils réunissent auprès d'investisseurs. Les Paraguayens utilisent cet argent pour se payer les services d'entreprises leur appartenant. Et à terme, ils devront leur rembourser l'intégralité de la somme ? Avec les intérêts ?

– C'est plus fréquent qu'on ne le croit, confirma Knechtel.

– C'est donc tout bénéfice pour les Hockney, qui gagnent de l'argent en ouvrant le capital d'Horizon et se font des couilles en or en décrochant le chantier au nez et à la barbe des Chinois ?

– Exactement.

– Je commence à me sentir contrariée d'être née dans une famille pauvre, dit Whitaker en secouant la tête.

– Alors, à qui profite l'explosion ? demanda Lucas. *Cui bono ?* »

Cette expression latine était l'une des premières questions que l'on enseignait aux jeunes recrues à Quantico.

« Je ne vois personne susceptible de se réjouir parmi tout ce monde-là, estima Whitaker. Les employés du Guggenheim et d'Horizon, les Hockney, les Paraguayens, les investisseurs potentiels, les propriétaires des œuvres, les compagnies d'assurances…, tout le monde sort perdant de cette explosion. »

Lucas posa la main sur le flanc de l'ours. Il n'y avait rien de mignon ou d'attachant chez cette bête, qui semblait à même de dévorer toutes les personnes présentes dans l'immeuble en cinq minutes.

« Allez dire ça à ceux qui ont fait exploser le Guggenheim », dit-il en plongeant le regard dans les yeux de verre.

19

Midtown

« Votre copain est drôlement sympa pour un type de Wall Street, dit Whitaker en déboîtant comme s'ils étaient engagés dans une course-poursuite avec une armada de truands.

– Ça reste un banquier.

– Attendez, je croyais que c'était votre ami ? »

Lucas était trop tendu par l'allure à laquelle ils roulaient pour hausser les épaules.

« Les banquiers ne peuvent pas s'en empêcher, ils ne s'intéressent qu'à l'argent. C'est la seule chose sur laquelle on peut tabler à coup sûr.

– Vous êtes en train de me dire qu'on est allés là-bas pour lui tendre un piège ?!

– Pour obtenir des informations, plutôt. Si c'est dans son intérêt, il ne pourra pas s'empêcher de nous aider.

– Il a l'air si gentil, pourtant…

– C'est toute l'ironie, dit Lucas en se cramponnant furieusement à la poignée. Je peux prendre un taxi, vous savez.

– Bah alors, on a peur d'une petite pointe de vitesse ?

– Ce qui m'inquiète, c'est surtout la décélération brutale au moment de l'accident. »

Whitaker sourit, mais garda le pied au plancher pendant qu'elle manœuvrait le gros SUV dans l'affluence de la fin de journée.

« Pour un type qui travaille sur la vitesse de la lumière, vous n'êtes pas très aventureux…

– Mes intérêts sont purement académiques.

– Tout cela me rappelle à quel point vous m'aviez manqué. »

Lucas lui renvoya la seule expression qui lui semblait adéquate : un regard assassin.

« Rassurez-vous, je ne vais pas faire dans la mièvrerie, c'est juste que toutes les personnes que je rencontre au travail sont sympathiques, voire *amicales*. Vous imaginez l'enfer… Alors que vous, au moins, je ne suis pas obligée de vous parler.

– Le silence est un antidote.

– Un antidote à quoi ?

– À la positivité toxique.

– Vous êtes sûr que ça existe, ça ?

– Vous ne devez pas côtoyer beaucoup de jeunes, répondit Lucas.

– Et moi je m'étonne qu'on vous laisse en approcher certains.

– Il faut bien que quelqu'un se sacrifie pour jouer le rôle du vieux fou du village.

– C'est noté, dit Whitaker en opinant du chef. Vous pouvez m'expliquer ce qui s'est passé, tout à l'heure ? »

Elle quitta Broadway et vira vers l'est. Lucas contemplait la ville au-dehors – une ville dont chaque bâtiment pourrait disparaître instantanément dans un flash explosif.

« Aucun système n'est entièrement aléatoire. Le hasard n'existe pas. Si nous y croyons, c'est par manque d'information. Au sein de grandes structures en apparence organisées se cachent de plus petites entités qui n'ont l'air de rien, qui semblent être de simples anomalies statistiques, mais qui n'en sont pas. Elles sont là pour un tout autre motif.»

Alors qu'ils étaient arrêtés à un stop, Lucas en profita pour observer les passants. Il y avait quelque chose de différent chez eux, comme si leur logiciel avait été mis à jour. Les New-Yorkais étaient d'une résilience exceptionnelle, mais tout le monde a ses limites. L'explosion du Guggenheim exacerbait les tensions. L'atmosphère n'était pas aussi pesante qu'après le 11 Septembre, mais des effluves de malaise imprégnaient l'air.

Whitaker grilla un feu rouge, puis fit une queue-de-poisson à un taxi.

«Je sais que vous êtes un homme réservé et en temps normal je ne me mêle pas des affaires des autres, mais là, il faut que je vous demande... dit-elle avec un sourire qui aurait pu rivaliser avec celui de Calvin-Wade Curtis. C'est quoi, cette coupe de cheveux?»

Lucas lui fit part de la petite expérience de Maude.

«Et vous l'avez crue?

– Oui, pourquoi?

– Vous avez encore beaucoup de choses à apprendre sur les adolescents.»

Lucas se tourna pour contempler son reflet dans la vitre. Il avait l'air d'un fou. Ou d'un guitariste à la recherche d'un groupe où jouer. Après l'incident, lorsqu'il était sorti de l'hôpital clopin-clopant, sa fierté avait été la première chose à faire les frais de la situation. La plupart des gens ne le voyaient plus vraiment; ils ne voyaient qu'un tas de pièces détachées. Il en avait souffert au départ, mais la décennie écoulée l'avait aidé – ou contraint – à revoir ses attentes à la baisse.

«Ce ne sont que des cheveux.

– Je vous le confirme.»

Ils se rapprochaient d'une grosse Mercedes accaparant la voie de gauche, lorsqu'un pick-up tenta de les doubler du côté passager. Whitaker mit les gaz et braqua pour dépasser la Benz, projetant du même coup Lucas contre la portière.

« Et maintenant, où est-ce qu'on va ? »

Lucas réprima l'envie de se cacher les yeux lorsqu'ils firent une embardée pour éviter un attroupement de touristes traînant des valises à roulettes, qui s'éparpillèrent comme des dés lancés sur un tapis de jeu.

« "On" ? Vous plaisantez. Déposez-moi à la prochaine intersection, je vais finir à pied.

– Vous devriez prendre plus de risques, très cher.

– Alors là, c'est bien la première fois qu'on me dit ça ! »

20

Upper East Side

Sans les enfants, la maison était inhabituellement calme. Et bien sûr Lemmy – sur lequel il pouvait toujours compter pour l'accueillir – était lui aussi resté à la mer. Seul le bip strident du clavier de l'alarme rompit le silence.

Lucas entra le code à six chiffres, puis il posa l'ordinateur du FBI sur le marbre de la cuisine et se servit un verre de lait.

Le jardin – un luxe, même pour ce quartier – était un espace exigu où s'entassaient une balançoire, un barbecue et une table de pique-nique. À peine sorti, il entendit les pulsations de cette cacophonie criminelle que Dingo osait appeler « musique » en provenance de l'appartement au-dessus du garage.

Ayant frappé à la porte sans succès, Lucas martela le chambranle métallique de ses jointures en aluminium. Quelques secondes plus tard, le volume diminua précipitamment et Dingo apparut à la porte, tout sourire.

« Salut mec, dit-il avec un accent australien que dix ans en Amérique n'avaient en rien atténué. Je me disais bien que tu devais être revenu. Erin et les enfants sont avec toi ? demanda-t-il en l'invitant à entrer.

– Non, ils sont restés à Montauk.» Dingo avait baissé le volume de la musique, mais Lucas avait toujours l'impression que l'on trucidait des écureuils à grand renfort d'ultrasons. «Tu voudrais bien couper ça?»

Dingo tapota l'écran de son iPhone, ce qui mit effectivement un terme au massacre de rongeurs.

«Je vois que tu n'es pas très fan de The Jesus & Mary Chain…

– Je ne suis pas fan de grand-chose, ces jours-ci.

– Tu veux une bière? demanda Dingo après lui avoir jeté un regard circonspect.

– Non, merci, dit Lucas en se laissant tomber sur le canapé en cuir.

– Ça en fera plus pour moi», dit Dingo en sortant une bouteille du frigo.

Comme Lucas, Dingo avait perdu certaines de ses parties d'origine. Il avait une prothèse à chaque jambe, toutes deux coupées en dessous du genou. Aujourd'hui, il portait ses «quilles d'extérieur», comme il les appelait, au lieu des lames en fibre de carbone qu'il privilégiait lorsqu'il restait chez lui. Il était vêtu d'un short et d'un tee-shirt floqué du logo de son dojo.

«J'en déduis que tu as remis ça, avec ce qui s'est passé au Guggenheim? dit Dingo en s'installant dans le fauteuil club qui faisait face au sofa.

– J'en ai bien peur.»

Dingo but une longue gorgée de bière, les yeux fixés sur Lucas.

«Tu sais, tu es l'un des génies les plus idiots que je connaisse.

– Ça n'a rien à voir avec la dernière fois. Je pense qu'ils auront besoin de moi jusqu'à demain au plus tard.

– Pourquoi, après ça tu seras mort?

– Arrête, on dirait Erin.

– C'est sans doute parce qu'on s'inquiète tous les deux pour toi, dit Dingo en vidant la bouteille. Tu vois ces types qui finissent par ressembler à de vieux boxeurs qui se sont pris trop de beignes ?…

– Tu trouves que je ressemble à un vieux boxeur ?

– Pas du tout. J'ai dit "ces types". Toi tu ressembles plutôt à un mannequin de crash-test qui a fait son temps et qu'on a balancé dans un fossé.

– Je te remercie.

– Oui, ben, je voudrais juste que tu comprennes que tu n'as plus douze ans.

– Le FBI a tout le personnel nécessaire sur le terrain. Moi, je suis seulement là pour étudier quelques chiffres. Je suis le roi des tableurs Excel.

– Je tâcherai de m'en souvenir, dit Dingo en se levant pour prendre une autre bière.

– Et toi, pourquoi tu es resté dix ans en Afrique, à te prendre des grenades dans la tronche ? »

Dingo, dont le vrai nom était Martin Hudson, avait été primé en tant que photographe de guerre avant de faire un petit tango avec une mine antipersonnel au Soudan.

« C'est simple : j'étais un abruti », dit-il en décapsulant la bouteille.

Plusieurs trépieds dépassaient du porte-parapluies derrière lui. Seul objet incongru : la garde d'une épée qu'il avait trouvée aux ordures l'année précédente et conservée pour des raisons que lui seul connaissait. Dingo était photographe de métier, mais consacrait l'essentiel de son temps à enseigner le jiu-jitsu brésilien à d'autres amputés.

« OK, je laisse tomber, dit Lucas en se levant.

– Tu vas où ?

– Travailler. »

Il avait tout un disque dur de données à analyser.

« Ah oui, ces fameux tableurs Excel », dit Dingo en lui jetant un regard impénétrable.

21

52e Rue Ouest

Le bar du 21 Club aurait tout aussi bien pu se trouver dans le Wisconsin – le décor évoquait un croisement entre un bar des sports en centre commercial et un steak-house de campagne. Les murs étaient tapissés d'acajou et les banquettes habillées de cuir, mais des accessoires de sport et des avions miniatures étaient suspendus au plafond. On aurait dit une garçonnière revisitée par Disney, mais la nourriture était bonne et le service exemplaire. Les clients venaient pour l'histoire et la renommée du lieu, pas pour les casques de football américain ni les avions en plastique.

Comme toujours, Paul Knechtel arriva cinq minutes en avance à son rendez-vous, un temps de repos qu'il occupa à déguster un Johnnie Walker Blue Label *on the rocks*. Contrairement à de nombreuses personnes du métier, il ne vivait pas collé à son téléphone. Knechtel refusait de répondre aux appels lorsqu'il mangeait ou durant la nuit. Il y avait suffisamment de gens pour le faire à sa place.

Knechtel occupait sa table habituelle, un box dans le fond de cette salle que beaucoup d'autres hommes d'affaires, gros bonnets et courtiers en tout genre considéraient aussi comme la leur. L'endroit était inhabituellement vide. Les clients exsudaient ce calme forcé que seul l'alcool savait procurer. Comme on pouvait l'imaginer, l'attentat de la veille avait provoqué un choc collectif ; tous faisaient de leur mieux pour penser à autre chose. La peur n'appartenait pas vraiment au lexique émotionnel de Knechtel, mais il comprenait que la plupart des gens n'aient pas envie de se faire réduire en bouillie pour le simple divertissement d'un inconnu.

Il avait presque fini son premier verre quand Zaritski apparut à la porte. Même s'il avait vu l'homme à de nombreuses reprises, il aurait été incapable d'évaluer sa taille ou son poids.

Zaritski échangea quelques mots avec le maître d'hôtel, puis approcha de lui. Knechtel finit son scotch en une lampée et se leva pour l'accueillir.

« Sasha, comment ça va ? dit-il en lui tendant la main.

– Traumatisé par les infos. Mais grâce à toi, on dirait que je vais pouvoir rester occupé. C'est déjà ça. »

Knechtel commanda deux autres Blue Label, puis en vint directement au sujet :

« J'aurais voulu que tu fasses quelques recherches sur Horizon Dynamics. »

Zaritski avait été enquêteur pour la SEC avant de se mettre à son compte. Il n'avait ni titre officiel ni carte de visite, encore moins d'adresse connue, seulement un nouveau numéro de portable chaque jour, une liste de contacts qu'il stockait sur un disque dur externe et un talent certain pour trouver l'introuvable.

« J'imagine qu'il te faut ça avant l'ouverture des marchés londoniens demain matin ?

– Ce n'est rien de ce genre », répondit Knechtel.

Le garçon revint avec leurs verres. Ils restèrent assis en silence quelques instants, à siroter leur whisky.

« Alors qu'est-ce que c'est ? demanda Zaritski en posant son verre sur la table.

– Je ne sais pas. Peut-être rien.

– “Je ne sais pas” ? Ça ne te ressemble pas, Paul, dit-il avec un regard incrédule.

– Vois si tu peux trouver quoi que ce soit d’inhabituel. S’il y a quelqu’un dans tout ça qui pourrait avoir des motivations cachées.

– Le genre de motivations qui pourraient conduire toute l’équipe de direction à trouver la mort dans une explosion ? »

Knechtel le considéra un instant par-dessus la monture de ses lunettes.

« Ce n’est pas une approche inintéressante.

– Et il te faut ça pour quand ?

– Pour demain. Si tu as besoin de creuser et qu’il te faut quelques jours de plus, on en reparlera, mais je préférerais avoir quelque chose dès demain si c’est possible.

– Pourquoi tu fais ça, Paul ?

– J’ai une dette envers quelqu’un.

– Dans ce cas, je ferais mieux de me mettre au boulot », dit Zaritski en vidant son verre.

Le détective serra la main de Knechtel et s’éloigna, se faufilant entre les tables avant de disparaître comme s’il n’avait jamais été là.

Knechtel commanda un autre scotch et sortit son téléphone.

22

Upper East Side

À deux heures du matin passées, Lucas était fatigué de scruter ces interminables colonnes de données. Il y avait des biographies plus exhaustives que d'autres. Certaines contenaient même des coupures de presse tirées des pages people ou financières, voire de la rubrique criminelle (des crimes en col blanc, bien entendu). Quatre-vingts pour cent du texte constituaient un remplissage inutile.

Il était autrefois capable de travailler seize heures d'affilée sur ordinateur, sans rien d'autre qu'un peu de caféine pour l'aider à garder sa concentration. Aujourd'hui, avec un œil en moins et le dos en bouillie, il ne tenait plus que deux heures avant de devoir avaler une poignée d'analgésiques.

Lucas referma l'ordinateur et se leva, s'apercevant soudain qu'il n'avait rien avalé depuis… il ne s'en souvenait même plus.

Par la fenêtre de la cuisine, il vit que la lumière était toujours allumée chez Dingo et sortit son portable. Il s'apprêtait à composer le numéro de ce dernier lorsque le téléphone sonna. Erin.

« Tout va bien ? interrogea-t-il, sans savoir si elle

appelait pour lui dire qu'il lui manquait ou l'informer qu'elle demandait le divorce.

– Les enfants t'ont vu sortir de l'hélicoptère à la télévision, ils se sont inquiétés. Je pensais que tu appellerais.

– Merde, fit-il en jetant un œil à l'horloge du micro-ondes. Excuse-moi, chérie, je suis…

– Occupé ? Je sais. J'ai fait de mon mieux pour les rassurer. Ils pensaient que quelque chose t'était arrivé, alors j'ai menti : je leur ai dit que tu m'avais envoyé un message. »

Il lui en voulait d'essayer de le faire culpabiliser. Malheureusement elle avait raison, ce qui le mettait encore plus en rogne. Erin était la seule personne qui pouvait lui donner l'impression d'être un vrai salaud.

« Je suis désolé.

– Tu as mangé ? »

Il aurait sans doute été plus judicieux de mentir, mais il lui disait toujours la vérité.

« Non.

– Qu'est-ce que tu ferais si je n'étais pas là ?

– Je me laisserais mourir de faim, bien sûr, dit-il en se remettant quelques vertèbres en place. Comment vont les pieds nickelés ?

– Pas mal. Ils ont envie de rentrer à la maison. Moi aussi, d'ailleurs. Et toi, ça va ?

– Oui, pourquoi ?

– Oh, je ne sais pas. » La douceur d'Erin s'évanouit aussi vite qu'elle était arrivée. « Peut-être parce que tu as toi-même été victime d'une explosion. Peut-être parce qu'enquêter sur un attentat qui a fait des centaines de morts pourrait faire remonter un certain stress, ou une angoisse, quelque chose comme ça. À moins que ce ne soit parce que toute ta famille a failli y passer la dernière fois que tu as travaillé pour ces types. Tu sais, toutes ces raisons standard pour lesquelles les gens se demandent si ça va. »

Lucas n'avait pas envie d'en parler. En tout cas pas maintenant. Quelques secondes après s'être avancé sous la rotonde, il avait tout refoulé. Pour une multitude de raisons – notamment celles qui venaient d'être mentionnées –, il ne pouvait pas penser au passé. S'il se laissait aller à le faire, il ne quitterait plus jamais la maison, sans parler de s'embarquer dans une nouvelle enquête de ce type. Le déni était un outil très efficace dans l'art de la survie.

« Ça va. J'ai eu une grosse journée, c'est tout.

– Tu m'étonnes. J'ai regardé les infos, tout le monde a l'air de péter les plombs. Enfin, encore plus que d'habitude. »

Erin se tut un instant, puis décida de changer de sujet du tout au tout :

« Je suis désolée pour ce qu'Alisha et Laurie ont fait dans le bureau – je ne pensais pas que ça irait aussi loin. »

Lucas n'avait aucune idée de ce dont elle parlait.

« Qu'est-ce qu'il a, le bureau ? » demanda-t-il en descendant le couloir.

En entrant, il alluma la lampe Tiffany. L'abat-jour en vitrail projeta une chaude lueur verte sur une moitié de la pièce. Les étagères étaient inondées de citrouilles en papier orange et de chauves-souris noires aux yeux exorbités, mais il y avait autre chose. Il examina la bibliothèque de plus près.

« Ce sont Laurie et Alisha qui ont fait ça ? demanda-t-il en allumant le plafonnier.

– Elles y ont passé la journée de vendredi, avant que je passe te prendre au travail. »

Les filles avaient déplacé tous les livres de la bibliothèque, trois murs entiers tapissés d'éditions rares portant sur l'histoire de l'astronomie, les mathématiques et l'astrophysique – trois mille deux cent douze ouvrages au total.

« Je suis désolée, répéta Erin d'une voix lointaine, elles

avaient l'air de s'amuser tranquillement. Je ne pensais pas qu'elles pourraient faire autant de dégâts en quelques heures. Elles ont vraiment mis un sacré souk dans ta bibliothèque. »

Lucas ne l'écoutait plus vraiment. Il trouva le point de départ et saisit le livre, un exemplaire relié du premier article scientifique de George Ellery Hale pour le MIT, écrit en 1886 – trente et une pages sous couverture vélin. Il le considéra un moment, puis passa à l'ouvrage suivant.

« C'était seulement un jeu, dit-elle, craignant que le silence de Lucas ne soit mauvais signe. Elles ne voulaient pas mettre le bazar dans ta bibliothèque…

– La bibliothèque n'est pas en désordre, dit Lucas en déglutissant. Elle est organisée à la perfection.

– Qu'est-ce que tu veux dire ? J'ai vu la pièce, Luke, elles ont tout mélangé.

– Pas du tout, dit-il en s'arrêtant face à la dernière étagère, devant les deux mille cinq cents pages de *L'Encyclopédie de l'astronomie et de l'astrophysique*. Les livres étaient classés par ordre alphabétique d'auteur ; elles les ont réorganisés par nombre de pages. Elles ont fait ça ensemble ? demanda-t-il, en souriant maintenant.

– Alisha disait à Laurie où mettre les livres. C'était elle, le cerveau de l'opération.

– Va la réveiller, je voudrais lui poser quelques questions.

– Ah non, tu ne vas pas lui demander la racine carrée de l'hypoténuse à deux heures du matin. Elle a trois ans et demi. »

Lucas s'assit sur le canapé, le livre de Hale à la main.

« Alors, c'est fini avec le FBI ? Tu reviens ici ? tenta Erin.

– Non, je ne peux pas, répondit-il avant d'essayer de trouver un compromis. De toute façon, il faut qu'on aille inscrire Maude à LaGuardia. Vous devriez revenir ici.

Je peux demander à Kehoe d'envoyer quelqu'un vous chercher demain matin…

– Pas la peine, je vais conduire. Je dois passer voir le nouveau bureau à l'hôpital de toute façon, dit-elle en retenant un soupir. J'ai regardé les infos ce soir. L'auteur de la lettre a l'air d'être un foutu malade.

– Cette lettre est un ramassis de conneries, le type se fout de nous. On aura bientôt de ses nouvelles, mais cette fois, ce sera sous la forme d'une autre bombe.» Prenant conscience du bruit des vagues à l'autre bout du fil, Lucas changea de sujet: «Tu es dehors?

– Oui. Je n'arrivais pas à dormir.»

Il savait qu'elle voulait dire: «parce que tu n'as pas appelé».

«J'essaierai de faire plus attention à l'avenir.

– C'est moi qui suis égoïste… mais j'ai de bonnes raisons de l'être.»

Après ce qui s'était passé la dernière fois, il aurait compris qu'elle lui pose un ultimatum, mais Erin ne ferait jamais une chose pareille.

«Je sais.

– Tu devrais appeler Dingo et aller manger un morceau avec lui. Ça te changerait les idées, en plus de te redonner des forces.

– C'est exactement ce que je pensais.»

Il regrettait de ne pas être resté à la mer avec sa famille. Dans mille ans, rien de tout cela n'aurait plus la moindre importance et il aurait gaspillé la seule chose dont il disposait: le temps.

«Fais un bisou aux enfants de ma part.

– D'accord. Maintenant, va arrêter les méchants, qu'on puisse retrouver une vie normale.

– Je t'aime.

– Je sais», dit-elle avant de raccrocher.

23

Lucas et Dingo se trouvaient à l'angle de la 74e Rue et de Madison Avenue. Lucas était toujours en jean et col en V, mais avait tout de même enfilé une veste. Dingo portait son uniforme habituel : short et sweatshirt, ainsi que ses quilles d'extérieur.

Dans la vitrine de l'Apple Store qui leur faisait face s'étalait un ravissant assemblage de châssis en aluminium, d'angles arrondis et d'icônes diverses – ces dernières étant un élément central de la reconversion de la marque à la pomme de la vente au détail à la religion. Cette vision ramena Lucas à l'enquête. Quelque chose ne tournait vraiment pas rond, avec cette lettre. Il était impossible que les personnes qui avaient fabriqué l'engin du Guggenheim soient assez stupides pour imaginer un instant que les Américains pourraient renoncer à leur iPhone.

Lucas scruta les voitures remontant Madison en quête d'un taxi. Par chance, il en aperçut un qui approchait au loin. Il leva la main.

« Quand tu réfléchis, tu fais cette tête d'acharné du Rubik's Cube, dit Dingo derrière lui.

– Je n'ai rien avalé depuis le petit déjeuner, éluda Lucas sans détourner les yeux du taxi.

– Je t'ai déjà vu passer des journées entières sans manger. C'est d'ailleurs ce qui explique que tu fasses le poids d'un chaton malgré ton mètre quatre-vingt-dix. On dirait *L'Étrange Noël de Monsieur Jack*, et cette coupe de cheveux n'arrange vraiment pas les choses.

Lucas avait oublié. Il fallait vraiment qu'il s'occupe d'arranger ça.

Le taxi traversa la 73e et leur fit un appel de phares avant de mettre le clignotant.

« Voilà notre taxi.

– Tu as déjà entendu parler d'Uber ? Ce sont de vrais chauffeurs, mec, et leurs voitures ne sentent pas les chaussures de location du bowling.

– Allez, monte », répondit Lucas en lui ouvrant la portière.

Bien sûr, l'habitacle sentait la vieille chaussure.

Ils remontèrent Madison sur les chapeaux de roues (le chauffeur devait être un cousin de Whitaker), mais la circulation était fluide et Lucas se détendit lorsqu'ils tournèrent sur la 79e Rue pour couper à travers Central Park.

« Tu peux m'expliquer pourquoi on traverse toute la ville à deux heures et demie du matin pour aller s'empoisonner ? Tout le monde a l'air complètement illuminé, là, dehors, dit Dingo en lui désignant les trottoirs.

– J'ai besoin de faire une pause et de manger un morceau.

– J'ai des céréales et de la bière chez moi. On aurait pu passer la soirée tranquilles, regarder *Frankenstein*, jouer au Yahtzee… Je parie que tu adores le Yahtzee.

– On n'est pas bien, dehors ?

– Je ne sors jamais à cette période de l'année, reconnut Dingo en haussant les épaules. À Halloween, il y a toujours un crétin pour s'approcher de moi, désigner mes pieds et me dire : “Super costume, mon pote ! Où est-ce que tu l'as acheté ?”

– Personne ne peut être aussi bête », répondit Lucas sans conviction.

Gray's Papaya était désert, à l'exception d'une vieille dame dont le sac débordait de parapluies et d'un homme en costume aspirant à grand bruit le fond d'un verre désespérément vide. Lucas commanda deux « Spécial Récession » avec oignons et deux boissons à la papaye au petit rockabilly philippin qui tenait la caisse.

Ils s'installèrent près de la fenêtre et observèrent Broadway.

« Tu ne devrais pas manger ces saloperies, dit Dingo en inspectant son hot-dog.

– Je suis increvable. Rien ne peut humainement venir à bout de moi, répondit Lucas en levant sa prothèse pour étayer son propos.

– Sauf que ça, mon ami, le contra Dingo en enfonçant un doigt dans son hot-dog, ça n'a rien d'humain. C'est de la sorcellerie, et c'est tout à fait contraire à la convention de Genève. »

Mais Lucas ne l'écoutait plus. Il pensait à ses listes, de nouveau, s'évertuant à trouver quelque chose qui n'était tout simplement pas là. Une fois de plus, il se demanda : *À qui profite le crime ?*

« Docteur Page, ici la Terre.

– Quoi ? Pardon, j'ai la tête ailleurs.

– Je vois ça. Je présume que tu es en train de penser à l'attardé qui a envoyé cette lettre. »

Lucas sourit malgré lui et avala une gorgée de sa boisson, à la croisée du sorbet et de la mousse à raser.

« Tout ce que je peux te dire, c'est que ces gens n'ont rien contre la technologie. Ils sont en train de se payer notre tête.

– C'est sans doute juste une bande de jeunes cons d'étudiants qui s'amusent à poser des bombes, lança Dingo en reniflant son hot-dog d'un air théâtral. Voilà, j'ai résolu ton enquête. »

Erin avait raison, Lucas avait faim. Pourtant, il n'avait

pas envie de manger et fixait son repas comme si cela pouvait finir par lui donner l'envie de s'y mettre.

« Ce n'était pas le clampin de base dans un camion de location bourré de nitrate d'ammonium. L'attentat était compliqué – *excessivement* compliqué. Ces gens avaient une cible précise et se sont donné du mal pour l'atteindre, de façon très créative. Reste à savoir comment le fait de tuer un paquet de gens au cours du gala d'une compagnie environnementale peut bien faire avancer la cause d'un ennemi de la technologie… Ça semble totalement contradictoire », dit-il en mordant dans son hot-dog.

Ce dernier avait toujours exactement le même goût depuis son enfance. Soudain, il se sentit affamé. C'était Mme Page qui l'avait emmené ici pour la toute première fois, s'efforçant de trouver un endroit qui plaise à un enfant. Ils s'étaient arrêtés devant la porte en Bentley et étaient entrés dans un silence religieux. Des années plus tard, Lucas apprendrait qu'elle en avait eu l'idée lors d'une séance de manucure ; elle avait entendu une femme promettre à son fils de l'emmener chez Gray's Papaya s'il restait sage pendant qu'elle se faisait faire les ongles. Bien sûr, la vieille dame avait été horrifiée de découvrir que l'endroit n'avait pas le moindre rapport avec de quelconques papayes. Elle avait tout de même commandé un hot-dog et une boisson. Par la suite, ils avaient pris l'habitude de s'y rendre, plusieurs fois par an. Peu après l'admission de Lucas au MIT, elle était venue lui déposer une boîte de hot-dogs Gray's Papaya. Lucas et ses colocataires n'avaient mangé que ça pendant trois jours.

« Tu te poses peut-être les mauvaises questions, suggéra Dingo en se penchant vers lui.

– Qu'est-ce que tu veux dire ?

– Je ne sais pas. C'est toi, la grosse tête. »

24

Tribeca

Billy Zhang s'arrêta au feu rouge à l'angle de Harrison et de Hudson. Il était tard. Billy enchaînait les courses Uber depuis qu'il avait fini son service au restaurant vers dix-huit heures. Il avait mal au derrière et commençait à en avoir sa claque de trimballer des gens bourrés. C'était à peu de chose près ce en quoi consistait son travail de nuit : une navette pour alcooliques.

Il lui restait quatre pâtés de maisons avant de déposer le jeune poivrot affalé sur la banquette arrière. Ensuite, il filerait dans le Bronx dormir quatre heures avant d'aller travailler à l'agence immobilière. C'était le rêve américain dans toute sa splendeur, à condition de ne pas mourir d'une crise cardiaque avant de l'atteindre.

Le type à l'arrière balbutia quelque chose.

« Pardon ? fit Billy en levant les yeux vers le rétroviseur.

– Vous êtes de quel pays ?

– Je suis américain », répondit-il fièrement.

Billy avait immigré neuf ans auparavant et était désormais un citoyen à part entière.

– Mais vous venez d'où ?

– Du Bronx.

– Mais non, putain, avant ! Quel pays ? Toi pas parler anglais ? »

Le feu passa au vert et Billy tourna sur Hudson Street.

« Je parl… »

Billy n'eut pas l'occasion d'aller au bout de sa phrase – ni du virage. La dispute n'eut jamais lieu.

Le bâtiment Western Union devant lequel ils passaient explosa. Le souffle souleva la voiture, qui s'envola, faucha une bouche d'incendie et deux piétons avant d'aller s'aplatir contre un mur en béton.

25

À l'angle de la 72e Rue et de Broadway

Lucas faisait descendre une bouchée de hot-dog avec une gorgée de boisson à la papaye quand Broadway s'illumina d'un prodigieux flash blanc, avant d'être plongée dans le noir.

« C'est quoi, ce bordel ?! » s'exclama Dingo.

Les quelques couche-tard encore dans la rue s'étaient tous arrêtés, tournés en direction du flash.

« Deux… trois… quatre… compta Lucas en posant son verre. Cinq… six… sept… »

Tout le monde regardait vers le sud, les yeux levés vers le ciel.

« Huit… neuf… dix… »

Son hot-dog à la main, Lucas sortit sur le trottoir.

« Onze… douze… treize… »

Puis s'approcha du distributeur de journaux gratuits à l'angle.

« Quatorze… quinze… seize… »

Il regardait dans la même direction que la foule, sans rien voir.

« Dix-sept… dix-huit… dix-neuf… »

Scrutait le ciel.

« Vingt… vingt et un… vingt-deux… »

« Tu as vu ça ? » dit une voix de femme derrière lui.

« Vingt-trois… vingt-quatre… vingt-cinq… »

Ses calculs le rapprochaient maintenant de l'extrémité de l'île.

« Vingt-six… vingt-sept… vingt-huit… »

Dingo apparut à ses côtés en mâchant bruyamment.

« Ça va ? »

Lucas hocha la tête, sans arrêter de compter.

« Vingt-neuf… trente… trente et un… »

C'est alors que l'onde sonore retentit, comme un coup de tonnerre souterrain.

Son logiciel interne s'activa. D'après l'intervalle de temps entre le flash et le bruit, l'explosion avait eu lieu à huit kilomètres.

C'est-à-dire à Tribeca.

Il ne s'inquiéta pas pour les bureaux du FBI, qui se trouvaient dans ce quartier mais plus à l'est. Non, il s'agissait d'autre chose.

Un type noir qui marchait les yeux rivés sur son téléphone s'arrêta soudain et tapa sur l'écran.

« C'est quoi, cette merde ? dit-il en levant les yeux sur eux. Putain de technologie, mec. Y a jamais rien qui marche. »

Derrière lui, une voix se fit entendre :

« Allô ? Bennie ? Allô ? Allô ? »

Sur le quai du métro aérien, une femme secouait son téléphone en criant.

D'autres appuyaient frénétiquement sur les touches de leurs portables, comme s'ils avaient cessé de fonctionner.

Dingo se tenait toujours près de Lucas, son hot-dog toujours à la main. Au sud, une monstrueuse méduse de fumée noire s'éleva dans le ciel, striée par les lumières de l'incendie qui faisait rage.

« Putain, c'est quoi, ça ? » lâcha Dingo.

Tout à coup, Lucas se rappela ce qui se trouvait là-bas.

« La phase deux », répondit-il.

26

60, Hudson Street

Au 60, Hudson Street, on semblait avoir organisé une super promo sur les lance-flammes. La bombe avait été posée à deux pâtés de maisons, mais l'explosion avait projeté des débris jusqu'en dehors du périmètre de sécurité. Le vent océanique soufflait la fumée jusqu'au Bronx.

Les médias se trouvaient déjà sur les lieux. Lucas était sans doute encore en train de compter les secondes sur Broadway lorsque leurs camionnettes étaient arrivées – ces gens-là dormaient avec leurs chaussures aux pieds et un micro dans la poche. Ils restaient pour l'instant à l'extérieur du cordon de police, mais faisaient leur possible pour convaincre tous les téléspectateurs sans exception qu'ils étaient en grave danger de mort, sans toutefois omettre de laisser planer un certain suspense (« plus de détails après la coupure publicitaire »).

Whitaker klaxonnait les piétons qui grouillaient sur la chaussée, mais ne parvint à les disperser qu'en mettant la sirène. Elle s'avança jusqu'à la barrière, où des policiers en équipement tactique vérifièrent leurs insignes avant de les laisser passer.

Ils remontèrent le bloc au pas en contournant les débris les plus massifs, puis s'arrêtèrent près de l'escouade de véhicules du FBI garés derrière le véhicule de commandement. Les portes de ce dernier étaient ouvertes à la circulation des clones en parka.

Il y avait des décombres partout : de la poussière, des briques, mais aussi des fragments d'immeuble carbonisé gros comme des abris de jardin. Des composants électroniques, des matériaux isolants et des centaines de mètres de câbles et de tuyaux jonchaient la rue. Les fenêtres avaient été soufflées sur toute la longueur du bloc. Une bouche d'incendie arrachée (sans doute par la voiture incrustée dans le bâtiment attenant) formait un geyser auquel personne ne semblait prêter attention. Les pompiers braquaient une trentaine de lances d'incendie sur ce qu'il restait du bâtiment, soulevant des gerbes de vapeur dans les airs.

Les façades ouest et nord, presque entièrement effondrées, dévoilaient les paliers et les organes internes de l'immeuble, tel le plan de coupe d'une maquette d'architecte. Des câbles en feu pendaient des murs et des plafonds ; certains étincelaient comme des terminaisons nerveuses tentant désespérément de faire bouger un membre fantôme.

Des dizaines d'ambulances alignées, une seule avait ouvert ses portières arrière. Sur son pare-chocs, un pompier assis respirait dans un masque à oxygène. Il ne semblait pas y avoir d'autres blessés. Ni de survivants.

Chawla se tenait près du véhicule de commandement, occupé à tapoter sur son téléphone. Il leva les yeux à leur approche.

« Agent spécial Whitaker, Docteur Page, dit-il sans manifester ni surprise ni plaisir. Notre terroriste a fait exploser un data center.

– Oui, je vois ça.

– Exactement comme il l'avait annoncé. »

Lucas prit une grande inspiration et s'efforça de rester poli :

« Vous avez envoyé une patrouille sur la Huitième Avenue ?

– Non, pourquoi ? demanda Chawla, qui semblait avoir été tiré de sa sieste.

– Il y a deux data centers importants à Manhattan. Celui-ci est le premier », dit Lucas en désignant la ruine fumante de son doigt métallique.

Le visage de son interlocuteur resta de marbre.

« Et le deuxième est sur la Huitième Avenue ?

– Voilà. »

Chawla le dévisagea quelques secondes, sans se donner la peine de protester. Lorsqu'il eut tiré les conclusions qui s'imposaient, il prit congé et disparut dans le véhicule de commandement.

Lucas se retourna vers l'immeuble à moitié dévoré. Les silhouettes des pompiers se dessinaient dans la fumée par intermittence.

« Ce type, il ne faudrait vraiment pas qu'il essaie de réfléchir : il va finir par se faire mal.

– Il a raison, vous savez. C'est exactement ce qu'avait promis l'auteur de la lettre : *Nous allons tout brûler*. Ce n'est pas moi qui le dis, ajouta Whitaker en plissant les yeux pour voir à travers la fumée. Vous avez remarqué ces gens dans la rue ? Leurs portables avaient l'air complètement flingués.

– Chawla n'a raison que de façon superficielle. Pour en revenir à la lettre – qui a été entièrement pompée dans le manifeste d'Unabomber, ne l'oublions pas –, Kaczynski voulait déclencher une révolution en démontrant les dangers posés par la technologie. Il était convaincu que s'il parvenait à exposer la déshumanisation entraînée par ce qu'il appelait le « système techno-industriel », il pourrait amener suffisamment de personnes à le rejoindre et réussir à inverser le sens de l'horloge du progrès. Ce qui s'est passé aujourd'hui s'intègre bien à cela, dit Lucas en désignant le bâtiment, mais l'attentat du Guggenheim, c'est une autre affaire. D'autant que l'entreprise qui organisait le gala œuvrait pour l'environnement. Leurs objectifs n'étaient pas si éloignés.»

Chawla interpella Whitaker. Cette dernière s'éclipsa, laissant Lucas à sa contemplation des pompiers.

Après avoir fixé son insigne à sa ceinture, il se mit en marche vers le bâtiment. Il ne pourrait pas apprendre grand-chose, encore moins se rendre utile, mais rien de tout cela n'avait plus d'importance, car il était désormais impliqué dans l'affaire. Il aurait des doutes, probablement quelques disputes avec Erin et des problèmes avec Chawla. Peut-être même qu'il se fâcherait avec Whitaker et bien sûr avec Kehoe, mais il ne lâcherait rien, parce qu'il était ainsi fait.

Une certaine frénésie régnait sur les lieux, mais aucun chaos. Lucas devait reconnaître que Chawla n'était pas mauvais en logistique, à défaut d'être créatif.

Les flammes avaient été vaincues. La fumée qui s'élevait des décombres était faible et indécise. Tout ce qui pouvait brûler avait été réduit en cendres. Les pompiers s'activaient, mais sans urgence : il n'était plus nécessaire de se presser. Ils portaient toujours vestes, pantalons et chaussures ignifugées, mais s'étaient débarrassés de leur masque à oxygène. Certains avaient troqué leur casque contre une casquette.

Parmi les pompiers se trouvaient également quelques policiers, qui vérifièrent mécaniquement son insigne. Certains hochèrent la tête, d'autres non. Tous semblaient mécontents.

Lucas devait faire attention où il mettait les pieds et se méfier des nids-de-poule en particulier – une spécialité new-yorkaise. Il enjamba des tuyaux, des briques encore à moitié couvertes de ciment, des conduites déformées, des câbles à n'en plus finir. Une fois le dernier cordon franchi, plus personne ne prêta attention à lui. Il avança lentement vers l'angle de Worth et de Hudson, en direction d'un parking qui n'était plus qu'un tas de briques et de voitures écrasées, empaquetées dans un grillage que l'onde de choc avait arraché à ses poteaux.

En faisant cet état des lieux, Lucas s'étonna qu'il n'y ait pas des centaines de victimes. Si l'explosion avait eu lieu durant les heures de bureau, le nombre de morts aurait été prodigieusement plus important. Les passants à eux seuls auraient pu représenter au moins deux cents personnes.

Enflammer les bonnes molécules pouvait étonnamment causer des dégâts colossaux.

Les mots de Kehoe lui revinrent à l'esprit : « de la physique-chimie élémentaire ».

De la.

Physique.

Chimie.

Élémentaire.

Contemplant le chaos, il se sentit partir. Dans cet espace où lui seul pouvait se rendre.

Du présent, il se retrouva projeté dans un autre point du temps qui ne pouvait être qu'*avant*.

Un bâtiment qui n'existait plus dans le monde matériel apparut devant lui, tiré du passé par quelque force inexplicable qu'il ne pouvait pas ignorer, encore moins contrôler. Les chiffres s'organisèrent en calculs, en dimensions ; les masses, les volumes et les distances prirent leur place dans l'équation.

Soudain, un coup de tonnerre retentit à l'intérieur de l'immeuble. Ses murs se boursouflèrent. L'angle de Jefferson Street se distendit comme une panse gonflée. Un instant, la brique et le mortier restèrent pliés, puis les coutures craquèrent, laissant percer une vive lueur jaune qui filtra en un million de lames de lumière.

Le ventre orangé eut un soubresaut – se contracta un instant – avant d'exploser à la vitesse du son.

Cent tonnes de briques volèrent dans sa direction.

Lucas s'accroupit et… s'aperçut qu'il était revenu dans le présent. Dans l'après.

« Docteur Page, vous allez bien ? » fit une voix à l'accent du Sud derrière lui.

Lucas se retourna pour faire face à Calvin-Wade Curtis, en combinaison blanche et casquette du FBI. Affichant son éternel sourire crispant.

« Oui. J'étais juste… commença-t-il, avant de comprendre qu'il n'avait aucune réponse sensée à lui fournir.

– Vous étiez en train de faire ce truc, pas vrai ? demanda Curtis, dont le sourire s'élargissait à vue d'œil.

– Ce truc ?

– Mais oui, ce truc que vous avez fait au Guggenheim, qui nous a tous impressionnés à mort…

– Vous avez trouvé la cause de l'explosion ? demanda Lucas en désignant ce qui restait du 60, Hudson Street.

– Et vous ? » éluda Curtis après l'avoir fixé quelques instants.

Curtis avait l'air d'être un type bien, Lucas décida donc de jouer le jeu. Il avait besoin d'alliés au FBI.

« Sans faire de prélèvements, je ne peux pas savoir quel genre d'engin ils ont utilisé, mais en tout cas la vitesse de détonation était modérée, de l'ordre de trois mille deux cents mètres par seconde. L'explosion est partie de là, dit-il en indiquant l'angle. Au-dessous du niveau de la rue. Il n'y a eu qu'une seule déflagration, mais l'incendie qui a suivi, de même que la fumée noire et l'odeur des émanations portées par le vent, me fait penser que son effet a été accru par un carburant quelconque – sans doute du diesel, ce qui ne serait pas étonnant s'il y a un groupe électrogène sur place. Bien sûr, il faudrait qu'il ait été mélangé avec un oxydant. »

Curtis lui fit un grand sourire. Lucas se demanda si cette manie lui avait déjà valu de se faire casser la gueule.

« Pas mal, docteur Page.

– Qu'est-ce qui n'est pas mal ? demanda Whitaker, qui venait d'arriver sur l'ancien parking.

– Le Dr Page me faisait part de ses hypothèses sur l'explosion, répondit Curtis.

– Bref, il était encore en train de se la raconter…

– Nos spectromètres ont détecté des traces de monoxyde de carbone et d'azote, il s'agit donc d'une bombe à l'ANFO[1] ou d'une explosion de pétrole raffiné, expliqua Curtis. Il y avait trois cents mètres cubes de gasoil sur les lieux, qui ont démultiplié l'effet. À notre connaissance, une trentaine de personnes se trouvaient dans le bâtiment. On n'a retrouvé aucun survivant pour le moment, et pas de témoins non plus.

– Trois cents mètres cubes de gasoil ?! s'exclama Whitaker.

– Répartis dans trente containers de dix mille litres sur trois étages.

– Pourquoi entreposaient-ils tout ça sur un site aussi sensible ? »

Curtis posa la main sur le capot de ce qui était encore une voiture quelques heures plus tôt.

« Les gens ont besoin d'Internet, même en cas de coupure de courant. Tout est connecté : les systèmes d'alarme, les téléphones, Netflix. Ça… ils n'imaginent pas pouvoir vivre sans Netflix. »

Lucas commençait à apprécier le bonhomme.

Curtis se pencha pour cracher par terre ; même dans l'obscurité, sa salive était d'un noir de charbon.

« Pour faire tourner Internet, on a besoin d'énergie. Il y avait une centrale électrique de dix mille ampères là-dedans, qui tournait sur une paire de générateurs à moteur vingt cylindres. Ces beautés consomment énormément de carburant. On a dû se dire que trois cents mètres cubes étaient une quantité raisonnable…

1. Explosif industriel composé de nitrate d'ammonium et de fioul.

– Les gens m'étonneront toujours… siffla Whitaker.
– Notre homme, s'il s'agit bien de lui, a eu recours à une charge explosive, sans doute du TNT ou du C-4. Cette dernière a enflammé le diesel qui, comme le faisait remarquer le Dr Page, a dû au préalable être mélangé à un agent oxydatif. C'est aussi simple que ça.
– C'est aussi simple que ça, répéta Lucas en se tournant vers Whitaker. Que voulait Chawla ?
– Seulement me dire que l'équipe de déminage était en route vers le data center de la Huitième Avenue. »

27

111, Huitième Avenue

L'équipe de déminage qui se présenta sur les lieux était une unité spécialisée travaillant avec tous les services de police de Manhattan. Les vingt-cinq hommes arrivèrent quelques minutes après le service de sécurité, dans un gros véhicule qui n'était pas sans rappeler ceux du FBI.

En dehors de ces agents, il y avait huit bergers allemands et leurs dresseurs, ainsi qu'un nouveau programme expérimental : six rats de Gambie offerts par le gouvernement belge. Ces rongeurs avaient des aptitudes uniques qui les prédisposaient à détecter les explosifs (surtout les mines antipersonnel, à l'origine). Techniquement, ils étaient interdits aux États-Unis depuis l'épidémie de variole simienne de 2003. Mais ce petit groupe avait été placé en quarantaine avec une autorisation spéciale. On leur avait ensuite permis de remplir la mission pour laquelle ils étaient génétiquement programmés. En interne, les animaux et leurs formateurs étaient affectueusement surnommés les « Faces de rats ». Les rats eux-mêmes étaient officiellement désignés sous l'appellation « HeroRATs ».

Une fois le bâtiment sécurisé et tout le personnel emmené à l'abri, l'unité de déminage – accompagnée de ses huit chiens et de ses six rats – se mit au travail. Le concierge de l'immeuble, un homme massif nommé Mike D'Antonio, avait ce jour-là tiré le mauvais numéro et dut les accompagner pour faire l'état des lieux. Il ne cachait pas son malaise à l'idée de se faire réduire en bouillie. Les hommes de l'unité lui épargnèrent leur humour noir habituel.

L'équipe se scinda en trois. Les hommes repéraient les lieux à l'aide d'outils basiques tels que miroirs, lampes torches, cotons imbibés d'azote et caméras d'inspection à longue portée. Les bergers allemands se tenaient à l'affût d'odeurs imperceptibles par leurs maîtres. Quant aux rats, ils étaient arrimés à des perches en fibre de verre d'où ils pouvaient inspecter les endroits inaccessibles, parmi des kilomètres de fibre optique et de câbles en cuivre.

Contrairement à ceux du premier entrepôt, les propriétaires de ce bâtiment n'avaient pas jugé nécessaire de stocker plusieurs piscines de carburant sur les lieux. Pour autant, cela ne voulait pas dire qu'il n'y en avait pas du tout : les deux réservoirs de dix mille litres qui se trouvaient à la cave constituaient une priorité absolue.

Donald Jones fut le premier arrivé dans la salle du générateur, accompagné de son rat démineur. Binky était plus efficace que la plupart de ses congénères. Tous avaient suivi le même entraînement, mais la petite taille de Binky lui conférait un avantage sur ses acolytes. Il était mieux adapté aux espaces confinés (par ailleurs, son poids plus faible limitait le risque qu'il déclenche une mine). Pour une raison inconnue, il était aussi plus rapide. Si le HeroRAT moyen inspectait environ neuf cents mètres carrés à la demi-heure, Binky était capable du double dans ses bons jours.

Comme tout animal dressé, Binky était motivé par la nourriture – il appréciait habituellement les morceaux de banane et le beurre de cacahuète, mais ce dont il raffolait par-dessus tout, c'étaient les olives vertes. Il n'y avait rien que ce petit enfoiré aimât davantage. Jones lui en donna un morceau dès qu'il toucha terre. La perspective d'un deuxième service le motiverait à cavaler sur ses pattes de démineur miniature.

Il envoya Binky derrière le réservoir entre la porte et l'énorme générateur, déroulant lentement le fil de Kevlar entre son pouce et son index, à l'affût du petit tango que le rat effectuait lorsqu'il trouvait une bombe. La cordelette était spécialement conçue pour transmettre les vibrations. Après deux ans de cette collaboration, Jones avait l'impression que cette dernière tenait davantage de la terminaison nerveuse que de l'objet inanimé.

L'homme effectua une double pression sur son clicker de dressage. Binky revint aussitôt, plein d'espoir. Jones fit un nouveau clic en direction du second réservoir, où le rat détala en quête d'une chose parfaitement inconcevable pour son cerveau minuscule.

Il était sur le point de le rappeler, quand Binky se lança dans sa danse de la victoire au bout de la cordelette. Se mettant à quatre pattes, Jones pointa sa lampe torche sous le ventre du réservoir. Les petites moustaches étaient à deux centimètres d'un engin explosif improvisé.

Après trois clics, Binky revint à toute allure et s'assit docilement en attendant que les olives tombent du ciel.

L'homme fit une gratouille sous le menton de son petit comparse avant de lui tendre une olive, puis transmit le message à son unité.

Binky a trouvé quelque chose.

28

Le capitaine de l'unité de déminage conduisit Lucas, Whitaker, Curtis, Chawla et les autres au sous-sol, où Binky le rat dévorait un sachet d'olives bien mérité. Sanchez, le capitaine, avait la même allure générale que ses hommes : coupe en brosse, lunettes de tir à verres jaunes et muscles en béton armé. Il n'était pas très bavard, mais expliqua qu'ils avaient trouvé un engin explosif sous le réservoir de diesel dans la salle du générateur. Calvin-Wade Curtis peinait à masquer son excitation.

À leur entrée, la bombe était posée sur une table pliante près d'un rouleau à outils. Le cliché cinématographique dans toute sa splendeur : une boîte métallique contenant un pain de plastic muni d'un détonateur relié à un téléphone mobile. Le détonateur et les fils avaient été débranchés.

« C'est un EEI standard, dit Curtis tandis qu'ils s'approchaient. Le mobile active le circuit, ce qui déclenche le détonateur et fait exploser le plastic. Une fois de retour au labo, je pourrai identifier le traceur et connaître le fabricant – on ne peut pas faire du C-4 dans sa cave, heureusement. La charge en forme de lentille a été conçue pour percer la paroi du réservoir et faire exploser son contenu. On peut trouver des instructions à ce sujet partout sur Internet – quiconque possède quelques compétences en mécanique, un accès aux composants et un peu de patience peut fabriquer ce type d'engin. C'est le b.a.-ba du guérillero, mais on n'en voit pas souvent par chez nous. Celui-ci a été fabriqué par un droitier.

– Le diesel n'est déjà pas facile à enflammer, mais alors à faire exploser… intervint Lucas.

– Tout juste. Il peut brûler et dégagera beaucoup de fumée, mais il est difficile à enflammer, et en admettant qu'on y parvienne, il n'est pas explosif. À moins bien sûr qu'on n'y ajoute du nitrate d'ammonium ou tout autre agent oxydatif…

– Si la bombe avait explosé, les dégâts auraient été comparables à ce qui s'est produit sur Hudson Street ? »

Le sourire de Curtis s'évanouit ; il se tourna vers Sanchez.

« Vous avez inspecté tous les réservoirs ? lui demanda-t-il.

– Pur diesel, sans aucun mélange, intervint l'un des agents, une femme maigre qui, à en croire son badge, s'appelait Bastille.

– Et vous êtes sûrs qu'il n'y a pas d'autres explosifs dans le bâtiment ? demanda Curtis en se renfrognant. Pas de C-4 planqué dans un coin ? »

Sanchez était trop professionnel pour s'offusquer de la question. La prudence était de mise, il le comprenait bien.

« Nous avons inspecté tout l'immeuble, dit-il en faisant un signe de tête en direction de son équipe. Il n'y a rien d'autre.

– Le dispositif était caché là, sous le réservoir ? »

Sanchez hocha la tête.

Curtis sembla réfléchir quelques instants avant de se tourner vers Lucas.

« Tout ce que cela aurait fait, c'est percer le réservoir et répandre le diesel dans la pièce. Avec une si petite quantité de C-4, on ne peut même pas faire un trou dans le mur. »

Chawla enfonça ses mains dans ses poches en se

dandinant sur la pointe des pieds, un mouvement qu'il avait volé à Kehoe.

« Il n'est peut-être pas aussi intelligent que vous le croyez, dit-il à Lucas. On a eu de la chance. »

Lucas se tourna vers Whitaker, qui haussa les épaules. Son regard se posa sur l'engin explosif disséqué sur la table. Il pensa au Guggenheim, puis au bâtiment réduit en cendres sur Hudson Street.

« C'est ça, oui. De la chance. »

29

Upper East Side

Whitaker arrêta la voiture devant le pavillon en brique peu après six heures du matin. La ville ne dormait plus, mais il restait encore un peu de temps avant l'heure de pointe. Lucas se faisait l'impression d'être centenaire ; il était affamé et en piteux état. Il resta assis la main sur la poignée, sans rien dire. Whitaker coupa le contact.

« Vous allez m'annoncer la mauvaise nouvelle ? demanda-t-elle en posant le bras sur l'appui de la fenêtre.

– Pourquoi pensez-vous que j'ai une mauvaise nouvelle ?

– Parce que c'est toujours le cas. »

Lucas envisagea de protester, mais elle n'avait pas tort.

« Je suis fatigué. Mes vertèbres me font l'effet d'un tas de capsules maintenues avec de la ficelle de boucher. Ces dernières vingt-quatre heures, je n'ai avalé qu'un hot-dog, onze tasses de café et quelques olives volées à un rat. Je vais rentrer maintenant », dit-il avant d'ouvrir la portière et de poser un pied sur le sol humide de rosée.

Il essaya de sourire, mais son visage ne répondait plus.

En franchissant la porte d'entrée, il fut une fois de plus frappé par le vide dû à l'absence de sa famille. L'endroit avait une autre odeur, un rythme différent.

Il lâcha les clés sur la grosse console Art déco, se débarrassa de sa chaussure gauche puis extirpa soigneusement sa prothèse de la droite. Une fois dans la salle de bains, il entreprit de se déshabiller. Il eut tant de mal à faire passer son pull par-dessus la prothèse qu'il envisagea de le découper aux ciseaux. Lorsqu'il y parvint finalement, il jeta ses vêtements dans la corbeille et décrocha son bras. Face à son reflet, il se rappela soudain qu'il était urgent de faire quelque chose pour ces cheveux – comment pouvait-il espérer être pris au sérieux avec une tronche pareille ? Il verrait ça demain.

Une fois sous la douche, comme d'habitude, ses cicatrices étaient les plus longues à réchauffer ; il avait mal partout. Sa carcasse entière était complètement détraquée, ce qui n'était pas étonnant après vingt heures debout. Telle était la vie du Dr Lucas Page 2.0, maintenu en un seul morceau par des technologies hors de prix et un entêtement inestimable.

Lucas laissa l'eau brûlante tambouriner sur son dos pendant dix minutes avant de se sécher et de se traîner jusqu'à la chambre. Il se glissa entre les draps nu comme un ver, sans prendre la peine d'ôter sa jambe, et s'endormit presque aussitôt.

30

Tomkins Square

« Bonjour, ici Jolene Quan pour WABC. Je me trouve actuellement sur Tomkins Square. Ce matin, le parc a été le théâtre d'un rassemblement organisé en l'honneur du “Tueur aux machines”, un nom devenu synonyme de rejet de la civilisation technologique.

« Presque deux cents personnes mobilisées via Twitter sont venues apporter leur soutien au terroriste ou protester contre le système qu'il entend détruire. Une scène loin d'être pacifique, comme chacun des spectateurs présents pourra en témoigner.

« Les manifestants ont en effet allumé un grand brasier où ils ont jeté leurs téléphones portables. Tout s'est apparemment déroulé dans le calme... jusqu'à ce que les téléphones commencent à exploser. Une femme a été touchée à la tête par l'un des projectiles. Elle est décédée d'une hémorragie avant l'arrivée des secours. Plusieurs personnes ont également perdu un œil ou des dents. Nombreux sont les participants qui souffrent de blessures et de coupures plus superficielles.

« D'après les autorités, la femme décédée aurait probablement survécu si les témoins avaient disposé d'un mobile pour appeler les secours. On ignore encore si la police engagera des poursuites. Les autorités rappellent aux citoyens de ne pas brûler leurs téléphones portables – de même que tous leurs appareils électroniques équipés d'une batterie. Ils peuvent souvent, comme nous l'avons vu, se transformer en armes meurtrières.

« À vous, les studios… »

31

Upper East Side

Whitaker vint chercher Lucas peu avant dix heures. Ces quelques heures de sommeil semblaient l'avoir requinquée ; elle était prête à affronter une nouvelle journée. Lucas, en revanche, se faisait l'effet d'un meuble Ikea assemblé à la va-vite dans le plus parfait mépris des instructions. Elle avait eu la gentillesse d'apporter le café, mais il lui en faudrait bien plus pour pouvoir tenir le coup. Comme disait l'autre, vieillir ce n'est pas un truc de poules mouillées.

Whitaker l'observait en coin et cachait mal son sourire.

« Quoi ? dit-il.

– Regardez-vous, tout tranquille, avec votre beau costume et votre nouvelle coupe de punk à chien.

– Qu'est-ce qu'il a, mon costume ?

– Il manque un peu de couleur, dit-elle en haussant un sourcil. Vous avez décroché un rôle dans *Reservoir Dogs* ?

– Ce n'est pas de ma faute si je suis chiant à mourir.

– Ah, ça non, aucun risque, pas avec vos cheveux de Sting maléfique, dit-elle en exhibant son plus beau sourire.

– Si vous préférez les tenues plus olé olé, vous pouvez toujours traîner avec Chawla. »

Lorsqu'ils arrivèrent, la salle était aussi électrique qu'à l'accoutumée. Ici, un million de petites décisions étaient prises, qui influeraient sur le déroulement de toute l'enquête. Les écrans omniprésents diffusaient les chaînes d'information en continu et les visages grimaçants des présentateurs s'y étalaient, comme autant de marionnettes. Tous évoquaient les explosions de ces deux derniers jours à grands coups de graphiques, d'invités et d'anciens responsables en tout genre.

Sur l'un des écrans, un groupe de trentenaires barbus habillés comme des adolescents se passaient le micro dans une assemblée à Brooklyn. Leurs prises de parole étaient retranscrites au bas de l'écran. Ils envisageaient de tout plaquer.

« Plaquer quoi ? demanda le reporter à l'un d'entre eux.

– Mais tout, mec. La société. Le réseau. Tout. Revenir aux sources. Détruire le système. »

À cette fin, ils avaient créé un groupe Facebook. Sans oublier une page Instagram et un site web.

Lucas se demanda furtivement si les générations précédentes avaient éprouvé un tel sentiment d'horreur face à leurs jeunes. Puis il se souvint des réactions aux Beatles, aux Sex Pistols et à Marilyn Manson et se demanda s'il vieillissait ou si la société partait vraiment en sucette.

Lorsqu'ils arrivèrent au bureau de Kehoe, ce dernier était au téléphone. Il leur fit signe d'entrer, coupa court à la conversation et griffonna quelques notes au stylo-plume.

« Page, Whitaker », dit-il en reposant le stylo.

Il appela son assistant pour lui demander deux cafés et un thé et réclama également la présence de Chawla et Hoffner.

« Bien reposés ? » demanda-t-il, à personne en particulier.

Il semblait avoir l'esprit ailleurs.

Otto Hoffner arriva, engoncé dans un costume trop petit

pour lui, dont les coutures semblaient pouvoir craquer à tout moment. Il posa le thé sur le bureau de Kehoe, puis tendit les deux cafés à Whitaker et Lucas, qui le remercièrent d'un hochement de tête. Chawla fit son entrée, un mug du FBI dans une main, une tablette dans l'autre, et s'assit sur le rebord de la fenêtre.

« Agent spécial Chawla, qu'avons-nous pour le Dr Page ? » demanda Kehoe en écartant les bras.

Prenant son rôle très au sérieux, Chawla consulta ses notes et entreprit de répéter le discours qu'il avait tenu une heure auparavant lors du briefing matinal :

« Nous sommes dans l'impasse avec l'accélérant utilisé pour l'explosion du Guggenheim. Nous avons récupéré des échantillons chez le fabricant, qui ne correspondent pas aux confettis livrés. Quelqu'un a dû infiltrer la chaîne logistique entre le départ du produit dans le New Jersey et son installation dans les canons à neige, mais on ne sait ni où ni à quel moment.

« Nous avons interrogé tout le personnel – transporteur, société de location, livreur. Rien. Les machines en elles-mêmes ont été fabriquées il y a trois ans et sont stockées dans un entrepôt du Queens. Une équipe est allée inspecter les lieux. Nous avons aussi interrogé les employés du traiteur qui sont encore en vie, le personnel de sécurité et ce qu'il reste des salariés du Guggenheim. Nous épluchons leurs boîtes mail et leurs comptes en banque à la recherche de virements suspects, sans succès pour l'instant. C'est comme si ces confettis étaient apparus par magie…

– Sauf que ce n'est pas de la magie, c'est un simple tour de passe-passe, dit Lucas. Nous devons trouver comment le terroriste a pu infiltrer la chaîne logistique.

– Et nous trouverons. »

Lucas n'en était pas si sûr. Depuis quarante heures qu'ils enquêtaient, ils n'avaient toujours aucune idée de ce qui s'était passé.

« Et l'explosion sur Hudson Street ?

– Sur celle-ci, nous sommes au clair. Hier, trois des réservoirs ont été remplis d'un mélange de nitrate d'ammonium et de gasoil. »

Le cocktail nitrate-fuel était l'explosif de prédilection des terroristes à la petite semaine et des péquenauds de droite. C'est notamment ce qu'avait utilisé Timothy McVeigh pour tuer cent soixante-huit personnes à Oklahoma City en 1995 – l'attaque terroriste la plus meurtrière aux États-Unis jusqu'au 11 septembre 2001.

Le mélange pouvait être d'une efficacité redoutable, mais n'avait pas le même panache que le dispositif utilisé au Guggenheim – comme si la bombe avait été fabriquée par quelqu'un d'autre. Malgré tout, par son absence de complexité, il correspondait bien à la pensée luddite[1].

« Le gasoil se conserve un peu plus de six mois, reprit Chawla, ils le renouvellent donc deux fois par an. Trois réservoirs sont laissés vides en permanence à cet effet. L'opération était prévue depuis des mois. Les responsables de la compagnie pétrolière nous ont appris qu'ils n'avaient jamais revu le camion après la livraison ; quant à son conducteur, il est porté disparu depuis hier après-midi. Sur les caméras de surveillance, on peut voir un homme en combinaison connecter les tuyaux, procéder à l'échange et repartir. Les images ne sont pas vraiment utilisables. On sait seulement qu'il s'agit d'un homme entre trente et cinquante ans, pesant entre soixante-dix et quatre-vingt-dix kilos. Sans doute blanc, peut-être hispanique ou moyen-oriental. Le chauffeur disparu est un homme noir d'un mètre quatre-vingt-quinze pour cent dix kilos. Selon toute probabilité, il a été assassiné. Nos équipes s'occupent de retracer son parcours

1. Les luddites étaient un groupe d'ouvriers du textile anglais menés par Ned Ludd qui, de 1811 à 1816, s'organisèrent pour détruire les machines, accusées de provoquer le chômage.

pour trouver des images de surveillance ou tout autre élément de réponse.

« En ce qui concerne l'explosion en elle-même, les traces d'impact et les vidéos semblent indiquer qu'elle a eu lieu en sous-sol, à l'angle des rues Thomas et Hudson. Nos spécialistes affirment que le détonateur est identique à celui qu'on a retrouvé hier sur la Huitième Avenue. L'analyse des traceurs a démontré qu'il s'agissait du même fabricant. C'est un manufacturier suédois, ENF. Le lot aurait été acquis par une entreprise de construction brésilienne. Tout porte à croire qu'il s'agit d'une personne opposée au "système techno-industriel", comme dit dans la lettre. C'est bien notre homme – le Tueur aux machines.

– Pourquoi n'a-t-il pas fait sauter le bâtiment sur la Huitième Avenue ? interrogea Lucas, bien décidé à mettre les points sur les *i*.

– Il a fait une erreur, répondit Chawla avec un haussement d'épaules.

– On parle de quelqu'un qui a réussi à infiltrer la chaîne logistique des confettis, à modifier les canons à neige, à passer à travers la sécurité du Guggenheim et à faire disparaître un camion et son chauffeur après avoir posé une bombe dans le data center de Hudson Street… Ce type ne commet pas d'erreurs. »

Lucas n'aimait pas parler des coupables au singulier, mais même s'il s'agissait finalement d'un groupe, il y aurait une tête pensante. C'était toujours le cas.

« Alors comment expliquez-vous que la bombe n'ait pas détoné ? »

Depuis la veille, Lucas retournait la question dans tous les sens ; il n'y avait qu'une seule réponse possible :

« Elle n'était pas censée le faire.

– Ce n'est pas ce que dit la lettre, contesta Chawla.

– Oh, alors si la lettre le dit, ça doit être la vérité, ironisa Lucas. Cette bombe avortée sur la Huitième

Avenue, c'est du travail d'amateur, poursuivit-il avec un calme forcé. Le diesel du réservoir était pur et le détonateur n'a pas été activé. Les terroristes se sont donné beaucoup de mal pour détruire le data center de Hudson Street et n'ont même pas fait le minimum syndical pour celui-ci. C'est parce qu'ils n'avaient pas l'intention de le faire exploser.

– Quel serait le but, selon toi ? demanda Kehoe, jusque-là absorbé dans ses pensées.

– Pas la révolution, en tout cas. Combien de centaines de millions de dollars valait le bâtiment sur Hudson Street ?

– Il était assuré à hauteur de quatre milliards et demi.

– C'est forcément une affaire d'argent, estima Lucas en écartant les mains.

– Tu peux le prouver ? fit Kehoe en croisant les bras.

– Je ne sais pas.

– Alors je pense que tu ferais mieux de te remettre au travail. »

32

Upper East Side, Cinquième Avenue

Eddie Roberts était portier au McDougall Arms depuis treize ans et il aimait son travail. Les locataires étaient polis la plupart du temps (à l'exception de M. Green, qui ne l'était jamais avec personne), sa paie arrivait toujours à l'heure et, à chaque Noël, ses étrennes lui permettaient de faire un joli cadeau à sa femme, d'acheter à ses enfants le dernier gadget promu par la télévision et de payer une partie de son crédit. Pas mal, quand on savait que son rôle consistait essentiellement à ouvrir et à fermer la porte d'entrée, à aider les locataires à sortir de leur taxi de temps en temps (cela pouvait être l'ivresse, ou une opération de la hanche), à sortir les paquets du coffre des limousines et occasionnellement à protéger quelqu'un avec son parapluie. Comme tout dans la vie, il y avait des hauts et des bas, mais pour l'essentiel ce job semblait être un bon moyen de couler des jours paisibles jusqu'à la retraite.

Cette année, l'automne se faisait attendre. Les feuillages du parc se paraient de mille couleurs plus splendides les unes que les autres. L'avenue serait envahie de touristes toute la journée. Mais Eddie était du genre à voir le verre à moitié plein, il se réjouissait simplement qu'il fasse beau. Surtout avec toute cette merde aux infos. Ces jours-ci, sa femme détestait le voir partir en ville – à écouter tous ces idiots sur Fox et CNN, on finissait par se convaincre que la fin du monde était arrivée. Pourtant, Eddie savait que c'était des conneries. New York en avait vu d'autres. Des gens mouraient, d'autres naissaient. Comme disait son père, c'était le cycle de la vie.

Eddie prenait l'air devant l'entrée en attendant d'avoir une porte à ouvrir – qu'elle soit de type automobile ou architectural. Halloween était proche et quelques gamins passèrent, déguisés en personnages qu'il ne reconnut pas. Ses enfants étaient maintenant trop grands pour ça, mais ils avaient fait tous les classiques quand ils étaient petits : fantômes, sorcières, Mexicains, vagabonds… L'un de ses fils avait porté un costume de Ghostbuster trois ans d'affilée, et l'une des filles n'avait jamais rien voulu d'autre qu'une robe de princesse. Ces jours-ci, tout le monde était un genre de superhéros. Ou ce gosse, Harry Potter. Les gens n'avaient plus aucune imagination.

Eddie s'apprêtait à rentrer lorsqu'il y eut une explosion dans les étages. Il fit un bond – littéralement –, puis leva la tête.

Il eut à peine le temps d'articuler la première syllabe d'un juron avant que le coin du bâtiment ne vienne l'incruster de cinquante centimètres dans le trottoir.

33

L'appartement exhibait tous les signes extérieurs de richesse : splendides pièces de mobilier d'époque, œuvres d'art représentant davantage qu'une vie de labeur, dressing à même de rivaliser avec n'importe quelle boutique de Rodeo Drive, bar rempli de bouteilles à plusieurs milliers de dollars.

Le propriétaire de l'appartement, un certain Jonathan Makepeace, était gestionnaire d'un fonds spéculatif, philanthrope, collectionneur d'art et amateur de cigares. Il était surtout en pièces détachées. Ce qui restait de lui avait été entassé dans des Tupperware et embarqué à la morgue pour y être autopsié, même si la cause de sa mort laissait peu de place au doute. L'engin explosif avait soufflé tout un coin de l'immeuble, non sans aplatir le portier sur le trottoir, détruire neuf voitures et annihiler le faux sentiment de sécurité sur lequel se reposaient les résidents.

Lucas se tenait au bord d'un immense tapis en soie. La scène lui rappelait des choses qu'il s'était donné beaucoup de mal pour oublier. Lorsque la bombe avait explosé, Makepeace était assis à son bureau avec vue sur Central Park. Selon les hommes de Calvin-Wade Curtis, elle avait été dissimulée dans son coffre à cigares – ce qui aurait constitué une excellente campagne contre les dangers du tabac.

Le torse de l'homme avait encaissé le gros de l'explosion, ce qui ne signifiait en rien que le reste de son corps était demeuré intact. Ses jambes avaient été retrouvées en onze morceaux ; ses hanches, de même que certains de ses organes, avaient volé à l'autre bout de la pièce. L'un de ses doigts était resté accroché à un rideau.

Trois équipes du FBI – soit une trentaine de personnes – s'affairaient dans l'appartement. Malgré l'affluence, le silence était pesant.

Lucas n'était pas enchanté d'être là, ce qu'il dut laisser transparaître, car Whitaker lui glissa :

« Si c'est trop difficile pour vous, on peut s'en aller. »

Chawla était déjà parti, à la grande satisfaction de Lucas, qui n'avait aucune envie d'avoir affaire à lui dans ce contexte. L'air du dehors devait être bien plus respirable, malgré ce tout nouveau trou d'aération dans le mur.

« Non, ça va, mentit-il. Qui était ce type ?

– Il dirigeait un fonds spéculatif, Makepeace Capital, dit-elle en consultant ses notes.

– À combien s'élevaient leurs parts de marché ?

– Un peu plus de soixante… *milliards*.

– Sous quelle forme ? »

La bombe avait fait un trou dans le plancher, déchirant d'un même coup le tapis et le marbre. Les poutrelles saillaient comme des côtes dénudées. Au bord du gouffre reposait un joli petit Georges Seurat – du moins ce qu'il en restait, à moitié mangé par les flammes. Juste à côté, on pouvait voir une empreinte de pas sanglante.

« Pour l'instant, je n'ai que les infos de Google – on attend que la SEC et la CFTC nous en apprennent davantage. En tout cas, c'était un gros poisson. Makepeace a commencé chez Goldman Sachs il y a plus de quarante ans, avant de monter son propre fonds. Au départ, il a massivement investi dans l'aviation et l'aérospatiale, avant de se tourner vers la vente d'armements. Il investissait déjà dans les technologies quand le reste du monde en était resté aux phonographes. Le boom Internet des années quatre-vingt-dix l'a fait passer de trois cents millions à deux milliards et demi. Il a repris ses billes avant le krach et s'est réorienté vers les économies émergentes et l'agriculture de masse. En 2007, il a opéré un nouveau virage vers les énergies propres et renouvelables, grâce à quoi ses clients ont pu éviter la crise des subprimes. Récemment, il a commencé à investir dans l'eau... Qu'est-ce que ça veut dire ? demanda-t-elle en levant les yeux.

– Quand le monde sera à sec, il faudra acheter notre eau à des types comme Makepeace. » Un pigeon entra et se posa sur l'accoudoir du canapé. « Avait-il un lien avec Horizon Dynamics ?

– Je ne sais pas. La SEC nous en dira plus. Techniquement, les données qu'on réussit à extraire de son disque dur nous appartiennent. Il nous faudra quelques heures pour obtenir une vision d'ensemble de ses activités.

– En tout cas, je sais déjà qu'il n'était pas invité au gala, j'ai étudié la liste des invités.

– C'était une figure de la bulle Internet, ce qui viendrait confirmer la théorie de Chawla. »

Lucas s'aperçut qu'elle était de plus en plus contaminée par sa propre méfiance. Était-ce une bonne chose de multiplier les sceptiques ?

« Makepeace travaillait-il toujours de chez lui ?

– Seulement quelques jours par semaine. Sa femme dit qu'il était devenu plus casanier ces dernières années ; il essayait de profiter de la vie un peu plus. Ce sont ses mots, pas les miens.

– Il va nous falloir une liste de toutes les personnes avec qui il a fait affaire, ou envisagé de faire affaire, depuis qu'il a monté son entreprise. »

Makepeace avait eu deux visiteurs ce matin-là – un livreur UPS et un homme en costume bleu aux cheveux blonds coupés très court, qui n'aurait pas dépareillé dans la famille Addams. Il était arrivé avec une grosse enveloppe en kraft qu'il n'avait plus en repartant.

Les hommes de Chawla avaient interrogé le livreur – arrivé vingt secondes après le grand blond et reparti trente secondes avant –, qui s'était efforcé de leur résumer sa visite. Il semblait secoué par l'idée d'avoir pu se trouver en possession d'une bombe. Ils avaient retrouvé l'expéditeur de ce qui se révéla être une simple enveloppe de documents à signer. D'après le livreur, le grand type en costume avait gardé le silence tandis que Makepeace signait le bon de livraison. Apparemment, l'homme l'avait mis mal à l'aise – il paraissait « menaçant », selon ses termes.

Le grand blond était donc le chaînon manquant. S'il était connu des services de police, ils l'identifieraient dans la demi-heure. Sinon, il leur faudrait lancer un avis de recherche.

Le téléphone de Lucas se mit à vibrer. Paul Knechtel, l'ami de Wall Street à qui il avait rendu visite la veille.

« Docteur Page à l'appareil, dit Lucas en se repliant vers la cuisine, seule pièce de l'appartement à ne pas être envahie d'agents du FBI.

– Je parie que tu ne t'es pas ennuyé depuis hier.

– Tu n'as pas idée.

– Justement si. C'est d'ailleurs pour ça que je t'appelle. J'ai des informations pour toi. »

Lucas contourna l'îlot de la cuisine, une grosse dalle de lapis-lazuli où étaient incrustés quatre éviers.

« Tu as fait vite. »

À Wall Street, dénicher l'information avant ses concurrents était la clé du succès. Là-bas, le temps ne s'écoulait pas au même rythme qu'ailleurs.

« Le bâtiment qui a explosé hier soir sur Hudson Street est assuré par une société appartenant aux frères Hockney. Ils vont devoir débourser quatre milliards et demi de dollars.

– Les propriétaires d'Horizon Dynamics ?

– Eux-mêmes. Ça fait beaucoup en deux jours, leurs actionnaires vont faire la tronche. Quand leur situation sera rendue publique, beaucoup de gens voudront les lâcher. Ils réussiront sans doute à sauver les meubles, mais pas sans y laisser quelques plumes.

« Tu te souviens de ce que je te disais sur les Paraguayens qui sont en ville en quête de financements ? Je ne peux pas te dire comment je l'ai appris, mais ils envisagent de plier bagage. Les Chinois leur donneront tout ce qu'ils veulent et les Hockney ne leur font sans doute pas l'effet d'un très bon parti, ces derniers jours. Les deux frères semblent se maintenir à flot grâce à un autre financier, qui leur prête les fonds nécessaires. J'insiste : ça ne se sait pas, et tu ne peux pas citer mon nom.

– Ne t'inquiète pas, dit Lucas en fixant le comptoir bleu nuit. Cet autre investisseur, qu'est-ce que tu peux me dire sur lui ?

– Il a longtemps été en affaires avec les Hockney, d'abord comme agent de change. Ensuite, il s'est beaucoup occupé de leurs investissements, mais ils se sont brouillés il y a quelques années. C'est un financier de premier plan. Si tu me demandais à qui bénéficie la débâcle d'Horizon Dynamics, c'est à lui que je penserais. À ta place, je passerais lui rendre une petite visite. »

Lucas se tourna vers le salon et considéra le cratère ouvrant sur la Cinquième Avenue.

« Il ne s'appellerait pas Jonathan Makepeace ?

– Comment tu le sais ?!

– Simple coup de chance. »

34

Les bureaux des frères Hockney se situaient en plein royaume de la consommation ostentatoire, au croisement de la 57e Rue et de la Cinquième Avenue – à deux pas de Louis Vuitton, Bulgari, Tiffany, Piaget, Van Cleef & Arpels, et de la Trump Tower. Whitaker se gara le long du trottoir. Lucas dut attendre que le sans-abri qui lui tendait un gobelet en carton s'écarte avant de pouvoir ouvrir la portière.

La sécurité à l'entrée semblait calquée sur celle de l'aéroport Ben Gourion à Tel-Aviv. Six hommes en kevlar et nylon étaient postés devant les entrées principales. De toute évidence, les frères Hockney se sentaient légèrement visés par les événements des derniers jours.

Lucas et Whitaker franchirent le premier point de contrôle en présentant leur badge, puis durent s'enregistrer à l'accueil de HWE – Hockney Worldwide Enterprises. L'agent de sécurité prenait son travail au sérieux. L'homme inspecta minutieusement leurs papiers et gratta de l'ongle l'insigne de Whitaker, puis il les prit en photo et leur délivra deux cartes plastifiées encore chaudes, avant de les inviter à articuler leurs noms dans un registre numérique. Lorsqu'ils se furent pliés à toutes les étapes de ce petit exercice, ils purent enfin rejoindre l'ascenseur.

La cabine était couverte de panneaux de chêne et rehaussée d'accents cuivrés. Elle sentait bon le sapin de

Noël. À peine Whitaker eut-elle effleuré le bouton que l'ascenseur s'élança comme une flèche. Il avait clairement été conçu pour des personnes payées à la seconde.

Tous deux gardèrent le silence jusqu'en haut, bien conscients d'être observés. Lucas ajusta ses lunettes de soleil et se passa la main dans les cheveux, espérant arranger un peu son look de chanteur punk.

L'ascenseur ralentit et émit un tintement harmonieux avant de s'immobiliser. Les portes s'ouvrirent sur une jeune femme en tailleur Chanel assise derrière un guichet. Le motif en pied-de-poule noir et blanc lui donnait l'air d'une illusion d'optique.

« Inspecteurs Whitaker et Page, dit-elle en se levant.

– Je suis l'agent spécial Whitaker et voici le Dr Page. Nous sommes du FBI, pas de la police. Nous voudrions parler avec William et Seth Hockney », dit Whitaker en adoptant sa voix de dure à cuire.

Le tailleur de la femme s'anima tandis qu'elle contournait le guichet.

« Je suis désolée, vous allez devoir prendre rendez-vous, dit-elle, tout sourire. Messieurs Hockney ne reçoivent pas…

– Si vous ne voulez pas vous retrouver avec cinquante agents du FBI sur le dos dans les dix minutes, je vous conseille de nous faire entrer *immédiatement* », dit Whitaker en baissant la voix.

La réceptionniste se balança un instant sur la pointe des pieds, animant le motif de sa veste à la manière d'un caméléon.

« Veuillez vous installer, je vais les informer de votre présence », annonça-t-elle enfin, en désignant une rangée de chaises au charme de mobilier d'aéroport.

De retour au guichet, elle chuchota quelques phrases dans un combiné.

En dehors de la réceptionniste-cerbère, il ne semblait y avoir aucune présence humaine. Derrière le comptoir, le mur de marbre était jalonné de maquettes architecturales sous verre, représentations miniatures des joyaux de l'empire des Hockney : tours de bureaux, stades, ports, usines et centres de triage. Il n'y avait aucune représentation du monde naturel – ni lacs, ni montagnes, ni forêts.

Un claquement de semelles en cuir annonça l'arrivée d'un homme, qui tourna bientôt à l'angle et entra dans leur champ de vision.

« C'est le type de chez Makepeace, celui qui a collé les jetons au livreur UPS », dit Whitaker en donnant un coup de coude à Lucas.

À sa gestuelle, Lucas le voyait bien être chef de la sécurité ou quelque chose du genre ; quelqu'un en tout cas dont le travail consistait à tenir les intrus à distance.

Sans un regard pour eux, il approcha du guichet et murmura quelques mots à l'oreille de la réceptionniste. Lucas n'entendait pas ce qu'il disait, mais la femme leva les yeux sur eux, avant de les reposer sur le plateau en verre de son comptoir. Elle hocha la tête, répondit quelque chose, puis se tut tandis que le majordome de la famille Addams approchait d'eux.

« Agents Whitaker, Page, que puis-je faire pour vous ?

– Nous sommes à la recherche de quelqu'un, annonça Whitaker en lui montrant une image de surveillance sur son téléphone : vous.

– Et me voilà, dit-il sans sourciller, comme s'il ne s'agissait que d'un désagrément mineur dans une journée déjà bien chargée. Je suis M. Frosst.

– Nous voudrions vous poser quelques questions. »

Frosst examina Whitaker, avant de passer à Lucas, dont il détailla la main en aluminium anodisé, puis le faux œil derrière les lunettes de soleil.

« J'imagine que vous voulez parler de ma visite chez Jonathan Makepeace ce matin.

– Qu'est-ce qui vous fait dire ça ?

– Je suis probablement l'une des dernières personnes à l'avoir vu en vie.

– Vous savez donc qu'il est mort.

– Évidemment», répliqua Frosst avec un sourire qui n'avait rien d'amical. Dans sa voix, Lucas discerna un reste d'accent de Virginie ou du Kentucky. «Je préférerais avoir cette conversation en présence de mes employeurs, dit Frosst en fixant Whitaker. C'est de leur part que je me suis rendu chez M. Makepeace. Malheureusement, ils sont actuellement en réunion et je ne peux pas les déranger. Si vous pouviez revenir mardi, ce serait…

– Ça ne marche pas comme ça, dit-elle en faisant un pas dans sa direction. Mais je peux aussi revenir avec un mandat et vous embarquer les menottes aux poignets.»

L'homme pivota légèrement – l'instinct du guerrier. Lucas comprit qu'il observait Whitaker à l'affût d'un point faible.

«Je ne vous le dirai pas deux fois», le prévint-elle.

Frosst garda son calme, mais les muscles de sa mâchoire se contractèrent. Il resta immobile une seconde. Lucas se demanda s'il avait une idée de la personne à qui il avait affaire. En tout cas, réflexion faite, l'homme choisit d'éviter le conflit.

«Veuillez me suivre», dit-il, sans plus aucune trace d'accent.

Comme dans les bureaux de Paul Knechtel à Wall Street, le décorateur avait préféré l'ostentation à la subtilité. Pour le siège social d'une entreprise aussi incontournable, ce n'était pas vraiment noir de monde. Les couloirs étaient aussi animés qu'une sépulture antique – ne manquaient que quelques mètres de sable et de vieux graffitis sous forme de hiéroglyphes.

En plus des joyaux miniaturisés de l'empire des Hockney, les murs affichaient les noms des centaines de compagnies dont ils avaient le contrôle. Lucas devait reconnaître qu'il en connaissait la plupart. De toute évidence, leur richesse n'était pas de celles que l'on pouvait aisément mesurer. Ni déclarer dans sa totalité aux impôts, sans doute.

Frosst les accompagna jusqu'à une porte qui aurait pu être celle de Jurassic Park – si tant est que ce dernier eût été peuplé de nababs férus d'Art déco et d'ébène de Macassar.

À leur entrée, il fit les présentations. William et Seth Hockney ressemblaient tout à fait à ce que l'on attendait de vieux milliardaires. William allait sur ses soixante-quinze ans. Grand et mince, il était vêtu d'un pantalon en laine grise, de richelieus sur mesure et d'un très joli blazer. Ses pommettes hautes avaient sans doute séduit autant de femmes que sa fortune. Des deux frères, c'était lui qui avait hérité de l'élégance. Seth était petit – un mètre soixante avec talonnettes – et portait un costume échouant à masquer que l'un de ses bras était plus court que l'autre. Ses paupières lourdes accentuaient encore son air équivoque, mais il semblait intelligent. On l'avait sans doute sous-estimé trop souvent.

« Quelle est la raison de votre présence ici ? demanda William avec une distinction naturelle.

– Comme vous le savez, Jonathan Makepeace a été assassiné aujourd'hui », répondit Lucas en prenant soin de garder Frosst dans son champ de vision.

Le regard de William passa de Lucas à Whitaker et retour.

« Est-il nécessaire que l'on fasse venir notre avocat ?

– Nous voulons seulement poser quelques questions à M. Frosst. Il a insisté pour que vous soyez présents. »

William jeta un coup d'œil à ce dernier, ce qui dut le mettre mal à l'aise, car il se balança d'un pied sur l'autre.

« Je lui ai déposé cette enveloppe de votre part », dit Frosst.

Ce constat ne fit rien pour atténuer l'irritation de

William. Il était certainement agacé de devoir perdre son temps à côtoyer la plèbe, mais ne pouvait ignorer que la situation ne lui était pas favorable.

« Bien, je vous demanderai d'être brefs. Comme vous devez vous en douter, nous sommes très occupés aujourd'hui.

– Combien de temps êtes-vous resté chez M. Makepeace ? » demanda Whitaker après avoir sorti son calepin d'un geste théâtral.

La vidéo de surveillance était horodatée. Frosst était entré dans l'immeuble à 10:13:42 et en était reparti à 10:22:22. Il était resté dans l'appartement entre 10:16:07 et 10:19:59, soit trois minutes et cinquante-deux secondes. C'était largement assez pour dissimuler une bombe dans un coffre à cigares, quand on savait ce que l'on faisait. Or, Frosst avait indéniablement l'air de savoir ce qu'il faisait.

« Pourquoi l'avez-vous envoyé là-bas ? relança Lucas, voyant que Whitaker commençait à perdre patience.

– Comme M. Frosst l'a dit lui-même, répondit William en balayant l'air d'un revers de la main, il est allé déposer quelques papiers de notre part.

– Avaient-ils un rapport avec le financement paraguayen que Makepeace s'apprêtait à vous rafler sous le nez ? »

William aurait fait un excellent joueur de poker, mais ce n'était pas le cas de Seth, dont la mâchoire sembla se décrocher sans signe avant-coureur.

« Nos transactions avec M. Makepeace sont confidentielles », se défendit son frère, bouillonnant sous sa façade impassible.

– Monsieur Frosst, combien de temps êtes-vous resté dans l'appartement ? insista Whitaker, qui prenait tout en note.

– Moins de quatre minutes », répondit Frosst.

C'était la réponse de quelqu'un d'attentif, mais qui est

attentif au temps qu'il passe dans un appartement ? La réponse : *un poseur de bombe*.

« Étiez-vous seul avec M. Makepeace ?

– Il y avait aussi la femme de ménage, dit Frosst après avoir pris une longue inspiration, et un livreur UPS est passé. Il est arrivé peu après moi et est reparti trente secondes avant. »

Cela correspondait à ce que le livreur avait rapporté aux agents.

« Avez-vous remarqué quoi que ce soit d'inhabituel ?

– C'est la femme de ménage qui m'a fait entrer. Makepeace était dans le salon, assis à son bureau. Nous avons échangé quelques mots, "Comment allez-vous ? – Très bien, merci", ce genre de choses, puis le livreur est arrivé et lui a remis un paquet. Nous avons patienté pendant que M. Makepeace quittait la pièce, pour en revenir avec deux grosses enveloppes Express. Après le départ du livreur, je lui ai donné ce que M. Hockney m'avait confié et je suis parti à mon tour.

– Que faisait la femme de ménage, pendant votre visite ?

– Le ménage ? » Whitaker interrompit sa prise de notes et leva les yeux sur lui. « Qu'est-ce que j'en sais ? Je n'ai entendu ni aspirateur ni bruits de vaisselle. L'appartement était silencieux. Il était *toujours* silencieux – M. Makepeace était un homme très tranquille.

– Comment était-il habillé ?

– Mocassins en crocodile marron, pantalon beige, chemise blanche aux manches retroussées. Vous m'excuserez, je n'ai pas pu voir la couleur de ses sous-vêtements…

– Ces gens font seulement leur travail, intervint William Hockney. Nous voulons tous savoir qui a tué Jon. Personne ne vous accuse de rien. N'est-ce pas, agent spécial Whitaker ? » dit-il d'un ton paternaliste.

Son calme forcé était presque convaincant.

Whitaker fixa Frosst pendant quelques instants avant de refermer son calepin et de se tourner vers William.

« Nous avons cru comprendre que vous aviez travaillé avec M. Makepeace par le passé. À la lumière de ce qui s'est produit au Guggenheim l'autre soir, pensez-vous que sa mort puisse être liée à vos affaires d'une façon ou d'une autre ?

– Si vous voulez bien vous asseoir », soupira William. Il indiqua le canapé d'un geste de la main, dévoilant du même coup la montre à son poignet, qui devait valoir pas loin d'un quart de million de dollars. « Je ne peux pas rester debout longtemps. »

Le groupe migra vers le sofa et les fauteuils club installés près de la cheminée, qui était assez grande pour y faire rôtir un bœuf entier. William et Seth s'installèrent dans les fauteuils, Lucas et Whitaker sur le canapé. Frosst resta près de la porte. *Il a vraiment l'air d'avoir un balai dans le cul*, pensa Lucas.

« Je sais que vous avez déjà été interrogés par d'autres agents après l'explosion du Guggenheim, commença Whitaker. Je m'excuse si nos questions se répètent, mais il nous paraît évident que vos activités sont liées à ces attaques, de près ou de loin. »

William la dévisagea pendant quelques longues secondes avant de se tourner vers Lucas.

« Vous êtes Lucas Page, l'astrophysicien ?

– Aux dernières nouvelles.

– Je vois, fit William en souriant, comme s'il s'amusait d'une plaisanterie cachée.

– Quand avez-vous vu M. Makepeace pour la dernière fois ? le relança Whitaker.

– Il y a trois ou quatre mois. C'était à Zurich. Je peux vérifier la date si vous le souhaitez.

– Merci, ce serait parfait, dit-elle en leur tendant sa carte. Savez-vous qui pourrait lui vouloir du mal ?

– Tout Wall Street, lâcha Seth.

– Quelqu'un en particulier ?

– Veuillez excuser mon frère, il est un peu mélodramatique, intervint William, établissant ainsi clairement le rapport de domination. Mais il n'a pas tort : M. Makepeace était un investisseur talentueux et très agressif. D'après mon expérience, ce sont deux qualités qui ont tendance à exacerber les jalousies. »

Le téléphone de Whitaker vibra. Elle jeta un œil à l'écran et se leva en s'excusant.

Tandis qu'elle s'éloignait en direction de la fenêtre, William en revint à Lucas :

« Si je puis me permettre, que fait un homme de votre rang et de votre réputation au FBI, docteur Page ? demanda-t-il, l'air authentiquement perplexe.

– J'ai un certain talent avec les chiffres.

– C'est de la confiture aux cochons. Si vous cherchez un défi à la hauteur de vos talents, je serais plus que ravi d'en discuter avec vous, dit-il. Non que je souhaite vous priver de cette charmante compagnie, bien sûr, mais un homme de votre stature devrait mieux occuper son temps…

– C'est très condescendant de votre part, merci. Je saurai où me tourner, les jours où je me sens d'humeur à être sous-estimé. »

William lui rendit un regard glacial.

Whitaker, qui avait raccroché, claqua dans ses doigts pour attirer l'attention de Lucas.

« Nous restons en contact », dit-elle à la cantonade.

Dans le couloir, Lucas dut allonger le pas pour rejoindre Whitaker, qui filait à toute allure.

« Qu'est-ce qui se passe ? demanda-t-il.

– Il y a eu une autre explosion. »

35

Pelham Gardens

Lucas était sur le trottoir devant la maison, perdu dans la contemplation d'un arbre. Un bonsaï s'était accroché à l'une de ses branches, à cinq mètres de hauteur. Le pot à moitié broyé laissait paraître les racines minuscules qui pendouillaient, couvertes de petites mottes de terre.

« C'est très autoréférentiel, dit-il.

– Vous êtes vraiment un cas », répliqua Whitaker.

Lucas se tourna vers elle, le sourcil levé.

La scène grouillait de véhicules de secours et d'agents de police en uniforme. Le premier étage de la maison était presque entièrement détruit. Les arbres miniatures avaient volé partout : sur le trottoir, la chaussée, les toits des voitures, jusqu'au parc de l'autre côté de la rue.

L'eau des lances d'incendie s'était agrégée en flaques, mais un ruisseau s'était formé depuis le collecteur en bas de la rue. Les pompiers empilaient des tuyaux à l'arrière d'un camion et deux ambulances attendaient silencieusement, tous gyrophares allumés, sans raison d'être apparente. Un bonsaï emporté par le courant voguait vers une destination inconnue.

Personne ne prêtait attention aux petits arbres calcinés,

qui étaient écrasés ou dégagés à coups de pied. Certains d'entre eux fumaient encore. On aurait dit que Gulliver et les Lilliputiens s'étaient pris une cuite monstrueuse avant d'en venir aux mains dans une forêt miniature.

Tout cela n'était rien à côté des dégâts subis par la maison. C'était une demeure de trois étages avec deux entrées latérales, auxquelles on accédait par deux volées de marches identiques. Le duplex situé en haut avait volé en éclats sans que la bâtisse entière s'écroule pour autant, ce qui constituait un témoignage irréfutable du savoir-faire architectural de l'après-guerre. Ce qui tenait encore debout avait été dévoré par les flammes.

La foule se massait au coin de la rue. Comme les fois précédentes, elle débordait de personnes en costumes de *Star Wars* ou de superhéros.

À côté d'un fourgon du Bureau, Samir Chawla discutait avec Calvin-Wade Curtis, dont le sourire battait tous les records d'envergure. Lucas aurait voulu pouvoir y faire quelque chose, lui décocher une droite quand il le sentait venir, par exemple. Chawla s'approcha d'eux.

Ils se saluèrent avec brièveté, mais politesse.

« Que pouvez-vous nous dire ? » demanda Whitaker.

Chawla sortit la tablette qui, comme l'avait compris Lucas, semblait lui être indispensable.

« Le locataire de la maison est un chercheur, Timo Saarinen. C'est le chef de projet d'Horizon Dynamics. Deux agents étaient chargés de sa protection, au cas où les personnes ayant fait exploser le Guggenheim auraient décidé d'aller débusquer les retardataires et les absents. Ils étaient garés devant la maison et n'ont rien remarqué d'inhabituel. Pas d'allées et venues. Saarinen sortait promener le chien lorsque la bombe a explosé. Il était encore sur le pas de la porte. Son épouse et la femme de ménage se trouvaient à l'intérieur, de même que le chien, mais Saarinen a survécu. Il est un peu amoché, mais quelques points de suture feront l'affaire. Il est au bout de la rue dans une ambulance – il refuse de partir tant qu'on ne lui aura pas expliqué ce qui s'est passé. On ne peut pas dire qu'il soit très coopératif.

– Qu'en dit Curtis ?

– C'est encore du C-4 », répondit-il en parcourant ses notes. À se demander si quiconque au FBI possédait ne serait-ce qu'une once de mémoire. « Il est parti au labo vérifier si la provenance est la même, mais je pense qu'on connaît tous la réponse. En revanche, on ne sait pas encore ce qui a servi de détonateur.

– Vous avez interrogé la victime ? demanda Whitaker en désignant l'ambulance.

– Les questions habituelles. Rien de concluant. Vous aurez peut-être plus de réussite que moi. Il n'est pas très communicatif et je n'ai pas voulu insister, vu l'état de choc dans lequel il est.

– Sans déconner, lâcha Lucas en regardant la maison.

– Merci, Samir, dit Whitaker en posant doucement la main sur le bras de Chawla. J'enregistrerai l'entretien. »

Chawla fit merci de la tête et tourna les talons.

En chemin vers l'ambulance, ils dépassèrent un groupe de pompiers occupés à ranger leur équipement. L'un d'eux sourit à Whitaker.

« Salut, beauté, ça te dirait de…

– Va te faire enfiler, connard. »

L'homme perdit aussitôt son air enjôleur et détourna la tête.

« Et c'est moi qui ai besoin de me calmer ? commenta Lucas.

– Les trous du cul qui m'accostent dans la rue se prennent un vent direct ; c'est une question de principe. Et ça gagne du temps.

– Vous avez sans doute raison. Que faisait votre ex-mari ? demanda-t-il après quelques pas.

– Tout ce qu'il pouvait pour me taper sur les nerfs.

– Je veux dire, dans la vie.

– Il est boulanger.
– Et vous ne mangez plus de ce pain-là…
– Ça doit être ça, oui. »
Parler de la pluie et du beau temps était trop compliqué pour Lucas, qui décida de se taire, mais Whitaker était lancée :
« Je ne suis pas contre l'idée, mais ça fait si longtemps que je suis célibataire que mes voisins envisagent de me sacrifier à un volcan. Il faut dire que je ne rencontre pas non plus les bonnes personnes…
– Il est possible qu'envoyer d'emblée vos prétendants se faire ramoner l'anus limite un peu vos perspectives…
– Vous vous inquiétez pour moi ? Ça, c'est mignon, dit-elle en souriant. Vous devriez faire attention : vous allez finir par devenir un être humain si vous continuez comme ça.
– J'abandonne. L'amitié est un concept trop abscons.
– L'amitié ? Mais vous n'avez pas d'amis, mon cher. Ils sont tous atteints du syndrome de Stockholm. »
Whitaker présenta son badge à l'agent qui gardait l'ambulance. Il s'écarta pour la laisser toquer à la portière.
« Entrez », dit une voix.
Le secouriste salua Whitaker d'un signe de tête. Saarinen avait les yeux rivés au sol et ne releva pas la tête à leur arrivée. Bien que torse nu, il portait encore un pantalon de ville et une paire de sandales sur des chaussettes rouges. La laisse du chien pendait toujours au bout de son bras, l'extrémité déchiquetée. Saarinen allait sur ses soixante ans. Il possédait le genre de physique que l'on ne peut avoir qu'avec une vie entière de sport et d'alimentation équilibrée. Et de bons gènes. Il tenait davantage du joueur de tennis que de l'universitaire. Assis sur une civière, il attendait que le secouriste finisse d'extraire de son dos les éclats divers qu'il laissait tomber dans un récipient en plastique sanguinolent.
« Professeur Saarinen, je suis l'agent spécial Whitaker,

et voici le Dr Page. Nous voudrions échanger quelques mots avec vous. »

Saarinen opina du chef avec un grognement – un geste qui pouvait aussi bien signifier « Faites donc » qu'« Allez vous faire foutre ».

Ils montèrent dans l'ambulance et refermèrent la portière derrière eux ; quiconque venait de perdre sa femme dans un attentat méritait qu'on lui accorde un peu d'intimité.

Ils s'assirent sur le brancard face à lui.

« Le Dr Page, l'astrophysicien ? » demanda Saarinen sans lever les yeux.

Il accentuait fortement les consonnes.

« Oui. »

Saarinen hocha de nouveau la tête – comme si cela n'avait aucun sens, ou tout le sens du monde.

« Je ne peux pas vous aider.

– On pourrait quand même vous poser quelques questions ? demanda Whitaker de sa voix la plus amicale. Il est possible que vous soyez en possession d'une information essentielle sans même le savoir. S'il vous plaît, dit-elle en s'agenouillant, le visage levé vers lui. C'est important. »

Rien dans son expression ne portait à croire qu'il l'avait entendue, mais il finit par lever la main, celle autour de laquelle la laisse était toujours enroulée.

« Si vous voulez », dit-il.

Lucas s'efforçait d'ignorer le sang, les cheveux roussis et l'odeur de désinfectant, de peur que sa mémoire sensorielle ne commence à lui jouer des tours. Il se focalisa sur les talents de communication de Whitaker.

« Que s'est-il passé ? demanda-t-elle.

– J'allais promener le chien. Je suis sorti de la maison ; j'imagine que ma femme a ouvert de l'autre côté au même moment parce que le courant d'air a fait claquer la porte. Bongo était encore à l'intérieur. Je me suis tourné pour ouvrir et c'est là… »

Saarinen s'interrompit.

« Ensuite je me suis réveillé sur le trottoir, reprit-il. Mes arbres étaient partout. La maison brûlait. Ma femme était à l'intérieur. Notre femme de ménage… »

Puis il s'arrêta, comme s'il était à court de vocabulaire.

« Nos équipes ont retrouvé des traces d'un composant chimique couramment utilisé pour fabriquer des explosifs, le C-4, dit Whitaker en s'asseyant à côté de Lucas. Nous ne savons pas encore d'où il provient, mais nous devrions pouvoir vous en dire plus d'ici quelques heures. Est-ce que vous avez des questions ?

– Non.

– Vous avez eu des visiteurs ces jours-ci ? Des réparateurs, peut-être ? Des livraisons ? Tout ce qui pourrait nous aider à comprendre comment cet engin a pu être introduit chez vous. »

Saarinen grimaça comme l'infirmier sortait un nouvel éclat de verre de son épaule.

« J'étais en déplacement à l'étranger jusqu'à avant-hier. Je suis rentré le soir de l'explosion au Guggenheim. J'y ai perdu tous mes amis. Mes employés. Et maintenant…, ça, dit-il, les yeux pleins de larmes.

– Vous êtes sûr que vous ne voulez rien contre la douleur ? demanda l'ambulancier.

– Oui, finissez-en », répondit simplement Saarinen, d'un laconisme typiquement finlandais.

Soudain, il sembla remarquer la laisse, qu'il détacha de sa main avant de la laisser tomber.

« Tout ce dont je me souviens, c'est d'avoir ouvert la porte pour aller promener Bongo. Et *boum*, dit-il en fixant la laisse à ses pieds. Comment la malchance peut-elle s'acharner comme ça ? Après ce qui s'est passé la dernière fois…

– Quelle dernière fois ? demanda Whitaker, dont la voix trembla légèrement.

– La fois où ils ont tué mon fils », répondit-il, le regard fixe.

36

Le moteur animant les muscles faciaux de Saarinen s'enraya. Tout mouvement paraissait interrompu, et ce jusqu'au niveau moléculaire. Après un temps, quelque chose à l'intérieur de lui se détendit, ou céda. Il leva la tête, contempla longuement Lucas. Puis : « J'étais sur un projet au Nicaragua. Un travail de pointe, vraiment formidable, mais comme toujours il y avait des problèmes politiques. Certains idiots ne voulaient pas de nous. Et pour faire passer leur message… » Il s'interrompit un instant, se pinça l'arête du nez. « Ils ont envoyé un missile sur l'un de nos cars. Il y avait trente-sept personnes à bord, dit-il en relevant les yeux. Mon fils Jukka faisait partie des victimes. Ces gens étaient trop ignorants pour comprendre que nous essayions de les aider. De leur offrir une vie meilleure.

– Ça s'est passé quand ?

– Le 21 février 2005. »

Le secouriste était maintenant penché sur la nuque de Saarinen, d'où il essayait d'extraire un morceau de métal. Lucas se concentra sur la procédure, moins difficile à affronter que le chagrin sur le visage de l'homme :

« Vous n'étiez pas sur la liste des invités du gala. Pourquoi ?

– J'aurais dû y être, dit-il avant de marquer un temps d'arrêt. Toutes les personnes que je connais sont mortes.

J'étais dans l'avion, de retour du Paraguay. Il était prévu que je fasse une apparition en fin de soirée, mais un malade s'est assuré qu'il n'y en aurait pas, de *fin de soirée*.»

L'ambulancier parvint à libérer le morceau de métal en forme d'hameçon. Saarinen ne broncha pas. Il contemplait la laisse à ses pieds.

Lucas savait ce que traversait cet homme. La colère, la tristesse. La culpabilité du survivant. Il savait aussi que ces sentiments finiraient par laisser place à d'autres émotions, comme la rage.

«Connaissiez-vous Jonathan Makepeace ?

– Bien sûr, dit Saarinen en levant les yeux.

– Où l'aviez-vous rencontré ?

– Il travaillait beaucoup pour William Hockney.»

Lucas repensa à ce qu'avait dit Knechtel, ainsi qu'à Hockney, qui affirmait avoir vu Makepeace pour la dernière fois à Zurich, *plusieurs mois auparavant*.

«Nous avons discuté avec William et Seth Hockney, apparemment aucun d'eux ne l'avait vu depuis des mois…

– Pas William Senior, William *Junior*», rectifia Saarinen.

Le visage de Whitaker s'éclaira, mais Lucas poursuivit sur sa lancée – il se rapprochait du but :

«Professeur Saarinen, savez-vous qui aurait intérêt à causer du tort aux Hockney ou à Horizon Dynamics ?

– Le progrès est toujours entravé par des ignorants qui ont peur d'être laissés pour compte. Un simple paysan est allé jusqu'à tuer mon fils parce qu'il était terrifié à l'idée que le monde change. Nous sommes en Amérique, dit-il, les sourcils froncés. Il y a beaucoup de gens qui se sentent laissés de côté.»

37

Lucas faisait son possible pour contenir les émotions qu'avait éveillées en lui sa conversation avec Saarinen.

« Vous avez une autre paire de menottes ? demanda-t-il à Whitaker.

– Là-dedans », répondit-elle en pointant l'index vers la boîte à gants.

Lucas la trouva, perdue dans le kit de survie de sa collègue : une barre chocolatée, quelques sachets de ketchup, une paille mordillée, trois chargeurs de 9 mm et un couteau de chasse.

« Je n'arrive pas à croire qu'on utilise encore ce genre de merde au XXIe siècle.

– Vous vous attendiez à quoi ? À des menottes de l'espace ? Vous pouvez toujours les remettre où elles étaient. »

Lucas fit coulisser les bracelets plusieurs fois, avec un cliquetis d'insecte.

« Pas avant qu'on attrape ce type », trancha-t-il avant de glisser les menottes dans la poche de sa veste. Il avait passé sa vie de scientifique à essayer d'être un observateur impartial, mais cette affaire le mettait à rude épreuve.

La sonnerie du téléphone retentit dans les haut-parleurs du SUV.

« Whitaker, dit cette dernière en pressant un bouton sur le volant.

– Agent spécial Whitaker, Calvin-Wade Curtis à l'appareil.

– Bonjour, Curtis. Qu'est-ce que je peux faire pour vous ?

– Vous êtes avec le Dr Page ?

– Je suis là, dit Lucas.

– Très bien. Avant toute chose, le C-4 qui a tué Jonathan Makepeace et la femme du professeur Saarinen est bien le même que celui qu'on a retrouvé sur Hudson Street et la Huitième Avenue. C'est le même fabricant, ENF en Suède, et le même lot, qui aurait été vendu à une compagnie minière au Brésil. » On entendit un bruissement de papiers à l'autre bout du fil. « J'ai demandé à nos analystes financiers de faire quelques recherches sur ENF ; ils viennent de me rappeler. Il leur a fallu une journée et demie pour retrouver les propriétaires, parce que tout est enfoui sous une montagne de paperasse et de sociétés écrans… mais devinez qui sont les actionnaires majoritaires ?

– Les frères Hockney, dit Lucas en se penchant sur le micro.

– Comment le savez-vous ? » demanda Curtis après un long silence.

Lucas laissa Whitaker répondre : « Simple coup de chance. »

Elle alluma le gyrophare et enclencha la sirène, avant de faire un demi-tour en dérapage qui laissa une traînée de caoutchouc fumant sur l'asphalte. Ils s'éloignèrent dans un concert de klaxons rageurs.

38

57e Rue

William Hockney releva les yeux de son bureau avec une expression d'irritation amusée. Il replia ses lunettes et les posa doucement sur le plateau de cuir.

« Ah, le Dr Page et l'agent spécial Whitaker. Quelle charmante surprise… »

Apparemment, le vieux William n'avait pas perdu le sens du sarcasme avec l'âge.

« Ils ont insisté pour vous voir, expliqua Frosst.

– Bien sûr, bien sûr, dit le vieil homme en s'aidant du coin de la table pour se relever. Que puis-je faire pour vous, cette fois ? »

Lucas savait qu'il ne garderait pas son air amusé bien longtemps ; les hommes de ce genre étaient avares de leur temps.

« Quelqu'un a posé une bombe chez le professeur Timo Saarinen, dit Whitaker.

– L'explosion a tué son épouse, sa femme de ménage, son chien et sa collection d'arbres miniatures, compléta Lucas.

– Et Timo ? demanda William, le visage impassible.

– Il est un peu amoché et clairement pas au meilleur de sa forme, mais il est vivant.

– Ses blessures sont superficielles, ajouta Whitaker. Il est en train de faire sa déposition.»

William hocha la tête d'un air approbateur et s'avança vers les étagères Art déco qui tapissaient un mur de la pièce. Un bouton dissimulé sous une moulure fit coulisser deux panneaux, laissant apparaître une sélection de scotchs et de bourbons qui n'était pas sans rappeler la collection de chaussures d'Imelda Marcos. Hockney déboucha une bouteille de whisky à l'étiquette japonaise et en versa trois doigts dans un verre cerclé d'argent, puis se laissa tomber dans un fauteuil club. Après avoir avalé une rasade d'alcool, il fit un geste de la main en direction des banquettes.

«Asseyez-vous, dit-il en fixant son verre. Je vous en prie.»

Le vieil homme avait perdu un peu de lustre et d'aisance. Cette fois, il ne prit pas la peine de cacher ses pensées derrière un masque d'impassibilité.

Whitaker jeta un coup d'œil à Lucas, qui haussa les épaules. Ils s'installèrent face à Hockney.

«J'imagine que les mauvaises nouvelles ne s'arrêtent pas là, dit le vieil homme en fixant intensément Lucas.

– Les explosifs ont été fabriqués par une entreprise que vous possédez.

– Naturellement, dit-il en hochant la tête comme s'il s'y attendait.

– Un pain de plastic, du C-4. Le même que celui que nous avons retrouvé dans le data center de Hudson Street et chez Jonathan Makepeace ce matin. Nous ne l'avons pas encore divulgué à la presse, mais une autre bombe a été découverte et désamorcée sur la Huitième Avenue. Elle contenait le même C-4.»

Frosst réapparut, accompagné de Seth Hockney et d'un homme plus jeune qui partageait à l'évidence le patrimoine génétique de William – le fameux William Junior, assurément.

«Qu'est-ce qu'ils font encore là ? aboya Seth.

– Quelqu'un a essayé de tuer Timo, dit William, le nez dans son verre. Docteur Page, agent spécial Whitaker, voici mon fils William. »

Junior hocha promptement la tête. Lucas s'attendait presque à le voir se mettre au garde-à-vous.

William leva son verre et, à la surprise de Lucas, ce fut Junior et non Frosst qui s'occupa spontanément de lui en servir un autre. Le jeune Hockney lui versa trois doigts de Whisky et replaça le verre dans la main toujours tendue de son père. Apparemment, le vieil homme avait ses habitudes.

« C'était une bombe, dit-il à Seth après avoir avalé une gorgée d'alcool. La femme de ménage et l'épouse de Timo sont mortes…

– Son chien aussi. »

Lucas voulait les provoquer un peu, pour voir comment ils réagiraient. À ce stade, il savait seulement qu'ils étaient impliqués dans l'affaire.

William lui jeta le regard qu'Erin lui réservait lorsqu'il se comportait mal en public. Sa signification était très claire : « Boucle-la. »

« Apparemment, les explosifs utilisés sont identiques à ceux qui ont été retrouvés chez Makepeace et sur Hudson Street la nuit dernière, dit-il.

– Vous recherchez un suspect isolé ? Un groupe ? Peut-il s'agir d'une coïncidence ? questionna Seth.

– Docteur Page, voulez-vous bien exposer à mon frère les probabilités statistiques d'une coïncidence ? » intervint William sans chercher à masquer son irritation.

Lucas garda le silence, tout à son analyse de la situation. Il était persuadé que Whitaker faisait la même chose de son côté.

« Ce n'est pas tout », reprit William Senior, toujours plongé dans son verre. Quelque chose tressaillit furtivement sur son visage désolé. « Les explosifs ont été fabriqués par l'une de nos entreprises. »

À ces mots, Seth se laissa tomber dans le deuxième fauteuil.

Junior s'adossa à la cheminée. Il avait l'allure et l'élégance de son père, mais ses gestes étaient dépourvus d'autorité, comme s'il s'agissait d'une copie imparfaite. Il était sans doute difficile d'être le seul fils d'un homme tel que William Hockney (ce dernier avait eu neuf filles de cinq mariages différents).

« Quelle entreprise ? demanda-t-il, se faisant dans l'instant foudroyer du regard par son père.

– ENF, répondit Whitaker.

– C'est une société que nous avons achetée sur les conseils de M. Makepeace, à l'époque où nous travaillions encore avec lui », annonça William après avoir longuement considéré son fils.

Lucas décida de porter le coup de grâce :

« Apparemment, c'est toujours le cas. Du moins pour Junior, ici présent. »

William jeta un regard furieux à ce dernier, puis se remit à fixer son verre.

« Si vous avez d'autres questions, docteur Page, je vous demanderai de passer par nos avocats. M. Frosst va vous reconduire. »

D'un simple mouvement de doigts, ils furent congédiés.

39

Upper East Side

Whitaker s'arrêta devant la supérette à l'angle de Madison Avenue. Lucas resta figé un moment, les doigts crispés sur la poignée.

« Vous pensez vraiment que les frangins sont nos grands méchants ? demanda-t-elle.

– Dans un monde aussi surveillé que celui d'aujourd'hui, les vieux milliardaires sont les seules personnes qui peuvent encore se permettre de l'être, dit-il avec un sourire. En tout cas, il faut bien reconnaître qu'il ne fait pas bon faire partie de leurs fréquentations…

– Quelles sont nos autres pistes ?

– Une chose est sûre, ce n'est pas une révolution ; je ne comprends pas comment certains peuvent encore croire à cette théorie. » Il s'interrompit un instant. « En tout cas, si j'avais l'intention de poser des bombes, Frosst me semble être la personne tout indiquée.

– Selon vous, quelles sont les chances que ce soit lui qui ait tué Makepeace ?

– Je n'en sais rien. C'est l'une des dernières personnes à l'avoir vu vivant. Ce n'est certainement pas le livreur UPS qui l'a tué. William Senior a peut-être découvert que son rejeton travaillait avec Makepeace et n'a pas apprécié. Mais ça ne cadre pas avec l'attentat du Guggenheim. Du moins de ce qu'on en sait.

– Pourquoi ça ?

– En quoi cela pourrait-il profiter aux Hockney d'anéantir une compagnie dont ils préparent l'introduction en Bourse ? dit-il en haussant les épaules. Je ne suis pas comptable, mais je ne vois pas l'aspect positif de la chose. Quant à l'explosion du data center, ils en sont de leur poche à hauteur de quatre milliards et demi, c'est un vrai coup de poisse. » Lucas ouvrit la portière, mais se tourna vers Whitaker. « Ce Frosst me fait froid dans le dos, mais je ne sais pas si c'est lui qui a liquidé Makepeace. Il devait savoir qu'il y avait une caméra de surveillance et je ne pense pas qu'il soit du genre imprudent... Si vous voulez bien m'excuser, conclut-il en sortant de la voiture, je vais aller me dénicher quelque chose à manger et faire la sieste...

– Ne retournez pas le couteau dans la plaie », implora Whitaker en étouffant un bâillement.

Dès qu'il eut refermé la portière, elle s'engouffra dans le flot de la circulation.

Cela faisait quatre ans que Lucas faisait ses achats dans cette supérette ; il s'y sentait comme chez lui. Les prix augmentaient régulièrement, mais dans un quartier dont le prix au mètre carré était l'un des plus élevés au monde, il ne pouvait pas reprocher au commerçant de vouloir boucler ses fins de mois.

Oscar était là aujourd'hui. Il avait émigré d'Italie vingt ans plus tôt, passant d'une entreprise de mode milanaise à ce magasin sur Madison Avenue – une reconversion pleine de panache. Il était toujours très bien habillé. Pour l'heure, Oscar portait un jean slim, des sandales Prada assorties à sa ceinture rouge et une chemise en lin bleu aux poignets soigneusement retroussés, mettant ainsi en valeur sa Rolex en or. Le soir, Lucas le voyait souvent parader dans le quartier avec l'une de ses nombreuses conquêtes. Cela faisait beaucoup rire Erin, qui affirmait qu'il avait une vie sexuelle plus remplie que tous les One Direction réunis – ce à quoi Lucas ne trouvait rien à redire, d'autant qu'il n'avait pas la moindre idée de ce qu'était un One Direction.

« Qu'est-ce qui vous ferait plaisir aujourd'hui, docteur Page ? demanda Oscar avec un accent italien très théâtral.

– Je vais prendre un ou deux sandwichs. Vous avez des suggestions ? »

La question était purement rhétorique. Oscar adorait donner son avis sur tout et n'importe quoi : la température idéale pour conserver les fruits, le meilleur mascara à porter par temps de pluie… Les enfants l'appelaient Monsieur Wikipédia. Ils se prêtaient au jeu et lui demandaient conseil sur tous les sujets possibles – même s'il suffisait de quelques recherches pour s'apercevoir qu'il racontait n'importe quoi les trois quarts du temps.

« Aujourd'hui, il n'y a pas photo : ciabatta escalope de poulet, munster et moutarde à l'ancienne, ou bien le croque-monsieur.

– Alors un de chaque, s'il vous plaît. À emporter. »

Dingo aurait peut-être faim – Lucas devrait se faire pardonner de l'avoir laissé en plan chez Gray's Papaya la veille au soir.

Pendant qu'Oscar faisait toaster les sandwichs, Lucas pensa aux Hockney et à la rivalité fraternelle qui transparaissait sous leurs airs guindés. Comme tous les aînés depuis la nuit des temps, William se prenait clairement pour le patron. Il y avait aussi une tension palpable entre son fils et lui – Lucas devrait se pencher sur la question. Seth, quant à lui, représentait un mystère total, tout comme Frosst. Quelle était la place de ce dernier dans cette étrange famille ?

Les hommes comme lui s'occupaient souvent des affaires de leur employeur avec une loyauté irréprochable et un zèle qui frôlait le déraisonnable.

Lucas repensa à M. Teach, le valet de Mme Page, qu'elle avait rencontré dans un club de golf en Jamaïque. Il était jeune à l'époque – dans la vingtaine – et travaillait comme caddy. Dès leur première rencontre, elle lui avait proposé de devenir son valet, un poste qu'il occuperait pendant près de quatre décennies. Dans ce laps de temps, il avait fait des choses pour Mme Page qui ne pouvaient s'expliquer qu'au prisme de l'amour. Bien sûr, il ne s'agissait pas d'un amour romantique, mais quel autre nom aurait-on pu donner à ce sentiment ? Loyauté ? Dévouement ? C'était tout cela, mais teinté de gentillesse et de protection. Mme Page ne le lui aurait jamais demandé, mais M. Teach aurait tué pour elle.

Les Hockney inspiraient-ils ce type de loyauté ?

Lucas régla ses achats et souhaita une bonne soirée à Oscar.

En début de semaine, Madison Avenue était généralement calme à cette heure. Il passa devant la boutique de ceintures (les enfants trouvaient hilarant qu'un magasin ne vende que des ceintures), dont la vendeuse détourna la tête lorsqu'il la salua. Ce genre d'attitude ne le contrariait plus, même si cela énervait toujours Erin. Certaines personnes avaient du mal à accepter la version revue et corrigée du Dr Page.

En passant devant l'Apple Store, il se dit qu'il y aurait bien une révolution technologique, mais pas celle qu'on leur annonçait. Les gens préféreraient renoncer à leur humanité plutôt qu'à leurs gadgets.

Les limousines s'alignaient au bout de sa rue, en file jusqu'à la Cinquième Avenue – encore une soirée à l'ambassade de France, sans doute. Les Américains pouvaient dire ce qu'ils voulaient, mais au moins les Français savaient vivre. Lucas avait été invité à quelques-unes de leurs réceptions, sans jamais s'y rendre. Ils avaient fini par se lasser de l'inviter.

Lucas se faufila à travers un groupe de jeunes gens en tenue de soirée – chaussures de ville et vestes de smoking, ou petites robes noires et sacs à main hors de prix. Tous scotchés à leurs téléphones.

Dès qu'il eut ouvert la porte d'entrée, Lucas fut frappé par la musique ; cela ressemblait à du ABBA. Lemmy jaillit de la cuisine dans le galop désordonné qui constituait sa marque de fabrique.

Lucas eut à peine le temps de laisser tomber les sandwichs sur la console Art déco et de s'adosser au mur avant que Lemmy ne le percute en plein ventre, laissant sur sa chemise une tache humide. Il gratta le chien derrière les oreilles, puis appela :

« Vous êtes là ? »

Les enfants lui rendirent son cri ; des bruits de pas se firent entendre à l'étage.

Erin se trouvait dans la cuisine. Elle était assise devant son ordinateur, près d'un bouquet de tulipes fraîches. Elle enleva ses lunettes – une nouvelle monture ? – et se coula entre les bras de Lucas. Lemmy leur tournait autour, en leur donnant des coups de queue sur les jambes à chaque nouvelle rotation, puis les enfants firent irruption dans la cuisine.

Les deux derniers jours s'effacèrent dans l'instant.

40

La bande de joyeux drilles était en grande forme ce soir-là ; ils mirent tous du cœur à l'ouvrage. Maude débarrassait la table, Lucas rinçait les assiettes, Hector remplissait le lave-vaisselle, Laurie nettoyait la table et Damien rangeait les restes du dîner dans des Tupperware. Du haut de sa chaise, Alisha les encourageait en leur chantant joyeusement une chanson sur une fourmi déplaçant un arbre à caoutchouc. Erin, comme isolée du monde, consultait des documents concernant le nouveau cabinet qu'elle ouvrait avec le Dr Shapiro.

Lucas était heureux qu'ils soient là, mais il se serait senti plus tranquille s'ils étaient restés dans la maison de vacances.

« On peut aller se promener au parc ? » demanda Hector en refermant un couvercle en plastique bleu.

À ces mots, Lemmy se leva du petit tapis près de la porte. La tête oscillant d'avant en arrière, il attendit, concentré comme un funambule sur son fil, que l'on prononce une nouvelle fois son verbe préféré.

« Alors ? » insista Maude en posant les assiettes sur le comptoir.

Lucas savait bien que rester à l'intérieur, reclus du monde, n'était pas une solution. Cela ne les aiderait pas à être en bonne santé, ni à apprendre la vie.

« Est-ce qu'il y en a parmi vous qui ont des devoirs urgents ?

– Moi, on dirait que j'ai *toujours* des devoirs urgents », lâcha Damien.

Maude lui donna un coup dans le bras. Elle travaillait dur pour se maintenir à flot et considérait les facilités de son frère comme un affront personnel. Damien ne faisait jamais ses devoirs, ce qui ne l'empêchait pas d'avoir d'excellentes notes dans presque toutes les matières – à l'exception d'un zéro en EPS au trimestre précédent, quand un accident de tir à l'arc les avait condamnés à changer les quatre pneus du car de l'école.

« Je peux plus finir de ranger, maintenant ! s'exclama-t-il en s'agrippant le bras et en feignant d'être gravement blessé.

– T'as qu'à finir avec les dents, dit Maude.

– Je rigole pas. Regarde, il y a l'os qui dépasse…

– Arrête ça tout de suite ou je te plante ça dans le crâne, dit Maude en brandissant une louche. Arrête de jouer au bébé. »

Lucas ne prit pas la peine de s'interposer – ils étaient juste en train de chahuter. De toute façon, il préférait les laisser se débrouiller entre eux.

« Hector doit finir sa maquette de fusée pour le cours de physique et Laurie a une histoire à lire, dit Erin sans lever les yeux de ses papiers.

– Il me reste plus que les ailettes à coller, dit Hector. Donnez-moi dix minutes et c'est bon. »

Laurie n'ouvrit pas la bouche ; elle savait qu'elle était grillée.

« Alors c'est décidé, on va se promener, dit Lucas en s'essuyant les mains dans un torchon. En revenant, je ferai un peu de lecture avec Laurie et Hector pourra s'exciter sur le tube de super-glu. »

Lemmy, tout excité, faisait de petits cercles sur lui-même – du moins aussi petits que le pouvait un dogue allemand croisé mastiff de cinquante-cinq kilos. À chaque rotation, sa queue fouettait la porte du vaisselier, qui tremblait sur ses gonds.

« La dernière fois qu'Hector s'est servi de la super-glu, j'ai dû décoller ses doigts de la table au couteau à beurre. Je vais plutôt lire avec Laurie, et *toi*, tu t'occuperas de Monsieur Pot-de-Colle ici présent...

– Alors on va se promener ! » dit Maude en brandissant la louche triomphalement.

Lucas avait enfilé un jean et une paire de baskets. Erin marchait à ses côtés, le bras autour de sa taille et le pouce dans un passant de sa ceinture. Il leur arrivait de marcher ainsi, mais jamais très longtemps – le plus souvent, elle abandonnait après s'être fait écraser le pied une fois de trop.

Les enfants gambadaient avec énergie. Lemmy musardait, s'arrêtant tous les trois ou quatre lampadaires pour une petite session de reniflage et une pissette – l'équivalent canin des réseaux sociaux. Lucas se demandait souvent pourquoi il choisissait de s'arrêter à un endroit plutôt qu'à un autre – cela semblait complètement aléatoire –, mais avait fini par accepter qu'il s'agissait d'un mystère qu'il n'avait pas les moyens d'élucider.

Le soleil se couchait derrière le parc et la goélette verte sur l'étang flottait sur une mer de feu. Les saisons semblaient s'être décalées d'un mois cette année ; la plupart des feuilles étaient encore sur les arbres. Le vent tiède qui soufflait sur l'avenue laissait croire que l'hiver n'arriverait jamais et Lucas se laissait bercer par cette illusion.

Pourtant, ses pensées restaient occupées par le tueur. Il ne pouvait bien sûr ignorer que le Guggenheim et l'appartement de Makepeace se trouvaient dans cette rue où il marchait en ce moment même en famille et que, où qu'ils aillent dans le quartier, ces scènes de crime seraient toujours aussi proches.

Quel était le lien entre toutes ces attaques à la bombe ? Entre Saarinen, Makepeace et les Hockney ? Et puis il y avait Frosst. Était-il réellement passé devant toutes ces caméras de surveillance avant de dissimuler une bombe dans le coffre à cigares et de repartir comme si de rien n'était ? Si oui, ce n'était pas sur ordre des Hockney ; ils avaient sans doute beaucoup de défauts, mais la stupidité n'en faisait pas partie…

« Tu veux bien arrêter le travail cinq minutes ? dit Erin.

– Désolé. »

Lemmy avait collé son nez au pied d'un arbre et prospectait en quête de senteurs exotiques avec un sérieux de sommelier.

Les enfants attendaient au feu sur la 72e Rue. Lorsqu'il passa au vert, Erin leur fit un signe d'approbation. Ils traversèrent, Maude tenant la main de Laurie et Laurie celle d'Alisha. Damien et Hector ouvraient la voie.

Lucas, Erin et Lemmy les suivirent jusqu'au parc, où ils se précipitèrent vers le terrain de jeux.

« Raconte-moi un peu, dit Erin en prenant la main de Lucas. Où en es-tu avec le travail ?

– Nulle part.

– Elle est où, cette belle assurance dont je suis tombée amoureuse ? »

Lucas se dirigea vers les bancs verts disposés en demi-cercle face au terrain de jeux en béton d'inspiration cubiste. Les lieux étaient déserts, une singulière anomalie pour cette chaude nuit d'automne. La population était indéniablement affectée par les explosions, d'autant que les médias jetaient de l'huile sur le feu en permanence.

Lucas attacha la laisse de Lemmy au banc et s'apprêtait à s'asseoir lorsque son téléphone sonna. Il le sortit de sa poche en ignorant l'air désapprobateur d'Erin. Kehoe. Il s'éloigna pour parler tranquillement.

« Allô ?

– Page, tu as un moment ? »

Lucas se retourna vers le parc, les enfants qui gambadaient dans le parcours en béton, Erin assise avec Lemmy.

« Je te donne une minute, dit-il, en se demandant si Kchoc avait trouvé le temps de dormir ces deux derniers jours.

– Je voudrais que tu ailles parler à Saarinen. On a pris sa déposition cet après-midi, mais on n'a rien pu en tirer. Je sais bien que son épouse et sa femme de ménage ont été tuées aujourd'hui, mais…

– Son chien, aussi. »

Kehoe l'ignora :

« C'est le seul survivant qu'on ait sous la main. Il pourrait avoir des informations sans même le savoir. Tu avais raison, tout ça commence à prendre forme, mais nos analystes piétinent. Si quelqu'un est susceptible de démêler un sac de nœuds pareil, c'est bien toi. »

Kehoe avait opté pour une approche directe, une chose qu'il ne faisait qu'en cas d'extrême urgence.

« Il n'avait pas l'air d'avoir envie de parler. Je fais quoi, je lui achète des fleurs ?

– Peut-être pas des fleurs, mais n'arrive pas les mains vides pour autant. Achète-lui un sandwich, une bouteille, quelque chose. Débarque sans prévenir, comme pour prendre de ses nouvelles. Dis-lui que tu te demandais comment il allait. N'hésite pas à jouer sur ton expérience, tes propres blessures…

– Putain, tu ne manques pas d'air !…

– Je suis désolé si ça heurte tes sentiments, mais on a besoin de ça pour avancer, et tout de suite. Passe le voir, prenez un café, tiens-lui la main, apporte-lui un petit cadeau… et fais ça dès ce soir. »

Lucas jeta un coup d'œil à Erin, qui l'observait avec méfiance. Elle détourna le regard.

« Envoie-moi sa nouvelle adresse », dit-il avant de raccrocher.

41

Lighthouse Park, Roosevelt Island

Jody Pinkerton et sa sœur Marny regardaient Frederick Dobel lire la lettre du Tueur aux machines.

Dobel était un grand homme noir de… quarante ? cinquante ans ? Jody n'aurait su le dire ; pour elle, les gens de plus de vingt ans se ressemblaient tous. Ils étaient *vieux*. Mais Dobel était stylé pour son âge. Il portait un trench-coat, un foulard Paul Smith et des bottines vernies. Son look était vintage et hyper moderne à la fois, selon Jody, qui s'y connaissait : elle avait une page Instagram dédiée au streetwear. Elle n'était pas encore très riche, mais elle avait presque mille followers et Selena Gomez avait liké un de ses posts. En attendant de percer, elle travaillait chez Gap.

Debout sur un banc, Dobel tenait la lettre des deux mains, comme un décret royal. Elle avait été écrite par ce révolutionnaire qui voulait tout faire péter parce qu'il avait de la peine pour les êtres humains. Parce que c'étaient les machines qui faisaient tout.

À bien y réfléchir, c'était carrément vrai.

C'était flippant comme le monde devenait technologique. La semaine dernière, il y avait eu une coupure de courant au boulot et ils n'avaient pas pu faire la caisse. Les gens voulaient acheter des trucs, mais ils ne pouvaient pas. D'autant que la machine à carte ne fonctionnait plus non plus. Elle avait aussi vu cette émission de Netflix sur une voiture autonome qui avait tué une femme qui traversait en dehors des clous. La technologie devenait un problème, c'était clair. Elle avait passé la journée à lire des articles là-dessus sur son téléphone.

Sa sœur Marny lui avait envoyé un texto pour lui demander de l'accompagner à cette manifestation. Elles étaient bien décidées à faire tout ce qu'elles pouvaient pour aider. L'année précédente, Marny et elle avait fait ce truc de l'Ice Bucket Challenge. Deux fois, en plus ! Les deux fois, elle avait porté son petit haut Alfred Sung ; elle était mignonne parce qu'elle portait la frange, à l'époque (ça lui allait super bien, tous ses amis le disaient). Apparemment, à chaque fois qu'on se versait un seau d'eau glacée sur la tête, un type donnait de l'argent en votre nom à une association caritative. C'était vraiment une super cause, du coup tout le monde le faisait. Enfin, tout le monde à part leur voisin du dessus, M. Warren. Il faisait genre qu'il était malade pour jamais sortir de chez lui – la maladie de Parking-chose – alors qu'il était juste fainéant. Sans doute alcoolique aussi, vu comment il tremblait. Juste un vieil ivrogne trop égoïste pour aider de jeunes handicapés en se versant un peu d'eau sur la tête. Il avait sans doute peur d'avoir froid. Bouh, trop dure, la vie.

« Et maintenant, brûlons nos téléphones ! » clama Dobel en approchant la flamme d'un briquet du coin de la lettre.

Il lâcha le papier en feu dans la poubelle près du banc, qui s'enflamma dans un grand souffle rageur.

Les gens commencèrent à jeter leurs téléphones dans le brasier. Même les tout neufs ! Certains étaient allumés, d'autres non. Il y avait aussi de vieux portables à clapet. Une femme se précipita pour en vider toute une boîte à chaussures, avant de cracher dessus.

Jody se tourna vers Marny, qui serrait son iPhone tout neuf contre sa poitrine. Leurs yeux écarquillés se rencontrèrent. Sa sœur pensait qu'ils étaient tarés, ça se voyait.

Les deux adolescentes se tirèrent de là en courant.

42

Upper West Side

Le portier avait l'air d'un épouvantail en uniforme de fanfare ; il ne lui manquait plus que quelques brins de paille et une paire de cymbales. Il scruta le carton et le sac en papier que Lucas posait sur le comptoir comme s'ils étaient contaminés par le coronavirus, mais passa l'appel avant de lui indiquer l'ascenseur au fond du hall.

« Dernier étage. »

Lucas reprit le carton, à la suite de quoi l'épouvantail sortit un spray désinfectant dont il entreprit de vaporiser furieusement le comptoir.

Tout comme le hall d'entrée, le couloir menant à l'appartement-terrasse était d'inspiration Art déco, couvert de lambris en bois laqué et d'ornements chromés. Lucas n'eut aucun mal à trouver la bonne porte : c'était la seule devant laquelle était posté un homme du FBI.

Un modèle d'agent fédéral tout ce qu'il y a de plus banal, en l'occurrence. Il sentait l'eau de Cologne et semblait du genre à passer ses week-ends au fond du garage à réparer son bateau. Lucas dut poser le carton et le sac par terre pour pouvoir sortir son badge, dont l'homme vérifia l'authenticité avant de frapper à la porte en faisant un pas de côté.

Saarinen ouvrit et esquissa un mouvement de recul, visiblement surpris.

« Entrez », dit-il après un temps d'hésitation.

Il tenait un verre rempli de glaçons et, à en juger par son haleine, de vodka.

L'appartement était tout en lignes épurées et tons beiges ; une collection de verreries occupait jusqu'à la moindre surface plane. Les portes-fenêtres donnant sur le Muséum d'histoire naturelle étaient ouvertes et laissaient pénétrer le murmure de la ville.

Sur la table au centre de la pièce trônaient un seau à glace et une bouteille de Finlandia qui ne passerait pas la soirée. Saarinen avait sorti deux photographies – l'une d'une femme qui devait être son épouse, l'autre de son fils. Lucas regretta soudain de s'être laissé convaincre par Kehoe.

« Un verre ? » proposa Saarinen.

Trois flacons étaient posés sur une console. Deux d'entre eux étaient renversés, les cachets répandus sur la surface, près d'un exemplaire du dernier livre de Lucas.

« Je veux bien un verre d'eau », dit celui-ci en s'asseyant, le carton à la main.

Quelque chose manquait ; il lui fallut quelques secondes pour s'apercevoir qu'il n'y avait aucun bonsaï.

« En temps normal, je me méfie des gens qui ne boivent pas, dit Saarinen en sortant une bouteille d'eau d'une console Knoll. Mais ce soir, je me dis que ça en fera plus pour moi. »

Le Finlandais contourna la table basse. Pour quelqu'un qui venait apparemment de régler son compte à un demi-litre de vodka, il avait la démarche autrement plus assurée que Lucas.

« Alors… dit-il en posant brutalement la bouteille sur la table. Qu'est-ce qui vous amène ici ? »

Lucas envisagea de mentir, mais n'en trouva pas le

courage, face à cet homme qui avait passé la soirée à contempler les photos de sa famille décédée.

« Mon chef m'a demandé de venir vous parler, pour voir si vous auriez des informations utiles.

– C'est très sincère de votre part, dit Saarinen après l'avoir considéré un moment.

– J'ai pensé que cela pourrait vous être d'un certain réconfort », dit Lucas en posant la main sur le couvercle du carton.

Saarinen le fixait en silence.

Lucas releva l'un des rabats du carton et en sortit un bébé bouledogue, qui ronflait comme un petit porcelet.

À la vue du chiot, Saarinen fit la dernière chose à laquelle Lucas s'attendait : il sourit.

« Parfois, les chiens sont le meilleur remède, mais si vous n'en voulez pas il n'y a aucune obligation. Une autre famille est prête à le prendre, donc il aura une belle vie quoi qu'il arrive. »

Saarinen se leva et prit la petite boule de poils dans ses bras. Il lui parla dans son finnois natal, mais il n'y avait rien de mignon dans sa voix – il semblait presque lui donner des ordres.

« Il a deux mois et demi, est propre et sait se servir des tapis absorbants. Il y a une laisse, des tapis et de la nourriture dans le sac – je ne savais pas si vous seriez équipé », dit-il en regardant autour de lui.

À l'évidence, l'appartement était bien pourvu, quoique dénué d'arbres miniatures. Lucas savait qu'il appartenait aux Hockney. On était là dans l'un des hôtels particuliers qu'ils possédaient dans la ville.

« J'aime vivre à Pelham Gardens, dit Saarinen en reniflant le chien. C'est près du zoo et du jardin botanique ; Bongo et moi allions faire un tour au parc tous les soirs avant la fermeture.

– Je vous ai aussi apporté à manger. De la soupe, dit Lucas en lui tendant le sac. Je me suis renseigné sur la cuisine finlandaise ; d'après Google, la soupe est un incontournable. En revanche, je n'ai pas pu trouver de hareng fermenté.

– Mon dîner, je l'ai bu, dit Saarinen en hochant la tête vers la bouteille de Finlandia.

– C'est très… teutonique de votre part. »

Saarinen se rassit et posa le chiot sur ses genoux. Ce dernier resta là, les pattes chancelantes, à observer le sol qui aurait aussi bien pu se trouver trois étages plus bas. Il laissa échapper un gémissement ; Saarinen le gratta derrière les oreilles.

Lucas blâmait Kehoe pour l'avoir obligé à venir, mais en réalité il était aussi venu parce qu'il comprenait ce que l'homme traversait. Après l'incident, personne ne l'avait soutenu. Kehoe lui avait rendu visite une fois. Hartke, son ancien coéquipier, deux. Nancy, son ex-femme, était venue plusieurs fois ; lorsqu'elle avait compris qu'il survivrait, elle avait envoyé un huissier lui porter les papiers du divorce. C'était à peu près tout : personne ne voulait penser aux risques du métier. Les pilotes d'essai, se disait-il, avaient sans doute le même rapport les uns aux autres.

« Je voulais juste m'assurer que vous ne seriez pas totalement… au fond du gouffre.

– Vous comptez me dire que tout ira bien ? demanda Saarinen en souriant. Que je m'en remettrai ?

– Je pourrais, mais la vérité c'est que vous ne vous en remettrez jamais.

– C'est une qualité très rare, l'honnêteté.

– Vous êtes déjà passé par-là une première fois.

– L'assassinat de mon fils a détruit la famille ; ma femme et moi, nous sommes tous les deux morts en même temps que lui. Étrangement, ça a été plus difficile pour elle, je ne sais pas pourquoi. Peut-être ce fameux lien maternel. Pendant dix ans, j'ai vécu avec un cadavre. Elle aussi, mais au moins le mort qui partageait sa vie se levait tous les matins pour aller travailler et essayait de continuer à vivre, dit-il, les yeux dans le vague. En un sens, la bombe de ce matin lui a rendu service. J'aurais voulu qu'elle m'emporte aussi, dit-il en contemplant le verre comme s'il le voyait pour la première fois. Je suis désolé de vous dire tout ça. »

Saarinen se renfonça dans le canapé, le chiot toujours sur les genoux. Ce dernier s'était rendormi mais ne ronflait plus.

« J'ai passé ma vie à essayer de sauver la nature pour des gens qui s'en foutaient et aujourd'hui, sur les lieux où ma femme a été tuée, la foule criait au mensonge. Ils disaient que rien ne s'était passé, que c'était une machination complexe dont j'étais l'un des acteurs… »

Pour la première fois, l'émotion envahit son visage. Il semblait au bord des larmes, mais il déglutit, avala une autre lampée de vodka et laissa échapper un soupir.

« Un acteur ? Au XXIe siècle, nous ne sommes toujours pas débarrassés de ces illuminés qui pensent que la Terre est plate, que les vaccins sont dangereux ou que l'homme n'a jamais marché sur la Lune. Voilà ce que l'on récolte quand on laisse les armes prendre le pas sur les livres : une nation d'arriérés. Excusez-moi. La journée a été difficile. Posez-moi les questions que vous êtes venu me poser, docteur Page.

– Que pensez-vous de M. Frosst ?

– Je ne le vois pas souvent, dit-il en grattant le ventre du chiot. Il travaille pour les Hockney.

– Vous croyez qu'il pourrait avoir un lien avec ces attaques ?

– M. Frosst ne brille pas par son charme, mais il sacrifierait sa vie pour protéger les Hockney si c'était nécessaire.

– Et William Junior ? Que pouvez-vous me dire sur lui ? »

La question fit sourire Saarinen.

« Edgar Bronfman disait qu'il suffisait de trois générations pour mettre une famille riche sur la paille. S'il l'avait rencontré, il se serait arrêté à deux.

– William Junior n'est pas aussi intelligent que son père ?

– Pas aussi intelligent que ce chien, vous voulez dire, fit Saarinen en tapotant doucement la tête de l'animal.

– Vous travaillez chez Horizon depuis cinq ans ?

– C'est ça.

– Je ne connais pas bien les Hockney, mais vos parcours ne me semblent pas très compatibles. Ils ont passé leur vie à détruire la nature, vous à essayer de la protéger. C'est assez contradictoire, non ? »

Saarinen haussa les épaules, comme si la réponse allait de soi.

« Comme le dit un vieux proverbe finlandais, il faut parfois prendre l'argent du diable pour accomplir la mission de Dieu.

– L'entreprise se relèvera-t-elle de ce qui s'est passé ?

– Horizon n'est pas une entreprise au sens traditionnel du terme, dit-il en avalant une nouvelle gorgée de vodka. Elle ne possède ni machines ni biens immobilier... Sa force, c'était son patrimoine humain. C'était un groupe d'experts, un vrai *think tank*, et tous les cerveaux sont morts dans l'explosion du Guggenheim. Mes amis et mes employés ont tous disparu.

– À combien se serait élevée la valorisation de cette introduction en Bourse ?

– Un demi-milliard de dollars, sans compter les éventuels contrats paraguayens, grâce auxquels on aurait pu atteindre le milliard, voire plus.

– Les Hockney peuvent-ils voir un milliard de dollars leur filer sous le nez sans perdre le sommeil ?

– Docteur Page, tout ce que je peux vous dire sur William et Seth, c'est qu'ils ne sont pas du genre à pardonner, dit Saarinen en souriant. La personne à l'origine de ces explosions a tout intérêt à ce que vous la retrouviez avant les frères Hockney. »

43

Upper East Side

Lucas dormait profondément lorsque son téléphone se mit à danser sur la table de chevet, le ramenant dans le monde des vivants. Il tendit le bras vers la lueur dans l'obscurité avant d'être pleinement réveillé.

Pourtant certain d'avoir ordonné à sa bouche de dire « Docteur Page à l'appareil », il n'en maugréa pas moins :

« Quoi, bordel ?!

– Vous dormiez ? »

C'était Whitaker. Il plissa les yeux pour distinguer les aiguilles luminescentes de sa montre.

« C'est ce qu'on fait à trois heures du matin, nous, les vieux.

– Désolée, je l'ignorais... Chawla vient d'appeler. Frosst n'était pas seul dans la Mercedes qui l'amenait chez Makepeace ; les vidéos de surveillance d'un autre immeuble de l'avenue montrent qu'il y avait quelqu'un avec lui, sur la banquette arrière de la Benz. Le deuxième homme ne s'est pas rendu chez Makepeace avec lui, mais il se trouvait dans la voiture. Ce qui en fait un témoin crucial. »

Lucas était bien réveillé désormais. Il se hissa sur le

bord du lit, ce qui n'était pas une mince affaire avec un bras et une jambe en moins.

« Tant qu'on ne peut pas prouver que Frosst a posé la bombe, cela reste un simple passager.

– Oui, mais ça ne nous empêche pas de l'interroger. »

De la main qui tenait le téléphone, Lucas tendit un doigt vers l'interrupteur. Un instant, la voix de Whitaker se réduisit à un grésillement robotique. Son côté du lit s'illumina.

« Page ? Page ?...

– Je suis là. Ça ne pouvait pas attendre jusqu'à demain matin ?

– Non, parce que ce témoin, c'est Seth Hockney.

– On est parfaitement en droit de l'interroger, et puisqu'il nous a demandé de passer par son avocat la prochaine fois, cela veut dire qu'on peut le convoquer au poste.

– Tout juste.

– Quand ?

– Il est en déplacement. Il atterrit demain matin à neuf heures.

– C'est dans six heures...

– Et alors ?

– Alors je retourne me coucher », dit-il avant de raccrocher.

Lucas posa le portable sur la table de nuit, éteignit la lumière et se recoucha.

« J'adore ça, qu'on me réveille à quatre heures du matin, dit Erin.

– Il est seulement trois heures, dit-il en posant la main sur sa hanche.

– Pardon, fit-elle en bâillant. Ça change tout... »

44

26, Federal Plaza

Lucas scrutait le ciel ensoleillé vers l'est. La ville ressemblait à une image de synthèse plaquée sur l'azur chimique. Il avait envie d'un autre café, mais accueillir Seth Hockney un gobelet à la main serait une faute de goût.

Chawla, tout investi de son rôle de chef, se tenait près de l'aire d'atterrissage en turban orange et cravate assortie. L'homme savait s'habiller, il fallait lui accorder ça.

Lucas et Whitaker ne participeraient pas à l'entretien ; Kehoe ne voulait pas en faire un interrogatoire. Cela ne signifiait pas pour autant que Lucas n'avait aucun rôle à jouer – il pouvait être un agent provocateur de première utilité.

« Le voilà », dit Whitaker.

L'hélicoptère arrivait de l'est, probablement de la maison de Seth Hockney sur Long Island. Lucas doutait que l'homme, aussi riche soit-il, se donne la peine d'affréter un tel engin pour venir depuis son pied-à-terre de l'Upper West Side.

C'était un aéronef racé et hors de prix que devaient lui envier les autres milliardaires de Manhattan.

L'hélicoptère fit du surplace pendant quelques instants, avant de descendre vers le sol dans une verticale parfaite. La porte mécanique s'ouvrit en même temps qu'un escalier se dépliait avec la précision d'une montre suisse. Chawla s'avança, courbé sous les pales, la main posée sur son turban.

Frosst sortit de l'appareil le premier, en boutonnant sa veste de costume. Sans prêter la moindre attention à Chawla, il se tourna pour aider Seth Hockney à descendre.

Une autre personne émergea à leur suite, sans doute un avocat. L'homme, la soixantaine grisonnante, portait un beau costume et l'incontournable mallette. Il avait un visage en tout point quelconque. Au premier regard, on l'imaginait propriétaire d'un voilier à la coque ornée d'un prénom de femme.

Tous trois franchirent le portique de sécurité gardé par deux agents, dont les costumes faisaient pâle figure en comparaison des leurs. Lucas et Whitaker se dirigèrent vers la salle de conférence où Kehoe les attendait. Une jeune femme était assise devant un ordinateur portable.

« Ils sont arrivés », annonça Whitaker.

Kehoe se tourna vers le mur d'écrans, qui diffusait des images de la salle d'interrogatoire filmée sous six angles différents. Chawla, Seth Hockney, son avocat et celui du FBI y firent leur entrée. Ils s'assirent de part et d'autre de la table. Par mesure de prudence, Frosst avait été retenu à l'extérieur de la salle, au cas où il serait impliqué.

« Bien, dit Kehoe à Lucas, voyons si tu es aussi intelligent que je le pense. Va donc leur prendre un peu le chou. »

45

La salle d'interrogatoire n'était pas grande, mais elle était propre et meublée dernier cri. L'agent spécial Samir Chawla, l'avocat du Bureau – un certain Martin Brotsky –, Seth Hockney ainsi que son avocat, Alexander Stogner, étaient les seules personnes présentes dans la pièce. Kehoe avait décidé d'envoyer Page secouer un peu le vieil homme, pour voir s'il lâcherait quelque chose.

Seth Hockney semblait absent. Ses traits exprimaient un mélange d'ennui et d'irritation. Son avocat était l'un des partenaires du cabinet Stogner, Pruitt & Gibson, ledit cabinet ayant l'exclusivité des affaires juridiques des frères Hockney. Chawla ne connaissait pas leur tarif horaire, mais à représenter des milliardaires qui venaient au boulot en hélico de luxe ils devaient se faire un sacré paquet. Cela expliquait sans doute que le type ait l'air si content de lui.

Page entra et, sans se donner la peine de saluer, fit le tour de la table avec la lenteur délibérée d'un prédateur flairant sa proie – ne lui manquait plus qu'une nageoire dorsale. Il s'arrêta devant la seule chaise restée libre.

Chawla s'installa en position de spectateur.

L'avocat des Hockney regardait Page fixement, pour établir son autorité. Ce dernier se prêta au jeu bien volontiers. Il enleva ses lunettes de soleil et baissa les yeux sur l'homme de telle façon que ses pupilles pointent dans des directions différentes. Stogner se tortilla sur son siège ; un point pour Page.

Après quinze secondes à se regarder en chiens de faïence, Lucas daigna se présenter : « Monsieur Hockney, merci d'être venu. Monsieur Stogner, je m'appelle Lucas Page », annonça-t-il sans lui tendre la main.

Faisant mine de s'asseoir, il se ravisa soudain, comme s'il venait de se rappeler qu'il avait laissé le gaz allumé.

« Avant toute chose, je voudrais préciser que personne ici n'est accusé de quoi que ce soit. Nous vous avons seulement fait venir pour clarifier quelques points ambigus. Comme vous le savez, M. Makepeace, votre agent de change…

– Pour information, docteur Page, l'interrompit Stogner, Jonathan Makepeace n'était pas l'« agent de change » de M. Hockney. Il s'est seulement occupé de réaliser quelques placements pour le compte de mes clients, au même titre que de nombreux autres conseillers financiers. Cette relation était tout sauf exclusive.

– Bien sûr. Absolument », acquiesça Page.

Chawla avait été briefé : à ce moment précis, Page ferait semblant d'avoir oublié quelque chose et prendrait poliment congé. Quelques minutes plus tard, il reviendrait avec la vidéo de Seth Hockney à l'arrière de la Mercedes, prise quelques instants avant que Jonathan Makepeace ne passe l'arme à gauche.

« Veuillez m'excuser une minute, j'ai oublié quelque chose. Je reviens tout de suite, dit Page à point nommé.

– Comme vous le comprendrez sans mal, annonça Chawla, nous avons des journées très chargées. Je voudrais vous remercier de votre coopération ; le monde entier a les yeux rivés sur nous. »

Cela sembla apaiser l'avocat, qui hocha la tête comme s'il venait de toucher un salaire bien mérité.

« Avant de poursuivre, je voudrais vous lire la

déposition que nous avons préparée », dit Stogner en se penchant pour saisir sa mallette.

Page ouvrit la porte.

L'avocat fit sauter les verrous.

Page ressortit dans le couloir en refermant la porte derrière lui.

Stogner sourit à Chawla avant d'ouvrir la mallette.

C'est à cet instant que la bombe qu'elle contenait explosa, réduisant la pièce à néant.

46

Lucas n'entendait plus, ne sentait plus que la sirène qui lui déchirait les tympans. L'air était chargé d'eau et de fumée. Il se demanda s'il était mort.

Lorsqu'il se retourna sur le sol, l'eau emplit sa bouche. Sous le plafond, la fumée s'accumulait en volutes, tel un nuage toxique.

« Page ! »

La voix de Whitaker.

Il sentit ses mains sur ses épaules.

Elle tira sur sa veste.

Cria son nom de nouveau.

Lucas tenta de se relever.

Glissa.

Tomba.

Il passa sa bonne jambe sous son corps. Essaya une nouvelle fois. Poussa.

Whitaker lui vint en aide.

Enfin, il fut debout.

« Vous allez bien ? » cria-t-elle depuis un lieu indéterminé derrière lui.

Il hocha la tête et répondit – ou ne répondit pas.

L'explosion avait fait sortir la porte de ses gonds. Elle était en feu, incrustée dans le plâtre du mur d'en face, où elle semblait tenir par magie.

Lucas fit un pas en avant, chancelant.

L'eau qui s'écoulait de la salle d'interrogatoire était teintée de sang. Le turban de Chawla flottait en surface, déchiré, couvert de touffes de cheveux noirs.

Reprenant ses esprits, Lucas décrocha l'extincteur du mur.

Frosst apparut lentement à travers la fumée, comme un Polaroïd en costume. Deux agents lui intimèrent de reculer. L'un d'eux l'attrapa par le bras ; Frosst lui décocha un violent coup de poing qui l'expédia sur la moquette trempée, avant de pénétrer dans la salle d'interrogatoire.

Lucas gardait le doigt enfoncé sur la poignée de l'extincteur, visant les points lumineux dans le brouillard. Il avançait dans la pièce, projetant autant de mousse que possible sur l'eau, la vapeur, la fumée, le feu. Frosst apparut à l'angle de son champ de vision ; la manche de sa veste était en feu. Lucas lui envoya un jet d'extincteur.

Il continua à viser au hasard, pris d'une panique incontrôlable. La pièce entière sifflait sous la mousse et l'eau des gicleurs.

Lorsque l'éclairage de secours s'alluma, que les flammes eurent disparu, ne resta plus que la puanteur familière de la chair brûlée.

Des volutes de fumée émanaient lentement de Frosst, qui étreignait ce qui restait de Seth Hockney.

47

Le costume de Lucas empestait le vieux barbecue. En admettant qu'il arrive à le débarrasser de l'odeur, même le meilleur pressing ne pourrait rien contre les trous de brûlures et les taches de mousse chimique. Personne ne ramènerait cette veste à la vie, pas plus que l'agent spécial Samir Chawla, le juriste du FBI, le milliardaire ou son avocat hors de prix.

L'explosion avait récuré la pièce jusqu'à l'os, soufflant le plâtre des murs et le plafond suspendu dans une même déflagration meurtrière. Curtis jeta un coup d'œil furtif à la pièce, ce qui lui suffit pour pouvoir affirmer que l'engin contenait environ un demi-kilo de C-4. Ils avaient examiné les traceurs, qui étaient une fois de plus les mêmes. Le reste de l'étage avait été épargné car les murs étaient constitués de deux rangées de blocs de béton pleins.

Aucune des victimes n'aurait de cercueil ouvert. Il était déjà extraordinaire qu'il soit resté suffisamment de Seth Hockney pour que Frosst puisse le ramasser.

Depuis le toit, Lucas regardait l'équipe de déminage approcher de l'hélicoptère ; celui qui avait piégé la mallette de Stogner aurait sans doute pris la précaution d'installer une deuxième bombe à bord, au cas où.

Lucas ne connaissait rien à ce genre d'aéronefs, mais il venait d'apprendre que l'Eurocopter AS365 Dauphin coûtait la bagatelle de dix millions de dollars, finitions non incluses. Il était accoudé à l'une des balustrades qui quadrillaient le toit, dans une alcôve près des unités de chauffage. Le sol sous ses pieds était piqueté de brûlures de cigarettes, datant de l'époque où fumer était encore un vice acceptable.

Tourné vers l'ouest, il profitait du vent chaud qui caressait encore la ville. Quel que soit le point de vue adopté, il peinait à voir comment la mort de Seth Hockney pourrait avoir une issue positive.

Des pas firent crisser le gravier derrière lui. Whitaker posa un pied sur le barreau, laissant ses bras pendre pardessus la rambarde.

« Vous tenez le coup ? » demanda-t-elle.

Lucas ne répondit pas.

Elle inspira profondément et pivota pour s'adosser au garde-fou, dans un mouvement typique des saloons du Far West.

« À quoi vous pensez ?

– Ils en ont parlé aux infos ?

– Le FBI a publié un communiqué pour dire qu'il y avait eu un incident, que les détails seraient divulgués bientôt, etc., etc. »

C'était la réponse parfaite : évasive au possible.

« Et Kehoe ?

– Vous allez pouvoir lui demander. »

Lucas ne prit pas la peine de se tourner vers son chef, qui approchait d'une démarche lente et mesurée. Même après un événement pareil, l'homme restait fidèle à lui-même. Il s'avança vers la rambarde.

« Une idée de ce qui se passe ? » demanda Kehoe.

Lucas était en boucle sur le sujet depuis trois jours, mais il n'avait que des questions.

« La personne qui a fait ça est créative ; jusqu'à présent, chacune des bombes a été unique. Si Frosst a tué Makepeace, c'est forcément sur ordre de l'un ou l'autre des frères Hockney, mais maintenant Seth est mort et on sait que Frosst ne l'a pas tué. Il ignorait que la mallette de l'avocat était piégée, sans quoi il n'aurait pas tant insisté pour qu'on le laisse entrer dans la salle d'interrogatoire. À moins qu'il n'ait voulu se suicider, ce dont je doute fort. Il y a donc tout lieu de penser que la visite de Frosst et Seth Hockney à Makepeace avant sa mort était une coïncidence.

« Malgré tout, imaginons un instant que Frosst ait posé les deux bombes – chez Makepeace et dans la mallette aujourd'hui. Qui lui en a donné l'ordre ? Qui pouvait vouloir la mort de Seth Hockney ? Était-ce William ? Frosst a-t-il agi de son plein chef ?

– N'oubliez pas l'avocat, dit Whitaker.

– Stogner est un dommage collatéral ; les avocats sont interchangeables. À moins bien sûr qu'il n'ait été la cible principale, ce qu'on ne peut pas sérieusement envisager. William Hockney est-il derrière tout cela ? Essayait-il de couvrir ses arrières en effaçant ce qui pouvait encore le lier à la mort de Makepeace ? A-t-il découvert que son frère avait agi dans son dos ? Saarinen m'a dit qu'il n'était pas du genre à pardonner. Mais de là à trucider son propre frère... William aurait pu engager quelqu'un pour s'introduire chez Seth et l'aider à glisser sous la douche sans éveiller les soupçons. Quelque chose ne colle pas ; comme l'explosion du Guggenheim, je pense que la mort de Seth est une opération de com. »

Une question en entraînait une autre et Lucas n'avait pas la moindre certitude. Il poursuivit : « Quel lien peut-il y avoir entre Seth et l'explosion du Guggenheim ? Pourquoi William Hockney irait-il couler une société qui allait lui rapporter des milliards ? Il y a d'autres façons de jeter son argent par les fenêtres.

– Je ne vous le fais pas dire », approuva Whitaker.

Lucas avait toujours un goût de plastique brûlé et de chair grillée au fond de la gorge.

« Si Seth a commandité le meurtre de Makepeace, est-il possible que William l'ait découvert et ait décidé de l'éliminer ? Ou bien William a-t-il tué son frère par accident en voulant se débarrasser de Frosst ? »

Poser une bombe dans les locaux du FBI demandait un culot dont peu étaient capables. C'était plus que de l'insolence : c'était une déclaration de guerre au Bureau.

« Vous pensez que Seth Hockney est responsable de l'explosion du Guggenheim et du data center et qu'on a voulu le mettre hors d'état de nuire ? demanda Whitaker.

– Je ne sais pas, mais les coïncidences sont trop nombreuses.

– Y a-t-il une autre possibilité ?

– Bien sûr. Il pourrait s'agir d'une vendetta personnelle contre les Hockney. C'est l'explication la plus simple.

– Et Frosst ?

– Si les Hockney sont impliqués, alors ce fumier l'est aussi. Où est-il, d'ailleurs ? demanda Lucas à Kehoe.

– Il est en bas. Les secouristes s'occupent de lui, ce qui est loin de le ravir. On n'aura bientôt plus d'excuses pour l'empêcher de parler à son patron. »

Lucas se remémora la réaction de Frosst, la rapidité avec laquelle il était passé à l'action.

« On doit en apprendre plus sur lui. Explorer son passé dans les moindres recoins.

– Et toi, qu'est-ce que tu vas faire ?

– Dans un premier temps, Whitaker et moi allons rendre visite à William Hockney, dit Lucas en repoussant la balustrade. Il faut bien lui annoncer que son frère est mort ; il est hors de question qu'il l'apprenne par Frosst.

– On peut aussi envoyer quelqu'un d'autre.

– Non, je veux voir sa réaction. Ne laisse pas sortir Frosst avant qu'on ait parlé à William. »

Kehoe remonta le poignet de sa chemise pour consulter sa montre.

« Je vous donne une heure, dit-il, l'air de penser à dix choses à la fois. Pourquoi est-ce que j'ai l'impression que tu ne me dis pas tout ?

– Parce que je n'aime pas faire de suppositions », dit Lucas en se frottant l'arête du nez.

Les yeux de Kehoe se figèrent en un regard menaçant.

« Autrement, qu'est-ce que tu me dirais ?

– Qu'on a affaire à plusieurs assassins. »

48

À l'angle de la 57e Rue et de la Cinquième Avenue

Lucas et Whitaker s'entourèrent de douze agents – un groupe d'hommes et de femmes semblant avoir été conçus dans le même laboratoire souterrain que tous les autres employés du FBI. Leurs vêtements étaient aussi anonymes que leurs coupes de cheveux et les traits de leurs visages. Dans le cadre de cette mission, ils avaient une fonction purement décorative. Tout ce qui intéressait Lucas chez eux, c'étaient les trois grosses lettres jaunes floquées au dos de leurs parkas.

Cette fois, Lucas, Whitaker et leur garde rapprochée franchirent la sécurité en coup de vent, daignant à peine sortir leur badge. Ils dégageaient une assurance qui incitait à libérer la voie.

Une fois arrivés à l'étage, ils ignorèrent la réceptionniste – en tout point identique à la précédente, à l'exception de la taille. Whitaker se contenta de montrer son insigne, avant de tourner à droite en direction du bureau de William Hockney. La femme trottina derrière eux quelques instants avant d'abandonner. Lucas l'entendit décrocher le téléphone.

Ils étaient presque arrivés devant le portail jurassique

lorsque quatre hommes de deux mètres de haut leur barrèrent le passage. Tous avaient les paupières lourdes et l'air impassible qui caractérisaient la profession.

Whitaker brandit son badge.

« Ouvrez le feu s'ils ne dégagent pas le passage », lança-t-elle à son escorte.

Un air de confusion se peignit sur les visages des quatre hommes. Malgré une agressivité palpable, ils finirent par s'écarter.

Whitaker et Lucas se retrouvèrent face à face avec la secrétaire de William Hockney, qui les attendait debout devant la porte.

« M. Hockney…

– Va nous recevoir », asséna Whitaker sans lui laisser le temps de finir sa phrase.

Lorsqu'ils ouvrirent la porte, Hockney était assis dans son fauteuil habituel, en pleine discussion avec trois hommes à l'air agité. Tous levèrent les yeux.

Whitaker ouvrait la marche, mais Lucas était celui qui attirait tous les regards, sans doute en raison de ses vêtements à moitié calcinés.

Si William Hockney était surpris, il n'en laissa rien paraître. Comme le réalisa soudain Lucas, c'était là une des différences majeures entre les riches et les pauvres : pour les premiers, les forces de l'ordre constituaient moins une menace qu'un désagrément.

« Agent spécial Whitaker, docteur Page, dit-il d'un ton parfaitement monocorde. Je présume que c'est important. »

Il donnait l'impression de commander un verre d'eau au restaurant – un prompt rétablissement, après la conversation apparemment échauffée qu'il venait d'avoir.

« Nous devons vous parler », dit Whitaker.

Hockney inspira profondément et fit un signe de tête à l'homme assis au centre.

« Veuillez dire à M. Molinaro que je regrette cette interruption. Malheureusement, je ne peux rien y faire. »

L'interprète se tourna vers l'homme âgé installé à ses côtés, avec qui il échangea quelques mots en espagnol à voix basse. Puis il revint à Hockney : « Ce n'est pas grave. Nous reprendrons cette discussion chez vous ce soir. M. Molinaro attend ce dîner avec impatience. Il espère que ce chef si talentueux est toujours à votre service et se réjouit de revoir votre fils.

– Mon chef vous a concocté quelque chose de spécial », répondit Hockney avec un sourire. Il marqua une pause. « Malheureusement, mon fils est en voyage d'affaires et ne pourra se joindre à nous. »

Les quatre hommes se levèrent et se serrèrent la main. Au passage de Molinaro, Lucas remarqua que ses boutons de manchette étaient incrustés de rubis, de diamants et de saphirs. Le motif lui semblait familier. Il fit soudain le rapprochement : c'était le drapeau du Paraguay.

« Que me vaut ce déplaisir, docteur Page ? » demanda le vieil homme lorsque ses invités furent partis.

Whitaker fit un signe de tête vers ses agents. L'imitant, Hockney fit de même avec ses employés de sécurité. Tout ce petit monde quitta la pièce.

« Vous allez bien ? demanda Hockney à Lucas en le détaillant de la tête aux pieds, sans manifester le moindre signe d'inquiétude.

– Monsieur Hockney… commença Whitaker, j'ai de mauvaises nouvelles à vous annoncer. C'est à propos de votre frère. Il a été tué dans une explosion, en même temps que M. Stogner. »

Les muscles du visage de William Hockney se paralysèrent, comme s'il se changeait en statue. Après quelques secondes interminables, le moteur sembla se remettre en marche.

« Je vois », dit-il.

Hockney s'avança jusqu'au bar dissimulé derrière la cloison et appuya sur le bouton secret. Sans regarder, il attrapa la première bouteille venue et se versa trois doigts de whisky, puis se rassit sans toucher à son verre.

Après un temps de silence, le vieil homme ouvrit la bouche pour poser une question, mais Whitaker répondit avant qu'il en ait eu le temps :

« L'enquête est en cours, mais il semblerait que l'on ait placé une bombe dans la mallette de M. Stogner. Elle a explosé lorsqu'il l'a ouverte. »

Hockney n'avait plus rien du capitaine d'industrie. Ce n'était qu'un vieillard à qui l'on venait d'apprendre la mort d'un proche. Du moins, c'était l'impression qu'il donnait.

« Y a-t-il eu d'autres victimes ?

– L'agent spécial chargé de l'enquête ainsi que l'un de nos avocats ont été tués également. Ils étaient en réunion avec votre frère et M. Stogner au moment des faits.

– Et M. Frosst ? demanda-t-il comme s'il demandait l'heure. Lui aussi accompagnait Seth.

– M. Frosst a été blessé superficiellement. Il sortira bientôt. »

Hockney hocha la tête, puis leva le verre à ses lèvres. Il le tint un instant en l'air, secoua la tête, puis le but en une lampée que n'aurait pas désapprouvée le plus endurci des buveurs. Il sembla alors remarquer le verre pour la première fois et le reposa sur la table à côté du sous-bock.

« Docteur Page, à en juger par votre apparence, dit-il sans se tourner vers lui, j'imagine que vous vous trouviez à proximité de l'explosion ?

– M. Frosst s'est précipité dans la pièce en flammes et je l'ai suivi avec un extincteur. »

Cela sembla faire plaisir au vieil homme. Il eut un sourire triste et distant.

« M. Frosst aime… *aimait* beaucoup mon frère. Aviez-vous autre chose à m'annoncer ?

– Avez-vous des ennemis ?

– Vous avez votre réponse, il me semble », répondit-il, les yeux baissés.

49

26, Federal Plaza

Le bureau qu'elle occupait était l'endroit que Whitaker exécrait le plus au monde, à l'exception de l'appartement de son ex, où elle venait chercher son fils un week-end sur deux. La pièce n'en était pas réellement une, elle s'apparentait davantage à un renfoncement derrière le mur. Elle était également dénuée de porte ; seule une ligne tracée au sol tenait lieu de barrière symbolique. Certains agents – ceux qui étaient suffisamment à l'aise avec elle – faisaient mine de toquer lorsqu'ils venaient la voir. La blague avait perdu toute saveur depuis bien longtemps, mais cela ne semblait pas les arrêter. Lucas avait raison : les gens étaient incapables de grandir.

Tandis que, quelques étages plus bas, il revenait sur les événements de ces derniers jours avec diverses branches du FBI, Whitaker étudiait les rapports des agents envoyés sur le terrain. Ces bombes n'avaient pas été posées par des fantômes. Les êtres humains commettaient des erreurs, il suffisait de les identifier. Elle sentit une fois de plus l'influence de Lucas.

Le dossier de Frosst regorgeait d'informations générales – il était ahurissant de voir la quantité de données que l'on pouvait dégoter sur les moteurs de recherche.

Whitaker avait progressé d'un centimètre dans le classeur et cela ne faisait rien pour arranger l'aversion qu'elle éprouvait à son égard.

Contrairement à ce que l'on attendrait d'un homme de son genre, le dossier de Benjamin Frosst ne manquait pas de détails, depuis sa date et son lieu de naissance jusqu'à ses adresses successives, en passant par son parcours universitaire et ses antécédents médicaux. Sur le papier, sa vie n'avait rien de remarquable – il aurait pu s'agir d'un vendeur de voitures ou d'un enseignant du secondaire. Même son relevé de notes de l'université du Montana, où il avait passé une licence de commerce, trahissait un étudiant des plus moyens. Pourtant, il avait dû se faire remarquer d'une façon ou d'une autre, puisqu'il avait été embauché par un consortium bancaire japonais une semaine après l'obtention de son diplôme.

Frosst avait disparu dans les filets de cette corporation pendant une décennie, au cours de laquelle il avait écumé diverses parties du monde, sous le titre d'abord d'« agent de sécurité », puis d'« agent de sécurité spécialisé » et enfin de « chef de la sécurité ». Ses registres de voyage, qu'ils avaient obtenus via le département de la Sécurité intérieure, comptaient neuf cents séjours à l'étranger pour le compte des Japonais, dont la plupart dans des dictatures notoires. Seule habitude régulière : il passait deux semaines de vacances en Californie tous les ans.

Sans raison apparente, on le retrouvait soudain au poste de chef de la sécurité pour une banque d'investissement de Wall Street. Durant ces huit années, il avait continué de se rendre en Californie tous les ans. Ses fonctions avaient pris fin durant le krach de l'automne 2008, lorsque l'entreprise avait été démantelée. Étonnamment, cette dernière n'avait pas succombé des suites de l'avarice et des fautes de gestion habituelles, mais d'une prise de contrôle hostile des Hockney, qui s'étaient servis du chaos des marchés pour consolider leur empire. Trois semaines après la fermeture de la firme, Frosst était embauché par les deux frères.

Sur sa carte de visite, il était *chef de la sécurité* ; sur sa déclaration d'impôts, *assistant de direction*. La vérité était sans doute à mi-chemin entre les deux.

Whitaker parcourut les photos du dossier ; sur chacune d'elles, il se trouvait avec l'un ou l'autre des frères Hockney. Frosst déviait rarement de son expression de connard patibulaire. Il était toujours impeccablement habillé, quoiqu'horriblement mal coiffé, comme Lucas l'avait remarqué. (Même si ce dernier n'avait pas de leçon à donner en la matière.)

Frosst possédait un appartement dans le même immeuble que ses employeurs – un bâtiment néo-Renaissance de trente-six étages avec vue sur Central Park, dans l'Upper West Side (William occupait l'intégralité du dernier étage, Seth celui d'en dessous, Frosst un quatre-pièces au troisième). Il n'était ni marié ni en couple et possédait deux voitures – une Range Rover et une Ferrari. D'après ses relevés de comptes, il faisait peu de dépenses superflues. Frosst semblait n'avoir aucun vice, en dehors de ses costumes sur mesure et de sa collection de montres de luxe.

L'homme n'avait rien d'extraordinaire. En apparence, il n'avait aucun hobby en dehors du travail. Il ne jouait pas, ne possédait pas de bateau, n'était pas coureur de jupons. Lucas avait raison : loin des Hockney, Frosst n'existait pour ainsi dire pas.

Alors pourquoi se méfiait-il de lui à ce point ?

Whitaker referma le dossier et le poussa de côté.

Si le Guggenheim, le data center, Makepeace et Seth Hockney faisaient partie du même puzzle, alors quelque chose clochait sérieusement.

Était-ce Lucas ?

50

Medusa, État de New York

La disparition de la maison creusa dans le champ un cratère de feu, qui grandit lentement en grignotant implacablement les feuilles mortes et le gazon, jusqu'à former un vaste cercle que le vent aplatit en ellipse.

L'explosion avait collé une peur bleue aux voisins. Les pompiers de Medusa arrivèrent sur les lieux quatorze minutes plus tard. Il n'y avait pas de bouche d'incendie si loin de la ville (ni d'ailleurs en ville), mais les volontaires pompèrent l'eau de Tenmile Creek. Le temps qu'ils commencent à arroser la maison et la grange, il ne restait plus grand-chose à faire en dehors d'une déclaration de sinistre.

Il leur fallut une heure et quatre lances d'incendie pour maîtriser complètement les flammes, mais tout se passa bien et aucun d'entre eux ne fut blessé. Résultat des courses : la ferme et la grange étaient en ruine, la Jeep Wrangler de 1999 avait rendu l'âme, trois pylônes électriques y étaient restés, les deux cabanes à outils avaient été mangées par les flammes et le champ était d'un noir de charbon.

Les voisins étaient en pleine discussion avec un « groupe d'experts », terme plus rassurant que « bénévoles ». Même sans les témoignages, il aurait été aisé de constater qu'il y avait eu une explosion, ce qui était d'autant plus étrange qu'il n'y avait ni bouteille de propane sur la propriété ni conduites de gaz naturel dans le coin. D'après les voisins, les propriétaires – Hazel Rich et son fils Donny – ne possédaient pas d'armes. Il était donc peu probable qu'un stock de poudre ou de munitions ait explosé par accident (une hypothèse que l'on ne pouvait guère exclure en zone rurale).

Le shérif prenait en note tous les détails. Mme Rich avait cinquante et un ans, Donny vingt-six. Si l'on en croyait leurs emplois du temps respectifs, la mère et le fils devaient se trouver chez eux au moment des faits.

Ils trouvèrent Mme Rich dans un fossé de l'autre côté du chemin de gravier, sous un arbre. Elle avait des éclats de plâtre et de pierre dans les cheveux – sans doute des morceaux du plafond qu'elle avait traversé pendant son voyage vers le fossé. Ses habits avaient été arrachés au cours de sa chute à travers les arbres. Ses os étaient brisés en de nombreux endroits et sa tête tournée du mauvais côté, mais il ne lui manquait rien à part le nez, ce qui constituait un genre de miracle. Sa chemise de nuit en lambeaux était restée pendue à une branche, sanguinolente et entourée de mouches.

La preuve de la présence de Donny au moment de l'explosion était accrochée sur une clôture barbelée en lisière du terrain, à deux cent cinquante mètres de là. Un pied, toujours revêtu d'une chaussette de sport blanche et d'une sandale en caoutchouc de taille 45.

Medusa étant une petite ville où les explosions n'étaient pas monnaie courante, les autorités firent appel à la police de l'État. On envoya un légiste depuis Schenectady.

L'un des nouveaux arrivants, un certain Eli Benson, avait fait la guerre du Golfe dans une unité de déminage. Ce concours de circonstances se révéla fort utile lorsqu'il découvrit le détonateur d'un engin explosif improvisé dans la boîte aux lettres. Ses collègues n'auraient pas su de quoi il s'agissait et ne se seraient pas donné la peine d'appeler le FBI.

Or, c'est exactement ce que fit Benson.

51

Whitaker était venue le voir une ou deux fois, mais pour l'essentiel on l'avait laissé tranquille. Debbie avait accepté de faire cours à sa place pendant quelques semaines – à condition bien sûr qu'il ne se fasse pas renvoyer entre-temps. Debbie était l'assistante idéale, car elle était hermétique aux constantes jérémiades des étudiants.

L'attention de Lucas naviguait entre l'amas d'écrans qui lui renvoyait son reflet et le mur de documents reliés par de gros traits de feutre rouge. On aurait dit la chambre à coucher d'un complotiste, moins le fil, les punaises et les raisonnements à la logique foireuse. Il y avait de l'ordre dans ce désordre ; là où le commun des mortels n'aurait vu que du chaos, il distinguait une douzaine de motifs souterrains.

Il avait les yeux dans le vide lorsque Whitaker entra, le portable à la main.

« Il y a eu une explosion à Medusa, dans le nord de l'État. Deux morts. Ils ont trouvé un détonateur sur les lieux, le même genre que celui de la Huitième Avenue. Du C-4, encore une fois. On ne connaît pas le fabricant, mais Calvin-Wade et son équipe sont déjà en route. Kehoe voudrait savoir si vous pensez que ça vaut le coup d'aller y faire un tour.

– Où se trouve Medusa ?

– Près de Schenectady, à deux bonnes heures de route. Moitié moins en hélicoptère. »

Lucas se rappela la bombe que Seth Hockney avait transportée jusqu'au siège du FBI à bord de son hélicoptère privé.

« Qui sont les victimes ?

– Une femme de cinquante et un ans et son fils de vingt-six ans.

– Métier ?

– Caissière dans une station essence.

– Et le fils ?

– Il travaillait à la chambre d'agriculture locale, dans l'informatique ou un truc du genre. »

Lucas s'apprêtait à la remercier quand quelque chose lui traversa l'esprit.

« Où a-t-il fait ses études ?

– L'université d'État, à Cobleskill.

– Quelle matière ? »

Elle feuilleta le dossier en se mordillant la lèvre.

« Alors… Il a démarré en biologie cellulaire, avant de se réorienter vers la programmation.

– Bon, d'accord.

– Quoi, "d'accord" ?

– Ça vaut la peine d'aller voir.

– Alors faites vos bagages, vieux grincheux, dit-elle en claquant des doigts. On part en virée ! »

52

Hockney Building

Le Dr Saarinen se trouvait dans son bureau, à l'étage autrefois occupé par l'équipe de direction d'Horizon Dynamics. Aujourd'hui, il ne restait plus que lui, deux réceptionnistes et une tripotée de fantômes. Il regardait par la fenêtre sans voir la ville lorsque William Hockney entra dans la pièce. M. Frosst l'accompagnait mais resta près de la porte, le visage froid et inexpressif, sans croiser son regard.

Tout ce que faisait William avait de l'allure. Il ne se contentait pas d'arriver quelque part, il *faisait son entrée* – mais personne ne pouvait résister à tout et ces derniers jours avaient quelque peu émoussé son maintien. Saarinen connaissait les effets du deuil : il faisait vieillir ceux qui restaient tout en arrêtant définitivement l'horloge de ceux qui avaient été emportés. Seth avait beau avoir soixante-dix ans passés, il restait le petit frère.

La mort de son fils avait quasiment détruit Saarinen, mais son travail avait constitué une bouée de sauvetage inespérée. Ses idées étaient plus importantes que lui. Même si ce n'était pas suffisant, cela l'avait aidé à supporter la douleur. Du moins parfois. Sa femme, en revanche, ne s'en était jamais remise. Ces dix dernières années, il avait vécu avec l'ombre de celle qu'il avait connue. Par instants, il lui semblait qu'elle disparaissait presque entièrement.

William Hockney, de son côté, lui avait toujours paru insensible à la tyrannie des émotions – c'était quasiment sa marque de fabrique. Des deux, Seth était le rêveur. William ressemblait à ces figures mythiques dont regorgent les livres d'histoire. Au-delà même de son extraction privilégiée, il possédait un je-ne-sais-quoi qui le destinait à la grandeur. Cette qualité, on ne pouvait ni l'imiter, ni l'acheter, ni en hériter. On aurait d'ailleurs été bien en peine de la définir. Pourtant, on la reconnaissait aisément, et au premier coup d'œil on savait que William Hockney l'avait faite sienne. Cela expliquait peut-être que son fils ait représenté une telle déception pour lui ; il aurait fallu être aveugle pour ignorer qu'il n'était pas à la hauteur.

Hockney se dirigea tout droit vers le bar de Saarinen et versa trois doigts de whisky dans deux verres (l'une de ces obscures marques japonaises qu'il affectionnait). Après les avoir posés sur la table basse, il s'installa sur l'une des banquettes – sa manière d'inviter Saarinen à venir le rejoindre.

Saarinen se sentait encore vaseux après la bouteille de Finlandia de la veille, mais ce n'était pas le moment de jouer les chochottes.

« Comment allez-vous, Timo ? »

Même en deuil, William était vêtu avec goût. Il semblait également fatigué et inquiet.

Ne sachant que dire, Saarinen se contenta de s'asseoir. Ils burent en silence un moment.

Ils auraient pu échanger des politesses et se lancer des regards compatissants, mais ils n'avaient pas ce genre de relation. Les silences gênés constituaient leur principale forme de communication. Seth était leur unique lien. Maintenant qu'il était mort, ils n'avaient plus la moindre chance de raviver la flamme d'Horizon Dynamics (et donc sa rentabilité). Cette conversation serait la dernière. Saarinen ne voyait pas comment il pourrait en être autrement.

Le Finlandais n'était venu travailler que parce qu'il ne voulait pas passer la journée seul dans l'appartement. Il lui restait encore des choses à régler.

« Je suis venu vous demander ce que vous comptiez faire vis-à-vis d'Horizon », dit Hockney après avoir fini son verre.

Saarinen s'attendait à tout sauf à cela – William Hockney ne laissait jamais les émotions guider ses décisions d'affaires. Vouloir sauver Horizon était un rêve futile. Toute l'équipe de direction avait été décimée, et ce n'était pas le genre de personnes à qui l'on pouvait trouver des remplaçants en postant des annonces sur Internet. Il leur faudrait des années, à recruter dans les universités, à débaucher les employés de grandes entreprises... Ils devraient raviver l'esprit de la compagnie sur les cendres de ce qui s'était produit au Guggenheim. Ayant perdu leur place de leader sur le marché, ils s'évertueraient à rattraper leur retard face à la concurrence. Non, c'était la fin – Horizon n'était plus que cendres dispersées aux quatre vents.

« Horizon va s'arrêter ici, William, et moi aussi. Je n'en ai plus la force. Vous non plus d'ailleurs, dit-il en considérant le vieil homme.

– Timo, Seth m'a convaincu d'acheter Horizon, puis de vous mettre aux commandes. À peine quelques années plus tard, nous nous apprêtions à faire notre entrée en bourse pour un milliard de dollars. Nous l'avons fait une fois, nous pouvons le refaire. »

Hockney se leva lentement du sofa, puis leur servit deux autres verres avant de se rasseoir sur le cuir molletonné.

« Merci, William, dit Saarinen en levant son verre,

mais je ne suis pas intéressé. J'ai passé trop de temps à me battre… »

Comprenant que c'était inutile, il s'interrompit là.

« Contre les gens comme moi ? demanda le vieil homme. J'ai toujours fait ce que je voulais, toute ma vie. Je n'ai pas de problème avec ce que je laisse en héritage.

– Eh bien oui… contre les gens comme vous. Je n'en ai plus la force.

– Alors c'est terminé ? »

Saarinen savait pourquoi il posait la question – le contrat paraguayen représentait une somme colossale. Sans Horizon, ils seraient obligés de restructurer. Il n'avait pas l'intention de continuer pour autant.

« J'en ai bien peur, William.

– Alors, merci pour tout. Je vous souhaite le meilleur dans vos prochains projets. »

Frosst vint aider Hockney à se relever. Ce faisant, il se tourna vers Saarinen et lui sourit à l'insu du vieil homme. Il n'y avait pas la moindre lueur de gentillesse dans ce sourire.

53

Route 357
État de New York

Lucas avait préféré la conduite de Whitaker au voyage en hélicoptère. Il n'ignorait pas que la route était statistiquement moins sûre, mais la pensée de Seth Hockney survolant la ville assis à côté des explosifs qui allaient le tuer était encore trop présente. Pour une fois, il suivit son instinct.

Ils serpentaient sur les routes de campagne à l'ouest de Schenectady. Le paysage était magnifique, malgré l'arrivée imminente de l'hiver. De toutes les saisons, l'automne était sa préférée. Cela devait beaucoup à cette nuit, dans sa dernière famille d'accueil, où M. Potts l'avait emmené observer les étoiles pour la toute première fois. Ce n'était sans doute pas étranger non plus à la conversation qu'il avait eue avec Mme Page sur sa terrasse le jour où elle l'avait adopté. Ces bons souvenirs auraient pourtant pu être effacés par l'incident, qui avait eu lieu un jour de la fin août.

Ils prirent un léger virage et le monde revint lentement à sa place comme ils arrivaient devant ce qui ressemblait à une kermesse de village. Le GPS annonça qu'ils avaient atteint leur destination.

La route était encombrée de voitures et de pick-up à l'arrêt, moteur au ralenti, phares allumés. Les automobilistes faisaient les cent pas sur le bas-côté. Ils marchaient lentement, ce que l'on ne voyait jamais en ville – pas même à Central Park le week-end. Personne n'avait son téléphone à la main.

« C'est quoi, ce bordel ? » fit Whitaker en se déportant sur la voie de gauche pour dépasser la file de véhicules.

Un automobiliste qui avait apparemment décrété qu'elle n'avait pas le droit de les doubler entreprit de se mettre en travers de son chemin. Il suffit d'un coup de sirène à Whitaker pour le faire rentrer dans le rang.

Au barrage, les policiers les dévisagèrent avec méfiance, mais continuèrent à discuter sans bouger d'un pouce. Whitaker fit hurler la sirène pour attirer leur attention. Le moins gradé des deux approcha avec une lenteur irritante.

Elle baissa la vitre.

« Désolé, madame, aucun véhicule n'est autorisé à partir de là », dit-il.

Devant eux, la route était noire d'ambulances et de voitures de police.

« FBI, dit Whitaker en sortant son badge.

– Vous êtes attendus, madame ? »

Lucas se tourna pour ne rien manquer du spectacle ; on n'était jamais déçu, avec Whitaker.

« C'est *agent spécial* Whitaker, pas "madame". Ouvrez cette putain de barrière. »

Le flic en resta bouche bée une seconde de trop, avant de refermer les mâchoires.

« Oui, mad..., je veux dire agent spécial, euh... Tout de suite. »

Il fit signe à son collègue, qui déplaça la barrière en laissant une traînée de sciure sur la chaussée.

« Je hais la campagne, putain, dit Whitaker un peu trop fort en remontant la vitre.

– Je suis sûr que c'est réciproque.

– Vous n'avez pas idée. D'après vous, pourquoi il n'y a pas de Noirs ici ?

– Mais enfin, bien sûr qu'il y en a…

– Ah oui ? Où ça ? » demanda-t-elle en agitant la main vers le monde extérieur.

Les piétons étaient autorisés à franchir la première barrière, jusqu'au cordon de police qui se trouvait quelques centaines de mètres plus loin. L'endroit fourmillait de monde – cette bombe était certainement la chose la plus excitante à s'être produite dans le coin depuis un bail.

« Bon, peut-être pas précisément ici, mais il y a des Noirs. Ce n'est pas la Suède, non plus.

– Je suis allée en Suède pour un tournoi de basket au lycée. Il y avait plus de Noirs qu'ici, croyez-moi. Et par ici, je veux dire *ici*. »

Whitaker était obligée de faire des appels de phares et de klaxonner pour se frayer un passage.

« Je n'ai pas suffisamment d'informations pour me faire une opinion.

– Il y a trois cents personnes, là, dehors, toutes blanches, et vous n'avez pas assez d'informations ?! Vous voyez, c'est pour ça qu'on ne travaille pas ensemble plus souvent.

– Primo, il y a exactement quatre-vingt-trois individus. Deuzio, on ne travaille pas ensemble plus souvent parce que je vous supporte à petites doses uniquement. Et ce n'est pas parce que vous êtes noire.

– Alors vous êtes de leur côté ?

– De « leur » côté ? Vous ne seriez pas un peu paranoïaque, des fois ?

– Vraiment ? Parce qu'ils sont tous en train de regarder la voiture en me montrant du doigt ?

– Personne ne regarde la voiture en… » Lucas s'interrompit car effectivement certaines personnes les pointaient du doigt. « Peut-être que c'est moi qu'ils regardent. »

Ce n'était pas le cas, bien sûr ; ils regardaient Whitaker.

Ils étaient à quelques jours du passage à l'heure d'hiver. Cela les ferait reculer d'une heure, mais ici, ils semblaient avoir déjà fait un bond d'un siècle en arrière.

« Merde alors… dit Lucas.

– J'aurais dû vous faire asseoir à l'arrière. Ça les aurait aidés à encaisser. »

Lucas fut soulagé d'arriver au second barrage.

Cette fois, le policier semblait avoir été informé de leur arrivée par radio, car il ouvrit tout de suite la barrière et les laissa passer avec un sourire, le regard intensément fixé sur Whitaker.

L'explosion avait eu lieu à quatre cents mètres de là, au beau milieu d'un champ.

Deux véhicules du FBI se trouvaient déjà sur les lieux – l'un de l'unité de déminage, l'autre des équipes médico-légales. Deux camions de pompiers étaient garés sur le bas-côté, à l'écart de la maison. Il y avait également une ambulance, cinq ou six pick-up, deux camionnettes Ford, deux semi-remorques – l'un transportant une pelleteuse, l'autre un bulldozer –, un camion-benne, deux camions-poubelles et ce qui ressemblait fort à un chasse-neige.

« Eh ben, ils ont appelé tout le monde à part l'armée, on dirait.

– C'est comme ça, dans les petites villes. Ils ont le sens de la coopération. »

Dans les métropoles, les gens étaient les mêmes, mais il fallait une catastrophe majeure pour éveiller leur esprit de solidarité.

Whitaker se gara sur le bas-côté à une centaine de mètres de l'allée – une bande de gravier qui menait à une pile de gravats calcinés ayant autrefois été une maison, et à un tas de braises fumantes qui avait dû être une grange.

Un policier maigre en gilet pare-balles s'approcha

d'eux en roulant des mécaniques. Ses manches remontées laissaient paraître des tatouages colorés sur les deux bras. Il avait l'air de s'ennuyer profondément.

« Vous êtes du FBI, vous aussi ? » demanda-t-il à Lucas, qui acquiesça d'un signe de tête.

Whitaker fit un pas en avant.

« Je suis l'agent McCoy, Owen McCoy », dit-il en lui tendant la main.

L'homme portait des lunettes de soleil, ce qui n'empêcha pas Lucas de constater qu'il reluquait sa collègue de la tête aux pieds.

« Je suis l'agent spécial Whitaker, et voici le Dr Page. »

Lucas lui fit un petit signe de la main. McCoy fixait sa prothèse.

« Irak ? demanda-t-il.

– Non.

– Afghanistan ?

– Non plus. »

McCoy sembla soudain gêné. Comme Lucas ne lui offrait aucune porte de sortie, il se tourna vers Whitaker.

« Vos collègues sont arrivés il y a une heure. Je vous accompagne. »

Lucas regarda McCoy régler son pas sur celui de Whitaker et se demanda si elle avait remarqué la façon dont il la regardait. Elle lui plaisait manifestement. *Espérons qu'il sache surmonter les rejets*, se dit-il. *Si au moins il pouvait éviter de pleurer en public...*

McCoy leur fit franchir le dernier contrôle de sécurité, à proximité immédiate de la scène de crime. Lucas salua de la main Gail Simcoe, l'un des agents new-yorkais de Kehoe, pour l'heure la personne la plus gradée sur place. Elle prit congé de son acolyte en combinaison spatiale parsemée de marques de brûlures et de suie et vint vers eux.

McCoy dit au revoir à Whitaker et précisa qu'il était là si elle avait besoin de quoi que ce soit.

« Tenez… juste au cas où, dit-il en lui tendant sa carte.
– Ça ira », fit-elle en le congédiant d'un petit battement de doigts (un geste qu'elle avait volé à William Hockney).
Simcoe était une petite femme dont Mme Page aurait dit qu'elle avait de « gros os ». Elle portait un coupe-vent et une casquette *FBI* et se prenait visiblement au sérieux.
Simcoe les rejoignit en dix lourdes enjambées.
« Page, Whitaker. Vous avez fait vite, dit-elle en tendant une tablette à Lucas. Voici ce que nous avons pour l'instant. Les démineurs sont sur le terrain. Nous espérons en savoir plus d'ici une heure.
– Qui sont nos victimes ? » demanda Whitaker.
Ils avaient maintenant un accord tacite : c'était elle qui posait les questions ; lui n'intervenait que lorsqu'il avait une idée derrière la tête.
« Hazel Rich : une femme blanche de cinquante et un ans et son fils de vingt-cinq ans, Donny. Elle était divorcée et travaillait à la station-service de Greenville. D'après les voisins, c'était une femme tranquille, qui aimait jardiner. Elle avait un petit ami. Il travaille chez un concessionnaire automobile d'Albany. On a vérifié : ni casier ni antécédents. Divorcé, lui aussi. Rien de suspect. »
Simcoe maîtrisait ses briefings, c'était un talent important.
« Et Donny ? demanda Whitaker.
– Il travaillait pour la chambre d'agriculture, dans l'informatique. Apparemment, il convertissait des données en texte pour leurs rapports financiers…
– Le genre de compétence nécessaire pour rédiger la lettre du tueur ? demanda Whitaker à Lucas.
– Ça se pourrait.
– Quel est son parcours ?
– Trois ans à l'université d'État de Cobleskill, récita Simcoe, qui connaissait son dossier sur le bout des

doigts. Donny a commencé en biologie cellulaire avant de se réorienter vers les technologies de la communication en cours de deuxième année. Il a obtenu son diplôme il y a un an et demi. D'après les voisins, il recevait des amis le week-end. Tout le monde dit que c'était un brave gars, qui faisait vraiment de son mieux pour aider sa mère. Donny s'occupait des tâches ménagères, sortait les poubelles, tondait la pelouse, faisait la lessive et la cuisine. Il ne buvait pas. En dehors de son travail pour la chambre d'agriculture, il faisait des petits jobs informatiques – il avait mis une annonce sur Craigslist et collé des prospectus. Réparations, cours d'informatique aux seniors. Pour arrondir ses fins de mois, il vendait des figurines sur eBay. Pas de casier judiciaire. Il n'était pas du genre à s'attirer des ennuis, d'après les voisins. »

Lucas se tourna vers ce qui était encore une maison quelques heures auparavant.

« Les voisins ont remarqué autre chose ? Des allées et venues suspectes ? Des invités inhabituels ?

– Rien du tout.

– Qu'est-ce qui s'est passé, exactement ? » demanda-t-il avec un signe de tête vers la ruine fumante.

Du même ton dépassionné, Simcoe énonça les détails de l'explosion :

« Vous avez les plans de la maison sur la tablette. Hazel a été projetée à travers le toit ; elle a atterri de l'autre côté de la route, sous ces arbres, dit-elle en faisant pivoter son bras tendu à la façon d'une girouette. Elle était quasiment intacte. On a retrouvé un pied appartenant à Donny accroché à la clôture là-bas, dit-elle en opérant un nouveau virage à quatre-vingt-dix degrés. Les chiens n'ont rien trouvé de plus… On dirait que ce pied est tout ce qu'il reste de lui, mis à part une molaire retrouvée dans l'allée et qui pourrait lui appartenir. »

Lucas examina les plans, qui portaient le sceau de

l'inspecteur du comté. Il mémorisa les deux pages et rendit la tablette à Simcoe.

« Les agents de l'unité anti-explosifs auront peut-être des détails utiles à vous fournir », dit cette dernière en leur désignant la silhouette inimitable de Calvin-Wade Curtis, qui se tenait près de la cheminée.

Même à cette distance, Lucas pouvait le voir sourire.

« Vous avez des consignes particulières ? demanda-t-il en franchissant le cordon de police.

– Oui, dit Simcoe avec le plus grand sérieux, prévenez-nous si vous découvrez des restes humains. »

54

Il était difficile d'imaginer que ce terrain avait récemment abrité une maison de campagne, une grange et un cabanon. On aurait dit qu'un satellite tombé du ciel s'était fracassé sur lui en éparpillant bois, brique et verre de tous côtés. En dehors de la cheminée, très peu de choses demeuraient reconnaissables, à l'exception notable d'une chaise posée au milieu du champ, quelques centaines de mètres plus loin, comme si on l'avait placée là pour observer les étoiles. Tout le reste avait été réduit en poussière.

Les bouseux du coin étaient agglutinés au bout de la route, maintenus à l'écart par les agents du shérif, mais il n'y avait aucune équipe de télévision sur place. Du moins pour le moment. Tout le monde semblait se tenir tranquille. Seules quelques personnes filmaient avec leur téléphone, ce qui ne donnerait pas grand-chose à cette distance, de toute façon.

Ils firent le tour du propriétaire en longeant la ligne jaune tracée au sol. À la campagne, Curtis semblait dans son élément ; d'ailleurs, son accent était plus marqué que d'habitude. Il souriait jusqu'aux oreilles, ce qui mit Lucas aussi mal à l'aise qu'à l'accoutumée.

Ses hommes crapahutaient dans les décombres, tels des crabes fouillant des restes en quête de bons morceaux.

« Nous avons retrouvé les traceurs, qui correspondent une fois de plus au C-4 fabriqué par ENF. »

Les ruines de la maison étaient toujours fumantes, ce qui n'empêchait pas les agents de passer les débris au tamis à la recherche d'indices. Deux tentes en plastique avaient été dressées de part et d'autre de l'allée, pour protéger les tables sur lesquelles ils cataloguaient les indices. De gros Tupperware étaient disséminés sur toute la propriété, des centaines de petits drapeaux jaune vif laissés à l'attention des photographes. Autrefois, les clichés étaient simplement rangés dans des classeurs ; aujourd'hui, ils étaient géolocalisés et chargés dans un logiciel générant une maquette en trois dimensions, de manière à ce que les enquêteurs puissent virtuellement retourner sur la scène de crime pour l'arpenter à nouveau.

Curtis sortit un sachet transparent contenant un morceau de métal tordu.

« C'est un détonateur maison. Sur le Net, on peut trouver les instructions pour en fabriquer cinquante variantes en une demi-heure – à des « fins pédagogiques », ça va de soi. J'ai vu beaucoup de choses similaires au Moyen-Orient. C'est d'ailleurs comme ça qu'un des policiers a pu l'identifier – il y a fait une période de service dans une unité de déminage, comme moi. Un sacré coup de bol. »

Lucas examina ce qui ressemblait à une charnière d'armoire à demi fondue.

« C'est le même genre de système que ce qu'on a trouvé l'autre soir sur la Huitième Avenue ? demanda-t-il après une petite session de Photoshop mental. Un détonateur activé par téléphone ? »

Curtis hocha la tête, toujours souriant.

Lucas continua d'examiner l'objet quelques secondes, intrigué par la façon dont l'un des câbles avait été fixé, puis sectionné à un angle de quarante-cinq degrés.

« Que pouvez-vous nous en dire, à part que c'est simple à réaliser ?

– Le C-4 est le même, mais cette fois l'engin a été fabriqué par quelqu'un d'autre.

– Comment vous le savez ? demanda Whitaker, surprise.

– Parce que celui-ci a été fait par un gaucher. Les documents écrits par les deux victimes montrent qu'elles étaient toutes les deux droitières. En dehors de cela, il est en tout point similaire, on peut se procurer les composants dans n'importe quelle quincaillerie. »

Lucas rendit le morceau de métal à Curtis et reporta son attention sur la montagne de débris. Il se demanda s'ils y retrouveraient d'autres victimes. Du moins des fragments. C'était la beauté des ondes de choc : elles éparpillaient les morceaux dans tout le périmètre, ce qui permettait aux enquêteurs de jouer à « Où est Charlie ? », édition spéciale Jeffrey Dahmer.

« Et la charge explosive ?

– Un sacré paquet, répondit Curtis en souriant, comme heureux que Lucas lui pose la question. Deux kilos et demi, voire plus.

– Deux kilos et demi ? répéta Whitaker, sans essayer de masquer sa surprise. C'est assez pour pulvériser un avion…

– Deux avions même, si la charge est placée au bon endroit. »

L'un des hommes de Curtis siffla pour attirer leur attention. Il montrait un barreau dépassant des décombres noircis.

« Les escaliers de la cave sont dégagés ! » cria-t-il.

Curtis prit congé et passa sous le cordon pour aller voir ce qu'on voulait de lui. Plus de sourires, assurément.

Lucas s'éloigna en direction du champ. Ils avaient maintenant largement assez d'informations, pourtant la réponse continuait de lui échapper. Il avait besoin de s'aérer la tête, au moins métaphoriquement. Cette petite promenade présentait aussi l'avantage de l'éloigner des gens qui souriaient en compagnie des morts.

« Vous cherchez quelque chose en particulier ? demanda Whitaker. Parce que les décombres sont par là-bas.

– Je prends seulement un peu de recul.

– Je me suis dit que le sourire de Calvin-Wade vous dérangeait peut-être.

– On ne peut pas dire que j'apprécie. »

Lucas prenait garde où il mettait les pieds sur le sol irrégulier. L'équipe médico-légale avait déjà ratissé le terrain, il ne craignait donc pas de trébucher sur un membre humain, c'était déjà ça. Il marcha en direction de la chaise abandonnée, qui formait un contraste saisissant avec son environnement.

« C'est toujours agréable de vous parler, dit Whitaker. Je vais attendre ici. »

Lucas prit son temps pour fendre les herbes noires. Toutes sortes d'objets étaient éparpillés au sol, des ustensiles de cuisine aux livres en passant par les claviers d'ordinateur – au moins trois étaient pliés, cassés, fondus, tout juste reconnaissables. Le terrain de quatre hectares était bordé par la forêt de part et d'autre – un mélange de conifères et d'espèces décidues. Au gazon calciné se mêlaient les feuilles brûlées, que le vent faisait bruisser en un murmure.

Lucas arriva devant la chaise. Elle tournait le dos à la maison, mais était parfaitement posée sur le sol, les pieds noircis par le feu, son assise étonnamment intacte. Il l'attrapa par le dossier pour la faire pivoter dans le bon sens, puis s'assit.

Au loin, Curtis remontait de la cave sur une échelle escamotable. Après avoir retiré ses gants, il s'avança vers Whitaker. Lucas les regarda parler un moment. Elle lui posait des questions, auxquelles il répondait avec un rictus. Il aurait vraiment fallu qu'il fasse un effort, au moins lorsqu'il était sur le terrain.

Lucas en profita pour se repasser ce qu'il savait de Donny Rich.

Biologie cellulaire, avant de se réorienter vers les technologies de la communication.

Travaillait à la chambre d'agriculture locale, dans l'informatique. Convertissait des données en texte pour leurs rapports financiers.

Acceptait des petits jobs informatiques. Avait mis une annonce sur Craigslist.

Ne buvait pas.

Recevait des amis le week-end.

Lucas ne fit rien pour déclencher la chose ; elle se produisit d'elle-même.

Le temps s'arrêta.

Le monde cessa de tourner.

L'impossible, le contre-nature, l'impensable se produisirent tandis que les rouages de l'univers se mêlaient aux mécanismes de son cerveau. Et tout recommença à rebours.

L'horloge.

La Terre.

Le temps lui-même.

Remontèrent leur cours.

Le vent porta les feuilles jusqu'aux arbres. Les oiseaux nichés en lisière de forêt revinrent en vol arrière. Des flammes naquirent à l'extrémité de l'herbe brûlée ; elles rampèrent sous la chaise et progressèrent jusqu'à l'allée, à mesure que le sol reverdissait. Les débris – morceaux de charpente, gravier, brique, verre – se soulevèrent du sol et s'agrégèrent. Le corps nu de Hazel Rich surgit du fossé, traversa les arbres et flotta dans les airs jusqu'à son lit. Le pied de Donny se décrocha des barbelés et traversa un nuage de feu avant de disparaître dans l'explosion qui s'affaissa sur elle-même, comme une étoile qui implose.

La maison était là.

La grange était là.

La Jeep était là.

Ils étaient tous les deux vivants.

Les herbes hautes ondulaient dans le vent d'automne.

Puis Lucas cligna des yeux.

Il était de nouveau sur une chaise au milieu d'un champ calciné.

Seul.

Curtis et Whitaker avaient fini de discuter et cette dernière lui faisait signe de venir les rejoindre. Il se leva et dans ce mouvement tous les éléments épars s'organisèrent dans son esprit. En arrivant devant le cordon de sécurité, il savait déjà ce qu'ils allaient lui dire.

« Donny avait un atelier à la cave, n'est-ce pas ? demanda-t-il avant qu'ils aient eu le temps d'ouvrir la bouche. Pour fabriquer des explosifs ? Son matériel a amplifié la détonation, ce qui explique que les dégâts soient si importants. Cependant, ce n'est pas lui qui a tout fait sauter. Il n'était pas à la cave lorsque l'explosion a eu lieu. Quelqu'un d'autre a posé une bombe, sans doute sous le plan de travail de la cuisine. L'onde de choc a enfoncé le côté de la Jeep et expédié la chaise, là-bas, au milieu du champ. Elle a aussi propulsé Hazel Rich à travers le toit – elle était au lit et sa chambre se trouvait de l'autre côté de la maison, mais celle de Donny était juste au-dessus de la cuisine. C'est lui qui a encaissé le gros de l'explosion. Voilà pourquoi on n'a retrouvé que son pied. »

Whitaker lui jeta ce regard qu'elle avait toujours lorsqu'elle ne savait pas quoi dire. Parfois, Erin avait la même expression.

Curtis se contentait de le fixer, pour une fois sans sourire.

« On n'est pas allés aussi loin dans nos modélisations, mais, euh…, oui. »

Lucas pivota vers la voiture.

« Où allez-vous ? demanda Whitaker.

– Je rentre en ville.

– Mais on vient d'arriver.

– C'est vrai, et maintenant on s'en va. »

Elle courut pour le rattraper, ce qui ne lui prit pas longtemps sur ce sol irrégulier.

« Vous voulez bien me dire ce qui se passe ?

– Il va y en avoir d'autres.

– D'autres quoi ?

– D'autres. »

55

Forest Hills, Queens

C'était une rue calme et bordée d'arbres qui semblait sortir d'un roman américain d'après-guerre. Rebecca Woolsey emmenait ses filles jumelles en promenade pour ce qu'elle savait être l'une des dernières fois de l'année. L'automne avait été clément, mais toutes les bonnes choses avaient une fin. L'application météo de son téléphone annonçait de la pluie pour la fin de journée. Olivia et Aurora étaient emmitouflées dans des doudounes roses assorties et confortablement calées dans le nouveau landau que les amies de Rebecca s'étaient cotisées pour lui offrir à leur naissance. C'était un modèle de luxe équipé d'un capteur intelligent qui lui envoyait un SMS lorsque la couche des petites devait être changée. Il y avait également un moniteur affichant leurs constantes vitales ainsi qu'un GPS intégré conçu pour évaluer la distance parcourue chaque jour. La poussette disposait aussi d'une chaîne stéréo bluetooth ainsi que d'un thermomètre qui lui permettait de s'assurer que les jumelles étaient bien au chaud.

Rebecca passa sous un grand érable, dont le feuillage se peignait de toutes les teintes de rouge et d'orange imaginables. Elle le montra du doigt à ses filles en leur faisant des mamours.

« Si tu as de la joie au cœur, tape dans tes mains », chanta Rebecca avant de claquer des mains.

Les petites sourirent et agitèrent les mains à l'attention de leur mère.

« Si tu as de la joie au cœur, tape dans tes mains… »

Elle claqua des mains une nouvelle fois ; sur le deuxième temps, une énorme explosion retentit derrière elle.

Rebecca sursauta et se retourna. Plus loin dans la rue, des morceaux de bois, de gravier et de verre pleuvaient du ciel. La moitié d'une maison avait disparu ; ce qui en restait était en feu. Les alarmes des voitures se déclenchèrent. De la fumée s'élevait dans les airs.

Un homme sortit de la maison en titubant lentement, comme s'il ignorait que son domicile était en feu. D'ailleurs, il l'était, lui aussi.

Il avança jusqu'au milieu de la route, tomba à genoux, puis s'effondra face en avant sur l'asphalte.

Rebecca se mit à hurler.

Brooklyn

Juan Delgado commençait à peine la soirée, c'était sa première livraison – une pizza familiale moitié pepperoni-champignons, moitié ananas-anchois, avec des ailes de poulet, deux brownies et une grande bouteille de Sprite.

On s'imaginerait volontiers que la commande avait été passée par un couple en instance de divorce, incapable de s'entendre sur quoi que ce soit – mais Delgado avait livré le locataire du 4E à de nombreuses reprises. Il fumait beaucoup d'herbe, ce qui expliquait son menu *todo loco*. Le type commandait toujours des trucs bizarres, à tel point que Juan se demandait parfois si le gars n'était pas un aventurier de l'extrême, rayon bouffe.

Delgado monta dans l'ascenseur et appuya sur le bouton, tout en veillant à ne pas pencher la pizza.

L'homme donnait de bons pourboires et l'invitait même à fumer un joint de temps en temps. Enrique Cristobel – c'était son nom – était livreur, lui aussi, mais chez UPS, et portait l'un de ces uniformes marron moches que l'entreprise n'avait toujours pas pensé à remplacer par une tenue un peu plus stylée, comme des Nike et un survet'. Ou un sweat à lettrage doré. En tout cas, c'était un gars super, et puis ils avaient des origines communes – leurs grands-mères étaient toutes les deux originaires d'Oaxaca. C'était comme s'il allait rendre visite à un pote.

Comme toujours, il y avait de la musique dans l'appartement. Une merde heavy metal, et Delgado se dit qu'il ne resterait pas, lui était plutôt branché hip-hop.

Il frappa bruyamment à la porte. Le volume diminua et des pas résonnèrent, puis s'interrompirent lorsque le téléphone sonna dans l'appartement. Les pas s'éloignèrent.

« Ouais ? » fit Cristobel.

Silence.

« Oui, je suis chez moi... Là, maintenant... Oui. Pourquoi ?... »

L'explosion souffla l'appartement 4E, tuant son occupant ainsi que l'homme qui lui livrait son dîner, le dénommé Juan Delgado.

Hoboken, New Jersey

C'était l'heure de pointe. Le trafic sur Washington Avenue se traînait encore plus que d'habitude à cause des feux de signalisation de la 12e Rue qui étaient en panne. Un agent de police faisait la circulation, mais il s'y prenait comme un manche et tout le monde klaxonnait, pressé de s'enfuir d'ici.

Avec tout ce stress, personne ne vit exploser le troisième étage de l'immeuble.

Mais ils l'entendirent.

Les automobilistes levèrent les yeux de leurs téléphones à temps pour voir les briques tomber du ciel. Plusieurs véhicules eurent leur pare-brise explosé. Un morceau de rampe de secours atterrit sur un pick-up. Un cycliste se prit une brique dans les dents.

Personne ne faisait assez attention pour avoir assisté à l'explosion proprement dite, même si chacun d'entre eux affirmerait plus tard qu'il avait tout vu.

Castleton Corners, Staten Island

Raymond Fields était devant le journal télévisé avec sa femme Brenda. À en juger par les tronches paniquées sur l'écran, on aurait cru qu'il n'y avait plus rien d'autre au monde que ce trouduc qui posait des bombes. Pourquoi les gens avaient-ils autant la trouille ? Fields avait fait le Vietnam ; il savait de quoi les hommes étaient capables. Bien sûr, il avait de la peine pour ceux à qui cet enfoiré avait ôté la vie, mais mourir dans un gala entouré de tous ses copains de la haute était sûrement moins pénible que se vider de son sang dans une putain de jungle pendant que des petits enculés de Chinetoques en pyjama vous plantaient un couteau rouillé dans le cul…

Non, ce qu'en pensait Ray, c'est que l'Amérique d'aujourd'hui était pleine de mous du genou. Il n'y avait qu'à voir comment les jeunes s'habillaient. Dans les années soixante, quand les manifestations contre la guerre avaient commencé, les vieux disaient qu'ils ne faisaient pas la différence entre les filles et les garçons, mais Ray savait que c'étaient des conneries. D'accord, ils avaient les cheveux longs, mais c'étaient des vrais mecs. Aujourd'hui, il y avait même des types en pantacourt. En pantacourt, bordel ! Le pays était vraiment mal barré…

Ray se leva du canapé pour aller chercher une bière au frigo. Il demanda à Brenda si elle en voulait une autre.

Comme elle déclina la proposition, il n'en prit que deux – ça lui éviterait de se relever dans cinq minutes.

Il se rassit sur le sofa, décapsula sa canette bien fraîche. Mais il n'eut pas le temps de la porter à sa bouche car la maison mitoyenne explosa, enflammant du même coup la bouteille de propane devant la porte. Ray, Brenda et toute la putain de baraque partirent en fumée.

56

26, Federal Plaza

Kehoe était pétrifié, les pieds comme aimantés au sol par un phénomène magnétique. Il fixait les présentateurs télé qui se nourrissaient de la tragédie, meublant d'un air soucieux l'intervalle entre les publicités pour des anticoagulants ou des prêts hypothécaires. Les experts du dimanche étaient au meilleur de leur forme. En trois jours, ils avaient largement pu amortir leur dictionnaire des synonymes et avaient mémorisé toutes les variantes de « bombe », d'« explosion », d'« incendie » et de l'incontournable « victimes », dans cet ordre croissant d'importance.

Ils avaient de l'avance sur le FBI. Leurs équipes rictus-et-maquillage étaient déjà au travail sur la scène des dernières explosions, qui avaient toutes les quatre eu lieu il y avait moins de quinze minutes et à une trentaine de secondes d'intervalle les unes des autres. La police était elle aussi sur les lieux, mais les équipes du Bureau se trouvaient encore à cinq minutes des deux premières scènes et à dix des troisième et quatrième.

La journaliste de CNN – une Asiatique qui semblait avoir tout juste quinze ans et qui arborait les lunettes les plus laides que Kehoe eût jamais vues – se trouvait à Forest Hills, un quartier du Queens. C'était une jolie rue bordée d'arbres où s'alignaient certaines des plus belles propriétés fin de siècle de toute la ville. Emily Chow fixait la caméra d'un air grave, l'index et le majeur pressés contre l'oreille, hochant la tête et pinçant les lèvres à intervalles réguliers. Elle répondait avec le plus grand sérieux aux questions ineptes du présentateur en duplex – un homme si peu informé sur le sujet qu'on aurait cru assister à un duo comique. Étonnamment, la reporter réussissait à faire illusion, sans perdre son sérieux, ses bonnes manières, ni la solennité requise.

Chow se trouvait devant l'une des plus belles maisons de la rue – une grande bâtisse de style néo-Tudor, qui rappela à Kehoe la ville de Solvang, où il avait passé les étés de son enfance. La moitié du bâtiment avait volé en éclats, projetant des débris jusque dans la rue adjacente. Ce qu'il en restait était en feu ; une vingtaine de pompiers s'attaquaient aux flammes avec des lances d'incendie, de la mousse et toute la détermination possible.

Les autorités n'avaient pas encore divulgué le nom des victimes, mais on savait que trois personnes se trouvaient dans la maison : un couple d'une soixantaine d'années et leur fils de vingt-quatre ans. Comme il n'y avait aucune conduite de gaz dans la rue, Chow émit l'hypothèse que l'explosion était liée au Tueur aux machines, « l'ennemi invisible que le FBI ne parvient pas à arrêter ».

La règle numéro un de Kehoe – ne jamais laisser voir ses émotions en public – céda face à la stupidité de ce dernier commentaire. Sa tasse de thé alla s'écraser contre le mur.

L'un des écrans géants était branché sur Fox News. Il s'agissait d'un duplex entre les studios et Hoboken. Techniquement, le New Jersey était en dehors de la juridiction de Kehoe, mais cela n'atténuait pas le mélange de gêne et de colère qu'il ressentait. Ce soir encore plus que d'habitude, le présentateur semblait à peine comprendre ce qu'il disait. Le reporter sur le terrain, un type grassouillet en veste bon marché, se tenait devant une masse de décombres en feu. Le texte au bas de l'écran défilait plus lentement que sur les chaînes concurrentes, ce qui s'expliquait sans doute par la moyenne d'âge de leurs téléspectateurs. Pour que ces derniers ne perdent rien du message, ils avaient surligné tous les mots clés essentiels, « incendie », « terroriste », « immigré »...

Les autorités n'avaient pas encore identifié la victime, qui semblait être un homme dans la vingtaine.

Tout comme à Forest Hills, les pompiers braquaient six lances d'incendie sur les flammes. Voitures de police et ambulances se trouvaient déjà sur les lieux, ne manquait plus que le FBI. Par chance, Kehoe n'avait plus aucune tasse sous la main.

Le présentateur répétait inlassablement la même question à l'aide de mots différents, comme s'il espérait convaincre à force de reformulations. Il voulait faire dire au reporter qu'il s'agissait du Tueur aux machines, l'homme qui avait fait exploser le Guggenheim, le data center de Hudson Street, la maison du Dr Saarinen, l'appartement de Jonathan Makepeace, ainsi que la salle de réunion où Seth Hockney, Alexander Stogner, Samir Chawla et l'avocat du FBI Martin Brotsky avaient trouvé la mort. Apparemment, les médias n'avaient pas encore fait le lien avec la scène de crime où s'étaient rendus Lucas et Whitaker – c'était toujours ça de pris. Le présentateur martelait son message, émaillé d'un « musulman » par-ci et d'un « Mexicain » par-là.

La chaîne locale WABC, quant à elle, émettait en direct de Brooklyn. Le présentateur était un homme d'âge moyen en surpoids, qui même à travers l'écran semblait empester les vapeurs d'alcool de la veille. Son teint trahissait une concentration anormale de toxines et ses yeux rouges étaient profondément enfoncés dans leurs orbites. Il évoquait une autre explosion d'un ton morose, celle-ci dans un immeuble résidentiel. Comme sur les autres scènes, de la fumée s'élevait de l'appartement. Les quelques rideaux qui pendaient encore aux fenêtres brisées étaient en feu. Personne ne connaissait le nombre de morts ou de blessés. Le présentateur avait surtout l'air d'avoir besoin d'un verre.

Tout au bout de la salle de crise, un autre écran diffusait MSNBC. Un homme – ou était-ce une femme ? – portant une casquette de base-ball grimaçait face à la caméra. Kehoe lut rapidement les sous-titres. Une explosion avait soufflé un pavillon à Castleton Corners, sur Staten Island. Apparemment, la seule personne qui s'y trouvait était le locataire du sous-sol, un jeune homme de vingt-quatre ans dont la mort ne faisait aucun doute. Cette fois, la bombe avait détruit non seulement la maison mais aussi celle des voisins, un couple âgé. Les pompiers faisaient leur possible pour venir à bout des flammes, qui s'élevaient jusqu'au ciel. Comme tous les autres reporters, l'androgyne se demanda quand (et si) le FBI finirait par arrêter les coupables.

Kehoe n'avait passé qu'une minute à écouter caqueter les abrutis de la télé, mais il se sentait bouillir. Il claqua des doigts à l'attention d'un de ses agents.

Lawrence Braithwaite, un petit homme noir dont les chaussures et la coupe de cheveux n'étaient pas franchement réglementaires, leva les yeux.

« Oui, chef ?

– Appelez Whitaker et Page, et dites-leur de revenir au plus vite.

– Très bien. Je leur donne quoi, comme explication ? »

C'est à ce moment que Kehoe grilla un fusible pour de bon :

« Dites-leur que ma putain de ville est à feu et à sang ! »

57

Palisades Parkway

Whitaker resta inhabituellement silencieuse après l'appel de Braithwaite, ce qui donna à Lucas le temps nécessaire pour se concentrer sur les nombres qui dansaient dans sa tête. Il y en avait tant à ce stade que la moindre erreur de calcul pouvait avoir des conséquences dramatiques.

La nuit était tombée. Dans son ancienne vie, il se serait demandé où avait filé la journée, mais lorsqu'il travaillait pour le FBI le temps était une notion élastique pouvant être étirée à l'infini, de telle façon qu'une heure lui faisait parfois le même effet qu'un mois enfermé dans un placard. Bien sûr, il lui arrivait aussi d'être perdu dans ses pensées lorsqu'il étudiait les mystères de l'univers, mais bizarrement les dangers très concrets posés par la traque de criminels ouvraient des portails spatio-temporels contre lesquels sa montre ne pouvait rien. Il se demanda s'il y avait une explication psychologique à cela – il aurait fallu qu'il demande à Erin. Ou au moins à Google. Plusieurs semaines semblaient le séparer de ce matin-là. Pourtant, il avait toujours le même goût de plastique brûlé et de Chawla fumé au fond de la gorge.

Whitaker brisa le silence au moment où un camion-poubelle les dépassait sur la voie de gauche – ce qui semblait étonnant, sachant qu'elle brûlait le pavé comme personne.

« À quoi pensez-vous ? demanda-t-elle.

– William Hockney est le pivot de toute l'affaire. Je ne sais pas s'il est responsable de ces attaques, mais il en est l'élément central.

– Les cinq explosions, à Medusa, Hoboken, Brooklyn, dans le Queens et à Staten Island, pointent vers Hockney, selon vous ?

– Rien n'est absolument certain, mais oui, tout est lié à lui d'une façon ou d'une autre.

– Et Frosst ? » demanda-t-elle en baissant la vitre.

Un vent chaud s'engouffra dans le Navigator.

Lucas pensa à lui un moment ; quelque chose ne tournait pas rond chez ce type.

« Peut-être. En tout cas, si j'avais l'intention de poser une bombe, Frosst est la personne que j'embaucherais. »

Le trafic était clairsemé de leur côté, mais les phares des véhicules en sens inverse brillaient à travers les arbres. Au train où allaient les choses, Lucas ne serait pas étonné que toute la ville décide de lever le camp.

« Quelle est notre prochaine étape ?

– Je voudrais avoir une petite discussion avec William Hockney, répondit-il.

– À quel propos ?

– J'ai besoin de savoir pourquoi quelqu'un a décidé de foutre sa vie en l'air. »

Ils restèrent silencieux quelques instants, absorbés dans leurs pensées.

« Parlez-moi de votre livre, finit par lui demander Whitaker. Celui sur le chat de Ricky Schroder – c'est celui qui est à la fois mort et vivant, c'est ça ? »

Lucas était toujours étonné que les gens se méprennent à ce point sur l'expérience de Schrödinger.

« Réfléchissez un instant – un chat ne peut pas être à la fois mort et vivant. Soit il est mort, soit il est vivant. Si vous n'arrivez pas à trancher, c'est parce que vous manquez d'informations. Ce n'est pas très compliqué. »

Lucas se tourna vers Whitaker, mais elle ne l'écoutait plus. Ses yeux étaient braqués sur le rétroviseur.

« Qu'est-ce qu'il y a ?

– On a une Range Rover aux fesses. Elle nous suit depuis la sortie de l'Interstate-87. Deux types en costume. »

Lucas se retint de se retourner. Avant qu'il puisse lui demander s'il pouvait s'agir d'une coïncidence, elle répondit :

« Ils nous attendaient sur le bas-côté.

– Qu'est-ce qu'on fait ? » demanda-t-il.

L'habitacle s'illumina tandis que la Range Rover accélérait, se rapprochant d'eux à grande vitesse.

« Vous n'avez qu'à essayer de faire *pan pan* avec les doigts », dit-elle en sortant son arme.

58

26, Federal Plaza

Kehoe sortit de sa salle de bains privée et tomba nez à nez avec Otto Hoffner, qui l'attendait planté devant son bureau, un papier à la main et le visage lourd de sous-entendus. Il ne perdit pas de temps à lui demander la raison de sa présence et ouvrit la main pour que Hoffner lui remette le document. Les bras de ce dernier semblaient appartenir à Conan le Barbare.

Après lui avoir tendu la feuille, Hoffner se mit à réciter les informations sans y avoir été invité :

« Nos équipes sont arrivées sur la scène des quatre explosions. Nous avons une assez bonne idée de l'identité des victimes, mais nous en saurons plus quand les corps seront arrivés chez le légiste. Je pense qu'on peut déjà écarter l'idée d'une coïncidence. À Forest Hills, la victime n'est autre que Steve Whiteman, le chauffeur qui a livré les canons à neige et les confettis au Guggenheim. À Hoboken, il s'agit d'un certain Tony Iannantuono, qui était stagiaire chez Stogner, Pruitt & Gibson – les avocats des Hockney. L'homme qui a été tué à Castleton Corners s'appelle Barnabas O'Hare. Il était mécanicien pour l'entreprise qui s'occupe de la maintenance des générateurs sur Hudson Street. Quant à celui de Brooklyn, il s'agit d'Enrique Cristobel…

– Le coursier UPS qui se trouvait chez Makepeace le matin de sa mort.

– C'est bien ça, confirma Hoffner.

– Et dans le Nord, là où sont allés Page et Whitaker ? Comment s'appelait le fils ?

– Rich, Donny Rich.

– Est-ce qu'il a un lien avec tout ça ?

– On ne sait pas encore, chef, dit Hoffner en haussant les épaules d'un mouvement imperceptible que ses énormes trapèzes permettaient difficilement. Page en saura peut-être plus.

– On les avait tous interrogés ?

– Oui, à part Donny Rich. Leurs dépositions tenaient la route. Tous occupaient leur poste depuis au moins un an et demi. Pas de casier judiciaire, aucune raison de les suspecter. On a fait les vérifications nécessaires : communications mobiles et Internet, familles, amis, réseaux sociaux, relevés de comptes. Ils étaient irréprochables. »

Sauf qu'ils ne l'étaient pas.

« Prévenez-moi dès que Page arrive », conclut Kehoe.

59

Palisades Parkway

Whitaker poussa le moteur à fond pour doubler une file de voitures.

« C'est dommage que vous n'ayez jamais compris l'intérêt de porter une arme… dit-elle d'un ton résigné.

– Épargnez-moi les "Je vous l'avais bien dit" », répondit Lucas, concentré sur le rétroviseur.

La Range Rover réduisait l'écart. Ils étaient pris en chasse, cela ne faisait aucun doute.

« On ne pourra pas les distancer dans ce merdier », dit Whitaker.

Soudain, la route se dégagea ; il ne restait plus que le camion-poubelle qui les avait dépassés plus tôt, à une centaine de mètres en avant sur la voie de droite.

Elle se préparait à le doubler lorsque le véhicule freina, avant de faire une embardée vers la gauche et de commencer à dériver lentement.

« Merde », lâcha-t-elle doucement.

Les pneus crissèrent tandis que le camion pivotait au ralenti. Son pare-chocs toucha la glissière en béton en projetant une pluie d'étincelles. Le camion occupait maintenant toute la largeur de la route. Ses roues se soulevèrent du sol, avant de retomber et de s'immobiliser complètement.

Un mur de métal s'élevait devant eux.

Lucas tendit les bras vers le tableau de bord et se prépara à l'impact.

La lueur des phares de la Rover emplit l'habitacle.

Whitaker écrasa la pédale de frein des deux pieds.

« Accrochez-vous ! » cria-t-elle quand la Rover les percuta, leur faisant faire un tour complet sur eux-mêmes.

La voiture n'était pas encore stabilisée quand Whitaker en jaillit, pistolet au poing.

En se tournant, Lucas vit deux hommes armés sortir de la Rover.

Il baissa la tête, hasarda un coup d'œil vers le camion-poubelle. Frosst en descendait, une petite carabine à la main.

« Lâchez vos armes ! ordonna Whitaker.

– À six heures ! » lui cria Lucas en tendant la main vers Frosst.

Whitaker lui tournait le dos. Il l'entendit tirer deux salves de trois balles coup sur coup.

Lucas aurait voulu savoir ce qui se passait derrière lui mais il ne pouvait détacher les yeux de Frosst.

« Whitaker ! » cria-t-il encore.

Par-dessus le bourdonnement de ses oreilles, il entendit des semelles racler l'asphalte et comprit qu'elle était en train de pivoter.

Devant lui, Frosst levait le canon de son arme.

Whitaker fit feu dans l'obscurité – une nouvelle série de trois balles.

Frosst rebondit violemment sur l'avant du semi-remorque, son costume criblé de trous fumants.

Quelque part sur sa gauche, Whitaker demanda :

« Page ? Vous allez bien ? »

Il voulut répondre, parler, dire quelque chose, mais ne put que regarder Frosst se relever.

Quelque part derrière eux, des voitures pilèrent. Dérapèrent. Klaxonnèrent.

Lucas trouva la force de se tourner vers elle. Leurs yeux se rencontrèrent.

« Whitaker ! » hurla-t-il une fois de plus.

Elle comprit. Commença à lever son arme. Mais Frosst avait de l'avance, ce coup-ci.

La première balle toucha Whitaker au cou, vaporisant une nuée de gouttelettes noires dans son sillage.

Le pistolet lui échappa des mains et retomba dans un claquement métallique.

Elle porta la main à son cou.

La deuxième l'atteignit à la poitrine et traversa son corps de part en part avant de filer dans la nuit. Le temps sembla se figer un instant, durant lequel elle resta immobile, une expression de surprise sur le visage. Elle voulut dire quelque chose, mais au lieu de mots une grosse bulle de sang noir jaillit de sa bouche et s'affaissa sur son menton.

Puis le marionnettiste coupa les fils et elle s'effondra.

Lucas tendit les bras devant lui tandis que des balles criblaient le pare-brise.

60

26, Federal Plaza

Kehoe était assis dans son bureau, la porte close. Il avait l'impression d'être un insecte dans un terrarium. Derrière la vitre, la ruche bourdonnait à plein volume – abeilles ouvrières, gardiennes, guerrières, toutes remplissaient les tâches dévolues à leur caste avec zèle. Les agents répondaient aux appels, collectaient, analysaient et compilaient des données, suivaient des pistes, interrogeaient des suspects. Ce qui ne les empêchait pas d'avoir quatre explosions de plus sur les bras.

Kehoe en arrivait à un point où, pour la première fois de sa carrière, il comprenait que certains de ses prédécesseurs se soient laissés aller à faire appel à des médiums, experts du paranormal et autres imposteurs en tout genre. Le désespoir était propice à la crédulité, mais Kehoe était un homme éduqué : il savait que ces charlatans de foire ne lui apporteraient pas ce dont il avait besoin.

Comme toutes les personnes payées à résoudre des énigmes, Kehoe était programmé pour penser qu'il y avait toujours une solution à tout. Page, de son côté, affirmait que leur seule certitude était de parvenir à une issue quelconque – ce qui n'était pas exactement la même chose. Les explosions, selon lui, finiraient bien par s'arrêter, mais il leur faudrait peut-être attendre des décennies ou l'intervention d'une météorite : une issue, pas une solution.

Dans le contexte actuel, c'était un peu trop de masturbation intellectuelle au goût de Kehoe. Il avait besoin de croire qu'ils mettraient la main sur ce salaud. Il le fallait, car toute sa vie était tendue vers cet objectif. Cette solution. Cette issue. Quel que soit le nom que Page voudrait bien lui donner.

Il avait besoin de Lucas pour donner un coup de pied dans la fourmilière. S'il y avait une chose pour laquelle on pouvait toujours faire confiance à cet ours mal léché, c'était sa capacité à empêcher quiconque de dormir sur ses deux oreilles.

Page n'avait encore rien communiqué de ses théories, mais Kehoe voyait qu'il avançait. Il comptait sur lui pour redonner de l'élan à ses agents, quitte à les envoyer dans une mauvaise direction. Pour le moment, ils faisaient du surplace. Or, s'il y avait une chose qu'il avait apprise au cours de sa carrière, c'était que le mouvement vaut toujours mieux que l'immobilisme. Comme l'avait dit Edward Albee, il faut parfois sortir des sentiers battus un bon bout de temps avant de revenir un peu sur ses pas pour emprunter le bon chemin.

Kehoe décrocha le téléphone pour appeler Whitaker ; il se demandait dans combien de temps ils arriveraient.

Il tomba sur le répondeur, raccrocha, puis composa le numéro de Page.

Sans plus de succès.

61

Palisades Parkway

Whitaker était étendue par terre. Elle fixait le ciel, une main crispée sur sa gorge. Le sang pissait de partout, repeignant de noir le bitume autour d'elle.

Elle se tourna vers Lucas, essaya de dire quelque chose, n'émit qu'un bruit affreux qui tenait plus du glapissement que du langage.

Il tendit le bras vers elle.

Un fluide hydraulique noir s'écoulait de son cou. Elle pleurait. Et il y avait ce bruit…

De nouveaux coups de feu, et des balles, qui transpercèrent le SUV.

Lucas se baissa. Couvrit sa tête. Hurla.

Whitaker fit un effort démesuré pour tendre le bras en direction de son arme.

Frosst tira.

La balle atteignit Whitaker au pied. Elle hurla de nouveau, se tortilla sur le sol comme un poisson écrasé qui n'a pas encore compris qu'il était mort.

Une voix à l'intérieur de Lucas lui intima de mettre les gaz.

Il tendit la jambe par-dessus la boîte de vitesses.

Des balles sifflèrent à nouveau, trouant le pare-brise

dans une pluie de verre. À côté de lui, le siège vomit une mousse blanche. Il n'entendait plus que le bruit du monde qui s'achève. Le vacarme incessant des insectes mangeurs de métal.

Il enclencha le levier de vitesses, appuya sur l'accélérateur. La Lincoln bondit en avant dans un rugissement.

Droit sur le camion.

Pied au plancher.

L'acte ultime d'un homme mort.

Le visage criblé de verre, il osa un regard par-dessus le tableau de bord, vit le capot de la voiture se jeter sur Frosst.

Il y eut un impact.

Puis tout l'espace s'emplit du son des deux véhicules qui s'imbriquaient.

L'univers s'ouvrit en deux. Lucas vola à travers le pare-brise.

L'oxygène autour de lui fut avalé par le centre du soleil. La chaleur brûla sa peau, ses poumons s'emplirent de feu.

Il essaya de crier, une dernière fois, mais l'explosion l'en empêcha.

Tout disparut, jusqu'au néant lui-même.

62

26, Federal Plaza

Kehoe était assis à son bureau, le téléphone à la main, lorsque Hoffner entra sans frapper.

« Vous avez intérêt à avoir des nouvelles », le prévint-il.

Hoffner marqua un temps d'arrêt. Il avait effectivement des nouvelles – de la pire espèce possible.

« On vient de recevoir un appel de la police de la route – il s'est passé quelque chose, chef. Whitaker et Page ont eu un accident. Il y a eu des échanges de coups de feu. Apparemment, ils sont tombés dans une embuscade. La police n'a pas pu confirmer ces informations parce que les véhicules sont toujours en feu et qu'ils n'ont pas pu récupérer les corps.

– Page et Whitaker…, est-ce qu'ils sont en vie ?

– Personne n'a pu me le dire. D'après le rapport initial, il n'y a pas de survivants. »

Pour la deuxième fois de la journée – et de toute sa carrière –, Brett Kehoe perdit son sang-froid.

Cette fois, c'est le téléphone qui en fit les frais.

63

Upper East Side

Ils avaient fini de dîner. Erin essayait de rattraper le retard de travail accumulé depuis leur séjour à Montauk, elle avait donc opté pour la facilité et commandé indien. Par chance, les enfants n'étaient pas difficiles, ils aimaient tout ce qu'on leur servait. Du moins la plupart du temps. Hector était le seul à faire exception. Il s'aventurait rarement hors du territoire raviolis-nuggets, mais comme il tolérait ce qui était frit, il y avait toujours moyen de s'arranger.

Les enfants faisaient leurs devoirs, cartables éparpillés sur le sol du salon.

Alisha, qui n'était pas encore en âge d'aller à l'école, se sentait toujours un peu exclue après le dîner, Luke lui avait donc assigné une heure d'activités. Les instructions étaient vagues, mais n'impliquaient certainement pas de réorganiser sa bibliothèque. Erin était étonnée qu'il l'ait si bien pris. En temps normal, il n'aimait pas les surprises et encore moins qu'on vienne déranger son travail, mais il s'était visiblement réjoui en découvrant l'ouvrage des filles. Il avait aussi fait l'effort de ne pas interroger Alisha, comme il le souhaitait au départ.

Ce soir, c'était retour aux travaux manuels pour la

fillette. Il pouvait s'agir de coloriage (ce qui se terminait souvent avec des pastels plein les dents) ou d'activités pratiques (elle peignait les pommes de pin comme personne). Parfois, elle passait simplement un moment à gratter le ventre de Lemmy. C'est cette dernière option qu'elle avait choisie, ce soir, ce qui n'était pas pour déplaire au chien. Il était étrangement tolérant avec les enfants, plus qu'aucun autre animal ne l'aurait été. Bien sûr, ils ne l'avaient jamais maltraité – les gosses adoraient Lemmy –, mais il s'était retrouvé avec du rouge à lèvres ou du vernis à ongles un nombre incalculable de fois. Cela ne semblait pas le déranger plus que ça. Il était très protecteur avec eux, à un point parfois étonnant.

Damien avait descendu sa guitare et son ampli pour leur faire écouter la dernière chanson qu'il avait apprise. Luke lui avait acheté l'instrument pour son anniversaire et il prenait ses leçons très au sérieux. N'étant pas particulièrement créatifs eux-mêmes, Lucas et Erin faisaient de leur mieux pour encourager la fibre artistique de leurs enfants.

Damien faisait illusion dans son jean déchiré et son tee-shirt des Beastie Boys. Il brancha la guitare dans le petit Fender, tourna le potard et attendit quelques secondes que l'ampli chauffe. Après les préparatifs d'usage, il se tourna vers son public installé en demi-cercle. C'était l'avantage d'avoir cinq enfants : chacun d'eux bénéficiait d'un auditoire captif.

Damien leur lança le sourire qu'il réservait normalement aux explosions Coca Light-Mentos, puis se lança dans une interprétation enflammée d'« American Idiot ». Lemmy se redressa et se mit à hurler à la mort, vite rejoint par Alisha, puis par les autres enfants.

Vers la fin de la chanson, Erin commença à craindre qu'ils ne se mettent à casser les meubles.

« Merci, New York ! » lança Damien en saluant.

Tout le monde applaudit. Maude et Erin se fendirent

de quelques sifflets, tandis que Lemmy venait lui lécher la main.

« Trop cool ! fit Hector, sincèrement impressionné.

– C'était super, mon grand », dit Erin en posant la main sur son épaule.

Ils furent coupés dans leur élan par les lumières rouges et bleues qui se mirent à danser sur les murs de la pièce.

Erin se figea sur place.

Instinctivement, les enfants coururent à la fenêtre.

« Il y a deux voitures du FBI, dit Maude avant de se retourner et de planter ses yeux dans ceux d'Erin. Luke n'est pas avec eux. »

64

Centre médical de l'université de Columbia
Fort Lee, New Jersey

Kehoe détestait ce genre d'annonces, presque autant que les événements qui l'obligeaient à y recourir. Les familles n'étaient jamais très portées sur les concepts de sacrifice ou de devoir. Elles refusaient généralement d'accepter que leurs proches choisissent de se mettre au service d'une cause plus importante qu'elles. L'une des principales leçons qu'il avait retirées de toutes ces années de pratique, c'était que la majorité des gens étaient incapables de voir la vérité en face – particulièrement pour ce qui les touchait de près.

Les deux agents qui l'accompagnaient se tenaient derrière lui, aussi loin que possible dans cet espace restreint. C'était toujours plus spacieux que dans la plupart des ascenseurs, car celui-ci avait été conçu pour transporter des passagers à l'horizontale. Il était d'une couleur bleu-vert hideuse.

Kehoe réfléchit à ce qu'il allait dire. À la façon de le dire. Et à la façon dont il réagirait à ce qu'on lui dirait en retour. En fin de compte, c'était une question de probabilités. Au fil des années, il avait appris à prévoir les événements de façon assez sûre.

Les portes de l'ascenseur s'ouvrirent sur un long corridor flanqué de fenêtres d'un côté. Même à la lumière du jour, les lieux lui faisaient l'effet d'un aéroport soviétique des années 1970.

Il ignorait si les deux agents avaient réglé leur pas sur le sien de façon consciente, mais lorsqu'il changea de cadence ils l'imitèrent aussitôt. La synchronisation spontanée était un phénomène connu ; cela ne la rendait pas moins perturbante.

N'étant jamais venu dans cet hôpital, il appliqua consciencieusement les instructions qu'on lui avait données à l'accueil. Suivre la ligne bleue jusqu'à la ligne orange, puis la ligne jaune jusqu'au couloir du service en question, dont il poussa les portes battantes.

Comme dans tout bon aéroport soviétique, il n'y avait personne à l'accueil. Il ouvrit donc une porte au hasard et la première personne qu'il vit fut Erin Page.

Elle était assise sur un banc, la tête appuyée contre le mur derrière elle, le regard fixe. Kehoe savait ce qu'elle regardait, mais ne détourna pas son regard. Il devait lui donner l'impression d'être venu pour elle et non à titre officiel.

« Bonjour, Erin. »

Elle ne sembla pas surprise d'entendre sa voix. Sans répondre ni lever les yeux, elle continua de contempler la scène derrière la vitre.

Kehoe fit un signe aux deux agents qui l'accompagnaient. Sans qu'il ait besoin de le leur dire, ils sortirent se poster dans le couloir. Il s'assit aux côtés d'Erin.

De ce point de vue, il ne pouvait ignorer ce qui se trouvait de l'autre côté du carreau. Page était allongé sur une table, recouvert d'un drap maculé de sang. Il lui manquait un bras et une jambe, comme si la créature de Frankenstein n'avait pas encore été assemblée. Lucas était blessé et sérieusement amoché, mais toujours vivant. C'était tout ce qui comptait pour le moment.

« Comment allez-vous ? » demanda doucement Kehoe.

Avec Erin, il savait qu'il devait prendre des pincettes, sans quoi la situation avait toutes les chances de dégénérer.

Elle ne répondit pas.

« Je suis désolé », tenta-t-il.

Il s'attendait à ce qu'elle réponde quelque chose, mais elle continua de l'ignorer.

« Est-ce que je peux faire quelque chose ? » demanda-t-il en déglutissant.

Cette fois, il pensait qu'elle réagirait, quitte à l'envoyer balader. Il saurait au moins sur quel pied danser.

Pourtant, Erin continuait de l'ignorer, un comportement auquel il n'était pas habitué.

Il aurait voulu lui demander s'il pouvait parler à quelqu'un, si tout le monde était aimable avec elle, s'il pouvait faire quoi que ce soit pour Lucas… mais aucune de ces approches ne le satisfaisait.

Le technicien de l'autre côté de la vitre approcha un appareil photo du visage de Lucas, ce qui força Kehoe à affronter l'évidence : tout était de sa faute. S'il n'était pas venu frapper à leur porte l'hiver dernier, ils n'en seraient pas là aujourd'hui.

L'homme saisit la mâchoire de Lucas de sa main gantée et tourna sa tête vers la gauche. Il prit quelques clichés, avant de passer au côté droit. Lucas resta immobile tout au long de la procédure. Kehoe se demanda s'il était épuisé, drogué, ou s'il se foutait désormais de tout ce qui pouvait lui arriver.

« Erin, je dois vous parler de certaines choses », dit-il en détournant les yeux.

Elle resta les bras croisés, le regard perdu au loin.

Kehoe aurait sans doute dû partir, mais il avait une responsabilité vis-à-vis de Lucas. Il devait s'assurer qu'Erin et les enfants étaient en sécurité. Dans cet état, Lucas était incapable d'aider qui que ce soit.

« Je comprends que vous soyez en colère, mais il faut que vous m'écoutiez. Les personnes qui ont fait ça ne vont peut-être pas s'arrêter là. »

Erin ne répondit pas, mais il vit sa mâchoire se crisper, la veine de son cou palpiter sous ses taches de rousseur.

« Je veux que vous partiez avec les enfants, poursuivit-il. Seulement le temps de boucler cette affaire. Il est hors de question que vous alliez dans votre maison de vacances, vous savez aussi bien que moi que vous n'y êtes pas à l'abri. Je peux demander à quelqu'un de vous accompagner chez vous pour récupérer les enfants, avant de vous conduire à l'aéroport. Nous affréterons un avion pour vous mettre en sécurité quelque part. Vous pouvez choisir l'endroit, mais il ne faut pas que vous ayez de la famille ou des amis dans les environs, ni que vous y soyez allée auparavant. Les services de protection des témoins peuvent tout prendre en charge. Ça ne durera pas longtemps, vous avez ma parole. »

Erin ne cligna même pas des yeux. Kehoe comprenait l'attirance de Lucas pour cette femme – elle était vraiment hors du commun. Il avait une dernière carte à jouer :

« Votre présence ici ne l'aidera pas. Vous devez penser aux enfants. À leur sécurité… »

À ces mots, Erin se tourna vers lui et lui mit une claque en plein visage.

Derrière la vitre, le technicien posa l'appareil photo et disparut. Une seconde plus tard, il se tenait devant Kehoe, juste un peu trop près.

« Tout va bien, docteur Page ? demanda-t-il à Erin. Sinon, j'appelle la sécurité. »

C'était un homme massif à la moustache jaunie par le tabac. Son badge indiquait *Willeford*.

Erin reporta son attention vers son mari derrière le carreau.

Kehoe se rendit à l'évidence, il n'arriverait à rien en restant ici.

« Ne vous donnez pas cette peine, dit-il en se levant. J'étais sur le point de partir. »

65

Bleecker Street

Michael McDougal, connu par son armée d'abonnés YouTube sous le pseudonyme de SuperMikey, se prenait pour le Charlie Chaplin de son temps. Les trois Marx Brothers réunis en un seul. Jerry Seinfeld et Chris Rock conjugués. Il était une sensation du Net. Et gagnait un quart de million de dollars par mois en faisant des canulars aux autorités. SuperMikey était – dans le jargon de l'époque – un défenseur de la liberté d'expression. Il poussait la provocation le plus loin possible pour observer la réaction des tenants de l'autorité. Ce qu'il aimait par-dessus tout, c'était piéger les flics ; l'Amérique n'était pas un État policier et il ne la laisserait pas en devenir un.

Son frère David, que les abonnés connaissaient sous le nom de McFly, lui servait de cameraman. Il était capable de filmer les situations les plus dingues sans jamais perdre le cadrage.

Aujourd'hui, SuperMikey voulait voir à quelle distance il pourrait s'approcher de la police avec ce qui ressemblait à une ceinture d'explosifs. Il s'agissait d'une combinaison de pêche à laquelle il avait fixé huit fusées de détresse, une horloge digitale cassée et une manette de console Nintendo – mais on aurait dit une vraie. Du moins le cow-boy de base.

La nuit était tombée, ce qui leur serait d'une grande utilité s'ils devaient prendre leurs jambes à leur cou ; les exploits vidéo de Mickey se terminaient souvent par un petit sprint. Il fallait voir comme les gens démarraient au quart de tour quand on les titillait un peu – les Américains étaient vraiment trop sensibles de nos jours. Surtout les flics, qui n'étaient pas connus pour leur patience ou leur sens de l'humour. D'où l'intérêt d'exposer leur nature véritable de crypto-fascistes. De toute façon, ses vidéos policières étaient celles qui faisaient le plus de vues. SuperMikey vendait trois mille tee-shirts par mois, floqués du slogan *Plutôt les faire chier que se laisser emmerder*.

Son dernier coup d'éclat lui avait valu plusieurs passages à la télévision. SuperMikey avait fait mine de confisquer leurs bébés à des femmes hispaniques, en affirmant travailler pour les services d'immigration. Aucune d'entre elles n'avait porté plainte et à l'exception de quelques bobos bien-pensants qui s'étaient scandalisés sur Twitter, ça avait fait marrer plein de monde.

McFly était caché derrière une pile de cartons et de chaises de bureau en route vers la décharge. SuperMikey se mit en sous-vêtements, avant de revêtir son costume. Il traversa la rue tout droit vers une voiture de patrouille dans laquelle deux agents en uniforme buvaient leur café. Ils étaient probablement en train de s'empiffrer de donuts.

McFly se retint de rigoler tandis qu'il zoomait sur son frère. Michael était un génie de la comédie – on aurait dit Jim Carrey sous acide. Les gens adoraient ce genre de conneries. YouTube était une vraie mine d'or ; ils roulaient tous les deux en 911 GT3 et, l'année prochaine, ils passeraient aux Lamborghini. Tout le monde les enviait.

McFly filmait d'une main sûre pendant que son frère, star de la toile, faisait le guignol en slip kangourou. Les deux portières s'ouvrirent à point nommé.

Les policiers étaient costauds et bloquaient la vue, McFly fut donc obligé de sortir de sa cachette en se faisant aussi discret que possible.

SuperMikey avait fixé un micro sur son gilet et portait une caméra miniature qui sauvegardait toutes les images sur une carte SD. Il s'en tirait hyper bien, à jouer les dingos, agitant les bras vers le ciel et parlant des voix dans sa tête. Ils avaient fait ça assez souvent pour savoir qu'ils s'en tireraient toujours mieux qu'un Noir. De toute façon les flics ne pouvaient rien faire, il ne touchait pas la manette. Tant que ses mains restaient levées, il ne représentait un danger pour personne, et s'ils essayaient de lui mettre un coup de lacrymo il ne les louperait pas. C'était l'Amérique, ils n'avaient aucun droit de…

Les policiers sortirent leurs armes.

SuperMikey cria qu'il connaissait ses droits et tendit la main vers l'un des agents.

Les deux firent feu.

Dix fois, putain !

SuperMikey chancela en arrière avant d'aller se fracasser contre la vitrine d'un café.

McFly se redressa en hurlant.

Les flics pivotèrent.

Il les traita d'enculés de fascistes. La caméra continuait de tourner.

Leurs armes se levèrent.

McFly braquait l'objectif sur eux ; ils ne lui tireraient pas dessus alors qu'ils étaient filmés. Ils ne tireraient jamais sur un Blanc inno…

C'est pourtant exactement ce qu'ils firent.

66

Centre médical de l'université de Columbia
Fort Lee, New Jersey

Lucas ne semblait pas seulement incomplet, il semblait détruit, pour le coup. Sa poitrine sanguinolente était suturée de toutes parts, son corps couvert de brûlures dues à l'explosion, ses cheveux roussis. La peau de son crâne, décollée et déchirée, avait été recousue sans la moindre considération esthétique. Son œil de verre avait disparu, perdu dans l'explosion. S'ils le retrouvaient, ils le ramèneraient à la maison dans une pochette scellée. L'œil en céramique de son mari, livré comme un vulgaire bouton de manchette… Les agents qui viendraient – FBI ? police ? – auraient l'air gênés. Ils le poseraient dans sa main sans oser la regarder. Les choses de ce genre mettaient tout le monde mal à l'aise.

Le bras et la jambe de Lucas avaient disparu. Jusque-là, elle était la seule à le connaître sous cet aspect. Ce n'était pas une question de pudeur ; la plupart des gens avaient la pétoche quand il vous manquait des morceaux. Lucas affirmait que c'était un réflexe psychologique. Il refusait aussi que les enfants le voient sans ses prothèses. C'était un peu vaniteux, mais il pensait qu'ils arrêteraient de l'idolâtrer bien assez tôt et préférait ne pas accélérer le mouvement.

« Putain, Luke… » dit Erin en tendant la main vers le moignon où se trouvait autrefois le bras droit de son mari.

Elle ne voulait pas pleurer.

Elle s'était promis qu'elle ne pleurerait pas.

Et voilà qu'elle chialait, bordel.

Pourquoi avait-il lancé la voiture sur cet homme ? Elle connaissait la réponse. Il l'avait fait pour protéger quelqu'un à qui il tenait et dont il se sentait responsable. Lucas Douglas Page avait beaucoup de défauts, mais l'égoïsme n'en faisait pas partie. Erin était persuadée qu'il avait voulu sauver Whitaker. Même si c'était perdu d'avance.

Maintenant il était à l'hôpital, pris dans un énième jeu de cache-cache avec la Grande Faucheuse. Comment allait-elle expliquer ça aux enfants ?

« Tu veux bien arrêter de pleurer ? »

Sa voix semblait avoir été générée à l'autre bout du monde, avant d'être expédiée dans des boîtes de conserve, une pour chaque syllabe.

« Si ça m'était arrivé à moi, tu ne pleurerais pas ? demanda Erin en s'essuyant les yeux.

– Pourquoi, c'est grave docteur ?

– Tu ressembles à un portrait de Sebastian Krüger. Tu es… abîmé.

– Tant que je ne suis pas encore bon pour la casse.

– Tu as eu une sacrée veine, tu sais.

– Seulement parce que j'ai atterri sur le cerveau.

– Comment tu te sens ?

– Il y a des gens plus en forme chez le médecin légiste.

– Tu as bien failli brûler tes dernières cartouches, ce coup-ci. »

Le médecin entra dans la pièce, un graphique à la main. Joseph Levine avait travaillé avec Erin pendant son internat à l'Hôpital général du Massachusetts. Il avait le laconisme des gens débordés et un sens du relationnel à l'avenant.

« Bon, dit-il, vous allez devoir rester ici quelques jours, ensuite il faudra vous reposer un moment. À part les cicatrices, vous serez comme neuf », dit-il avec un sourire maigrichon.

Lors de sa visite précédente, il avait détaillé les blessures subies par Lucas au cours de l'accident proprement dit. Lucas s'était cassé trois côtes en passant par-dessus le tableau de bord ; sa tête avait fait office de bélier sur le verre blindé du pare-brise, où il avait laissé la peau de son crâne. L'explosion avait projeté une boule de feu dans le ciel, qui avait roussi ses sourcils et ses vêtements. Dans son malheur, il avait eu la chance que ses côtes brisées l'aient empêché de respirer pendant quelques secondes, le temps de traverser les flammes. La démonstration de voltige s'était achevée contre un arbre du bas-côté. Un automobiliste, instituteur à la retraite, avait réussi à éteindre ses vêtements en feu avant de le ramener du jardin des délices à grands coups de massage cardiaque.

« Et ma perte d'audition à droite ? » demanda-t-il un peu trop fort.

Son canal auditif était encombré.

« Sur le côté de votre visage, les dégâts sont purement cosmétiques – votre oreille s'est décollée et a déchiré le canal au passage. Nous avons tout remis en place, mais il faudra un moment pour que ça cicatrise complètement. Le tympan est intact. Vos sensations seront un peu diminuées tant que les vaisseaux ne seront pas bien reformés, mais je suis quasi sûr que vous en avez vu d'autres et du même tonneau… Nous allons refaire les bandages tous les jours, et d'ici une semaine nous devrions pouvoir retirer le bouchon de votre oreille. Vous allez avoir un look d'enfer, maintenant.

– Plus qu'avant ? » demanda Erin en levant les yeux au ciel.

Lucas mit toute son énergie à lui sourire.

« Qu'est-ce que tu veux, le narrateur de ma vie est porté sur l'hyperbole.

– Bien, dit le docteur en refermant l'étui de son iPad. L'aide-soignante va vous raccompagner dans votre chambre. On m'a dit que vous lui aviez apporté de nouvelles prothèses ? » demanda-t-il à Erin.

Celles que portait Lucas étaient vrillées et très certainement irréparables.

« Elles sont dans la chambre. »

Lucas voulut lui serrer la main, mais il n'en avait plus. Le moignon de son bras droit souleva légèrement le drap.

« Je ne veux pas retourner dans ma chambre. Je veux voir Whitaker. »

Erin et Levine échangèrent un regard qui ne présageait rien de bon.

« Maintenant », ajouta-t-il, conscient de la panique dans sa voix.

67

Whitaker avait les bras croisés sur la poitrine et les yeux fermés. Enveloppée dans ses bandages, elle ressemblait à une princesse égyptienne en route vers l'au-delà. Sauf qu'elle était vivante – du moins en théorie.

Elle occupait la place d'honneur aux soins intensifs. Qu'elle ait survécu jusqu'à l'arrivée des secours était en soi un petit miracle. Qu'elle ait survécu aux diverses catastrophes médicales qui avaient eu lieu dans l'ambulance (notamment un infarctus du myocarde) pouvait être considéré comme un miracle grand format. Qu'elle ait survécu à cinq heures sur le billard (pendant lesquelles ils avaient dû redémarrer son cœur trois fois) tenait vraiment de l'intervention divine. Si elle se réveillait, elle pourrait faire l'économie des tickets de loto pour le restant de ses jours – elle avait déjà trop gagné.

Bien entendu, cette histoire de loterie était purement théorique, car les docteurs étaient persuadés qu'elle allait mourir.

Il y avait une femme au chevet de Whitaker. Une copie presque conforme, plus petite et plus ronde. Apercevant Lucas dans sa chaise roulante au pied du lit, elle s'arracha du lieu lointain où elle était égarée.

Ses lèvres esquissèrent un sourire, qui ne parvint pas jusqu'à ses yeux embués de larmes.

« Vous devez être Page.

– Comment avez-vous deviné ? dit-il d'un ton qui se voulait jovial.

– On m'a conseillé de me méfier de vous », sourit-elle.

Il s'apprêtait à lui demander qui elle était, mais elle le devança :

« Je m'appelle Toni, avec un *i*. Je suis la sœur d'Alice. »

Toni possédait manifestement le même talent occulte que sa sœur.

« Je vous présente mon épouse, Erin. »

Les deux femmes se serrèrent la main. Une fois de plus, Lucas remarqua cette proximité instantanée que toutes les femmes autour de lui semblaient éprouver sans peine.

« Vous avez du nouveau ? demanda-t-il (ses dernières informations dataient de quinze minutes).

– Les médecins disent qu'il faut se préparer au pire, annonça-t-elle en se laissant retomber sur son fauteuil. On peut difficilement faire plus vague. J'ai coincé une des infirmières, qui a eu la gentillesse – ou la méchanceté, je ne sais pas – de me dire que personne ne croyait qu'Alice survivrait. Même si elle se réveillait, elle a été privée d'oxygène pendant longtemps. Les secouristes auraient peut-être dû la laisser tranquille. Je ne veux pas qu'elle finisse handi… commença-t-elle avant de s'interrompre.

– Ce n'est rien, dit Lucas.

– Pardon. Je ne voulais pas… Je suis désolée. »

Il essaya de sourire, ce qui même dans les bons moments ne fonctionnait jamais vraiment. À la réaction de Toni, il comprit qu'il valait mieux éviter.

« Écoutez, je ne suis pas très doué pour les condoléances. Si les médecins disent qu'elle va mourir, il y a des chances pour que ce soit vrai, mais je sais aussi que si quelqu'un est capable de renverser les probabilités, c'est bien votre sœur. C'est vraiment quelqu'un d'unique. »

Les yeux de Toni s'emplirent de larmes, qui dévalèrent le long de ses joues tandis qu'elle hochait la tête.

« Elle ne m'a jamais dit que vous étiez gentil, dit-elle en s'essuyant.

– C'est parce que ce n'est pas le cas. J'adore donner tort aux médecins, c'est tout.

– Je croyais que vous étiez médecin, vous aussi ? dit-elle en regardant Erin.

– Elle ne l'est qu'avec ses patients, intervint Lucas. Le reste du temps, elle se contente d'être ma femme. Tous les autres sont des imbéciles et des charlatans. »

Erin lui comprima doucement l'épaule.

« Comment va son fils ? demanda Lucas. Stan, le petit bonhomme.

– Il est venu avec son père ce matin. Willy est un bon père, malgré ce que peut dire Alice. Ils avaient juste une relation difficile, qu'aucune thérapie n'aurait pu sauver. C'est un type bien, mais ce n'était pas celui qu'il lui fallait. Tout le monde ne peut pas être marié à un agent du FBI, dit-elle en posant la main sur le bras de sa sœur. Cela demande un certain talent pour le déni.

– À qui le dites-vous… » répondit Erin, la main crispée sur l'épaule de Lucas.

68

« Je suis désolé pour Kehoe, dit Lucas.

– Moi aussi, répondit Erin d'un air peu convaincu.

– Ce n'est pas quelqu'un de très chaleureux.

– Non, *toi* tu n'es pas quelqu'un de très chaleureux. Lui n'est pas très humain. »

Lucas se retourna dans le lit, reconnaissant qu'elle lui ait apporté ses prothèses de rechange – il n'était jamais très à l'aise lorsqu'il les enlevait, surtout loin de chez lui. Après le petit flash-back qu'il venait d'avoir, elles étaient plus rassurantes que tous les gris-gris du monde. Il tenait à récupérer les anciennes, quel que soit leur état. Il ne s'agissait pas seulement de morceaux de métal et de fibre de carbone, mais de *son bras* et de *sa jambe*. Même détruites, il ne voulait pas qu'elles finissent à la poubelle. S'il s'avérait qu'elles étaient irréparables, il pourrait toujours en faire des lampes de chevet.

« Kehoe est comme ça. Il a tendance à adopter une vue d'ensemble de la situation, au détriment de l'individu. »

La jambe lui allait – elle ne tournait pas et l'aidait à se stabiliser dans le lit –, mais il ne pouvait pas encore mettre le bras. Ses côtes cassées de ce côté-là n'auraient pas apprécié la proximité de morceaux d'aluminium.

Erin fit semblant d'être occupée à remplir un verre d'eau. Lucas se demanda si elle allait le lui envoyer à la figure, mais elle le posa sur la desserte et fit son possible pour adopter un air détaché.

« Je n'ai pas envie de parler de Kehoe.

– Ça ne veut pas dire qu'on n'aura pas à le faire », dit-il en posant la main sur son bras.

Ce geste lui fit mal partout ; il se demanda si le sifflement dans ses oreilles cesserait un jour.

« Alors parle, dit-elle en reprenant son bras comme une vague qui se retire de la plage.

– Qu'est-ce qu'il t'a dit ?

– Que je devais partir avec les enfants. Que le service de protection des témoins pouvait s'occuper de la logistique.

– Il a raison », dit-il en faisant de son mieux pour ne pas paraître inquiet.

À en juger par l'expression d'Erin, ses talents d'acteur étaient plus que médiocres.

« Luke, on est déjà passés par-là l'hiver dernier. Je ne veux pas infliger ça aux enfants une fois de plus. Et puis tu as tué le type, non ?

– J'ai tué un type, pas forcément *le* type.

– Ah, parce que tu liquides des gens au hasard maintenant ? L'homme que tu as renversé – cette ordure –, ce n'était pas le tueur ? »

Lucas avait largement eu le temps de réfléchir pendant les petits moments de vide qui meublaient sa vie depuis l'impact.

« C'est celui qui donnait ses ordres à Frosst que je dois mettre hors d'état de nuire. »

Erin avait pâli d'un coup. Sur son visage ne restaient plus que les taches de rousseur, flottant sur un fond translucide.

« Mais Kehoe est passé à la télévision pour dire que l'affaire était élucidée… »

Lucas secoua la tête et fut pris de vertige. Il fit une pause en attendant de recouvrer ses esprits.

« À moins qu'il n'ait découvert quelque chose que j'ignore, ce qui n'est pas impossible, il fait complètement fausse route.

– Tu ne peux pas arrêter, s'il te plaît ? Pour moi ?

– Arrêter quoi ?

– De vouloir avoir toujours raison. C'est épuisant. Ils disent qu'ils ont trouvé le coupable. Tu as le droit de te tromper de temps en temps, Luke. Personne ne t'en voudra.

– Moi si.

– C'est ça, le problème. »

Erin ouvrit un peu les stores. Le soleil de l'après-midi découpa la pièce en lames de lumière.

« Bon, annonce-moi la mauvaise nouvelle », reprit-elle.

Il ferma les yeux. Pendant une minute, la pièce cessa de tourner. Lorsqu'il les rouvrit, le manège recommença.

« Kehoe a raison, dit-il en faisant de son mieux pour focaliser son attention sur Erin. Emmène les enfants loin d'ici. Laisse-le prendre les choses en main, au moins tu seras sûre de ne pas commettre d'erreur. Je ne pense pas que vous soyez en danger – ni moi non plus d'ailleurs –, mais je préfère que vous ne restiez pas, au cas où.

– Les enfants vont rater Halloween, dit-elle en masquant du mieux possible la colère qui commençait à bouillonner sous la surface.

– C'est quand ?

– Dans deux jours. »

Lucas pensa balayer cette information d'un revers de la main, mais il n'avait plus de bras à droite.

« Tu pourras les emmener faire un tour là où vous serez.

– Ça fait des semaines qu'ils attendent ça. »

Que pouvait-il répondre à ça ? « C'est la vie » ? « Il faut qu'ils s'habituent à être déçus » ? Non, ça c'était sûrement déjà fait, les enfants s'étaient retrouvés à vivre avec eux parce que la déception était déjà un sentiment bien trop familier pour eux.

« Ils s'en remettront », dit-il.

Cela pouvait paraître insensible, mais leur sécurité était plus importante qu'Halloween.

« Et toi ?

– Moi j'ai déjà vécu ça. Je suis capable de refaire mes bandages et de nettoyer mes blessures, et je peux le faire d'autant mieux que je ne m'inquiète pas pour vous.

– Est-ce que tu seras en sécurité ? »

C'était une bonne question. Une excellente question, même.

« Kehoe a posté un agent devant la porte, dit-il en désignant le couloir d'un signe du menton. Tout ira bien. »

En prononçant ces mots, il se demanda s'il n'était pas en train d'essayer de se convaincre lui-même. Jusqu'à présent, les assassins s'étaient montrés très doués pour s'introduire chez leurs victimes.

Erin le regardait comme s'il venait de lui balancer un coup de poing dans le ventre.

« Et tu vas rester au FBI ? Tu vas continuer à…

– Non », assura-t-il.

Elle le regarda, attendant la suite.

« C'est fini. Terminé. Je n'aurais jamais dû remettre le couvert, c'était une erreur. Je pensais que j'avais besoin de ça, mais je me suis trompé. J'arrête.

– Pourquoi est-ce que je sens un *mais* arriver ?

– Parce qu'il y en a un, dit-il en relevant les yeux vers elle. Comme pour Hartke l'hiver dernier[1], je dois ça à Whitaker, ainsi qu'aux gens qui en feront les frais si je jette l'éponge aujourd'hui. Je ne peux pas laisser à d'autres que moi le soin de nettoyer ce merdier. Je dois finir ce que j'ai commencé… mais c'est la dernière fois. »

Il n'essaya pas de retenir les larmes qui montaient.

1. Voir *City of Windows*, du même auteur, aux mêmes éditions.

Erin et les enfants étaient plus importants à ses yeux que tout ce qu'il pouvait imaginer.

« Après ça, je démissionne.

– C'est promis ? demanda-t-elle, tandis qu'elle aussi laissait échapper des larmes qui roulaient sur ses taches de rousseur.

– Promis, juré. »

69

ABC 7, « Eyewitness News »

« Nous nous trouvons à l'intersection de Kingston Avenue et de Park Place à Brooklyn, où un jeune homme a été brutalement assassiné ce matin. Derrière moi, vous pouvez voir la scène du crime. Les agents de police tentent encore de reconstituer les événements ayant conduit à la mort de la victime, dont l'identité reste pour le moment inconnue.

« À dix heures ce matin, cinq cents personnes environ se sont rassemblées ici pour ce que les autorités ont qualifié de "manifestation spontanée en soutien au terroriste". Les événements de ce genre se sont multipliés ces derniers jours, depuis que son manifeste a été rendu public.

« La police est parvenue sur les lieux après les signalements des riverains, alarmés par la présence d'un grand feu dans le parc. À l'arrivée des agents, on comptait déjà un mort et plusieurs blessés.

« Peu après leur arrivée, les protestataires avaient en effet allumé un bûcher et entrepris d'y jeter des objets technologiques apportés à cette occasion – téléphones portables, imprimantes, grille-pain et autres brosses à dents électriques. Le feu a rapidement dégagé des fumées toxiques, qui ont entraîné la mort de plusieurs oiseaux nichant dans les arbres à proximité. Le décès de ces volatiles, quoique regrettable, n'est cependant pas l'épisode le plus tragique de cette matinée : en effet, un jeune handicapé a lui aussi trouvé la mort.

« D'après les témoins, l'homme passait en fauteuil électrique devant la grille du parc – que l'on aperçoit derrière moi – lorsqu'il a été agressé par plusieurs manifestants, aux cris de : "Mort aux machines ! Au feu ! Au feu !" C'est alors qu'une trentaine d'individus se seraient rués sur lui et l'auraient porté jusqu'au bûcher, avant de le jeter dans les flammes avec son fauteuil roulant.

« Nous allons maintenant vous montrer la vidéo exclusive des faits, tournée par l'une des manifestantes, Marta Kovacevic. Mme Kovacevic a demandé que son profil Instagram soit diffusé au bas de cet écran. Vous pourrez également la retrouver sur Twitter, sous son nom réel.

« Attention, ces images peuvent être choquantes... »

70

Centre médical de l'université de Columbia

Cela faisait plusieurs mois maintenant qu'il contemplait le plafond recouvert de tuiles acoustiques.

À moins qu'il ne s'agisse de semaines.

Ou de jours.

Bon, ce n'était peut-être que des minutes…

Et merde.

Cela lui semblait une éternité. Tant qu'il restait allongé là, à calculer le nombre de trous au plafond (18 trous par tuile de gauche à droite et 18 de haut en bas, soit 324 au total, multipliés par 352 – le nombre de tuiles pour la chambre entière –, soit 114 048 trous, multipliés par 131 – le nombre de chambres par étage –, puis par 16 – le nombre d'étages –, ce qui donnait un total de 239 044 608 trous), le monde tournait sans lui.

Lucas envisagea de prendre un autre shoot de bonheur – pour la route, comme qui dirait –, mais il ne décollerait jamais d'ici sous morphine. Il contempla la machine pendant une minute en essayant de se persuader qu'un petit dernier ne pourrait pas lui faire de mal. Après tout, ce n'était pas pour rien qu'ils avaient conçu un bouton en forme de cible – c'était pour qu'on ne le rate pas. Ce serait un crime de le rater. Une putain de tragédie. S'ils vous donnaient de la morphine, ça ne pouvait pas être si mauvais, si ?

Et.

Merde.

Lucas entreprit de retirer l'aiguille de son bras, ce qui était d'autant moins évident qu'ils l'avaient plantée du côté gauche. Il réussit à l'enlever avec les dents et recracha le tube sur le côté du lit, où il retomba comme un tentacule mort.

De son bras valide, il se redressa sur le matelas et reçut en récompense une décharge de dix mille volts dans les côtes, qui manqua l'envoyer au tapis pour le compte. Il se rallongea et prit une profonde inspiration.

Et.

Merde.

Par chance, Erin n'avait pas relevé la barrière du lit. Il se hissa une nouvelle fois, repoussant sa prothèse jusqu'à ce qu'elle dépasse du matelas. L'effet de balancier l'aida à faire pivoter ses hanches pour se redresser. Ce ne fut pas aussi douloureux que la première fois. Difficile, mais supportable.

Il resta immobile quelques instants, à envoyer des signaux à diverses parties de son corps pour s'assurer de leur collaboration. À part ses côtes cassées et son oreille bouchée, ses blessures étaient superficielles – mais bien sûr, il s'agissait d'une accumulation. Un tas de petits riens est parfois plus douloureux qu'un gros quelque chose, un peu comme la mort des mille coupures[1].

Lucas se laissa glisser du lit jusqu'à sentir le sol sous son pied nu. Sa prothèse en fibre de carbone toucha le linoléum à son tour. Il repoussa le lit de sa main valide.

1. Ou *lingchi* : supplice pratiqué en Chine jusqu'au début du XXe siècle et consistant à entailler et retirer successivement des lambeaux de chair au condamné avant de lui trancher la tête. L'utilisation d'opium permettait aux bourreaux de le maintenir en vie le plus longtemps possible.

Un instant, il se crut sur le point de perdre l'équilibre et eut peur de se prendre la porte du placard dans les dents.

Pourtant, il parvint à rester debout.

Un miracle de plus.

Il se tint là un moment, le temps d'évaluer sa performance. Il ne s'en sortait pas si mal. Surtout s'il restait immobile...

Mais ce n'était pas en restant immobile qu'il arrêterait les assassins.

Après l'incident, il tombait tellement souvent qu'il avait dû porter un protège-dents pendant des mois. La moindre erreur d'appréciation lui faisait perdre l'équilibre. Un homme mécanique d'un mètre quatre-vingt-dix s'écrasant au bas des marches, renversant une table ou se cognant dans les poubelles comme un ivrogne, c'était tout sauf gracieux. Dieu merci, YouTube n'en était alors qu'à ses balbutiements.

Lucas contempla ses pieds, en s'assurant de ne pas trop pencher la tête en avant.

Ils étaient là tous les deux – de couleurs différentes, mais bien là.

Maintenant, fais un pas en avant.

La prothèse bougea en premier.

Puis le modèle d'origine.

Il marchait.

Un petit pas pour l'homme ; un grand pas pour le Dr Page...

Sa confiance augmentait avec chaque centimètre parcouru. Lorsqu'il posa la main sur la porte du casier, son gyroscope interne fonctionnait de nouveau.

Lucas inséra l'extrémité de son humérus dans le collet de sa prothèse. Cela faisait du bien d'être entier. Il se contorsionna pour enfiler ses vêtements.

À ce stade, il se sentit capable d'avancer jusqu'au mur. Tout lui faisait mal et il était sourd comme un pot, mais on aurait pu s'attendre à pire. Lucas ne se sentait pas coupable de ne pas avoir subi le même sort que Whitaker, il en éprouvait même de la reconnaissance. Les événements n'avaient obéi à aucune logique particulière, il fallait seulement les accepter tels qu'ils étaient.

Balayant la pièce d'un coup d'œil circulaire, Lucas se demanda s'il devait emporter quelque chose. Les quelques incontournables bouquets de fleurs envoyés par des collègues ou des lèche-bottes en tout genre, un tas de bandages tachés de sang et un gobelet dégueulasse. Il n'avait certainement pas besoin de ces saloperies.

L'agent chargé de surveiller la chambre bondit sur ses pieds lorsqu'il ouvrit la porte.

« Hein !? Quoi ? Écoutez, je... comment...

– Sacré vocabulaire, dites-moi. Pas étonnant qu'on vous ait affecté à la surveillance des morts. »

L'homme était jeune, vingt-sept ou vingt-huit ans, et semblait avoir un mal de chien à se faire pousser des poils au menton.

« Désolé, monsieur. On m'a dit que personne ne devait franchir cette porte...

– Je pense qu'ils voulaient dire dans l'autre sens. »

Parler fit tousser Lucas. Un goût de sang baigna sa gorge.

« Vous n'avez pas l'air en grande forme », dit l'homme en le dévisageant.

Lucas tourna les talons et s'engagea dans le couloir en boitant.

« Et vous, vous n'avez pas l'air très malin ! » lança-t-il.

71

Devant l'hôpital, le chauffeur de taxi le dévisagea dans le rétroviseur un peu trop longtemps à son goût. Lucas lui annonça l'adresse d'une voix moyennement amicale, ce qui parut le décider à se bouger. À en juger par la vitesse à laquelle il démarra, il semblait tout à coup déterminé à déposer son passager à bon port avant qu'il ne décède à l'arrière de son bahut.

Chaque bosse, nid-de-poule, virage, accélération ou ralentissement lui rappelait qu'il aurait dû prendre ce dernier shoot de morphine. Heureusement, il était épuisé. Une fois sur le pont George-Washington, il rejeta la tête en arrière et s'endormit miraculeusement.

Lucas se réveilla à quelques rues de sa destination. Le sang dégoulinait de ses bandages et formait une petite piscine au niveau de sa clavicule, qu'il épongea avec son mouchoir de poche. Relevant les yeux, il s'aperçut que le chauffeur le fixait avec une expression horrifiée.

« Vous n'avez pas l'air en grande forme », l'informa l'homme.

Un certain Zigfriedo Gomez, d'après sa plaque d'identification.

« Merci.

– Non, sérieusement, mon vieux.

– Ça va aller.

– Vous voulez que je vous dépose chez un médecin ?

– J'en sors, vous vous rappelez ?
– Ils vous ont tabassé ou quoi ?
– Ziggy, arrêtez-vous là.
– Laissez-moi vous déposer à l'adresse indiquée, comme ça vous n'aurez pas besoin de marcher. Ça ne vous coûtera pas plus cher, dit-il en tendant la main pour arrêter le compteur. C'est pour moi…
– *Arrêtez-vous tout de suite !* »
La manœuvre soudaine le projeta contre la portière, déclenchant un éclair de douleur dans ses organes internes. Il eut envie de vomir mais parvint à se retenir. Comble de l'embarras, il lui fallut quatre tentatives pour sortir son portefeuille de la poche intérieure de son manteau.
Lucas passa sa carte devant le terminal de paiement. Lorsqu'il leva les yeux, le chauffeur lui tendait une boîte de Kleenex.
« Vous saignez. »
Lucas prit un mouchoir, grommela un merci approximatif, puis sortit en enfilant ses lunettes de soleil.
Le feu passa au rouge immédiatement et il eut la chance de réussir à traverser la rue sans tituber comme Johnny Cash un soir de biture. Les New-Yorkais ont l'habitude des énergumènes, c'est bien connu, et personne ne lui jeta plus d'un coup d'œil furtif.
Véhicules blindés et voitures de police étaient alignés devant le bâtiment. Des plots en béton avaient été installés tout autour du périmètre. Ils semblaient se préparer à repousser une charge d'infanterie.
Les hommes en équipement tactique dévisagèrent Lucas avec insistance. Il sortit son badge et sa carte d'identité. Ils avaient des renforts – des paramilitaires qui semblaient avoir été formés à défoncer les portes. Il y avait même une dizaine de chiens policiers en gilet pare-balles orné des grosses lettres jaunes qui les identifiaient comme membres du FBI.

Face aux hommes armés, une foule de manifestants – si l'on pouvait nommer ainsi un groupe d'adultes déguisés en superhéros, réunis pour célébrer leur ignorance. Parmi les pancartes qu'ils brandissaient, beaucoup proclamaient que le terroriste n'existait pas, ou que le FBI lui-même était une pure invention. D'autres accusaient ses agents d'être des traîtres bien décidés à détruire le pays. Lucas pouvait pardonner la bêtise à l'occasion, lorsqu'elle était involontaire, mais cette ignorance assumée le révulsait.

L'un des hommes de la sécurité examina longuement les documents qu'il lui tendait. Une fois le tourniquet franchi, l'agent d'accueil s'approcha et demanda à voir ses papiers. De toute évidence, personne n'avait l'habitude de voir venir travailler des collaborateurs tout juste recousus, une traînée de sang dans leur sillage.

Par miracle, l'ascenseur monta directement jusqu'à l'étage souhaité. Lucas prit une profonde inspiration, bien décidé à se tenir droit. Lorsque les portes s'ouvrirent, il pénétra dans la salle de crise.

Personne ne bougea.

Ni ne moufta.

Pas un souffle.

Pas le moindre éternuement.

Pas même un cliquetis de clavier.

Ils le fixaient bouche bée, telle une horde d'émojis stupéfaits.

Lucas s'avança vers le centre de la pièce, se faufilant entre les rangées de bureaux. Un sentiment familier ressurgit du passé, exsudé par tous ceux qui l'entouraient : la pitié.

Kehoe était en pleine conversation téléphonique, derrière la vitre de son bureau.

« Je vous rappelle », dit-il promptement en apercevant Lucas.

Ce dernier entra, s'assit avec précaution dans un fauteuil club et ferma les yeux, espérant faire taire la douleur qui tenaillait ses organes. Pour la première fois depuis longtemps, il avait l'impression de pouvoir mourir à tout instant.

« Est-ce que ça va ? demanda Kehoe avec une sollicitude inhabituelle.

– Super. »

Il examina Lucas quelques instants, avant de se radosser dans son fauteuil en croisant les bras.

« Parce que ça n'en a pas l'air.

– Vous vous êtes donné le mot ?

– Tu es censé être à l'hôpital.

– Non, je suis censé être chez moi en famille, sauf qu'il n'y a plus personne.

– C'est le moment où tu fais comme si tout était de ma faute et où on s'engueule avant de comprendre qu'on est dans le même camp et de se tomber dans les bras ? demanda Kehoe, le visage absolument inexpressif.

– Non, là c'est le moment où tu demandes à un de tes sbires de m'apporter un café. »

Kehoe décrocha le téléphone, commanda un café et un sandwich, puis reprit sa posture de décontraction forcée.

« Où est ma famille ? demanda Lucas.

– En Californie, à Big Bear. Ils sont avec deux de nos hommes. »

À ces mots, Lucas sentit les larmes monter.

« Merci, dit-il.

– Qu'est-ce que tu fais là ? Tu devrais être à l'hôpital, à manger de la gelée en regardant des vieux classiques à la télé…

– Où en est l'enquête ?

– Je peux demander qu'on te fasse parvenir une synthèse chez toi, si tu veux.

– Ce que je veux, Brett, c'est que tu répondes à ma question. »

Kehoe fit un signe de tête en direction de la salle derrière la cloison de verre. Lucas ne prit pas la peine de se tourner, il avait déjà suffisamment le vertige comme ça.

« On est en train d'examiner toute la vie de Frosst au microscope. William Hockney n'est pas écarté non plus : la mort de son frère lui assure une retraite plus que confortable.

– Au point où il en est, Hockney se fiche de l'argent. Il ne lui procure plus qu'une sorte de gratification existentielle. »

Lucas s'aperçut qu'il glissait du fauteuil et se recentra sur l'assise. Où était donc ce putain de café ?

« Ce n'est pas William Hockney, affirma-t-il.

– Sérieusement, Luke, ça va ? Tu as vraiment une sale gueule.

– Tu aurais pu m'épargner le *vraiment*. Mais merci, ta feinte sollicitude me touche. *Vraiment*. »

Hoffner apporta le café et le sandwich. Lucas lui fut reconnaissant de placer la tasse directement dans sa main. S'il l'avait posée sur le bureau, il n'aurait peut-être pas pu l'atteindre.

« Merci », dit-il, avec sincérité ce coup-là.

Il but une gorgée de café, qui avait un goût de sang et de médicaments.

« Tu as parlé à William Hockney ? demanda-t-il quand ils furent de nouveau seuls.

– On l'a interrogé à deux reprises et on garde le contact avec ses avocats. Hockney a suffisamment roulé sa bosse pour que plus rien ne le choque, mais sur le coup il était vraiment surpris. Il a eu peur que Frosst veuille aussi s'en prendre à son fils, donc ça l'a soulagé que tu lui aies réglé son compte.

– Où est Junior, d'ailleurs ?

– À Pékin. Il s'occupe sans doute de promouvoir le capitalisme en terre communiste ; le monde n'est jamais à court de merveilles.

– Tu penses que Frosst a manigancé tout ça tout seul ?

– Tout est sous contrôle, Luke, dit Kehoe en écartant les bras, c'est l'essentiel. Tu nous as apporté une aide immense.

– Vous avez pu lui attribuer avec certitude les explosions de Medusa, Forest Hills, Hoboken, Castleton Corners et Brooklyn ?

– Pas encore, reconnut Kehoe. Toutes ces bombes ont été déclenchées par téléphone. Elles ont détoné l'une après l'autre, à quelques secondes d'intervalle. Le portable qu'on a retrouvé sur Frosst n'a passé aucun appel au moment des explosions, mais il est possible qu'il ait utilisé un téléphone prépayé et qu'il s'en soit débarrassé avant de vous prendre en chasse. En tout cas, on part du principe que c'est lui. Il s'est servi de ces cinq jeunes hommes, puis les a éliminés une fois qu'il n'avait plus besoin d'eux... Un *modus operandi* tout ce qu'il y a de plus courant. Comme je te le disais, j'ai affecté un département entier à son cas. Le lien, on le trouvera.

– Sauf s'il n'existe pas. » Lucas voulut inspirer les effluves de café, mais ne sentit que l'odeur médicinale de la crème antibactérienne. « Je ne pense pas que ce soit Frosst. Pas seul, en tout cas. Les sommes d'argent engagées sont trop colossales. Il y a aussi une dimension personnelle que je n'arrive pas à comprendre : l'explosion du Guggenheim est trop barbare pour avoir été un simple attentat. Notre homme est un sadique – il voulait les faire souffrir. C'est une affaire personnelle.

– Ce n'est pas ce que disent nos profileurs. Écoute, Luke, tu as besoin de repos. » On voyait que cette semaine l'avait lui-même mis à rude épreuve. « Les médecins nous avaient dit que tu serais à l'hôpital jusqu'à lundi, dans le meilleur des cas. Regarde-toi, tu es... »

La phrase resta en suspens.

« Mon cerveau fonctionne très bien, Brett.

– Ce n'est pas ton cerveau qui m'inquiète. Le corps humain a ses limites. Que dirais-tu de prendre un avion pour rejoindre ta famille ? Passe un peu de temps avec eux en attendant que l'affaire soit bouclée. Fête Halloween avec tes enfants, lis un bon roman près de la cheminée. Je ne peux pas te laisser revenir. »

Lucas faillit lui jeter son café au visage.

« Tu te fous de moi ? C'est toi qui es venu me chercher, Brett, moi je ne t'ai rien demandé. L'année dernière, tu t'es pointé sur le pas de ma porte en m'agitant la mort de Hartke sous le nez parce que tu avais besoin de mon aide. On sait tous les deux ce que ça signifiait pour moi, de revenir travailler ici. Tu m'as déjà laissé tomber une fois par le passé, tu ne vas pas recommencer…

– Ma décision est prise », répondit Kehoe en lui indiquant la porte.

72

Upper East Side

L'agent Vasquez raccompagna Lucas chez lui – encore une gamine qui n'aurait pas su se servir d'un téléphone à cadran même si sa vie en dépendait. C'était une jeune femme calme et polie. Assis sur la banquette arrière, Lucas s'efforçait de se tenir droit et de réfléchir – deux choses tout à fait incompatibles a priori. À intervalles réguliers, il apercevait des affiches, flyers ou écriteaux scotchés sur des lampadaires, agrafés à des palissades ou collés aux murs. Tous semblaient exhorter les citoyens à se rallier au terroriste dans son rejet de la technologie et son amour de l'humanité. Lucas prit le temps d'y réfléchir. Sur le papier la promesse était séduisante, mais lorsqu'il pensait aux manifestants réunis sur Federal Plaza il se demandait quel genre d'humanité ils étaient censés embrasser.

Lucas demanda à Vasquez de le déposer à l'angle de Madison Avenue. Comme le chauffeur de taxi un peu plus tôt, elle insista pour l'accompagner jusqu'à sa porte. Cette fois, Lucas ne ressentit pas le besoin de faire preuve de politesse et l'envoya simplement se faire foutre – ce qui produisit l'effet escompté.

Lorsqu'il entra dans la supérette, Oscar se tenait

derrière le comptoir en tee-shirt orange, la barbe soigneusement négligée. À la caisse, un hipster portant un borsalino accompagné d'une petite fille en costume de tigre réglait ses achats – des couches, une boîte de macaronis de marque confidentielle, une IPA de microbrasserie et un paquet de cigarettes mentholées.

Lucas garda ses distances – si le type le bousculait par inadvertance, tout le château de cartes s'écroulerait. Vu son état, il pourrait bien ne jamais se relever.

La fillette, qui devait avoir l'âge de Laurie – dans les huit ans –, le dévisageait comme s'il avait fait une chute du huitième étage. Elle était très jolie avec ses moustaches de tigre. Elle montra Lucas du doigt en tirant sur le pantalon de son père, qui se retourna.

« Super costume, mec, dit-il à la vue de sa main en aluminium et de ses bandages sanglants. Mais tu pourrais sourire un peu, peut-être ? Là, tu fais peur à ma gosse. »

Lucas fit son possible, mais un filet de sang s'écoula du coin de sa bouche jusqu'à son menton.

La petite fille hurla.

« Connard, fit le papa hipster avant de s'en aller avec ses couches, ses macaronis, sa bière prétentieuse, son cancer en tubes et sa tigresse sous le bras.

– C'est vous qui me l'avez demandé ! cria Lucas, vacillant sous l'effort.

– Ça va, docteur Page ? demanda Oscar. Parce que vous n'avez pas l'air très bien.

– Je pourrais avoir du Doliprane ?

– Je ne sais pas si ça va suffire…

– Je voudrais du Doliprane, *s'il vous plaît* », répéta Lucas d'un ton menaçant.

Tiré de sa torpeur, Oscar saisit un flacon sur l'étagère.

« Et voilà », dit-il en lui donnant une petite secousse de maracas.

Lucas voulut sortir son portefeuille, mais Oscar l'arrêta.

« C'est pour moi, dit-il en poussant la petite fiole rouge et blanc à travers le comptoir. J'insiste. »

Lucas empocha le Doliprane, remercia Oscar et s'efforça de ne pas s'évanouir en se tournant vers la sortie.

Dehors, la rue était jonchée de feuilles mortes. Il se demanda qui avait bien pu déplacer sa maison et pourquoi elle se trouvait si loin. Comment cela avait-il pu arriver ? Trois ans plus tard environ, il atteignit le perron et leva les yeux. Les escaliers avaient-ils toujours été si hauts ?

Il lui fallut une journée et demie pour gravir les sept marches de grès, un véritable exploit sachant qu'il y était parvenu sans corde, piolet ni sherpa.

Lucas tendit la main vers la poignée, non sans se demander si la maison exploserait au moment où il l'abaisserait.

Il ouvrit la porte.

Pas la moindre détonation.

Pas même un aboiement.

Sans ce gros bêta de Lemmy pour venir lui baver sur le pantalon, la maison était désespérément calme. Quelques jouets avaient été abandonnés près du portemanteau et Laurie avait laissé son pull poisson sur la chaise. La maison semblait s'être vidée de ses occupants dans l'urgence d'une menace nucléaire.

Sans se donner la peine d'enlever ses chaussures, il traversa la maison et posa le flacon de Doliprane sur le comptoir de la cuisine. Il s'apprêtait à rendre visite à Dingo lorsqu'on sonna à la porte.

Lucas revint sur ses pas et inspira un grand coup avant d'ouvrir le lourd battant de chêne, s'attendant presque à une nouvelle explosion. Calvin-Wade Curtis se tenait deux marches plus bas, un sac à dos camouflage serré contre la poitrine. Son sourire de dément trahissait sa nervosité. Il se tenait immobile, les yeux rivés sur Lucas.

« Bonjour, dit Lucas, curieux de savoir si Curtis allait rester planté là façon statue de sel.

– Hein ? Oui, bonjour, pardon, c'est juste…
– Vous voulez entrer ? »
Curtis le frôla, en se contorsionnant de façon comique pour ne pas le toucher.
Après avoir refermé et verrouillé la porte, Lucas se retourna. Curtis le regardait fixement.
« Vous voulez quelque chose à boire ? Un verre d'eau ? »
Curtis hocha la tête.
Lucas l'accompagna dans la cuisine.
« Voilà », dit-il en désignant l'évier.
Mais Curtis s'assit au comptoir.
« Vous interrompez ma sieste. »
Cette remarque sembla réveiller Curtis, qui souleva le rabat de son sac à dos.
« Là-dessus… dit-il en en sortant cinq disques durs en aluminium, vous trouverez toutes les données du labo sur les attentats, de l'analyse des scènes de crime à la composition chimique en passant par l'historique des victimes. L'intégralité de mes notes et de mes photos. Je me suis dit que vous pourriez trouver quelque chose d'utile dans tout ça. »
Lucas appréciait le geste, mais Kehoe avait été on ne peut plus clair.
« J'ai été viré.
– Oui, c'est ce que j'ai entendu dire, fit-il en souriant d'un air de défi, mais vos autorisations n'ont pas été révoquées. J'ai vérifié, votre identifiant est toujours valide. Donc techniquement, on n'enfreint aucune règle, tant que personne n'est au courant.
– C'est très gentil à vous », répondit Lucas en lui rendant son sourire.
Une mauvaise idée, à en juger par le regard effaré de Curtis.
« Il y a des chiffres à n'en plus finir là-dessus.
– C'est exactement ce qu'il me faut, lâcha Lucas avant

d'examiner Curtis un moment. Pourquoi faites-vous cela ?

– Parce que Kehoe se trompe. Frosst n'a pas agi seul.

– Qu'est-ce qui vous fait dire ça ?

– Je le sais parce que c'est vous qui le dites. »

73

Lucas frappa à la porte, immédiatement salué par le baryton de Lemmy. Il se cramponna à la rampe d'une main ferme ; si le chien se laissait emporter par l'enthousiasme, il s'affaisserait comme un jeu de Mikado. Dingo entrebâilla la porte et passa la tête à l'extérieur.

« Salut », dit Lucas.

Dingo voulut lui faire un sourire amical, mais ne parvint qu'à étirer ses lèvres en un rictus accusateur.

« Pour un spécialiste des tableurs Excel, tu n'as pas l'air très en forme.

– Ça va peut-être te surprendre, mais tu n'es pas le premier à me le dire.

– Sérieusement, Luke, tu as une tronche de déterré.

– Merci.

– Tu ne devrais pas plutôt être à l'hosto ? »

Lucas brûlait d'envie de l'envoyer se faire foutre. De lui demander de se mêler de ses affaires.

« Je suis venu chercher Lemmy », dit-il en s'efforçant de ne pas hausser le ton.

En entendant son nom, le chien colla sa truffe au carreau, qui s'embua immédiatement.

« Ça ne me dérange pas de le garder », répondit Dingo.

Lucas refusait de l'admettre, mais il avait besoin du chien. Lemmy était ce qui se rapprochait le plus d'un membre de sa famille et il ne voulait pas être seul au cas où il mourrait dans son sommeil.

« Est-ce qu'il a mangé ?

– Il est nourri et promené, répondit Dingo en opinant du chef. Il a fait son petit pipi, c'est OK pour cette nuit.

– Merci.

– Tu veux entrer ? Je peux te préparer quelque chose à manger. Si tu ne veux pas rester seul, tu peux aussi dormir sur le canapé. Ou je peux passer la nuit chez toi, comme tu préfères.

– Je vais juste récupérer Lemmy et aller me coucher. »

Dingo ouvrit la porte et Lucas intima au chien de rester tranquille. Ce dernier s'approcha pour le renifler – ce qui en langue toutou signifiait « Où étais-tu passé ? qu'as-tu fait ? qu'as-tu mangé sans moi ? ». Comme s'il comprenait que son maître n'allait pas fort, il lui épargna les bourrades habituelles.

« Salut, tête de noix », dit Lucas en lui grattant l'oreille, avant de descendre les marches en lançant un merci par-dessus son épaule.

Lucas fit faire un tour de jardin à Lemmy avant de rentrer. Une fois à l'intérieur, il s'appuya contre le mur et se demanda s'il réussirait à monter les escaliers pour aller se coucher. Il aurait pu appeler Dingo, mais cela lui aurait valu un nouveau sermon et il n'était pas d'humeur.

Contemplant le flacon de Doliprane, Lucas se dit que cela revenait à soigner une blessure par balle au mercurochrome. Il prit une bouteille de Laphroaig dans le bar du bureau – un cadeau de mariage qu'ils n'avaient jamais ouvert – puis gravit laborieusement les marches. Il résista à la tentation de s'allonger sur le palier, dans la lueur de la petite veilleuse éléphant. Lemmy, qui se demandait sans doute ce qui lui arrivait, baissait ses grands yeux tristes.

Lucas finit par atteindre la chambre à coucher. Erin

avait laissé des vêtements sur la chaise et une petite valise ouverte près de sa table de nuit, mais tout le reste était à sa place. Il posa la bouteille sur la commode et clopina jusqu'à la salle de bains, où il parcourut les flacons de médicaments jusqu'à trouver celui qu'il lui fallait. La date d'expiration de la codéine était dépassée, mais elle ferait tout de même l'affaire. Il ressortit de la chambre, sans oublier de récupérer la bouteille de scotch. Lemmy l'attendait à la porte, le regard toujours aussi perplexe.

« Viens », dit-il au chien.

Ayant jeté son dévolu sur le lit du bas dans la chambre des garçons, il s'assit au bord du sommier. Lemmy, entièrement focalisé sur son maître, laissa tomber son gros derrière sur le tapis.

Lucas tenta d'extraire un cachet de codéine du flacon à l'aide de sa prothèse. Après trente secondes de tentatives infructueuses, il se décida à porter la fiole à ses lèvres. Quelques pilules se calèrent au fond de sa gorge, qu'il fit descendre avec une lampée d'alcool tourbé. Puis il s'allongea enfin, non sans se cogner la tête sur la couchette supérieure.

Lorsqu'il fut installé, Lemmy grimpa à son tour. Le chien n'avait pas la place de faire sa petite samba habituelle d'avant-coucher ; il s'immobilisa donc pensivement avant de s'étendre près de Lucas.

La constellation d'étoiles fluorescentes que celui-ci avait passé une soirée entière à installer avec Damien luisait au-dessus de leurs têtes. Ce jour-là, il s'était allongé sur la moquette pour faire la direction artistique à l'aide d'un pointeur laser, tandis que le garçon collait les gommettes aux emplacements adéquats. Lucas repéra la constellation du Dragon et son étoile la plus lumineuse, Eltanin. Il se demanda si les enfants prendraient le temps d'observer le ciel à Big Bear ; la visibilité était parfaite dans cette région de la Californie.

Mais il fallait dormir. Demain serait le premier jour du reste de sa vie.

Lemmy ronflait déjà. Lucas ferma les yeux, passa son bras autour du chien et se mit à pleurer.

74

Une force mystérieuse avait rempli sa cervelle de compost pendant la nuit. Sa matière grise avait fondu et coulé jusqu'au fond de sa gorge, où elle baignait dans des relents de bile et d'anchois, teintés de whisky et de reflux acides. Il resta allongé les yeux fermés, dans l'espoir que le goût disparaisse. Au lieu de quoi il eut un renvoi, faillit vomir et tenta de se redresser. Ce faisant, il fit sursauter Lemmy, qui lui donna un coup dans les côtes.

Il laissa échapper un cri.

Le chien bondit au sol.

Lucas s'assit et se cogna la tête dans la couchette du dessus.

Lemmy lâcha un pet.

Lucas se laissa retomber sur l'oreiller.

Ainsi débuta le premier jour du reste de sa vie.

Il s'était endormi avec le cache-œil de l'hôpital, qui s'était déplacé pendant la nuit et s'était pris dans les bandages enveloppant le côté droit de son visage. Par chance, il n'y avait pas de sang sur l'oreiller d'Hector, ce qui signifiait que l'hémorragie s'était arrêtée. Tout n'était donc pas si noir.

Comme à chaque fois qu'il oubliait d'enlever ses prothèses, il s'était réveillé avec le dos en bouillie, la nuque contractée et un sacré mal de tête. Le cocktail codéine-whisky n'avait rien fait pour arranger les choses, sans parler de ce goût infect dont il n'arrivait pas à se débarrasser.

Malgré tout, Lucas se sentait un peu plus en forme que la veille. Il se demanda combien de temps il avait dormi. La lumière qui filtrait à travers les rideaux était celle de ces jours pluvieux où il pouvait aussi bien être huit heures du matin que trois heures de l'après-midi. Il consulta le réveil sur la table de chevet ; il était presque quatorze heures.

« Tu n'as pas besoin de sortir, toi ? » demanda-t-il au chien d'un air dubitatif.

Lemmy se contenta de pencher la tête sur le côté. Ils descendirent au rez-de-chaussée, puis dans le jardin, le tout sans tomber une seule fois.

C'était une journée grise et déprimante au possible. Le chien exhalait de gros nuages de fumée qui lui donnaient l'air de fonctionner à la vapeur. Pendant qu'il faisait ses besoins dans les chrysanthèmes morts, Dingo jeta un œil par la fenêtre. Lucas ne le salua pas. Ses fonctions motrices étaient en état de marche, mais il ne pouvait en dire autant de son aptitude à communiquer. Du moins, pas avant l'indispensable dose de caféine.

Dingo continua de l'observer tandis que le chien finissait son petit tour matinal. Dès que Lemmy eut déposé un étron de mastodonte dans le massif de fleurs, Lucas lui fit signe de rentrer. Après avoir gravi les marches lourdement, il claqua la porte derrière lui.

Il sécha Lemmy avec une serviette laissée là à cet effet, puis s'occupa de le nourrir – six grosses cuillerées de ces croquettes hors de prix qu'Erin ramenait du magasin par une opération mystérieuse, sachant qu'elle culminait à un mètre cinquante-cinq et que les sacs faisaient la taille et le poids d'un corps humain roulé dans un tapis.

Après cela, Lucas alluma la cafetière et tenta de planifier sa journée. Il savait ce qu'il avait à faire, mais ne savait pas encore comment. Il resta perdu dans ses pensées tandis que la machine convertissait grains et eau en planche de salut émotionnelle, puis remplit une tasse et monta à l'étage.

Lucas fit couler l'eau de la douche tandis qu'il se déshabillait et posait son portefeuille ainsi que les menottes qu'il conservait depuis le jour de l'explosion chez Saarinen. Le costume de la veille partit directement dans la poubelle, où il le tassa à l'aide d'une ventouse comme du tabac dans une pipe.

Il avait du mal à accepter l'idée d'avoir ruiné deux costumes en une semaine. Une fois cette histoire terminée, il pourrait peut-être les facturer à Kehoe, si toutefois ils étaient tous deux encore en vie.

Il déroula les bandages qui enveloppaient son crâne – un exercice long et douloureux, mais la douche emplissait la pièce d'une vapeur chaude et dense qui lui donnait l'illusion de faciliter le processus.

Ensuite, il essuya la buée sur le miroir afin d'inspecter les dégâts. Il avait un nouveau liseré sur le côté droit du visage – un demi-cercle qui prenait naissance derrière la joue, décrivait une boucle autour de l'oreille et se terminait à la base du crâne. Le pare-brise lui avait arraché l'oreille, mais pas entièrement – elle était restée fixée par un fragment de peau tel un rabat, qu'ils avaient recousu au moyen de petites sutures bleues soulignées d'onguent rouge. Parler d'un œil au beurre noir n'aurait été qu'une bien piètre tentative pour décrire le formidable masque vénitien dessiné par son passage à travers le pare-brise et qui déclinait pour l'heure diverses nuances de violet, de vert et de rouge. Les contusions disparaîtraient en une dizaine de jours, mais il lui faudrait davantage de temps pour cicatriser autour de l'oreille. Dans l'intervalle, il devrait s'habituer à faire hurler de terreur les petites tigresses lorsqu'il faisait ses courses.

Dans l'ensemble, il ne s'en sortait pas trop mal. Les affreux hématomes verts et violets sur ses côtes s'estomperaient rapidement. Ses fractures, quant à elles, le feraient souffrir pendant deux ou trois semaines, surtout s'il ne prenait pas ses médicaments. Ses cheveux à la Klaus Kinski étaient toujours là, quoiqu'un peu roussis sur les bords. Pour l'essentiel, il était donc en état de marche.

Après la douche, Lucas termina son café encore chaud, puis refit ses bandages. Il enfila un costume sombre et une chemise noire, dans l'espoir que les taches de sang soient moins visibles ainsi, puis récupéra son portefeuille, son téléphone et ses menottes.

Il préférait sa prothèse au cache-œil – que les enfants appelaient son « bandeau de pirate » – mais, enflé comme il l'était, il ne pourrait pas la supporter. Aujourd'hui, ce serait donc Luke le Pirate et ses lunettes de soleil. Il avala une poignée de Doliprane, remplit sa poche de mouchoirs en papier et sortit, le parapluie à la main.

75

East Village

« C'est ici ou pas ? » demanda le chauffeur de taxi pour la troisième fois.

Lucas se tordit le cou pour voir le bâtiment de son œil valide. Derrière le carreau strié de pluie se trouvait une maison de ville typique de l'East Village, avec un perron en pierre, des bacs à fleurs aux fenêtres du rez-de-chaussée et une cohorte de poubelles dépareillées sur le trottoir.

Ce n'était pas l'adresse qui le faisait hésiter – ils étaient au bon endroit –, mais la peur que ce soit une mauvaise idée. La vie lui avait appris que sa malchance était contagieuse. D'abord, il avait tué le frère de Kehoe. Il s'agissait bien sûr d'un aléa du destin que toutes les précautions n'auraient pas suffi à éviter, mais on ne pouvait nier qu'il serait toujours en vie s'il ne s'était pas trouvé avec Lucas. Aujourd'hui, Whitaker oscillait entre la vie et la mort. Malgré la taille réduite de l'échantillon analysé, la tendance était on ne peut plus claire.

Le chauffeur l'observait dans le rétroviseur.

« Alors, mec, oui ou non ? répéta l'homme, un Jamaïcain qui portait de longues dreadlocks et avait deux incisives en or.

– Oui, c'est ici. »

Lucas s'acquitta du montant de la course en y ajoutant un pourboire de dix dollars (une façon de s'excuser pour son apparence, plus que pour l'avoir fait poireauter pendant cinq minutes) et sortit du taxi.

Il ouvrit son parapluie et se tint un moment entre les poubelles, sous la pluie qui tombait à l'oblique et mouillait son pantalon. Il n'aurait plus manqué qu'une pneumonie pour couronner le tout. Cette pensée le décida à gravir les marches.

La femme qui ouvrit la porte était minuscule – encore plus petite qu'Erin. Les cheveux ramenés en un chignon serré, elle portait une tunique couleur lilas. Son visage semblait exprimer un mélange d'effroi et d'hilarité.

« Oui ? » fit-elle.

En fond se déversait la rumeur paranoïaque des chaînes câblées. Ils parlaient du tueur. Des manifestations. Des feux, des accidents, des blessures.

« Je suis le Dr Page. J'aurais voulu voir votre fils. »

La petite femme le dévisagea avec scepticisme tandis qu'elle faisait défiler son répertoire mental, puis hocha la tête lorsque l'information lui revint.

« Dr Page, le *professeur* ? Oui, oui. Entrez, je vous prie. »

Lucas referma le parapluie, qu'il secoua avant de s'avancer dans le vestibule carrelé. En entrant, il fut saisi par une odeur de cuisine, qui lui rappela qu'à part une poignée de comprimés, une gorgée de whisky et un café il n'avait rien avalé depuis sa sortie de l'hôpital la veille.

« *Priy !* Tu as de la visite ! » cria la petite femme depuis le bas des marches.

À l'étage, quelqu'un grommela une réponse qui se perdit dans le bruit des nouvelles sur CNN.

« De la visite ! »

Nouvelle réponse inaudible.

« Un professeur ! »

Un pas lourd se fit entendre au-dessus d'eux, suivi par le galop rapide de chaussettes dans l'escalier. Bobby Nadeel s'arrêta net en voyant Lucas.

« Docteur Page ?! fit-il, l'air sidéré. Ça n'a pas l'air d'aller…

– Je peux m'asseoir ? »

76

Lucas passa deux heures à discuter avec Nadeel, tout en dévorant les plats cuisinés par sa mère. Chaque bouchée lui apportait un regain d'énergie. Il vint à bout de trois grandes assiettes – un exploit pour un homme dont le café constituait la principale source de nutrition. À son départ, la mère de Bobby lui fourra un sachet de *gulab jamun* dans la poche.

Nadeel était l'un des étudiants les plus intelligents à avoir jamais franchi la porte de son bureau. Au Noël précédent, durant l'affaire du sniper, il l'avait chargé, ainsi que deux de ses camarades, de recouper un certain nombre de données au labo informatique. L'exercice avait confirmé les capacités d'abstraction du jeune homme – une aptitude indispensable dans le domaine de l'astrophysique. Il faisait preuve d'une rare combinaison de génie technologique, d'intuition scientifique et de curiosité. Malheureusement, ses qualités relationnelles laissaient quelque peu à désirer, tout comme celles de son professeur.

Ce soir, Lucas lui avait confié les disques durs de Calvin-Wade Curtis. Partager des données confidentielles avec des personnes extérieures au FBI était strictement interdit, mais après leur exploit de l'année passée Nadeel et les autres s'étaient vu accorder les autorisations nécessaires. Ils en disposaient toujours, du moins sur le papier.

Le personnel du Bureau était bridé par le protocole et un manque certain d'imagination, ce qui n'était pas le cas de Nadeel. Lucas l'avait donc chargé d'examiner le contenu de ces disques durs à la loupe, dans le but on ne peut plus vague de repérer une quelconque anomalie.

La nuit était déjà tombée quand son taxi coupa à travers Central Park. La pluie ne semblait pas vouloir se calmer et les nuages cachaient les étoiles. C'était la veille d'Halloween. À ce train-là, New York constituerait le terrain de jeu rêvé des lutins, fantômes et sorcières – qui ces temps-ci s'étaient changés en robots gluten-free et autres superhéros végans.

Ils s'arrêtèrent devant un bâtiment de vingt-six étages de style néo-gothique. Toutes les ouvertures – portes, fenêtres, passages – étaient allongées en ogive. Les parasites des médias étaient agglutinés sur le trottoir devant l'entrée, maintenus à bonne distance par une armada d'agents de sécurité.

« Déposez-moi au prochain croisement, demanda Lucas en toquant à la vitre de sécurité.

– Vous êtes sûr ? Je peux vous laisser juste devant », dit le chauffeur avec une expression dont Lucas commençait à avoir l'habitude.

À croire que tous les dialogues étaient écrits par le même scénariste.

« À l'angle, ce sera très bien. »

Une fois sorti du taxi, Lucas traversa la rue et dépassa l'attroupement de journalistes qui pianotaient sur leurs téléphones sous une canopée de parapluies. Il poursuivit jusqu'à l'allée de service et s'y engouffra.

Il avait à peine fait vingt pas sous la lueur des lampadaires lorsqu'il entendit une voix surgie de l'obscurité :

« Désolé, monsieur, vous allez devoir emprunter la porte principale. »

Lucas releva son parapluie en plissant les yeux. Un homme en tenue d'agent de sécurité émergea des ténèbres. Il avait les vêtements noirs, les épaulettes et le badge réglementaires, mais était également équipé d'un gilet pare-balles et d'un petit fusil. Il avait la carrure et les biceps d'un flic, mais une tête d'orque et des oreilles en pointe qui évoquaient une gargouille. Sa voix était calme et détachée ; visiblement, il ne percevait pas Lucas comme une menace.

« Je suis venu voir l'occupant du dernier étage, dit Lucas avec un signe de tête vers l'immeuble. Je ne peux pas passer par la porte principale. »

Une deuxième orque surgit de l'ombre, quasiment impossible à distinguer de la première, sinon par sa taille, un peu plus imposante. Les créatures de cette espèce avaient tendance à évoluer en meute – sans doute pour venir à bout des petites proies plus facilement.

« À cause des connards de la télé ? demanda la première orque d'un air entendu.

– Tout juste, répondit Lucas.

– Il vous attend ? demanda l'autre en le détaillant de la tête aux pieds.

– Non.

– Je ne suis pas portier. On me paie pour empêcher les gens d'entrer, pas pour les accueillir. »

L'homme était sympathique, mais Lucas voyait que son indulgence serait de courte durée. Il approcha lentement la main de sa poche pour en sortir son badge.

« Vous connaissez Benjamin Frosst ?

– C'était mon supérieur.

– Je suis le type qui l'a tué. »

Lucas avait conscience que son approche était hasardeuse, mais il misait sur l'effet de surprise.

« Et ça va lui donner envie de vous recevoir, au patron ? demanda la plus petite orque.

– Je vous le garantis. »

Lucas tendit son insigne à l'homme, qui prit le temps de le détailler.

« Zimmy ? dit-il finalement dans le micro fixé à son gilet. Appelle le dernier étage. J'ai un type qui veut monter. Un certain Lucas Page. »

Pour toute réponse, il reçut un grésillement en provenance de la montagne des orques. Lucas fut incapable de discerner le moindre mot, mais l'homme appuya une nouvelle fois sur le micro.

« Je le sais, qu'on est pas portiers, c'est pas de ma faute si les gens n'arrêtent pas de demander. Dépêche-toi, il pleut comme vache qui pisse et j'ai encore quatre heures à tirer. »

L'orque rendit son insigne à Lucas. Ils restèrent silencieux un moment. On n'entendait que la pluie qui tombait, gouttait, ruisselait depuis le ciel, seulement interrompue par un coup de klaxon ou un vrombissement de moteur de temps à autre, à l'extrémité de la ruelle. Finalement, la radio émit un autre bruit indéchiffrable.

« Merci, Zimmy », dit l'orque.

Soudain plus détendu, l'homme indiqua un point invisible au bout de l'allée.

« Avancez jusqu'à la porte rouge, puis tournez à gauche. Ensuite, prenez l'ascenseur de service rouge – pas le bleu. Une fois que vous serez entré, ils vérifieront votre identité par caméra avant de vous laisser monter. »

Lucas le remercia, après quoi l'homme disparut dans une quelconque alcôve où il se nichait précédemment.

Soixante mètres plus loin, Lucas découvrit la porte rouge annoncée, bien éclairée quoiqu'absolument invisible depuis la rue. Il faisait chaud dans l'immeuble. Il essora son parapluie, puis tourna à gauche. On ne pouvait manquer les deux ascenseurs : rouge pour le penthouse, bleu pour les autres étages. La cabine était d'une couleur rouge pâle qui devait être passée de mode depuis les années trente. Lucas appuya sur l'unique bouton – une grosse plaque de cuivre ornée des lettres *PH*. Les portes se refermèrent sur lui.

À mesure qu'il s'élevait à travers les entrailles du bâtiment, Lucas se sentait devenir plus lourd ; il se concentra sur le sol, sur une empreinte de patte dans un coin. Il réussit à atteindre le dernier étage sans tomber et s'appuya à la paroi pour retrouver son équilibre.

Les portes s'ouvrirent sur un hall carrelé de blanc, plus spacieux que la plupart des studios new-yorkais. À son extrémité, une seule porte, dont les verrous cliquetèrent à son approche.

« Docteur Page, dit William Hockney.

– Monsieur Hockney. »

Comme il approchait, le vieil homme fit un pas en arrière et le considéra d'un air théâtral.

« Vous n'avez pas l'air très en forme, jeune homme », dit-il sans marquer la moindre surprise.

Il portait des mocassins, un pantalon en laine grise, une chemise blanche à col montant et une très belle veste de smoking. Il suivait indiscutablement les dernières tendances en matière de tenues d'intérieur pour milliardaires.

« Entrez et asseyez-vous, je vous prie. »

Ils traversèrent la cuisine – un haut mausolée carrelé de blanc comptant cinq fours et suffisamment de casseroles en cuivre pour rhabiller la statue de la Liberté. Une machine à café en laiton trônait sur l'îlot central, aussi lustrée qu'un miroir. L'engin était équipé d'une douzaine de valves, de trente mètres de tuyaux, et avait beaucoup en commun avec une cloche à plongeur.

Après la cuisine se trouvait l'office – une pièce recouverte d'armoires vitrées abritant au moins trente services de table en porcelaine –, puis la salle de service et enfin la salle à manger elle-même. La table était si grande qu'on aurait pu y faire atterrir un hélicoptère. Ou y faire asseoir une quarantaine de personnes. Lucas n'avait pas besoin de leçon d'histoire pour imaginer que tout le gratin du pays, des chefs d'États aux stars de cinéma, avait dû s'y côtoyer.

Quiconque affirmait que le bon goût ne s'achetait pas n'avait jamais vu le salon de William Hockney. Tout comme le Xanadu de *Citizen Kane*, il était empli des plus belles antiquités produites par les grands courants européens des deux derniers siècles. Aucune trace du style m'as-tu-vu des nouveaux riches new-yorkais, avec sa fausse opulence faite de feuilles d'or, de chérubins et de moulages d'inspiration Louis XVI. Ici, tout était élégant, raffiné et hors de prix. Vieille école, vieille fortune.

Les portes de la terrasse étaient ouvertes et laissaient deviner une végétation suffisante pour organiser un véritable safari. Au-delà de la rampe de pierre s'étendait Central Park.

Chose étonnante, il y avait aussi des bonsaïs, une passion qu'il partageait donc avec Saarinen. Lucas savait que Hockney avait un hobby – les hommes de ce genre en avaient toujours un, mais la plupart du temps ils collectionnaient les Rolls Royce, les tableaux de maître ou l'art précolombien, des objets possédant une réelle valeur financière. L'horticulture miniaturisée semblait être un passe-temps trop manuel pour William Hockney, que l'on imaginait davantage payer des gens pour faire les choses à sa place. Il était difficile de se le représenter en pantoufles, occupé à tailler des branches minuscules en sirotant une marque de whisky confidentielle pour se détendre après avoir additionné des sommes toute la journée.

Le salon était organisé autour d'une élégante étagère japonaise de l'ère Meiji où étaient exposés cinq spécimens de bonsaïs, que Lucas savait être parfaits et très anciens : un pin à cinq aiguilles, deux genévriers et deux cyprès.

Parfaitement conscient de ne pas être un expert en relations humaines, Lucas se demanda ce que Kehoe ferait à sa place s'il voulait s'attirer les bonnes grâces de William. Il se pencha donc pour examiner l'un des petits arbres.

« Très beau cyprès, dit-il. (Un arbre comme celui-ci nécessitait un siècle de travail.) C'est un hinoki ?

– Vous êtes pour le moins étonnant, docteur Page, dit Hockney avec un faible sourire.

– Je lis beaucoup.

– On n'apprend pas à identifier les chabo-hiba dans les livres, mais j'apprécie votre sens de l'humour.

– Vous êtes bien le seul. »

Lorsqu'il faisait ses études au MIT, l'une de ses colocataires était botaniste à l'arboretum Arnold de Harvard. Il en avait appris beaucoup sur les plantes par simple osmose intellectuelle.

Lucas saisit une paire de ciseaux forgés à la main qu'on avait posée sur un carré de soie près des arbustes. Juste à côté, quelques chutes avaient été jetées dans un bol en cloisonné. Il saisit l'outil, impressionné par la façon dont ce dernier enveloppait ses doigts à la perfection, comme s'il avait été fait pour lui. Hockney savait-il à quel point ces ciseaux étaient exceptionnels ? Ce n'étaient pas ceux à mille dollars que l'on vendait dans les boutiques destinées aux riches béotiens. Ceux-ci avaient été fabriqués par un maître forgeron, probablement Sasuke, et devaient coûter plusieurs dizaines de milliers de dollars.

Il reposa les ciseaux sur la soie brodée et se tourna pour admirer le reste de l'appartement. William l'observait avec intérêt.

« Ces deux cyprès faisaient partie de la collection Larz Anderson, que la veuve a léguée à l'université de Harvard en 1949. Les deux autres ont été offerts à mon père, qui me les a ensuite laissés. Le reste se trouve à l'arboretum Arnold. »

Lucas se demanda si le vieil homme le faisait marcher ou s'il s'agissait vraiment d'une coïncidence.

Hockney se laissa tomber dans un vieux fauteuil club habillé de peau de zèbre. Sur la desserte étaient posés un verre de whisky ainsi qu'un exemplaire du livre de Lucas, un coupe-papier en ivoire inséré aux deux tiers.

« Vous avez acheté mon livre.

– Le Dr Saarinen me l'a offert.

– Comment suis-je censé boucler les fins de mois si les avares de votre espèce ne font pas une petite folie de temps en temps ?

– Vous souhaitez boire quelque chose, docteur Page ? demanda le vieil homme en levant son verre. Ces jours-ci, je préfère rester seul et j'ai renvoyé tous mes employés chez eux ; vous devrez vous servir vous-même. »

Hockney appuya sur un bouton (il était décidément féru de mécanismes secrets) et une cloison coulissante dévoila un nouvel Eldorado pour alcooliques.

Lucas se servit un Perrier et revint s'asseoir face à William, dans l'un des fauteuils safari.

« Je ne sais pas si vous le savez, mais j'ai connu Odelia », dit ce dernier.

Cette information était à la fois étonnante et… pas du tout. Odelia Page – la vieille dame excentrique qui avait adopté Lucas à l'hiver de sa vie – avait été une figure incontournable de la vie mondaine new-yorkaise pendant une bonne partie du XXe siècle. Ce qui était plus surprenant, c'est qu'il n'avait jamais entendu personne l'appeler Odelia – ni pendant les quinze ans qu'ils avaient passés ensemble ni depuis sa mort. Elle avait toujours été Mme Page, tout simplement, même si son mari était mort depuis longtemps, alors qu'elle avait une vingtaine d'années.

« Ah oui ? »

Hockney agita les doigts comme pour jeter un sort et sembla un instant être revenu dans le passé.

« J'essayais de gravir l'échelle sociale au moment où elle s'efforçait de ne pas en dégringoler ; elle avait côtoyé les milieux où je souhaitais m'introduire et moi ceux qu'elle n'avait plus les moyens de fréquenter. Je me souviens du moment où elle vous a adopté. Pendant des semaines, on n'a parlé que de ça… »

Lucas espéra que Hockney n'allait rien dire de négatif, car il n'avait jamais frappé personne. Mme Page avait été l'une des figures les plus importantes de sa vie et il ne laisserait personne dire du mal d'elle – pas même un vieux milliardaire.

« Tout le monde pensait qu'elle faisait une erreur en adoptant un enfant à son âge. Moi, je trouvais ça admirable. Je me rappelle vous avoir vu une fois, tout au début. C'était à une garden-party chez les Wasserman. »

Lucas se souvenait de cette fête sur Long Island – la piscine avait été remplie de bouées en forme de flamants roses pour amuser les enfants. Il y avait un orchestre et des smokings blancs à perte de vue. Cela faisait seulement quelques mois qu'il vivait avec Mme Page et il avait encore peur d'être renvoyé en famille d'accueil au moindre faux pas. C'était ce jour-là qu'il avait dansé pour la première fois – la vieille dame lui avait appris à valser.

« Oui, je me souviens des flamants roses dans la piscine. »

Le visage de son interlocuteur resta inexpressif un moment, puis ses yeux s'illuminèrent.

« Oui, c'est exact ! C'est étonnant de se souvenir d'une chose pareille…

– J'avais six ans, dit Lucas en haussant les épaules, et c'était ma toute première fête.

– Je suis de plus en plus nostalgique à mesure que je vieillis. »

Lucas but une gorgée d'eau et ferma les yeux. Le trajet en taxi à travers Manhattan et sa petite expédition dans la vallée des orques l'avaient éreinté. Il n'était plus aussi en forme qu'en partant de chez Nadeel.

William mit un terme à son fantasme de repos :

« Mais trêve de civilités. Puis-je vous demander ce qui vous amène ici, docteur Page ?

– Il y a une locution latine, *cui bono*…

– À qui profite le crime ? »

Lucas lui sourit. La culture classique était devenue une rareté dans le monde d'aujourd'hui – il n'y avait qu'à voir ces idiots de conspirationnistes agglutinés au pied de l'immeuble.

« Qui a intérêt à vous faire du mal ? »

77

Upper East Side

Kehoe était rentré chez lui pour ce qui lui semblait être la première fois depuis des jours. Pendant toutes ces années passées au FBI, il n'avait jamais vraiment réussi à séparer son travail de sa vie personnelle. Certains réussissaient à décrocher une fois la journée finie – à rentrer chez eux, à oublier le chaos du bureau pour repasser en mode famille. Cela lui avait toujours paru impossible. Bien sûr, il lui arrivait de se détendre. Il avait une vie bien réglée en dehors du travail : un mariage solide, avec une femme qu'il aimait toujours après trente-deux ans de vie commune ; un voilier qui lui permettait de s'éloigner du tumulte de la ville ; un chalet dans le nord de l'État, dont il réussissait à profiter une douzaine de week-ends par an ; et sa maison de famille à Sonoma, dans laquelle ils passaient dix jours en été et en hiver, en plus de quelques réunions de famille ponctuelles où ils avaient l'occasion de voir leurs petits-enfants.

Malgré tout, il se considérait toujours en premier lieu comme un agent du FBI et non comme un père de famille. Cela faisait des années qu'il n'essayait plus de lutter contre ce ressenti, même si parfois il lui arrivait encore de se demander s'il n'était pas en train de passer à côté de tout ce qui semblait rendre les autres heureux.

Ces temps-ci, Kehoe profitait moins du bateau, du chalet ou de la maison de vacances. Internet entraînait un nivellement par le bas de la population mondiale, et les mauvaises idées faisaient le tour de la planète à la vitesse de l'éclair. Cela réduisait drastiquement le temps de loisir qu'il pouvait s'accorder. Page avait raison sur ce point : les gens étaient de plus en plus bêtes, et le pire, c'est qu'ils en étaient fiers.

Kehoe était assis sur le tabouret du piano, face au couvercle baissé. Il contemplait l'East River en sirotant un thé à la température idéale. Sa femme était sortie boire des cocktails avec ses amies, après avoir passé la journée à faire chauffer la carte bleue chez Bergdorf. Par les portes de la terrasse entrait une agréable brise qui portait jusqu'à lui le bruit des voitures sur le pont de Queensboro, une bande-son propice à la méditation. Pour la première fois depuis des jours, il était vraiment seul.

Enfin, seul avec l'homme au C-4 et son déficit de conscience.

Ils avaient beaucoup d'informations sur ce type – ou *ces types*. Les dossiers s'entassaient du sol au plafond. Pourtant, ils ne savaient pas comment assembler ces éléments disparates. Imaginez un puzzle dont toutes les pièces seraient de la même couleur. Il fallait au moins trouver un point de départ.

Ce n'était pas la première fois que le FBI avait affaire à un poseur de bombes. Les hommes avaient voulu faire des trous dans le tissu social de la ville depuis que le tout premier baril de poudre avait été débarqué d'une chaloupe.

Le premier attentat majeur du XXe siècle avait eu lieu en 1914, lorsque la Croix noire anarchiste avait rasé un bloc entier et tué quatre personnes. En 1920, un groupe d'anarchistes italiens avaient fait exploser un chariot rempli d'explosifs devant Wall Street, causant la mort de trente-huit personnes qui n'en demandaient pas tant. Les preuves avaient été balayées par les équipes de nettoyage – à l'époque, le concept de criminalistique était encore inconnu – et les coupables étaient demeurés impunis.

Avance rapide jusqu'en 1940, où George Metesky fut pris d'une frénésie d'attentats qui s'étala sur seize ans et vingt-deux explosions. Il eut l'insigne honneur d'être arrêté grâce à l'un des tout premiers profilages criminels de l'histoire du FBI.

La fin des années soixante, décennie où le sentiment antigouvernemental était à son paroxysme, leur offrit Sam Melville, qui fit détoner huit engins explosifs entre juillet et novembre 1969. Sa folie meurtrière fut stoppée par la dénonciation d'un ami. Sa triste célébrité ne fit qu'augmenter lorsqu'il contribua à organiser la mutinerie de la prison d'Attica en 1971, au cours de laquelle il trouva la mort.

Peu après Melville vint le Weather Underground, qui ne réussit à tuer que trois de ses propres membres – Kehoe n'était pas sûr qu'ils méritent d'être distingués pour leur carrière criminelle.

En 1975, les Forces armées de libération nationale portoricaines éliminèrent quatre citoyens dans le quartier des affaires, suivies par les nationalistes croates, qui assassinèrent onze personnes à l'aéroport de LaGuardia. Ces derniers frappèrent de nouveau en 1976, ne parvenant cette fois à tuer que le policier chargé de désamorcer la bombe.

Les choses restèrent relativement tranquilles jusqu'en 1993, année où les fondamentalistes islamistes entrèrent en scène. La première fois, ils tuèrent six personnes et en blessèrent mille en faisant exploser une bombe dans le parking de la tour nord du World Trade Center. Depuis lors, la plupart des attentats étaient commis par le même genre d'extrémistes religieux, auxquels on ajoutait un sociopathe de temps à autre pour nourrir les statistiques.

Aujourd'hui, la ville pouvait ajouter un autre fou furieux à la liste.

Les certitudes de Kehoe avaient été bousculées par la visite de Lucas la veille. Il n'était plus bien sûr d'être arrivé à la conclusion de l'affaire. Non qu'il doutât des compétences de son équipe, mais Page était un expert quand il s'agissait de débusquer des failles dans une argumentation.

Kehoe alla fermer la fenêtre, puis décrocha le téléphone pour appeler Hoffner.

Il était temps de revenir au bureau.

78

Upper West Side

William Hockney laissa le silence flotter un moment, comme s'il gagnait en valeur à chaque tic-tac de l'horloge. La technique aurait pu fonctionner sur d'autres, mais Lucas laissa l'instant se prolonger. Il n'avait jamais aimé donner satisfaction aux autres, sans compter qu'il était souvent plus gêné par la conversation que par le silence.

Il se servit un autre Perrier et se rassit face à la grande porte-fenêtre. Le bruit de la pluie sur les vitres se faisait moins présent, signe d'une accalmie, et une brise fraîche s'engouffrait à l'intérieur. Si ce froid persistait, ils finiraient peut-être par avoir un peu de neige.

Lucas contempla la pluie quelques instants. Les feuilles des arbustes se balançaient, semblaient danser sur la musique qui passait en fond sonore (À sa grande surprise William Hockney écoutait Nina Simone).

« Vous êtes le dernier survivant.

– Comme vous, docteur Page, je suis un homme qui déjoue les pronostics », répondit Hockney avec un petit sourire énigmatique.

Dans sa jeunesse, ce détail avait dû lui valoir plus d'une conquête – un charme superflu, compte tenu de sa fortune.

« Vous n'avez pas peur ?

– De quoi ?

– La personne qui a tué votre frère pourrait s'en prendre à vous. »

Le vieil homme eut un mouvement d'incrédulité.

« Pendant que vous étiez à l'hôpital, mes avocats ont eu un rendez-vous très productif avec l'agent spécial Kehoe. Il considère que M. Frosst est responsable de tout ce qui s'est passé et leur a assuré qu'il retrouverait ceux qui l'ont payé pour déstabiliser ma vie. »

Bon sang, pensa Lucas, mais d'où sortaient ces gens ? Son frère était mort, sa compagnie d'assurances avait un déficit de 4,5 milliards en indemnités, Horizon Dynamics lui avait fait perdre un autre milliard et plus de sept cents personnes avaient trouvé la mort, ainsi qu'un chien. S'il s'agissait d'une « déstabilisation », Lucas se demanda ce qui pouvait bien constituer une tragédie à ses yeux.

« Vous l'avez cru ?

– Ce n'est pas absurde, répondit Hockney, impassible.

– Personne n'a laissé entendre que vous auriez pu commanditer l'assassinat de votre frère ?

– Seulement vous, docteur Page, répondit William en souriant.

– Et alors, vous l'avez tué ? »

William examina Lucas avec un intérêt renouvelé.

« Vous pensez que vous finirez par trouver le coupable ?

– Oui.

– Dans ce cas, ce que je dis importe peu. Il n'existe qu'une seule vérité.

– Si vous avez engagé Frosst pour tuer Seth, je vous ai rendu un fier service en vous débarrassant de lui. Sa mort les empêche de remonter jusqu'à vous. Du moins, pour l'instant…

– À moins que ? »

Hockney commençait à impressionner Lucas.

« Il reste une autre possibilité.

– Que je n'aie pas tué mon frère.

– Si ce n'est pas vous, qui est-ce ? En admettant que Frosst ait assassiné votre frère pour une raison inconnue, il est possible que vous soyez également une cible et qu'il n'ait pas eu le temps de vous abattre. Dans un cas, sa disparition vous sauve la mise. Dans l'autre, elle vous fait seulement gagner un peu de temps en attendant que quelqu'un d'autre vienne finir le boulot.

– Vous devez trouver ce travail éreintant, docteur Page.

– Non, seulement les personnes à qui j'ai affaire.

– Bien sûr », convint William.

Lucas se leva de son fauteuil, qui avait jadis été un heureux mammifère broutant la savane. Il boitilla vers le bar, où il se servit un nouveau verre, puis repassa devant l'étagère de bonsaïs et les ciseaux de maître.

« Si c'est vous qui avez donné l'ordre de tuer Makepeace et Seth, vous êtes aussi le seul qui ait pu envoyer Frosst à nos trousses. »

Le vieil homme avait l'air empaillé, pour le coup – il ne bougeait pas d'un cil. Seuls ses yeux étaient animés.

« Pourquoi irais-je m'en prendre à vous et à votre coéquipière ? »

Lucas s'était posé la question.

« Je ne sais pas, un ajout de dernière minute, peut-être.

– Une manière d'assurer mes arrières ?

– Potentiellement.

– Et vous, vous n'avez pas peur ? Si cette tentative de meurtre entre dans le cadre d'un vaste complot, vous ne me semblez pas vraiment en état de vous défendre.

– Moi, je ne meurs pas, lui assura Lucas. Seulement ceux qui m'entourent. »

Le vieillard le fixa quelques instants, le silence faisant maintenant partie intégrante de leurs échanges.

« Où se trouve William Junior ?

– À l'étranger, pour affaires. Je pense que vu les circonstances il est plus raisonnable pour notre famille de passer un peu de temps dispersée aux quatre coins du globe.

– Au cas où ?

– Pour ainsi dire.

– Quels sont vos projets, William ? Je suis sûr qu'il reste des mondes à conquérir.

– Je suis un peu fatigué, pour l'instant. Et vous, docteur Page ? »

Dehors, la pluie avait fini par se changer en neige. Il faisait encore trop chaud pour qu'elle tienne et elle fondait en touchant terre, mais cela signifiait que leur chance venait de tourner : l'été indien était terminé.

« Je vais arrêter les coupables, dit Lucas en faisant glisser son doigt sur le rebord du verre.

– Et après ?

– Je laisse ça à votre imagination. »

79

Dehors, les arbustes étaient saupoudrés de blanc. Tout le personnel avait pris congé – même le majordome et la bonne avaient été renvoyés dans leurs appartements, à l'étage inférieur. William Hockney envisagea d'appeler quelqu'un pour venir couvrir les plantes, mais il n'était pas d'humeur à voir plus de monde ce soir – le Dr Page avait épuisé ses dernières réserves de patience.

Le vieil homme boutonna sa veste de smoking et sortit sur la terrasse. De l'autre côté de la rue, le parc était plongé dans l'obscurité ; l'East Side était invisible à travers le brouillard qui enveloppait la ville. Les cônes en polystyrène étaient rangés dans un cabanon de l'autre côté du balcon. Il supervisait lui-même l'entretien de toutes ses plantes, une passion qu'il avait héritée de son père. Malheureusement, son fils ne partageait pas son intérêt pour l'horticulture. À dire vrai, William Junior ne semblait pas s'intéresser à grand-chose. Hockney se demanda ce qu'il adviendrait de tout ce qu'il avait collecté au fil des années – tableaux, sculptures, automobiles, objets d'art… Finiraient-ils dans une vente aux enchères, éparpillés au bon vouloir des philistins, ou dans un musée, où ils ne seraient plus vus que par des écoliers ? Aucune de ces options ne le réjouissait, mais il avait eu le temps de s'habituer à l'idée d'avoir une seule vie.

Le sol carrelé d'ardoise étant jonché de flaques

triangulaires, William avança avec précaution, prenant son temps. Sa hanche le faisait beaucoup souffrir en ce moment. De toute façon, il aimait être ici. Il y avait peu d'endroits que le vieil homme trouvait aussi réconfortants que son jardin. Lorsqu'il était avec ses plantes, il oubliait le reste du monde – jusqu'à lui-même parfois, ce qui était exceptionnel.

Il était presque arrivé au cabanon lorsqu'il entendit un *clic* en marchant sur une dalle. Ce n'était ni un bris de brindille ni le craquement d'un insecte, plutôt le bruit clair d'un dispositif mécanique.

William Hockney s'arrêta. Il resta immobile un instant, à regarder son pied.

Il n'avait aucune expérience de la guerre.

N'était pas féru de films ni de romans d'action.

N'avait jamais lu la moindre brochure des entreprises d'armement qu'il possédait.

Pourtant, il était certain d'avoir posé le pied sur un genre de détonateur.

80

Upper East Side

Cette fois, Lucas laissa le taxi le déposer devant chez lui. On approchait de minuit et il ne voulait pas être transformé en citrouille. La neige tombait toujours. Pendant une seconde, il se demanda s'il neigeait aussi à Big Bear, puis se força à passer à autre chose. Il avait déjà largement de quoi occuper son « processeur biologique », comme l'appelait Maude.

Le chauffeur lui avait jeté des regards suspicieux pendant tout le trajet, comme s'il s'attendait à le voir s'effondrer à tout instant sur la banquette.

Avant même d'être sorti de voiture, Lucas vit qu'une nouvelle fête battait son plein à l'ambassade. On avait installé des lanternes et des valets devant l'entrée. Conformément à la réputation des Français, une vingtaine de personnes fumaient des cigarettes sur le trottoir, flûte de champagne à la main.

Lucas ouvrit la porte d'entrée et fut accueilli par Lemmy, qui semblait à la fois heureux et déprimé ; il n'avait pas l'habitude de passer autant de temps tout seul. Lucas s'accroupit et laissa son chien lui lécher le visage, après quoi ils échangèrent des salutations diverses. Chacun d'eux était heureux d'avoir de la compagnie.

Dingo avait laissé un mot sur la console, pour l'informer qu'il avait nourri et promené Lemmy et lui rappeler qu'il était là s'il avait besoin de quoi que ce soit d'autre.

Lucas était épuisé. Il avait l'impression que sa peau allait finir par lui tomber des os s'il ne s'allongeait pas. Après avoir sorti le chien, il verrouilla la maison et mit l'alarme.

C'est alors qu'il se rappela le sachet de *gulab jamun* que Mme Nadeel avait eu la gentillesse de lui donner. Il s'installa devant le comptoir en marbre et but un verre de lait en grignotant les beignets un à un, tandis que la neige fondue tombait derrière le carreau.

Comment toute cette histoire était-elle goupillée ? Les éléments possédaient une certaine logique pris séparément, mais ne formaient aucun ensemble cohérent. C'était toujours ainsi : on pouvait utiliser une petite formule mathématique pour répondre à un problème particulier, mais une fois sortie de son contexte elle périclitait complètement.

Il engloutit la dernière boulette gorgée de miel, rinça son verre et donna une friandise à Lemmy, avant de monter à l'étage.

Ce soir, Lucas fit l'effort de se déshabiller. Il ôta également son bras, mais conserva sa jambe. Après avoir pris une nouvelle douche, il changea ses bandages et se glissa nu entre les draps. Il tapota le matelas avec son moignon et Lemmy sauta sur le lit, où il fit sa petite samba habituelle avant de s'allonger contre sa hanche.

Dehors, Lucas pouvait entendre le quatuor à cordes entamer un morceau de Fritz Kreisler dont le nom lui échappait, car il tombait déjà dans les bras de Morphée. À ses côtés, le chien lâcha un soupir.

Tous deux se mirent à ronfler au même instant.

81

Upper West Side

William ne se rappelait pas avoir jamais connu un froid pareil. C'était sans doute parce qu'il *n'avait jamais été en situation d'avoir aussi froid*. Il consulta sa montre : quatre heures du matin passées.

Plus que trois heures.

C'était le temps qu'il lui fallait encore tenir.

Encore trois heures jusqu'à l'arrivée de ses employés.

Il n'avait aucune idée de ce qui se passerait ensuite, mais des appels seraient passés, des personnes envoyées, des décisions prises.

Plus que trois heures.

Il avait essayé d'appeler à l'aide, bien sûr. Les appels s'étaient changés en cris, puis en hurlements. Après quoi sa voix l'avait abandonné.

De toute façon, il n'y avait personne pour l'entendre. L'appartement de son frère à l'étage du dessous restait vide depuis qu'il avait été assassiné et William Hockney avait des règles on ne peut plus strictes lorsqu'il ne souhaitait pas être dérangé.

Depuis les toits de la ville, personne ne pouvait l'entendre crier – ni ses voisins, ni les habitants du quartier, ni les promeneurs nocturnes dans Central Park, ni les agents de sécurité postés dans la contre-allée, devant l'entrée et dans le garage. Pas même les journalistes agglutinés à l'entrée dans l'espoir de l'apercevoir.

Il neigeait toujours, mais ce n'était plus qu'une pluie vaguement glacée qui fondait en le touchant. Le vieil homme frissonnait, trempé.

Sa jambe n'existait plus, sauf pour lui envoyer une décharge de douleur de temps en temps. Elle s'était mise à trembler peu après qu'il eut posé le pied sur le dispositif. Après une heure, il avait été pris de crampes. Puis d'engourdissements. Il ne pouvait pas bouger d'un pouce, car il avait toutes les raisons de penser que l'appareil était sensible au poids. L'association de la fatigue musculaire, de ses problèmes de hanche, du froid et de la terreur le faisait grelotter de façon incontrôlable.

Plus que trois heures.

Plus.

Que.

Trois.

Heures.

Plus.

Que.

Trois.

Heures.

Il avait parcouru la moitié du chemin. Cela faisait deux heures qu'il pensait ne pas pouvoir survivre une minute de plus, ce qui signifiait qu'il pourrait tenir jusqu'à l'arrivée de son majordome au petit matin. En vingt ans, M. Svensen n'avait pas été en retard une seule fois.

William Hockney avait résisté à des tempêtes qui auraient terrassé des hommes moins vaillants que lui. Il avait combattu des dragons, vaincu des armées, renversé des rois. Il était hors du commun. Peut-être même invincible. Pourquoi n'aurait-il pas pu rester là trois heures de plus ? Était-ce vraiment si difficile ?

Il était âgé.

Il avait un problème de hanche.

Il avait un pacemaker.

Mais il avait surtout autre chose : un ADN de titan.

William ne pensait pas à ce qui adviendrait à l'arrivée de son majordome. Il était entièrement focalisé sur son objectif : rester en vie trois heures de plus.

82

AnFetaMeen entra nu dans la cuisine. Deux gonzesses enlacées étaient endormies sur le canapé, un nichon dépassant d'un chemisier en soie. Ils avaient sniffé presque toute la coke, ce qu'il en restait était éparpillé sur la table basse en verre entre le cendrier, les bouteilles de vodka, les billets de cent roulés en pailles, les portables et les emballages de capotes.

Il s'arrêta devant la grande fenêtre donnant au nord quand quelque chose sembla tomber du toit. Il lui fallut une seconde pour comprendre qu'il s'agissait d'un… d'un… c'était un putain de drone !

AnFetaMeen attrapa un coussin dont il couvrit ses attributs ; il avait déjà suffisamment d'emmerdes comme ça. La vague #MeToo lui avait coûté bonbon et il n'avait pas besoin d'une photo de sa bite en couverture du *New York Post*. Il voyait le titre d'ici : *Un DJ exhibe sa queue d'âne le lendemain de son acquittement*. Il n'aurait plus manqué que ça.

Pourtant, le drone ne s'arrêta pas devant sa fenêtre. Il traversa la rue et commença à remonter le long de l'immeuble en face, comme une araignée.

AnFetaMeen le fixait, hypnotisé. Il savait qu'il était encore défoncé. Il n'y avait rien de pire qu'une descente de coke. À part sans doute le manque de coke. Il se sentait aussi frais que l'intérieur d'une vieille chaussure. Sa tête lui faisait un mal de chien et sa bouche avait un goût de cul – mais pas le genre qu'il aimait. Il ne pouvait pas s'empêcher de fixer le drone. Il se demanda si cela avait un rapport avec la foule de journalistes qui squattait de l'autre côté de la rue la veille au soir.

AnFetaMeen se gratta le derrière et vit le drone s'arrêter devant la terrasse du dernier étage, avant de se mettre en mode surplace un moment, sans doute pour observer quelque chose. Il se souvint soudain du télescope installé à sa droite. Y pendaient un soutien-gorge et deux culottes, qu'il ne se donna pas la peine d'enlever. Il le redressa et colla son œil à l'objectif.

Un vieil homme se trouvait sur le balcon d'en face. Il avait l'air sacrément mal en point. Il devait avoir fait un genre d'attaque, parce que son visage était plein de tics, comme s'il pleurait et prenait son pied en même temps. Il tremblait, aussi. Sacré nom d'une burne, qu'est-ce qu'il pouvait trembler !

Le vieux tourna la tête en apercevant le drone.

Il tendit le bras.

Puis mit la main à son cœur, fit un pas en arrière et…

Bordel de merde !

Il avait disparu.

Comme ça.

Disparu.

Une brume rouge flottait dans l'air.

AnFetaMeen fit un pas en arrière lorsque le drone retraversa la rue, avant de disparaître par-dessus le toit de son immeuble.

Il aurait peut-être dû appeler quelqu'un. Mais qui ? Son manager ? Ah non, putain. Les flics ? Oui, les flics, ça semblait logique. C'était eux qu'on était censés appeler en cas d'emmerdes, non ? Et se faire pulvériser était vachement emmerdant, non ?

Il jeta un coup d'œil à la pièce – à la coke, à l'alcool et

aux meufs dans les vapes – et décida qu'il valait mieux éviter que les condés viennent fouiner par ici.

Eh merde.

Il sortit une bouteille de soda du frigo et retourna se coucher.

Mais pas avant d'avoir pincé le téton de cette petite salope.

83

Upper East Side

Lucas fut tiré du sommeil par le chant d'insecte de son téléphone. En se tournant, il se cogna l'œil dans la truffe de Lemmy. Le chien lui lécha le visage tandis qu'il se redressait.

« Salut, gros bêta », dit-il en tendant le bras par-dessus son compagnon pour attraper le portable.

Kehoe.

« Page à l'appareil », dit-il avec un calme forcé.

Au même instant, la sonnette retentit.

« Pourquoi tu n'ouvres pas ta porte ? demanda Kehoe.

– Parce que je suis en train de répondre au téléphone, putain. »

Lucas raccrocha et fit pivoter ses jambes hors du lit. Le drap s'entortilla autour de sa prothèse. Immobilisé par le poids du chien, il faillit dégringoler par terre.

« Mais pousse-toi, idiot ! »

Lemmy le contempla de ses grands yeux pensifs, puis se leva et s'étira en tous sens avant de daigner descendre du lit.

Lucas saisit son bras sur le tabouret et l'emboîta en vitesse, mais ne se leva pas tout de suite. Ses côtes semblaient directement reliées à une fourmilière africaine.

Après quelques inspirations, il réussit à se mettre debout sans vomir ni tomber à la renverse.

Que faisait Kehoe chez lui ?

Si Whitaker était morte, il voulait être un peu plus frais que le monstre de Frankenstein quand on lui annoncerait la nouvelle. Ses dents étaient moins marécageuses que la veille, mais il se rendit tout de même dans la salle de bains pour se rafraîchir un peu. Une fois de plus, il s'étonna du piteux personnage qui lui faisait face dans le miroir. Heureusement que les autres nous aimaient pour notre beauté intérieure – en tout cas dans les films hollywoodiens.

Lemmy, plus rapide que lui, aboyait furieusement derrière la porte d'entrée.

Lucas enfila un jean et une chemise qu'il ne se donna pas la peine de boutonner, puis descendit au rez-de-chaussée en s'efforçant d'ignorer la sensation de brûlure qu'il éprouvait au niveau des yeux.

Il fit taire Lemmy, ouvrit la porte.

Kehoe s'engouffra à l'intérieur sans y avoir été invité, suivi par deux de ses hommes. L'un d'eux était le monstrueux Otto Hoffner, qui paraissait avoir avalé quelques carrosseries de voitures pour le petit déjeuner. Le deuxième compensait sa carrure moins imposante par une gestuelle outrée et un air méprisant.

« Je ne me rappelle pas vous avoir dit d'entrer ! » s'offusqua Lucas, la main sur la poignée.

Hoffner et son comparse l'ignorèrent et traversèrent le rez-de-chaussée comme deux réalisateurs en quête d'un bon emplacement pour la caméra – ou deux cambrioleurs en repérage. Kehoe entra dans le salon.

« Qu'est-ce qui se passe, bordel ? »

Hoffner se tourna vers Lucas comme s'il pouvait constituer une menace.

« Hé, gros débile, tu comprends ce que je dis ? Je peux répéter plus lentement, si tu veux. »

Sur sa gauche, Lemmy émit un grognement sourd. Instinctivement, Hoffner posa la main sur son arme.

« Si tu tires sur mon chien, ce sera la dernière boulette de ta vie minable… »

Hoffner fit un pas en arrière.

« Page ? » appela Kehoe depuis le salon.

Lucas décida d'aller se calmer un peu avant toute chose.

« Je vais sortir Lemmy. »

Comme par mégarde, il décocha un coup de prothèse dans la cuisse du mini Hoffner en passant à côté de lui. En rencontrant la chair, l'aluminium arracha à l'homme un grognement de douleur des plus satisfaisants.

Lucas observa le chien tandis qu'il vaquait à sa routine matinale, détruisant au passage un nouveau parterre de chrysanthèmes. La pluie avait repris et le petit carré d'herbe était trempé. Toutes sortes d'émotions remontaient à la surface, notamment une sacrée dose de rancune. L'année précédente, Kehoe lui avait fait le coup du Dr Caligari pour le faire revenir et cela avait fonctionné. Il avait remis ça la semaine passée à Montauk et Lucas s'était laissé enfumer une fois de plus. Bon, ce n'étaient pas ses piètres tentatives de manipulation qui l'avaient convaincu – Lucas était revenu car le travail lui manquait. Sur le terrain, son cerveau s'animait d'une façon absolument inaccessible au reste du monde. L'excitation, le stress, la peur… tout ça lui manquait. Mais il refusait de se faire utiliser ou d'avaler des couleuvres sans broncher. Cette fois-ci, il n'allait pas laisser Kehoe se payer sa tête.

Lorsque le chien eut fini, Lucas lui essuya les pattes, puis lui donna une friandise et revint dans le salon pour faire une petite mise au point. Il allait remettre Kehoe à sa place et les foutre à la porte, ses deux larbins et lui.

Ce dernier étudiait la bibliothèque avec attention.

« Whitaker va bien ? s'inquiéta Lucas.

– Est-ce que tu as rendu visite à William Hockney hier soir ?

– Pourquoi ? demanda-t-il en le regardant fixement.

– Réponds-moi.

– Ce que je fais de mon temps libre ne te regarde pas.

– J'en déduis que la réponse est oui ?

– Je me fous de tes déductions. Qu'est-ce que tu fais là, Brett ?

– Un homme affirme t'avoir vu chez Hockney hier soir. Un grand type moche avec une tête de Shrek, ça te dit quelque chose ?

– La vraie beauté est intérieure », lui rappela Lucas.

Visiblement, Kehoe n'était pas d'humeur.

« Hockney est mort. Atomisé », dit-il.

Lucas laissa l'information faire son chemin quelques instants. La nouvelle le touchait. Il n'était pas ami avec William Hockney et ne possédait clairement pas la même vision du monde que lui, mais le vieil homme ne méritait pas de mourir ainsi. Du moins, d'après le peu qu'il savait de lui. Le fait qu'il ait connu Mme Page lestait cette annonce d'un poids supplémentaire.

En tout cas, cela signifiait que Kehoe n'était pas venu lui annoncer la mort de Whitaker. C'était toujours ça de pris.

« Tu m'as viré, Brett.

– C'était une erreur. Tu avais raison : Frosst n'était pas le seul impliqué dans tout ça et son complice n'était pas William Hockney. Il y a quelqu'un d'autre.

– On ne sait pas, Hockney s'est peut-être suicidé », plaisanta Lucas. Il détestait se comporter ainsi mais n'arrivait pas à se contenir. « Qu'est-ce qui t'amène ici ?

– Pourquoi es-tu allé voir Hockney ?

– Il fallait que je lui parle.

– Ça fait désordre que tu sois passé là-bas hier, Luke.

– Ce n'est pas trop pénible ?

– Quoi donc ? demanda Kehoe, perplexe.

– De parler à quelqu'un qui se contrefout de ce que tu penses, lâcha Lucas en s'éloignant vers la cuisine.

– Où est-ce que tu vas, comme ça ?

– Je ne peux pas encaisser autant de conneries avant d'avoir bu mon café.

– Tu es resté combien de temps chez Hockney ? le relança Kehoe en lui emboîtant le pas.

– Tu n'as qu'à demander à Shrek.

– C'est à toi que je le demande.

– Écoute, pourquoi tu n'appellerais pas une équipe pour faire des prélèvements sur mes mains et mes vêtements ? Le costume que je portais hier est à l'étage. Tu verras bien si tu y trouves des résidus d'explosifs, de nitrates ou de substances chimiques en dehors du Doliprane, dit Lucas en remplissant un filtre à café.

– Je ne suis pas venu pour ça, Luke. Je sais bien que tu n'as pas tué Hockney. »

Lucas ne fit pas bouillir d'eau pour le thé ; il n'allait pas laisser Kehoe s'éterniser.

« Comment tu peux en être si sûr ? J'avais une parfaite occasion et un mobile.

– Si tu pensais qu'il vous avait envoyé Frosst, tu aurais eu un mobile, mais tu savais déjà que ce n'était pas le cas. C'était d'ailleurs la raison de notre désaccord. »

La cafetière commença à siffler.

« Tu appelles ça un désaccord, moi j'appelle ça un abus de pouvoir. Maintenant, ton pouvoir, tu peux te le mettre sous le bras et te casser de chez moi. »

Kehoe s'adossa au comptoir, près du bol de Lemmy. Prenant cela pour une invitation à petit-déjeuner, ce dernier se leva. Lucas ramassa le bol en acier et y mit six grosses cuillerées de croquettes de luxe avant de le reposer sur le tapis. Un filet de bave s'échappait de la gueule du chien, entièrement focalisé sur l'opération.

« Allez, mange, gros bêta », dit Lucas.

Le chien se précipita sur la nourriture.

« Qu'est-ce qui est arrivé à Hockney, exactement ? demanda-t-il.

– Quelqu'un a posé une mine sur sa terrasse. Entre les dalles.

– Une mine ?!

– Une Mine-S, pour être exact.

– Mais encore ? »

Kehoe tendit une main à l'attention de Hoffner, qui vint y placer un document – non sans garder un œil sur Lucas.

« C'est un dispositif qui s'enclenche lorsqu'on pose le pied dessus. Une fois le pied levé, l'engin est propulsé dans les airs à hauteur de la taille, où il explose en projetant une nuée de billes en acier. Le résultat est sans surprise... Pour ce que nous savons pour l'instant, Hockney a enclenché la mine peu après ton départ, mais elle n'a pas explosé avant six heures et demie ce matin », ajouta-t-il en lui tendant le papier.

Il s'agissait de la fiche technique d'un modèle particulier de Mine-S. Lucas parcourut les informations – poids d'activation de la charge, minuterie, composition chimique. Comme Kehoe l'avait dit au bord de la mer il y avait un million d'années de cela, ce n'était que de la physique-chimie. Il lui rendit la feuille.

« Ces trucs sont censés être enterrés. Comment peut-on dissimuler ça sur une terrasse en ardoise ? »

Contrairement au regretté Samir Chawla, Kehoe n'avait aucun besoin de consulter ses notes.

« Le carrelage a été posé sur un lit de sable. La mine a été posée à la jonction de quatre dalles. Le tueur a cassé les coins avec un marteau – on a retrouvé les éclats dans un des pots de fleurs – avant d'enfouir la mine dans le sable. »

C'était se donner beaucoup de mal, pensa Lucas. Féru de boutons secrets comme il l'était, Hockney aurait pu être assassiné de bien d'autres manières – il aurait suffi de piéger son whisky japonais et d'attendre l'heure de l'apéro. Ou de placer une charge explosive dans sa machine à café ridicule. Il y avait quantité de moyens plus simples que celui-là, ce qui signifiait une fois de plus que c'était une affaire personnelle.

« Il est resté debout là-dessus toute la nuit…, dit-il avec une pensée pour la hanche du vieil homme. D'où vient la mine ?

– Elle a été fabriquée par ENF, comme tout le reste. On n'a pas tout à fait fini de collecter les preuves. »

Clairement, « preuves » était un euphémisme pour « morceaux ».

Lucas versa son café dans un mug *Pour le meilleur papa du monde – de la part des enfants les plus géniaux (et Hector). ON T'AIME !*

« Que signifie cette provenance systématique d'ENF ? reprit Kehoe.

– Que le coupable a accès aux infrastructures des Hockney. »

Lucas sentit qu'il se laissait prendre au jeu et voulut s'en empêcher, mais les questions le taraudaient de nouveau.

« Alors, tu reviens ? » demanda Kehoe.

Il n'était pas exactement en train de le supplier, mais cela commençait à y ressembler sérieusement.

« Ça dépend.

– De quoi ?

– Cette fois-ci, je travaille pour toi ou tu travailles pour moi ? »

84

26, Federal Plaza

Assis à son bureau, Kehoe prenait des notes. Pour la deuxième fois en moins d'un an, il se voyait contraint de superviser une enquête, celui qu'il avait nommé pour le faire ayant été assassiné[1]. Otto Hoffner vint lui annoncer qu'il avait un appel du bureau du légiste.

Kehoe posa son stylo-plume et décrocha le combiné.

« Docteur Marcus, Brett Kehoe à l'appareil.

– J'ai découvert quelque chose d'intéressant sur la mort de William Hockney, dit l'homme sans s'encombrer des formalités d'usage. Il a fait une crise cardiaque juste avant l'explosion de la bombe. »

Le Dr Marcus avait survécu à six présidents et deux pontages coronariens.

« Sacrée coïncidence.

– Ce n'est pas un hasard. »

Kehoe se redressa, comme si une meilleure posture pouvait l'aider à y voir plus clair.

Marcus toussota.

« Il souffrait d'un syndrome du QT long et portait un pacemaker – un Johnson EKJ06, qu'on lui avait posé à

1. Voir *City of Windows*.

Cornell il y a deux ans. L'appareillage a été détruit dans l'explosion, mais la carte mémoire a pu être sauvée. Nous l'avons connectée à un outil de diagnostic pour voir si elle nous indiquerait l'heure exacte de sa mort… »

Le légiste marqua un temps d'arrêt, pour d'évidentes raisons de dramaturgie. Ces jours-ci, tout le monde se prenait pour David Caruso.

« Et donc ?

– Trois secondes et quatre dixièmes avant la détonation, son pacemaker a déclenché une fibrillation auriculaire, entraînant de fait un infarctus.

– Mais encore ?

– En d'autres termes, son pacemaker a provoqué une crise cardiaque, qui l'a obligé à faire un pas de côté.

– Comment est-ce possible ? demanda Kehoe après un temps de réflexion.

– Justement, ça ne l'est pas. Aucune force extérieure ne peut causer ce type de défaillance, pas même une impulsion électromagnétique. Ces systèmes disposent d'une telle redondance matérielle qu'ils sont pour ainsi dire à l'épreuve des bombes – passez-moi l'expression. J'ai déjà vu passer sur mes tables des électriciens qui s'étaient pris sept mille deux cents volts dans les dents et dont tous les organes étaient détruits. La peau est perforée, les chaussures fondues, le cerveau frit, mais le pacemaker fonctionne encore. Je n'en ai jamais vu un planter, à moins que le dispositif n'ait été touché directement – par une balle, par exemple –, et croyez-moi, j'en vois passer un paquet chaque année. Pourtant, en analysant l'historique, nous avons trouvé des lignes de code qui n'avaient rien à faire là.

– Donc il y a bien eu une défaillance.

– Non. Ces systèmes reçoivent des mises à jour automatiques – un peu comme votre téléphone. Ils envoient aussi des comptes rendus à l'hôpital pour qu'un médecin, ou devrais-je dire un algorithme médical, analyse les données et fasse les ajustements nécessaires en temps réel. Dans le cas de M. Hockney, l'ordinateur de l'hôpital a envoyé un code malveillant.

– Je ne comprends pas…

– Le technicien chargé du logiciel à Cornell a piraté le pacemaker de William Hockney pour qu'il fasse une crise cardiaque.

– Vous pouvez le prouver ?

– Toutes les données sont sur la carte mémoire, je n'invente rien.

– Alors ce n'est pas la mine qui a tué William Hockney ?

– Si, mais seulement parce qu'elle a explosé juste avant qu'il meure d'un infarctus. »

85

Université de Columbia

À l'arrivée de Lucas, Bobby Nadeel et Caroline Jespersen étaient installés devant l'une des longues tables du labo. Jespersen y avait posé la tête et dormait à poings fermés. Nadeel, quant à lui, était dans un tel état de concentration qu'il ne leva même pas les yeux.

Au sous-sol se trouvait le cortex cérébral de l'université. Dans ce réseau de couloirs climatisés se nichait un réacteur informatique de dernière génération, à même de résoudre les problèmes mathématiques les plus complexes qui soient. L'équipement n'avait rien à envier à celui du Pentagone. La faculté en avait fait l'acquisition grâce aux dotations d'anciens étudiants fortunés ainsi qu'à des partenariats avec des entreprises de technologie.

Tous les tableaux blancs disponibles semblaient avoir été descendus dans le laboratoire et agglutinés les uns aux autres. Il ne restait plus un centimètre carré d'espace vierge – toute la surface disponible avait été tatouée au feutre rouge et ornée de centaines de post-it. Même de loin, Lucas voyait qu'il s'agissait d'une série d'impasses ; visiblement, leur exploration numérique n'avait pas encore porté ses fruits. Aucun résultat n'était jamais garanti, même avec tout le zèle du monde.

Lucas se sentait horriblement mal en point. Il arrivait encore à tenir debout, mais on aurait eu du mal à tirer davantage de lui.

« Docteur Page ?

– Hein, pardon ? »

Lucas se tourna vers Nadeel, qui le dévisageait comme s'il venait d'avaler ses clés de voiture. Caroline Jespersen se tenait derrière lui, encore à moitié dans les vapes.

« Vous allez bien ? demanda le jeune homme.

– Je suis juste un peu fatigué…

– Vous voulez un café, ou autre chose ? »

Lucas sortit le flacon de Doliprane de sa poche. Ne parvenant pas à le déboucher, il le posa sur le bureau et lui donna un coup avec le tranchant de sa prothèse, façon karaté. Le couvercle vola à travers la pièce, de même que la moitié des comprimés. Lucas en ramassa quelques-uns, qu'il engloutit aussi sec. En levant les yeux, il s'aperçut que ses étudiants le regardaient avec plus qu'un soupçon d'inquiétude dans les yeux.

« Saleté de bouchon défectueux », dit-il.

Cecile Rasmussen, la responsable du laboratoire informatique, leur permettait d'occuper les lieux. La renommée de Lucas était un facteur de poids dans l'obtention de financements pour l'université et il n'avait jamais aucun souci pour accéder aux équipements – écrire des best-sellers et être invité sur les plateaux télé procurait quelques avantages.

Lucas savait qu'il finirait par s'effondrer s'il ne s'asseyait pas. Il saisit donc une chaise et s'y laissa lentement descendre. Tous ses organes semblaient maintenus par un miracle fait de beaucoup de chance et de quelques bouts de ficelle. Il craignait d'ajouter de nouvelles blessures à une liste déjà longue.

« Avez-vous trouvé un lien entre les cinq dernières victimes ? »

Si Nadeel était intelligent et créatif, Jespersen possédait

une subtilité innée pour tout ce qui touchait aux algorithmes ; c'était une chose qui ne s'apprenait pas. Nadeel était très doué pour trier les données, mais il avait besoin de sa camarade pour lui fournir les outils adéquats.

Le jeune homme parcourut la forêt de canettes de Coca amassées sur un coin du bureau, les secouant l'une après l'autre en quête de quelques gouttes supplémentaires. Il en trouva une qui parut lui plaire et la vida avant de passer le relais à sa camarade : « Caroline va vous dire tout ce que vous devez savoir sur nos cinq mousquetaires. »

Jespersen s'étira, bâilla et passa ses doigts dans ses cheveux. Elle faisait son possible pour ne pas fixer Lucas.

« Oui, donc… On ne pourrait pas trouver cinq personnes moins connectées entre elles, même en utilisant un algo pour les séparer. Ça n'a aucun sens pour cinq hommes du même âge, ayant fait le même type d'études et vivant dans un environnement géographique assez proche de n'avoir à ce point aucun rapport… On sait qu'ils ont tous participé aux explosions, même de façon indirecte, mais ils semblent l'avoir fait de façon complètement indépendante les uns des autres, ce qui est impossible. Alors, comme vous nous l'avez enseigné, on s'est posé la question de ce qui manquait, dit-elle avec l'air d'avoir trouvé la bonne réponse à une question piège. Et ce qui manquait… c'est une présence sur les réseaux sociaux. »

Jespersen prit un gobelet de ce qui ne pouvait être que du café froid, en avala une lampée et tourna son ordinateur vers Lucas.

« On s'est arraché les cheveux toute la soirée, mais impossible de les mettre en relation d'une façon ou d'une autre. Ce qui est étrange, c'est que leurs vies coïncident presque au millimètre, et ce jusqu'au jour exact de leur mort, où ils sont tous assassinés de la même façon et quasiment au même instant. »

Jespersen entra une ligne de code dans son ordinateur et le mur d'écrans s'illumina, faisant apparaître un gigantesque amas de tableurs.

« Jusqu'au mois d'avril il y a deux ans, tous les cinq étaient actifs sur les réseaux sociaux. Rien qui sorte de l'ordinaire – pas des Youtubeurs, influenceurs Instagram ou autres conneries du genre –, juste les habituelles photos de barbecue entre amis. Et tout à coup, ça s'arrête. Fini. Ter-mi-né.

– Du jour au lendemain ? »

Jespersen claqua des doigts.

« Comme s'ils avaient trouvé une nouvelle religion. Donc, voici nos cinq phénomènes, dit-elle en faisant défiler les tableurs. Ils ont tous à peu près le même profil : des jeunes hommes dans la vingtaine. Donny Rich, vingt-six ans, tué dans la maison qu'il partageait avec sa mère à Medusa. Steve Whiteman, vingt-trois ans, tué dans sa chambre chez ses parents à Forest Hills. Tony Iannantuono, vingt-sept ans, tué dans son appartement du New Jersey. Barnabas O'Hare, vingt-quatre ans, tué dans le sous-sol du pavillon qu'il louait à Staten Island. Enrique Cristobel, vingt-cinq ans, tué chez lui à Brooklyn…

« Tous étaient bons élèves au lycée, plutôt branchés sciences ; tous ont reçu des distinctions qui ont été publiées sur le site web de leur établissement ; et tous sont entrés à la fac il y a quatre ans dans le nord-est du pays – à part Iannantuono, qui a commencé un an plus tôt. Ce ne sont pas les mêmes universités, mais les domaines d'études coïncident pour quatre d'entre eux : Rich était en botanique cellulaire à Cobleskill, Cristobel en gestion de la biodiversité à Guttman, Whiteman en récoltes et métabolisme à Cornell et O'Hare en gestion et protection de la nature à Houghton. Iannantuono est un cas particulier, puisqu'il a fait la fac de droit d'Albany.

« Aucun d'entre eux n'avait de petite amie… mais

alors, pas le moindre début d'une relation avec quiconque, homme ou femme. Je suis prête à parier qu'on a affaire à des incels. »

Elle leva les yeux vers Lucas, qui secouait la tête.

« Quoi ? Il y en a plus que vous ne croyez.

– Continuez », dit-il.

Jespersen laissa échapper un soupir, puis reporta son attention sur l'écran.

« Ce même mois d'avril il y a deux ans, tous les cinq ont fait un séjour à Las Vegas, où ils ont logé dans des hôtels différents. À en croire Facebook, ils ont eu des activités tout ce qu'il y a de plus standard pour des étudiants. Whiteman est allé voir un spectacle en hommage aux Beatles (apparemment ça se fait encore), Iannantuono a visité un musée automobile, O'Hare a fait des achats dans une boutique Ralph Lauren, Cristobel a beaucoup joué aux machines à sous. Quant à Rich, il n'avait pas de profil Facebook, donc on ne sait pas. À partir de là, il n'y a plus aucune trace d'eux sur Internet.

– Rien ?

– Comme s'ils étaient morts. Tous les cinq disposaient de forfaits Internet hyper haut débit avec données illimitées, mais aucun d'entre eux n'a ne serait-ce que surfé sur un site web, consulté un e-mail ou fait une recherche sur Google. Ils n'avaient pas non plus de téléphones portables. Bref, ils ont tout bonnement mis un terme à leur vie en ligne.

– Ils utilisaient des navigateurs Tor ?

– Probablement, dit-elle avec un haussement d'épaules. Je n'ai pas pu le vérifier auprès de leurs fournisseurs d'accès, mais c'est une hypothèse crédible…

– C'est hallucinant, putain, intervint Bobby. C'est comme s'ils occupaient le même cerveau, mais dans des univers parallèles. Comme si leurs trajectoires étaient calculées exprès pour ne jamais se croiser. C'est une impossibilité statistique, dit-il en se levant pour aller se poster devant l'écran. Trois d'entre eux ont changé de carrière du tout au tout dans les deux semaines qui ont suivi ce fameux séjour à Las Vegas. Rich s'est réorienté vers la programmation ; Whiteman a quitté l'université pour passer son permis poids lourd ; O'Hare a fait une formation en mécanique et s'est spécialisé dans la réparation et l'entretien des générateurs industriels. Iannantuono est resté en fac de droit.

« Whiteman a été embauché par la compagnie qui organisait l'événement au Guggenheim – c'est lui qui a livré le canon à neige et les confettis. Le FBI l'a interrogé, mais ils n'avaient aucune raison de le soupçonner. Iannantuono était en stage chez Stogner, Pruitt & Gibson, où il était l'assistant d'Alexander Stogner. Lui aussi a été interrogé, mais il menait une vie si terriblement normale qu'ils ont laissé courir. C'est sans doute lui qui a placé la bombe dans l'attaché-case de l'avocat. O'Hare travaillait pour l'entreprise qui faisait la maintenance des générateurs du data center de Hudson Street – il s'y est rendu neuf fois au cours de l'année écoulée. Comme nous le savons déjà, Cristobel est le livreur UPS qui se trouvait chez Jonathan Makepeace le matin de l'explosion ; on peut donc supposer que c'est lui qui a placé la bombe dans le coffre à cigares. Rich, lui, n'a jamais quitté sa ville natale. »

Lucas pouvait presque voir les pièces du puzzle s'organiser. Lentement.

« Pour le FBI, la seule chose qu'ils avaient indiscutablement en commun, c'est leur mort. Avant cela, ils n'étaient connectés d'aucune façon concrète…

– À part ce voyage à Las Vegas, dit Jespersen.

– Quelque chose s'est passé là-bas, dit Lucas en s'approchant tout près d'un des écrans, concentré sur l'un des champs en surbrillance. Vous n'allez pas me dire que ce qui se passe à Vegas reste à Vegas, quand même ? »

Nadeel eut un petit sourire.

« Quoi ? demanda Lucas, que son sixième sens commençait à chatouiller.

– Dis-lui », fit Bobby à Caroline.

Cette dernière pianota sur le clavier et les écrans s'éteignirent un instant, avant d'afficher la photo d'un jeune homme dans la vingtaine. Il avait l'allure banale de tous les pères célibataires/conducteurs de pick-up dont s'amourachaient les personnages féminins des comédies romantiques qu'il devait endurer avec Erin. Ses traits n'avaient rien de remarquable. Si Lucas fermait les yeux, il serait incapable de se remémorer son visage.

« Voici Mitchell Stahlberg, dit Jespersen.

– Qu'a-t-il à voir avec notre affaire ?

– Mitchell a fait le même voyage à Las Vegas que les cinq autres ; même date d'arrivée, même date de départ. Il a un profil absolument similaire, que ce soit par son âge ou son lieu de résidence. Le jour même de son retour à Long Island, il a supprimé tous ses comptes sur les réseaux sociaux. Avant ce séjour, il était en études environnementales – avec une spécialisation dans la gestion des eaux usées. Une semaine après, il a passé le concours de la police scientifique.

– Pourquoi est-ce que je n'ai pas entendu parler de lui jusqu'à présent ? » demanda Lucas en tendant sa main métallique vers le moniteur.

Son doigt s'arrêta juste avant de toucher l'écran ; un petit arc d'électricité statique fusa jusqu'à son index.

« Où se trouve-t-il actuellement ?

– Justement... » commença Jespersen avant de taper sur le clavier de son ordinateur pour ouvrir la photo d'un article paru dans la presse locale.

En illustration, la photo d'un camping-car sur une plage. La carrosserie en aluminium était presque entièrement calcinée, les pneus fondus. Ne restait plus qu'un châssis noirci par la fumée.

« Mitchell Stahlberg est mort dans une explosion sept mois après être rentré de Las Vegas. »

Lucas sentit les rouages de la machine s'enclencher. Toute cette affaire pourrait bientôt tenir debout. Il suffisait de consolider quelques murs porteurs.

« Alors ? fit soudain Bobby Nadeel, semblant se réveiller d'un voyage temporel.

– Alors quoi ? fit Lucas.

– Qu'en pensez-vous ?

– Il faut qu'on trouve qui ces types ont vu à Las Vegas.

– Mais comment ?

– Remballez tout, on va faire un tour. »

86

26, Federal Plaza

Otto Hoffner tendit la tablette à Kehoe.

« Regardez ça », dit-il simplement.

L'image était tirée d'une vidéo de surveillance prise sur la terrasse de William Hockney.

C'était le petit matin, le soleil allongeait les ombres sur les toits. Le vieil homme se tenait figé, légèrement sur la gauche de l'écran, les yeux tournés vers la caméra. Le sol carrelé était mouillé, tout comme les rangées d'arbustes bien taillés qui s'alignaient sur la terrasse. Des plaques de neige s'étalaient au sol en une géométrie irrégulière et certaines plantes étaient saupoudrées de blanc.

Hockney était trempé. Ses vêtements lui collaient à la peau, mettant en évidence la maigreur de son corps, comme distendu sur la moitié supérieure. Les cheveux lui tombaient dans les yeux et son visage n'exprimait qu'une intense souffrance. Il avait passé la nuit dehors, sous la pluie, le vent et la neige.

L'horodatage était figé quinze secondes avant l'instant de sa mort. Kehoe tapota l'écran et le temps reprit son cours.

Hockney se mit à trembler avec une remarquable

clarté. Une fois le mouvement rétabli, on ne pouvait manquer de percevoir sa terreur, sa souffrance et sa confusion. Cela devait faire environ sept heures qu'il se tenait là ; il devait être en état de choc.

Après plusieurs secondes, quelque chose attira l'attention du vieillard hors champ. Ses yeux se plissèrent. Il leva la main, tendit le bras.

Un petit drone entra dans le cadre de l'image et s'arrêta juste hors de sa portée.

William Hockney marmonna quelques mots.

Le drone se déporta sur la gauche, puis se cabra vers l'arrière dans un mouvement de libellule. Hockney dit autre chose et le drone se rua vers lui, comme pour le menacer. Mais le vieil homme ne bougea pas d'un pouce – il était figé sur place et n'aurait sans doute pas pu faire un pas même s'il l'avait voulu.

Le drone était de taille modeste, une cinquantaine de centimètres carrés, et possédait un genre de charge sur l'avant. Il planait devant l'homme, inflexible.

Le vieillard était maintenant secoué de gros sanglots difficilement supportables, même sans le son. Puis il se mit à trembler de tout son corps, comme si son système nerveux avait lâché, et s'agrippa la poitrine.

Le drone recula jusqu'en lisière de l'image où il fit du surplace un moment.

William Hockney tituba en arrière, d'une seule foulée abrupte.

Un objet bondit en l'air depuis le sol avant d'exploser, trop vite pour qu'on puisse réellement distinguer quoi que ce soit. À peine un flash et le torse du vieil homme fut désintégré en une vapeur noire. Des morceaux de viande mouillée retombèrent de toutes parts. L'une de ses jambes se tint à la verticale une seconde avant de s'affaisser dans une flaque.

Puis le drone obliqua et sortit du champ de la caméra.

« Qu'est-ce que c'est que ça ? demanda Kehoe.

– C'est un drone de loisir, chef, dit Hoffner en récupérant la tablette. Nos gars ont identifié un Aeromax T-221. Il est en vente partout, y compris sur Amazon, au prix d'environ trois cents dollars. Il est relativement simple d'utilisation et peut être connecté à un téléphone. On peut le diriger à vue, grâce à sa caméra intégrée.

– Et cette chose, sur l'avant ?

– On ne peut rien vous cacher, chef, dit Hoffner en souriant. D'après nos équipes, il s'agit d'une charge de C-4 montée en forme de lentille. Apparemment, à faible distance, elle aurait suffi à le décapiter.

– Le meurtrier voulait vraiment s'assurer de sa mort le matin venu.

– C'est ce qu'on dirait.

– Puisqu'il y a une caméra sur le toit, a-t-on des images de la personne qui a posé cette mine ? »

Kehoe détestait poser des questions évidentes. S'ils avaient la réponse, Hoffner le lui aurait déjà dit.

« Les vidéos sont stockées sur le cloud, répondit ce dernier en faisant non de la tête. En temps normal, elles sont archivées pendant trente jours, mais le système a été réinitialisé hier à minuit.

– L'assassin avait donc accès au système de sécurité, ou s'est débrouillé pour le hacker ?

– On dirait bien, oui. »

Kehoe ne réagit pas, mais c'était une preuve supplémentaire que Page avait raison : un néo-luddite opposé à la technologie n'aurait jamais recours à un drone dirigé par téléphone portable, pas plus qu'il ne s'amuserait à pirater un système de sécurité.

« Merci, Otto. »

Le voyant du téléphone fixe s'alluma.

« Oui ? répondit-il en activant le haut-parleur.

– Monsieur Kehoe, le Dr Page est ici. Il a amené des visiteurs. »

Kehoe jeta un regard à Hoffner, qui leva les yeux au ciel ; Page et lui n'étaient pas près d'être amis.

« Qu'est-ce qu'il veut, ce connard ? marmonna Hoffner.

– Que tu dégages, pauvre mec », rétorqua Page depuis l'embrasure de la porte.

87

Kehoe était parvenu à masquer sa surprise, mais Lucas le connaissait suffisamment pour savoir qu'elle frémissait sous la surface. Il reposa les documents que Lucas lui avait apportés, ôta ses lunettes et adopta sa posture habituelle, les doigts joints sous le menton.

« C'est... » commença-t-il.

Lucas laissa le silence s'étirer quelques secondes.

« Qu'est-ce que tu veux ? finit par demander Kehoe.

– Je veux que tu donnes une chance à ces jeunes, ainsi que toutes les autorisations nécessaires. Ils ont découvert ça à l'aide de logiciels standard et d'un algorithme cousu main. S'ils avaient disposé de toutes les accréditations, ils auraient collé la honte à tes agents. Enfin, encore plus qu'ils ne l'ont déjà fait », ajouta Lucas en souriant.

Les disques durs que lui avait donnés Curtis et qu'il avait confiés à Nadeel et Jespersen contenaient l'historique numérique de toutes les personnes liées aux attaques. Ils avaient pu recouper beaucoup de ces données avec des informations en libre accès, mais n'avaient pas les moyens de consulter les dossiers d'employeurs, les archives officielles ou les fichiers de police.

Kehoe contracta la mâchoire, prit sur lui et décrocha le téléphone.

« Faites-les entrer. »

Otto Hoffner ouvrit la porte à Bobby Nadeel et Caroline

Jespersen. Bobby semblait réellement minuscule à côté du géant. Caroline était grande, presque un mètre quatre-vingts, mais Hoffner la dépassait d'une tête et faisait trois fois son poids.

Sur un signe de Kehoe, ce dernier s'effaça, avec la grâce d'un distributeur automatique.

Le regard de Kehoe passa des étudiants aux documents, puis à Lucas. Il se pencha en avant, joignit une nouvelle fois les doigts sous son menton.

« Je vais vous donner une chance, mais à la moindre entourloupe, cette petite expérience sociologique sera terminée et vous vous en souviendrez… Est-ce que c'est clair ?

– Oui, monsieur », dit Jespersen en déglutissant.

Nadeel était trop occupé à sourire pour acquiescer.

« Alors, dit-il en se frottant les mains, vous les rangez où, ces ordinateurs ? »

88

Lucas prit le temps de lire en détail les rapports de la police et du médecin légiste sur le décès de Mitchell Stahlberg. La plus grande différence entre son décès et celui des autres était la chronologie – Stahlberg était mort sept mois à peine après son passage par Las Vegas.

Il fallait découvrir ce qui le liait aux Cinq Fantastiques.

Les premières pages du rapport de police ne fournissaient pas beaucoup plus d'informations que la photo du camping-car brûlé que Jespersen lui avait montrée au labo. Le langage utilisé respirait l'ennui et la paresse. L'agent de police avait des choses plus importantes (ou plus agréables) à faire qu'établir le procès-verbal d'un incendie criminel. Il y décrivait le véhicule : un vieux camping-car apparemment abandonné, incendié dans les deux jours précédents, probablement par des enfants. Il avait été découvert par un couple de promeneurs (noms fournis).

Ce n'est qu'à la deuxième page, lorsque le corps avait finalement été découvert dans les débris, que l'écriture se resserrait, devenait plus nerveuse, comme s'il y avait effectivement quelque chose de pourri au royaume du Danemark.

Une rapide recherche parmi les registres de personnes disparues avait fait remonter le nom du propriétaire du véhicule – un certain Mitchell Stahlberg, de Sheepshead

Bay. Le policier, Jamal Rice, avait téléphoné à ses parents, ainsi qu'à son dentiste, ce qui avait achevé de le convaincre qu'il se trouvait bien en présence du cadavre du jeune homme. Cinq jours plus tard, les analyses ADN avaient confirmé son identité.

La police du comté de Nassau avait envoyé une équipe de techniciens sur les lieux. Ils avaient statué que l'incendie était dû à une fuite de gaz au niveau du tuyau reliant la bouteille de propane aux plaques de cuisson et que l'explosion s'était produite lorsque le jeune homme avait allumé une cigarette (les parents de Stahlberg avaient confirmé qu'il fumait). La piste criminelle ne fut à aucun moment envisagée par les policiers.

La déposition des parents – Mickey et Judy – était l'élément le plus intéressant du dossier. Ils évoquaient la santé mentale de leur fils et ses récentes crises d'angoisse. Suite à cet entretien, Rice avait interrogé le Dr Alan Abramov, le psychiatre ayant effectué l'évaluation de Stahlberg au Centre psychiatrique de Rockland deux semaines avant sa mort.

Le rapport de police retraçait les grandes lignes du diagnostic, dans un résumé qui fleurait bon le jargon psychologique.

Mitchell Stahlberg, jeune célibataire de vingt-cinq ans, a été conduit au Centre psychiatrique de Rockland par ses parents, qui s'inquiétaient pour sa santé mentale. Lors de son admission, le patient se trouvait dans un état d'agitation extrême. Il répétait sans cesse qu'« ils » lui voulaient du mal car il les avait trahis, mais a refusé d'expliquer précisément qui « ils » étaient ou pourquoi ils lui « voulaient du mal ». On lui a administré 5 mg d'halopéridol en IM pour soulager sa psychose paranoïaque, ce qui l'a rapidement calmé. Le patient s'étant engagé à revenir pour un rendez-vous de suivi cette même semaine et à effectuer des visites hebdomadaires à la clinique, il a été libéré avec une prescription de 1 mg d'Haldol à prendre matin et soir par voie orale.

Les parents de Stahlberg avaient insisté pour que leur fils, malgré sa maladie, conserve le camping-car familial dans lequel on l'avait retrouvé. Il avait en effet réparé le véhicule avec son père, ingénieur mécanique. Ensemble, ils passaient leur temps à l'entretenir et à le retaper jusqu'aux plus petits composants ; les Stahlberg étaient donc sûrs que la mort de leur fils n'était pas accidentelle.

C'est vrai, Mitchell souffrait de problèmes psychologiques depuis l'enfance, mais il avait toujours bénéficié d'un suivi médical. Il prenait son traitement et vivait une vie normale – d'aucuns diraient exemplaire. Cela faisait presque une décennie qu'il était guéri et huit ans qu'il n'avait eu ni crise ni symptômes. Pour eux, ces soucis étaient de l'histoire ancienne.

Pourtant, la déposition de Mme Stahlberg montrait que son fils était en train de perdre pied. Il affirmait faire partie d'une société secrète qui détruirait la civilisation avant d'en rebâtir une nouvelle sur les cendres de l'ancienne. Ses membres communiquaient via des boîtes mail secrètes et des téléphones prépayés que l'on déposait la nuit sur le pas de leurs portes. Le groupe avait une tête pensante qui disposait d'une armée prête à passer à l'action. Ils s'attaqueraient à des hauts lieux de la société technologique et appelleraient la population à se ranger du côté de l'humanité, par opposition à l'intelligence artificielle, la technologie ou la mécanisation à outrance.

Lucas referma le dossier et resta les yeux dans le vague un moment, tandis que les pièces du puzzle tournoyaient dans son esprit en cercles toujours plus étroits.

Stahlberg avait tout du cinglé paranoïaque.

Une société secrète qui détruirait la civilisation ?

Dont les membres communiquaient via des boîtes mail secrètes et des téléphones prépayés ?

Une tête pensante ?

Lucas se remémora la citation de Joseph Heller : « Ce n'est pas parce que vous êtes paranoïaque qu'ils n'en ont pas après vous. » Même Freud reconnaissait que le paranoïaque n'a jamais entièrement tort.

Peut-être s'agissait-il d'une coïncidence. D'une fuite de gaz. Peut-être le garçon était-il *vraiment* un cinglé paranoïaque – mais il était à Las Vegas et répondait à tous les autres critères, jusqu'à la façon dont il était mort.

Quelle était sa place dans tout cela ?

Il n'y avait qu'une seule explication logique à la mort des autres : ils avaient rempli leur part du contrat.

Stahlberg avait-il accompli sa mission ou s'agissait-il de quelque chose de plus évident ? Avait-il tenté de faire machine arrière ? Sa santé mentale avait-elle fini par poser problème ?

Une chose était sûre, les six hommes – encore étudiants à l'époque, quasiment des enfants – avaient été recrutés à Las Vegas.

Mais par qui ?

Lucas fixait toujours le rapport lorsque Otto Hoffner entra dans le bureau, à une vitesse remarquable pour un homme de son gabarit et de son poids.

« On nous attend en bas », dit-il en claquant des doigts.

89

Lucas marchait aussi vite que possible et remarqua avec une certaine fierté qu'il y avait un peu de progrès par rapport à la veille. Il ne pouvait pas avancer aussi rapidement que Hoffner, mais le géant n'avait pas réussi à le semer, ce qui constituait une preuve incontestable de sa détermination. Ils arrivèrent dans une salle informatique à l'écart, l'une de celles que Kehoe utilisait pour les opérations tactiques. Y trônait un seul grand bureau, sur lequel trois claviers étaient alignés. Le mur du fond était tapissé d'écrans du sol au plafond. On y voyait une image tirée d'une vidéo YouTube.

Kehoe se tenait derrière Jespersen et Nadeel, l'air concentré et résolu.

L'étudiant pivotait dans son fauteuil Aeron, souriant d'une blague qu'il était le seul à comprendre. Il désigna le mur d'écrans Oled illuminant la pièce.

« Comme vous me l'aviez demandé, j'ai passé en revue les huit cent vingt-six conférences ayant eu lieu à Las Vegas au cours de ce fameux week-end d'avril. La moitié d'entre elles étaient des événements commerciaux (pour des tapis, des voitures ou autres) que j'ai écartés d'emblée. J'ai privilégié tout ce qui semblait se rapprocher des grands thèmes de cette affaire – colloques médicaux, congrès d'assureurs, recrutements industriels… C'est là que je suis tombé sur cette conférence TED… »

Kehoe croisa le regard de Lucas ; il semblait impressionné. En tout cas, il ne regrettait pas d'avoir accepté l'aide de Nadeel et Jespersen.

Le jeune homme fit tournoyer son index au-dessus du clavier comme pour éveiller ses propriétés magiques, avant d'appuyer sur la touche *entrée*.

Tous levèrent les yeux vers l'écran.

C'était une vidéo professionnelle, qui restait de bonne qualité même affichée en trois mètres sur cinq. La scène avait lieu dans un auditorium de taille indéterminée – les murs et le plafond avaient été obscurcis pour créer une impression d'immensité. Le mot *TED* flottait à l'arrière-plan en lettres rouges.

La caméra balaya le public en tournoyant. On distinguait à peine la foule tapie dans l'obscurité.

L'image se recentra sur l'homme qui montait sur scène. Il avait environ vingt-cinq ans et portait le costume traditionnel de la Silicon Valley – jean et sweat à capuche noirs. Il était équipé d'un casque audio pourvu d'un petit micro. Après les applaudissements d'usage, brefs et courtois, l'homme prit la parole : « Bonsoir, je suis le docteur Zachary Sarkozy et je vous souhaite la bienvenue. Dans cette conférence, je vous parlerai des conséquences dramatiques que pourrait avoir la révolution de l'intelligence artificielle si nous n'y sommes pas préparés correctement… »

« Je suis vraiment obligé d'écouter ça ? intervint Lucas, que la diction soporifique de l'homme ennuyait déjà.

– OK, oubliez ce loser, dit Nadeel. Regardez plutôt ça. »

Il mit la vidéo en pause, puis ouvrit un autre extrait de la même conférence. C'était une capture d'écran de l'assistance plongée dans les ténèbres. On ne distinguait rien de plus qu'un groupe de gens assis dans le noir.

« Juste là, dit Nadeel en désignant le sommet d'un

crâne, qui aurait aussi bien pu être celui d'une marionnette en papier.

– Où ça, là ? On n'y voit que dalle.

– Heureusement, je suis là pour ça. Au départ, j'ai utilisé le logiciel du FBI. Pour une raison obscure, il s'agit d'Adobe Premiere Pro, qui n'est pas trop mal pour un programme du commerce, quand on ne voit pas plus loin que le bout de son nez, dit-il en jetant un regard en coin à Kehoe. Ensuite, j'ai téléchargé un plug-in codé par mon ami Ronnie – merci aux équipes de M. Kehoe, qui ont été assez sympas pour ouvrir une brèche dans leur firewall. Ça nous a fait gagner du temps. »

Il sélectionna la zone en question, puis joua avec la luminosité. Ce fut comme si un spot s'était allumé pour éclairer un fantôme.

Lucas fixa l'écran. Il n'oublierait jamais le visage de l'homme qu'il était en train de regarder. La dernière fois qu'ils s'étaient croisés, c'était sur une route où l'un d'eux avait fini calciné, et où l'autre avait failli laisser sa peau.

« Benjamin Frosst…

– Et ce n'est que le début », dit Bobby avec un sourire satisfait.

Il éclaira la silhouette à gauche de Frosst, transformant une fois de plus une forme indistincte en être humain reconnaissable.

Les pommettes hautes, les cheveux parfaitement peignés et la mise de milliardaire ne laissaient aucune place au doute : il s'agissait de William Hockney Junior.

« Benjamin Frosst et William Hockney Junior sont allés voir une conférence TED à Las Vegas pendant que nos cinq rigolos s'y trouvaient ?!

– Ça ne s'arrête pas là. Après avoir identifié ces deux-là, j'ai scanné le reste du public avec un logiciel de reconnaissance faciale. Une fois de plus, vos amis du FBI sont un peu à la traîne, mais après avoir installé un patch supplémentaire, j'ai pu trouver ça… »

Nadeel ouvrit six captures d'écrans. Sur chacune d'elles, la silhouette d'un spectateur avait été cerclée de rouge. Il cliqua sur les images l'une après l'autre, illuminant une fois de plus les silhouettes assombries. Ils étaient assis dans différentes parties de l'auditorium, mais leur identité ne faisait aucun doute.

« Et voici donc nos Cinq Fantastiques, avec Mitchell Stahlberg en prime. Ce qui nous fait... les Six Fantastiques ? Ça sonne moins bien, mais vous voyez l'idée. »

Les visages des morts contemplaient Lucas depuis l'écran. Six jeunes hommes passés par Las Vegas et recrutés la même semaine. Six jeunes hommes ayant participé à ces attaques meurtrières, avant d'être rayés de la surface du globe.

Dans la même pièce que William Hockney Junior et Benjamin Frosst.

Nadeel réduisit les images, ne laissant que la vidéo YouTube figée sur l'écran géant. Lucas contourna le bureau et s'avança jusqu'à se trouver nez à nez avec William Hockney Junior et Benjamin Frosst, assis au premier rang d'une conférence TED lors d'un week-end décisif dans la genèse des attentats – le moment précis où les assassins avaient franchi le pas entre la théorie et la pratique.

Lucas approcha sa main métallique du visage de William Hockney Junior. Même s'il ne sentait rien, il entendait le grésillement de l'étincelle qui se préparait. Lorsque son doigt ne fut plus qu'à un centimètre, un arc électrique apparut dans un claquement sec.

Il se remémora la façon dont les explosions avaient été orchestrées et cette lettre néo-luddite. Il pensa aux projets de Seth et de William Senior pour leur empire ; à Jonathan Makepeace ; à Timo Saarinen, le génie d'Horizon Dynamics, et aux jalousies qu'il avait dû susciter ; au C-4 fabriqué par ENF ; à William, pulvérisé sur son balcon ; à Seth, réduit en cendres dans la salle de conférences du FBI ; à la façon dont Frosst s'était attaqué à eux. Tout pointait vers une seule et même personne. L'explication était purement freudienne.

« Le prince veut être roi », résuma Kehoe derrière lui.

90

Lucas était confortablement installé dans le fauteuil cube du bureau de Kehoe. Son niveau d'adrénaline était retombé et ce calme retrouvé le rendait somnolent. Un état qu'il combattait au moyen d'un autre café, ce qui portait le total de la journée à… dix ? douze ?

Derrière la cloison transparente, la salle de crise opérait à pleine puissance. Les agents s'activaient à toute vitesse, comme si le système de ventilation pompait de l'oxygène dans le bâtiment.

Lucas observait Kehoe, qui faisait les cent pas dans l'une des salles de conférence vitrées de l'autre côté du hall. Tout le monde autour de lui semblait être branché sur le même courant électrique.

Nadeel et Jespersen étaient tranquillement assis à l'extérieur de son bureau, sur une paire de chaises Herman Miller. Jespersen avait la tête rejetée en arrière et les yeux clos ; à son souffle régulier, on voyait qu'elle dormait. Le garçon, quant à lui, avait les mains posées sur son ordinateur et les genoux qui tressautaient furieusement, comme si John Bonham avait pris le contrôle de son système nerveux.

Kehoe avait fait appel à toutes les agences officielles – et officieuses – pour mettre la main sur William Hockney Junior. Le département d'État et celui de la Sécurité intérieure avaient pris contact avec les autorités chinoises. Il était très probable que la CIA avait fait de même. Le jeune Hockney se trouvait sur leur territoire, même s'ils ne savaient pas encore précisément où. Cela signifiait qu'il avait encore la capacité de nuire.

Toutes ses sœurs et demi-sœurs avaient été localisées – l'une d'elles se trouvait à Palm Beach, les autres en Europe. Elles n'étaient pas impliquées dans les affaires de leur père, mais immanquablement attachées à sa fortune. Aucune ne savait où se terrait William Junior.

Cependant, un homme qui dirigeait un empire industriel et voyageait dans un avion à soixante-dix millions de dollars ne pouvait pas disparaître des écrans radar bien longtemps, pas même en Chine. Il y aurait des traces écrites, des indices numériques – il suffirait de retrouver le premier pour pouvoir remonter la piste. Ou d'attendre que les autorités chinoises le trouvent pour eux.

Après la découverte de Nadeel et Jespersen, un concours de nécromancie digitale s'était engagé. Les enquêteurs du FBI n'avaient pas apprécié de se faire (une fois de plus) distancer par un duo d'amateurs et étaient passés à l'offensive. Ils avaient disséqué cette semaine d'avril avec tous les outils à leur disposition, bien décidés à damer le pion aux étudiants. Après avoir passé deux heures à tout éplucher – des réservations d'hôtel aux locations de voitures en passant par les relevés de cartes de crédit, virements bancaires, boîtes mail et posts sur les réseaux sociaux –, ils n'avaient toujours rien trouvé pour confirmer la présence de William Hockney Junior ou de Benjamin Frosst à Las Vegas. Ce qui était d'autant plus frustrant que Nadeel possédait la preuve de leur présence en vidéo.

Une fois de plus, ce fut lui qui trouva – le jeune homme eut l'idée de consulter les ravitaillements en carburant des terminaux indépendants de l'aéroport de Las Vegas. C'est là qu'il découvrit que le jet de William Hockney

Junior était resté cinq heures sur le tarmac après avoir fait le plein à son retour de Taïwan.

Les passeports de Frosst et de Hockney avaient été consultés, mais seulement pour la forme. Pour les riches, les contrôles de douane et d'immigration étaient moins une contrainte qu'une représentation, comme beaucoup d'autres procédures. Les registres indiquaient qu'ils étaient rentrés aux États-Unis via l'aéroport de LaGuardia le lendemain matin.

Kehoe aiguillonnait ses troupes de l'autre côté du carreau. Lucas n'entendait pas ce qu'il disait, mais pouvait aisément l'imaginer. Il était heureux de s'être tenu à l'écart, car il avait grand besoin de faire un peu de tri dans ses pensées.

Si l'Américain moyen n'avait jamais entendu parler de la famille Hockney, William Junior était un habitué des publications spécialisées. Il avait été interviewé par *Forbes*, *The Economist*, le *New York Times*, le *Wall Street Journal* et quantité d'autres journaux financiers, jusqu'aux plus confidentiels. Sa pensée était sous-tendue par un refus des prises de risques importantes à long terme. C'était pourtant grâce à ces dernières que son père et son oncle avaient bâti leur empire industriel. Plutôt que de restructurer le paysage financier, il préférait s'y adapter et prendre des risques plus modérés à court terme. C'était un virage à cent quatre-vingts degrés, mais un virage qui, selon lui, était justifié par la conjoncture actuelle. Il ne donnait pas l'impression d'être particulièrement brillant ou perspicace, mais après tout il n'avait pas besoin de l'être – une intelligence modérée suffirait largement à entretenir son patrimoine.

Était-il assez ingénieux pour orchestrer une série d'attaques à la bombe ? Sa tentative pour faire porter le chapeau à un groupe de néo-luddites n'était pas des plus réussies – même si beaucoup de gens étaient tombés dans le panneau. Quel était l'intérêt de ce subterfuge si son but ultime était d'assassiner son père et son oncle ? Avec l'aide de Frosst, il n'aurait sans doute pas été difficile de planifier leur mort. Et pourquoi détruire le data center de Hudson Street ? Cela créait quand même un trou de quatre milliards et demi de dollars dans son héritage.

Kehoe ne négligerait aucun détail – il ne vivait que pour arrêter des malfaiteurs. Il avait consacré sa vie entière à cette mission et saurait remarquer que certains aspects de l'affaire ne collaient pas. Mais qu'en était-il de ses propres partis pris ? Serait-il si impatient d'arrêter les coupables qu'il serait prêt à se raccrocher à n'importe quoi ?

Sauf que ce n'était pas n'importe quoi. Pas entièrement du moins. Bien sûr, il pouvait s'agir d'un concours de circonstances. Bien sûr, la logique de certains éléments lui échappait encore. Et alors ? Le crime parfait n'existait pas. Bévues, anomalies, imprévus, erreurs de jugement et manies personnelles s'invitaient toujours à la fête.

L'image de Frosst et de William Hockney Junior assis dans cet auditorium était accablante. Elle laissait imaginer quantité de scénarios – mais sans preuves concrètes pour les corroborer, ces impressions ne valaient rien.

Lucas finit sa tasse et saisit la cafetière en inox posée sur la table. Le jeune agent qui lui avait apporté le café l'avait gentiment accompagné d'un plateau de sandwichs, mais il n'avait pas faim – il était trop occupé à essayer de convertir la caféine en énergie.

William Hockney Junior aurait-il passé deux ans à organiser tout cela ? Si tel était le cas, il y pensait depuis bien plus longtemps encore. Or, avec son refus des risques et des investissements à long terme, il ne donnait vraiment pas l'impression d'être un planificateur. Toutes ces attaques avaient demandé des mois de préparation.

Des années.

Comment avait-il rencontré ces six jeunes hommes ? Comment, surtout, les avait-il convaincus de tuer des personnes innocentes ? Stahlberg semblait être un accident de parcours – il avait dû péter les plombs –, mais les autres ? Ils avaient entièrement changé de vie et suivi le plan à la lettre pendant deux ans. Cela demandait un dévouement incroyable, et William Hockney Junior ne semblait pas être homme à inspirer ce genre de loyauté. La seule motivation qu'il pouvait leur offrir était financière. L'argent faisait tourner le monde – il avait causé des guerres sans fin et des souffrances inouïes –, mais comment cinq étudiants ordinaires pouvaient-ils voir les bombes exploser l'une après l'autre sans vouloir faire machine arrière ? Lucas connaissait les étudiants, l'argent pouvait les pousser à faire des choses peu recommandables et il existait plus qu'assez de psychopathes sur terre, mais quelles étaient les chances de trouver cinq jeunes hommes correspondant à un profil aussi précis ? Après leur assassinat, le FBI avait interrogé leur entourage ; aucun d'entre eux ne semblait souffrir de problèmes psychologiques. Ils donnaient au contraire l'impression d'avoir la tête sur les épaules – tous étaient de fervents défenseurs de l'environnement, adeptes du recyclage et de la diminution de l'empreinte carbone.

Lucas avait besoin de prendre un peu de recul. L'enquête penchait dangereusement d'un côté et il ne voulait pas être sur le pont quand elle ferait naufrage. Il finit son café et s'extirpa de son fauteuil.

Nadeel jeta un regard plein d'espoir à son professeur en le voyant approcher de sa chaise.

« Je dois filer, dit ce dernier, le regard toujours fixé sur Kehoe.

– On peut venir avec vous ? » demanda Nadeel en se levant.

Réveillée par les voix, Jespersen ouvrit les yeux et s'étira comme un chat.

« Venir où ? demanda-t-elle.

– Nulle part. Vous deux, vous restez là. Il est possible que j'aie besoin de votre aide.

– Et votre chauffeur ? » demanda Nadeel en cherchant des yeux le jeune agent qui lui avait été affecté en l'absence de Whitaker.

Lucas s'éloignait déjà.

91

Upper West Side

D'un bout à l'autre de l'horizon, le ciel était d'un gris uniforme – le parc s'étendait à l'est, tandis qu'un brouillard épais enveloppait l'ouest de la ville. Lucas contemplait le panorama depuis la terrasse, comme si la vue pouvait l'aider à ouvrir le cabinet mental où était entreposée la vérité. Il n'avait aucune idée de ce qu'il espérait accomplir par sa présence, mais de temps à autre il suffisait de déplacer quelques molécules pour remettre les choses en perspective.

William Hockney avait trouvé la mort ici, après avoir passé sa dernière nuit debout sur une mine. On ne pouvait s'empêcher d'imaginer la terreur de l'homme et surtout sa détermination. La peur était une hypothèse raisonnable lorsqu'on imaginait un homme de soixante-quinze ans à la hanche douloureuse pris en otage par un engin explosif. Mais la détermination, elle, était certaine. Indiscutable. Ce vieux renard avait défié la mort pendant six ou sept heures et aurait probablement remporté le combat si la Grande Faucheuse n'avait pas eu recours à des stratagèmes de bas étage pour l'emporter malgré tout.

Les bandes de ruban jaune qui délimitaient la scène de crime entouraient le mobilier extérieur en fer forgé, leurs extrémités claquant au vent. Le rayon de l'explosion était facile à identifier – le sol, le mur et la rambarde étaient criblés de trous d'impacts. Les arbustes, dont les branches et l'écorce avaient été soufflées par la détonation, en avaient pris un sacré coup. L'équipe de nettoyage avait fait du bon travail, mais il restait des éclaboussures de sang ici et là. Lucas savait qu'en cherchant bien on retrouverait des petits fragments de William Hockney dans les buissons, entre les briques ou les dalles d'ardoise.

Deux policiers en uniforme et un agent de sécurité des Hockney (une nouvelle orque) l'attendaient dans le salon. Cette fois, Lucas avait pu monter sans l'habituel coup de fil aux étages supérieurs. Chacun voulait désormais voir cette affaire conclue et sa présence constituait un pas dans cette direction, du moins en théorie.

Lucas examina le sol, à la jonction des quatre grosses dalles taillées à la main. Leurs coins avaient été brisés au marteau et la mine enfouie dans le sable. Le travail n'était pas particulièrement bien fait, il ne dénotait ni créativité ni talents particuliers – mais il demandait un sacré culot.

C'est là qu'intervenaient ses doutes sur le jeune Hockney.

L'homme avait la morgue et la fausse assurance qui venaient naturellement aux rejetons de milliardaires. Pourtant, malgré l'éducation qu'il avait reçue et l'accès à l'information dont il disposait, Junior ne donnait pas l'impression d'être à la hauteur.

Son père l'avait bien compris, lui aussi.

Lucas les avait vus interagir, et Hockney avait mentionné William Junior le soir de sa mort. Les deux fois, il avait laissé transparaître son manque de respect pour son fils. L'histoire était vieille comme le monde. Elle avait pris naissance dans la tragédie grecque et constituait un motif de fiction récurrent depuis lors, de Shakespeare à Faulkner. Cela se terminait toujours par la mort du père, tandis qu'une assemblée de figurants s'exclamait : « Le roi est mort, vive le roi ! »

Tous les grands assassins, dans l'histoire comme dans la fiction, avaient néanmoins une chose en commun : le cran. Même s'ils l'avaient regretté plus tard, ils avaient eu le courage de passer à l'acte. Lucas ne pensait pas que Junior en soit capable.

La vidéo leur avait montré le drone s'élevant par-dessus la rambarde en pierre et planant devant William Hockney. L'engin avait été équipé d'une charge explosive et constituait donc une arme de guerre. Le pilote – ou la personne qui l'avait engagé – voulait s'assurer de la mort du vieillard.

Il y avait également autre chose sur le drone : une caméra. Parfait pour qui voudrait conserver un souvenir.

Les dalles environnantes étaient criblées de trous de projectiles – des billes d'acier voyageant à une vitesse supersonique. Elles avaient déchiqueté le vieil homme, dont il ne subsistait quasiment rien entre les genoux et le sommet du crâne. Il n'avait pas seulement été assassiné, il avait été anéanti.

Junior voulait-il à ce point prendre la tête de l'empire qu'il n'avait pas hésité à réduire son père en bouillie ?

Le téléphone de Lucas vibra ; il répondit sans regarder l'écran.

« Docteur Page à l'appareil.

– Où es-tu ? demanda Kehoe d'une voix triomphale.

– Dans l'Upper West Side, chez William Hockney.

– Tu peux revenir ici. L'avion de Junior a pénétré dans notre espace aérien il y a une dizaine de minutes, à quelques centaines de kilomètres de la côte californienne. Il revient de Pékin pour les funérailles de son père. Je le fais intercepter.

– J'arrive », dit Lucas avant de raccrocher.

Il baissa les yeux sur les trous dans l'ardoise, tout en se repassant son dialogue intérieur. Quelque chose ne tournait pas rond. Junior n'était pas capable de poser une bombe. Jamais de la vie.

Alors qui ?

À qui profitait le crime ?

Cui bono ?

Alors qu'il était sur le point de partir, Lucas composa un autre numéro de téléphone.

« Docteur Page, vous êtes où ? répondit Bobby Nadeel après deux sonneries. Ça part complètement en sucette, par ici. Ils sont tous en train de se taper dans le dos, je crois bien qu'ils ont perdu la tête.

– Bobby, dit Lucas en se dirigeant vers l'ascenseur, j'ai besoin que vous me rendiez un service. »

92

33° 03' 50" N, 117° 48' 31" O
Au large de la Californie du Sud

Le major Louis Chasseur, surnommé « Frenchie », leva les yeux. Le point abstrait sur son radar était maintenant une petite tache lointaine à trente kilomètres devant lui. La forme indistincte grossit jusqu'à adopter les contours d'un jet privé – un Gulfstream V au fuselage peint en rouge et à la dérive ornée de lettres dorées. L'immatriculation de l'appareil indiquait *Hockney 239* : l'avion qu'ils recherchaient.

Le major Chasseur et son ailier, le capitaine Emmanuel « Flip » Rodriguez, faisaient tous deux partie de la 144e escadre de chasse, postée sur la base de la Garde nationale aérienne à Fresno. La 144e était chargée de protéger l'espace aérien américain, depuis la frontière mexicaine jusqu'à l'Oregon. Dans le cadre de leurs missions, ils devaient parfois intercepter et escorter des avions jusqu'à certains aéroports du sud de la Californie – dans ce cas particulier, la base aérienne de March.

Chasseur et Rodriguez pilotaient deux F-15C, équipés chacun de quatre missiles à guidage thermique AIM-9X Sidewinder et de quatre missiles autoguidés AIM-120 AMRAAM. En plus de cet armement, ils disposaient aussi de mitrailleuses M61 Vulcan. Aujourd'hui, ils ne s'attendaient à aucune résistance de la part de l'avion civil qu'ils devaient intercepter. Dans le cas improbable où le pilote refuserait d'obtempérer, ils se contenteraient d'attendre. Le jet finirait bien par devoir se poser quelque part et ses occupants devraient alors répondre de leurs actes devant la justice. Un cas de figure assez rare : dans le civil, les pilotes avaient tendance à respecter les règles.

Chasseur et Rodriguez approchaient maintenant du Gulfstream V. Ils ralentirent l'allure pour s'aligner sur sa vitesse de croisière de neuf cents kilomètres-heure et prirent leurs positions – Chasseur du côté du pilote, Rodriguez à six heures, un kilomètre en retrait.

Ils avaient reçu l'ordre de décoller d'urgence suite à une demande du FBI, qui avait été relayée par les départements de la Justice et de la Sécurité intérieure, puis par le Commandement de la défense aérospatiale (NORAD), avant de tomber sous la responsabilité de la Garde nationale aérienne. L'interception était classée urgence absolue. Chasseur se demanda ce que ce jet avait de si spécial.

Il se tourna vers sa cible, qui se trouvait à une vingtaine de mètres sur sa droite ; le pilote le regardait par la fenêtre du cockpit. Chasseur lui fit un signe de la main avant de le contacter sur la fréquence standard – 121,5 Mhz.

« Hockney 239, ici Griffin 21, sur votre gauche. Vous me recevez ?

– Griffin 21, ici Hockney 239, bien reçu. Que puis-je faire pour vous, messieurs ?

– Hockney 239, nous avons été chargés de vous escorter jusqu'à la base aérienne de March. »

Le pilote du jet hocha la tête. Sa voix retentit dans le haut-parleur du casque :

« Bien reçu, Griffin 21. Nous allons en informer notre contrôleur et modifier la destination. »

De son côté, Chasseur envoya un message radio à la

base militaire pour confirmer sa prise de contact avec le Gulfstream.

Le contrôleur du NORAD accusa réception de l'information et leur souhaita un bon trajet de retour.

L'interception du jet privé de William Hockney Junior était désormais terminée.

93

Les agents de sécurité avaient disparu sans laisser de trace ; personne ne vérifia son identité à l'entrée.

Lucas se demanda si Nadeel trouverait ce qu'il lui avait demandé. Car il y avait bien quelque chose. Quelque part. Le fil rouge de toute cette histoire avait commencé à se dérouler bien avant cette semaine fatidique à Las Vegas.

Mais quand ?

Un élément manquait au récit. Ce n'était pas seulement quelque chose qui aurait dû être là – du domaine de l'*inconnu connu* –, mais quelque chose qui relevait de l'*inconnu inconnu*, c'est-à-dire un facteur ne pouvant être anticipé.

Cela ne pouvait pas être l'argent, du moins pas seulement. Il y avait aussi quelque chose de personnel. C'était criant, depuis l'explosion du Guggenheim jusqu'au meurtre de Jonathan Makepeace en passant par la bombe posée chez Timo Saarinen et l'assassinat des frères Hockney. Tous ces crimes comportaient une bonne mesure de sadisme.

L'ascenseur émit un *ding* à l'ouverture des portes. Lucas repoussa le mur, mouvement qui lui fit prendre conscience de son épuisement. Il sortit dans le couloir, non sans heurter le chambranle, tandis que les menottes dans sa poche cliquetaient contre le montant.

Une fois arrivé, il prit une profonde inspiration, puis frappa à la porte.

94

« Entrez », dit Kehoe sans lever les yeux.

L'ombre d'Otto Hoffner éclipsa la lumière qui se déversait dans le bureau depuis la salle de crise. Kehoe redressa la tête. Le géant était accompagné des deux étudiants de Page. N'étaient-ils pas censés rester dans un coin bien sagement en attendant le retour de leur professeur ?

Il hasarda un regard derrière eux, mais Page n'était pas là.

« Oui ? fit-il.

– J'ai trouvé quelque chose d'intéressant », affirma Nadeel, qui affichait toujours le même sourire de porcelaine.

Il avait un ordinateur portable sous le bras.

« Je vous écoute », dit Kehoe en adoptant une autre de ses poses standard, appuyé au dossier de son siège, les bras croisés sur la poitrine.

Le jeune homme posa l'ordinateur sur le bureau et commença à pianoter avec la vitesse, la précision et l'élégance d'un concertiste classique. Il ouvrit une série de PDF, puis tapota l'écran.

« Le Dr Page m'a appelé il y a vingt minutes pour me demander de lui trouver ça… »

Kehoe considéra un instant les documents que lui montrait le jeune homme, mais n'était apparemment pas d'humeur à jouer aux devinettes.

« De quoi s'agit-il exactement, monsieur Nadeel ?
– Ce sont des polices d'assurance datant de 1997.
– 1997 ?
– Oui, monsieur…, euh, agent spécial Kehoe.
– Quel rapport avec ce qui nous occupe ? »

L'étudiant désigna l'écran une fois de plus, comme si la réponse était évidente.

« C'est le Dr Page qui a compris. Enfin, qui a compris où chercher, plus exactement. Il avait raison, bien sûr. Comme toujours, ajouta-t-il d'un ton neutre. Regardez… Juste là : Boris Goldman. »

Kehoe examina le PDF, sans trop savoir sur quoi porter son attention.

« Et qui est ce Boris Goldman ?
– Un homme mort.
– Veuillez en venir au fait, monsieur Nadeel.
– Oui, pardon. Le Dr Page nous a dit que la réponse se trouvait dans les manques, les interstices. Or ce qui manque, c'est un crime parfait. Le tueur s'est planté : Saarinen est toujours en vie.
– La bombe qu'il a posée au data center de la Huitième Avenue n'a pas explosé non plus, le corrigea Kehoe.
– Oui, mais cette fois c'était volontaire, comme vous l'a dit le Dr Page. »

Le ton du jeune homme semblait suggérer que Kehoe était un naïf ou un idiot s'il s'imaginait le contraire.

« Admettons que vous ayez raison. »

Nadeel lui jeta un regard qui lui donna l'espace d'un instant l'impression de se trouver face à Page. Tous les intellectuels étaient-ils comme cela ?

« Bref, le Dr Page m'a demandé de corriger l'anomalie, reprit Nadeel. De revenir sur les événements marquants de la vie de Saarinen. Et la plus grosse sortie de route, c'est la mort de son fils. C'est là que Caroline a trouvé. »

Kehoe reporta son attention sur Jespersen. Elle était grande, avec un visage mince qui aurait pu servir d'inspiration à Louis Icart – mais elle se mordilla la lèvre une seconde, ce qui ruina la comparaison.

« Le fils de Saarinen est mort en février 2005, commença-t-elle. Le car dans lequel il se trouvait a été pulvérisé par une organisation de rebelles paramilitaires. Les trente-six passagers et le conducteur sont décédés. Le véhicule appartenait à l'employeur de Saarinen, une ONG rattachée à l'ONU : TLR Solutions. J'ai consulté les polices d'assurance de tous les passagers et le cas de Michelle Larivière, une citoyenne française, m'a interpellée. Son contrat a donné lieu à un litige car elle avait demandé le divorce une semaine avant l'attentat et désigné sa mère comme nouvelle bénéficiaire. Tous les papiers étaient remplis, mais elle ne les avait pas encore postés. La compagnie d'assurances a fini par statuer en faveur de la mère, car Mme Larivière avait effectué le changement de bénéficiaire sous témoins. Tout cela m'a fait réfléchir, alors j'ai recherché toutes les polices d'assurance contractées par les victimes au cours de leur vie et j'ai trouvé quelque chose d'étonnant concernant Boris Goldman, dit-elle en indiquant l'écran. Pendant sa première année d'université, M. Goldman a pris une assurance vie sur un stand du campus. Il y a fait des versements réguliers pendant trois ans, puis l'a laissée en jachère... mais regardez qui était le bénéficiaire, dit-elle en tapant sur le clavier avec la même virtuosité que Nadeel. Juste là... »

Kehoe découvrit le nom du bénéficiaire de Boris Goldman.

« Benjamin Frosst... dit-il, pensif.

– Ce qui veut dire que Saarinen et Frosst sont liés par l'explosion du car en 1997. »

95

À trente kilomètres de la base aérienne de March, Californie du Sud

Le major Chasseur et son ailier, le capitaine Rodriguez, escortèrent le Gulfstream V à travers la dernière portion d'océan avant d'obliquer vers le nord-ouest en direction de la base. Cela faisait un peu plus de trente-neuf minutes qu'ils volaient à une vitesse de croisière de quatre cent quarante-huit nœuds. Ils n'avaient pas communiqué davantage avec le pilote du jet – cela n'avait pas été nécessaire – et se trouvaient maintenant à trente kilomètres de leur destination.

« Tour de contrôle, ici Griffin 21, nous sommes à trente kilomètres au sud-ouest, nous escortons toujours Hockney 239.

– Griffin 21, ici tour de contrôle, bien reçu. Aucun trafic dans le secteur, la piste 22 est en service, vent deux cent cinquante degrés, dix nœuds. Rappelez à l'approche. »

Chasseur entendit le pilote du Gulfstream V recevoir ses instructions en vue de l'atterrissage et se tourna vers lui pour lui faire un signe de la main, que l'autre lui rendit.

Le major reportait son attention sur ses instruments

de bord lorsqu'il y eut un flash lumineux ; le fuselage du Gulfstream V venait d'exploser au niveau de l'aile.

Chasseur était un vétéran expérimenté, avec plus de quatre cents heures de missions au compteur. Il s'écarta instinctivement de l'appareil.

L'aile du jet se décolla en tordant le fuselage, avant d'être entièrement arrachée. L'avion se brisa en deux et resta suspendu un instant, durant lequel l'élan l'emporta momentanément sur la gravité.

Puis il entama sa chute.

Chasseur appuya sur le micro.

« Tour de contrôle, ici Griffin 21, je répète : Griffin 21… Vous me recevez ?

– Affirmatif, Griffin 21.

– Hockney 239 va s'écraser. Nous n'avons pas ouvert le feu, je répète : *nous n'avons pas ouvert le feu*. Il a juste… explosé, dit Chasseur en pivotant vers l'avion en chute libre, suivi par Rodriguez.

– Bien reçu, Griffin 21. Nous prenons des mesures d'intervention d'urgence. Quelles sont vos intentions ?

– Tour de contrôle, nous allons suivre pour le moment. Nous vous informerons des développements, dit Chasseur en virant à droite. Griffin 22, suivez-moi. »

Tandis qu'il décrivait un cercle autour de la colonne de fumée que le vent dispersait déjà, Chasseur vit la silhouette d'un homme en feu tournoyer à travers les débris en direction du sol.

96

Lucas frappa à la porte puis fit un pas en arrière. Suite à son vol plané à travers le pare-brise, il savait qu'il avait l'air d'avoir été recousu à la va-vite par des soldats ivres, et ne voulait surtout effrayer personne.

Après trente secondes qui lui firent l'effet de trente minutes, le lourd battant s'ouvrit. Une fois de plus, Saarinen parut surpris de le voir.

« Docteur Page ? Vous avez l'air… commença-t-il avant de s'interrompre. Vous voulez entrer ? »

Le Finlandais portait un pantalon gris et une chemise blanche aux manches retroussées. Il tenait le bouledogue dans ses bras, une boule de poils aux petites pattes potelées.

Lucas le suivit dans l'entrée en boitillant. Comme la fois précédente, l'appartement était propre et ordonné. Seule différence : ce soir, l'homme ne buvait pas son dîner.

Saarinen examina Lucas quelques instants, avant de poser le chiot par terre. Ce dernier renifla la cheville du nouvel arrivant avant de partir en se dandinant vers la cuisine, où on l'entendit boire. D'un geste, Saarinen invita Lucas à pénétrer dans le salon.

La table basse avait été poussée contre la banquette où Lucas s'était installé l'autre soir, sans doute pour laisser au chien la place de jouer. Cela empêchait Lucas de s'y asseoir. Il s'approcha de la baie vitrée, fasciné par la vue.

Ce soir, la pluie avait contraint Saarinen à fermer les fenêtres. La ville, brillante et noire, semblait tout droit sortie d'un film des années quarante.

« Qu'est-ce qui vous est arrivé, docteur Page ? demanda le reflet de Saarinen dans la fenêtre.

– J'ai croisé la route de M. Frosst.

– Le moins qu'on puisse dire, c'est qu'il était unique en son genre. Un peu comme vous. »

Lucas ne savait vraiment pas quoi répondre à ça.

« Vous voulez un peu d'eau ? Un cachet d'aspirine ?

– J'ai l'air si mal en point ? demanda Lucas en laissant échapper un sourire.

– Vous avez l'air d'avoir besoin de repos. »

Lucas gardait les yeux fixés sur le musée de l'autre côté de la rue. Le planétarium Hayden baignait dans une lumière bleu océan, la sphère abritée par le cube de verre semblait s'être échappée d'un roman de Michael Crichton. La pluie dégoulinait en surface, ce qui ajoutait encore à l'effet visuel.

Le reflet de Saarinen s'assit dans l'un des fauteuils Wassily qui faisaient face au sofa. Ses gestes traduisaient toujours le même abattement.

À l'arrière-plan, le chiot traversa la pièce en poursuivant maladroitement une petite balle en caoutchouc.

« Que puis-je faire pour vous, docteur Page ? »

Les autres meurtres avaient été parfaitement exécutés ; la survie de Saarinen était une anomalie, un accident. Le hasard avait faussé les calculs.

« Je sais que ce ne sont pas les Hockney, et je sais que Frosst n'a pas agi seul. Quant à ces cinq jeunes qui ont été tués, ce n'étaient que des sous-traitants. Des marionnettes. Je veux trouver la personne qui tirait les ficelles. »

Le reflet hocha pensivement la tête.

« La question est peut-être moins *qui* que *pourquoi*, dit Saarinen en se dirigeant vers la console Knoll.

– Je sais déjà pourquoi. »

Le reflet sortit deux verres qui semblaient avoir été taillés dans la glace et les posa sur la table basse. Puis il disparut dans la cuisine, où Lucas l'entendit ouvrir la porte du freezer. Il revint avec une bouteille de vodka et une de Perrier.

« Alors pourquoi, docteur Page ?

– Depuis le début, je me pose la mauvaise question – *cui bono* ? – quand la vraie question est : *Qui cela fait-il souffrir ?* Le motif est bien plus personnel que l'argent, c'est la vengeance. »

Derrière lui, le chiot revint dans la pièce, courant après sa balle comme un petit ivrogne tentant d'attraper un poulet en déroute.

« Viens là, *pentu koira*. Tu vas rester à côté », dit Saarinen en ramassant le petit bouledogue avant de le porter hors champ.

Lucas contempla quelques instants le musée de l'autre côté de la rue. Il semblait incroyablement différent vu d'en haut. Tout était vraiment une affaire de perspective.

Le reflet de Saarinen revint dans la pièce et écarta la table basse du canapé, permettant ainsi à Lucas de s'asseoir, puis déboucha la vodka et se servit un verre. La scène produisait une impression étrange à l'envers, comme si quelque chose n'allait pas.

Saarinen reprit place dans le fauteuil en tube chromé et cuir noir, le verre à la main.

« La vengeance ? »

Lucas tourna le dos à la ville et enfonça ses mains dans ses poches.

« Tout est personnel dans ces crimes, depuis la façon dont les invités du gala ont été carbonisés jusqu'à la nuit que William Hockney a passée debout sur cette mine. Quelqu'un a voulu se venger des Hockney. Peut-être même du monde. Et… »

Le Finlandais porta le verre à ses lèvres et Lucas réalisa ce qui n'allait pas dans ce tableau : Saarinen était gaucher.

Soudain, il comprit tout.

La nature des crimes l'avait aveuglé. Il leur avait demandé de trouver ce qui manquait. Or, ce qui manquait, c'était son impartialité.

Il savait qui avait commis tous ces crimes.

Et pourquoi.

« Vous allez bien, docteur Page ? »

Lucas se tourna vers Saarinen et fit un pas en avant. Alors que son pied se posait sur le petit tapis de prière où se trouvait précédemment la table basse, il entendit le cliquetis métallique de la mine qui s'enclenchait.

97

26, Federal Plaza

« Où est Page ? demanda Kehoe à Hoffner pour la troisième fois en autant de minutes.

– Il ne répond pas », déclara ce dernier en fixant le téléphone dans sa main.

La ruche bourdonnait tandis que les analystes du FBI exploraient le monde numérique via le système nerveux central. Chaque petit morceau de donnée collecté grignotait d'autant la question qui planait sur leurs têtes. Pour la première fois depuis des jours, le progrès l'emportait sur la frénésie.

Depuis le fond de la salle, Kehoe observait son équipe avec une fierté qu'il n'avait pas ressentie depuis plusieurs jours. Ce cerveau collectif était entièrement concentré sur le meurtre du fils de Saarinen au Nicaragua. Sur la plupart des écrans s'affichaient des rapports, émis par divers départements ayant enquêté sur l'attentat.

Au centre de tous les regards, une photographie du car dans lequel Jukka avait trouvé la mort. L'image pixélisée occupait un pan de mur entier, quasiment à échelle réelle. Le véhicule était renversé sur le côté, comme une canette de bière que l'on aurait laissée dans un feu de camp avant de la fendre d'un coup de pelle. Il s'agissait d'une photo judiciaire, peu montrable au journal télévisé – on y voyait des corps calcinés, membres tordus par le feu, crânes noircis, orbites creuses, bouches dentées pétrifiées sur un cri muet. Leur ressemblance avec les victimes du Guggenheim était frappante.

Une photo d'identité de Jukka Saarinen les fixait depuis l'un des écrans. C'était un beau jeune homme de dix-sept ans à peine, qui avait passé les dernières secondes de sa vie brûlé vif.

Boris Goldman était un homme en tout point banal, dont la vie s'était achevée dans la tragédie. Grâce aux registres de passeports, on avait pu attester sa présence dans vingt et un pays différents au même moment – à l'heure près – que Benjamin Frosst.

Une fois de plus, ce fut Bobby Nadeel qui trouva la connexion.

« Ça y est ! » cria-t-il en donnant un coup dans son ordinateur, qui tourna sur lui-même avant de tomber par terre en entraînant dans sa chute une pile de papiers et deux canettes de Coca vides.

Kehoe se laissa aller à lever les yeux au ciel lorsque l'étudiant se mit à quatre pattes pour nettoyer son désordre. Une fois qu'il eut reposé l'ordinateur sur la table, Nadeel tendit une main vers l'écran central d'un geste dramatique, tout en tapant sur le clavier de sa main libre.

« Regardez ça ! »

L'image était partagée en deux. Sur le côté gauche, on pouvait voir un rapport émis par le département d'État à l'époque de l'explosion. Y figurait une liste des différents groupes terroristes qui auraient pu commettre l'attentat, élaborée d'après l'armement utilisé – une arme antichar légère. La roquette LAWS avait été fabriquée par Horsuch LLC, un fabricant d'armes basé en

Ukraine. Sur le côté droit de l'écran s'affichait un certificat d'achat d'actions émis par la SEC.

Le regard de Kehoe passait d'un document à l'autre.

« Le missile qui a tué le fils du Dr Saarinen et le petit ami de Frosst a été fabriqué dans une usine détenue par les Hockney ! » finit par s'exclamer Nadeel.

98

81e Rue Ouest

Lucas contempla son pied gauche.

Ce dernier était posé sur un plongeur à ressort.

Qui avait poussé le percuteur sur l'amorce.

S'il levait le pied…

Un demi-kilo d'explosifs et de shrapnel serait propulsé dans les airs et rayerait de la surface du globe tout ce qui se trouvait dans son rayon d'action.

À savoir lui.

Lucas ne bougea pas d'un pouce, ne paniqua pas, ne jura pas. Il prit plusieurs grandes inspirations pour oxygéner son cerveau et trouver un moyen de se tirer d'affaire.

« Rien de personnel, docteur Page, dit Saarinen, les yeux rivés sur lui. Vous vous êtes juste retrouvé au mauvais endroit au mauvais moment.

– À chacun ses talents. »

Saarinen vida son verre en deux gorgées, puis se leva.

« Je vais récupérer mon sac et m'en aller. Je doute que nous nous revoyions », dit-il en se dirigeant vers la chambre de la démarche lente et contrôlée d'un psychopathe.

Lucas chassa toute pensée de son esprit, à l'exception

de la fiche technique de la mine, qu'il avait consultée – la charge propulsive, le délai, l'amorce, le détonateur, les billes.

Et le grand *boum*.

Il réduisit l'engin à ses composants les plus élémentaires – à ses dimensions physiques et chimiques.

Le sol sous ses pieds était une dalle de ciment, ce qui signifiait qu'il avait dû être percé pour recevoir l'enveloppe métallique.

Il n'y avait probablement pas beaucoup d'espace autour de la mine – personne ne s'amusait à creuser le ciment à moins que ce ne soit absolument nécessaire.

S'il pouvait faire détoner la mine en la maintenant au sol plutôt que la laisser s'élever, l'explosion serait ainsi uniquement dirigée vers le haut, ou en forme d'éventail. Toujours meurtrière, mais moins qu'un rayon horizontal de vingt-cinq mètres.

Mais comment pourrait-il la faire exploser au sol ? Serait-il en mesure de s'en éloigner suffisamment pour que cela change quoi que ce soit ?

Bien sûr, cette logique reposait sur le fait qu'il s'agisse exactement du même type d'arme que la fois précédente. Il existait toute une palette d'engins conçus pour tuer ; la plus infime différence pouvait changer la donne.

Réfléchis, abruti. Il y a forcément un moyen.

C'est alors que son téléphone sonna.

99

26, Federal Plaza

Avec un air indécis qui ne lui ressemblait pas, Brett Kehoe se contenta de fixer Otto Hoffner tandis qu'il lui lisait les grandes lignes du rapport de la Garde nationale aérienne.

Le Gulfstream V de William Hockney Junior approchait de la base aérienne de March en Californie lorsqu'il s'était écrasé. Selon les pilotes qui l'escortaient, l'avion avait explosé en plein vol. Les débris étaient retombés sur une zone habitée, notamment le parking d'un Walmart, provoquant des incendies qui faisaient toujours rage à l'heure qu'il était. On comptait au moins soixante victimes. Les équipes de télévision se trouvaient sur place.

Enfin… la routine habituelle.

Sur l'un des écrans de la salle de crise s'afficha le visage souriant d'une journaliste postée devant une Toyota en feu. Le texte au bas de l'écran indiquait qu'elle s'appelait Marcy Middelbough et se trouvait en direct de Perris, en Californie, où un crash aérien avait eu lieu.

Un morceau de fuselage s'élevait au milieu d'une rangée de voitures en flammes derrière elle, comme dans un clip d'Ozzy Osbourne.

Kehoe remercia Hoffner. Il s'apprêtait à aller avaler quelques cachets de paracétamol dans son bureau quand l'un des jeunes agents – une certaine Vasquez – arriva en courant.

« On l'a trouvé, chef.

– Qui ça ?

– Le Dr Page. Il ne répond pas au téléphone, mais le traceur que vous avez installé sur son portable indique qu'il se trouve exactement là, dit-elle en lui tendant une feuille A4. Sur la 81e Rue Ouest.

– La 81e Ouest ? »

L'adresse lui disait quelque chose, mais il n'arrivait plus à savoir quoi.

« Otto ? appela-t-il. Qu'y a-t-il sur la 81e Rue Ouest, déjà ?

– C'est là que loge Timo Saarinen, chef. Dans un immeuble appartenant aux Hockney.

– En route, dit-il en le pointant du doigt. Tout de suite. »

100

81e Rue Ouest

« Votre téléphone, docteur Page. »

Saarinen lui tendait la main, paume ouverte.

Lucas considéra celle-ci un instant. Il avait un bandage sur la première phalange de l'index et une constellation de croûtes sur l'avant-bras, des suites de l'explosion où il avait tué son épouse, son chien et la femme de ménage.

Lucas se remémora les décombres de la maison.

Les bonsaïs jonchant la rue.

Leur discussion dans l'ambulance.

Mais la voix de Saarinen le rappela au présent :

« Si vous ne me donnez pas votre portable, docteur Page, je vous passe une rallonge électrique autour du cou et je tire depuis le couloir. Si vous coopérez, en revanche, vous avez une chance de survivre. C'est à vous de voir. Vous avez cinq secondes. »

Lucas baissa les yeux sur son interlocuteur.

« C'est bon, vous avez gagné », dit-il en haussant les épaules.

Cette réponse sembla satisfaire Saarinen.

« Votre téléphone. »

Lucas plongea la main dans sa poche.

Il commença à l'en ressortir avant de s'interrompre, comme s'il hésitait.

Le Finlandais leva les yeux au ciel avec irritation.

C'est à ce moment-là que Lucas sortit les menottes.

Il passa le premier bracelet autour du poignet de Saarinen, puis le second autour du sien.

Jusqu'à ce que la mort nous sépare.

Amen.

Saarinen esquissa un pas en arrière, avant que la logique ne l'emporte sur l'instinct. Il s'immobilisa. Les yeux qu'il leva sur Lucas appartenaient désormais à un parfait inconnu. Ils ne comportaient plus la moindre trace de calme, de maîtrise.

« Vous êtes malade ! Comment…

– Maintenant, votre bombe, vous savez où vous allez pouvoir vous la carrer », dit Lucas sans sourire.

101

Hoffner négocia le virage pied au plancher, expédiant le gros Navigator sur l'autoroute dans un nuage bleu et tonitruant.

Kehoe se cramponna à l'appuie-tête du siège passager devant lui en s'efforçant de ne pas laisser tomber le portable qu'il maintenait de l'épaule contre son oreille. Trois autres véhicules du FBI les suivaient de près – deux SUV abritant quatre agents chacun, et une berline où se trouvaient Calvin-Wade Curtis et son chauffeur. Kehoe était au téléphone avec le NYPD, à qui il demandait de leur envoyer une équipe d'intervention à la rescousse. Pompiers et ambulances étaient déjà en chemin.

La colonne de voitures se mouvait comme un seul corps, un mille-pattes noir et lustré se frayant un passage dans la circulation à grands coups de gyrophares et de sirènes hurlantes, la détermination poussée à un niveau toxique.

Après avoir parlé au commandant du SWAT, Kehoe essaya une nouvelle fois d'appeler Page.

Répondeur.

Il réessaya.

Toujours le répondeur.

Soit son portable était éteint, soit il filtrait les appels… à moins qu'il n'ait des ennuis.

Qu'est-ce qu'il était allé foutre chez Saarinen ?

Kehoe connaissait la réponse : Lucas était simplement comme ça. Si son esprit constituait une énigme, son comportement était presque entièrement dénué de mystère. C'est la raison pour laquelle il avait été si facile de le faire rempiler l'année précédente. Lucas ne voyait pas l'homme qui tirait les ficelles derrière le rideau car il ne s'y intéressait pas ; il ne s'intéressait qu'aux défis qui lui étaient lancés.

Comme Lucas le lui avait dit à Montauk avant de le suivre dans ce merdier, il n'était pas très porté sur le travail d'équipe. Le moins qu'on puisse dire, c'est qu'il ne mentait pas. La plupart du temps, il oubliait complètement qu'il était censé collaborer avec d'autres personnes. Lorsqu'il s'en souvenait, c'était pour râler d'être retardé par ses collègues. C'était épuisant – mais il suffisait de lui donner un problème à résoudre pour en faire un véritable limier assoiffé de mathématiques. Il n'y avait qu'à lui ôter sa laisse et profiter du spectacle.

Seul problème, Page se trouvait selon toute probabilité dans la même pièce qu'un homme qui venait d'assassiner plus de sept cents innocents.

Kehoe se demanda s'il était au courant.

102

Le visage de Saarinen était tellement crispé que ses coutures semblaient sur le point de craquer pour dévoiler un crâne en furie.

Le poignet droit menotté au poignet gauche de Lucas, il s'était instinctivement rapproché ; on peut difficilement s'ignorer lorsqu'on partage une mine.

Lucas restait silencieux. Il profitait de ce moment pour calculer la brisance, le taux de combustion, le délai d'ignition, la vitesse de détonation et un million d'autres paramètres qu'il n'avait aucun moyen de contrôler, aucune possibilité de vérifier… et auxquels il n'avait pas la moindre chance de survivre.

Le temps lui manquait. Il ne pourrait jamais agir assez vite pour changer le cours des choses.

Il n'y avait qu'une seule option, et elle était si risquée qu'elle avait tout du suicide annoncé.

Lucas refit les calculs. Le temps qu'il faudrait à l'amorce pour retomber. Le volume de C-4. La puissance explosive. La vitesse de détonation. Le nombre de billes en acier. La direction qu'elles emprunteraient.

Il évalua ses chances de succès à une sur trois millions.

En théorie, c'était mieux que rien.

Le visage de Saarinen se détendit. Lorsqu'il ouvrit la bouche, son ton était presque maussade :

« Il semblerait que nous mettions le chat de Schrödinger au banc d'essai, docteur Page.

– Qu'est-ce qui vous fait dire ça ? »

Lucas savait ce qu'il pensait et savait aussi qu'il avait tort.

Le Finlandais semblait irrité de devoir énoncer l'évidence :

« Deux hommes menottés ensemble sur une mine. Sont-ils vivants ou sont-ils morts ? Sont-ils les deux à la fois ? énonça-t-il sans la moindre trace d'émotion.

– C'est le genre de pensées qui vous tient lieu de réflexion intellectuelle ? »

Saarinen le dévisagea, perplexe.

Lucas refit une dernière fois ses calculs tandis que les mots de Kehoe défilaient dans sa tête : « de la physique-chimie pure et simple ».

« Dans l'expérience de Shrödinger, il n'y a qu'un seul chat. »

Il pensa aux enfants.

À cette soirée où il avait tenu Erin dans ses bras sur la terrasse au bord de l'océan.

À son odeur.

À ce qu'il éprouvait pour elle.

Lucas attira Saarinen contre lui de sa main gauche, tandis qu'il l'enlaçait de son bras et de sa jambe artificiels.

« Nooooon non non non… le supplia Saarinen, les pupilles écarquillées.

– Une chance sur trois millions, ça se tente », conclut Lucas en fermant les yeux.

Puis il se laissa tomber en arrière.

103

Hoffner franchit le dernier virage en trombe dans un ultime crissement de pneus et pila en face de l'immeuble. Deux camions de pompiers se trouvaient déjà sur les lieux, de même que plusieurs véhicules de police, un fourgon du SWAT, deux ambulances et une voiture banalisée.

Kehoe sortit en brandissant son badge à l'adresse du policier qui s'avançait pour leur dire de ne pas se garer là.

« Nous prenons le relais », dit-il avant de le laisser entre les mains de Hoffner.

La rue était jonchée de verre et de débris. L'une des voitures stationnées le long du trottoir avait une table basse incrustée dans le pare-brise. Kehoe s'arrêta au milieu de la chaussée et leva les yeux vers la façade du bâtiment.

Trois grandes baies vitrées avaient volé en éclats et un vantail en aluminium pointait vers le ciel. Des rideaux en lambeaux volaient au vent, toutes les lumières étaient éteintes. Même d'ici, l'appartement avait des airs de tombeau.

Son équipe le dépassa dans un tourbillon de parkas et de mallettes, escortant Calvin-Wade Curtis là où il serait le plus utile.

Kehoe avait toujours les yeux levés lorsque Hoffner s'arrêta à sa hauteur.

« L'explosion a eu lieu à l'arrivée de la première voiture de patrouille. Les hommes de l'équipe d'intervention sont dans l'escalier, mais ils prennent leur temps, de peur qu'on ne leur ait tendu un piège. »

Kehoe continua de fixer l'immeuble quelques secondes, puis sortit son téléphone pour rappeler Lucas.

Soudain, il l'entendit. Tout près. C'était une sonnerie personnalisée : *Clowns to the left of me... Jokers to the right*[1]...

« Vous entendez ça ? demanda Kehoe.

– Oui », répondit le géant en regardant autour de lui.

Hoffner s'immobilisa une seconde, le temps de laisser passer un bus qui couvrait le son, puis tendit l'oreille et se dirigea vers la rangée de véhicules garés le long du trottoir. Il avança lentement, revint sur ses pas, dépassa la voiture à la table basse, avant de s'arrêter pour se mettre à genoux, puis carrément à plat ventre. Il tendit la main sous la voiture.

« Je l'ai. »

Il revint vers Kehoe, sans prendre la peine d'essuyer le verre et le gravier qui couvraient ses vêtements. L'iPhone sonnait toujours – *Here I am, stuck in the middle with you...* –, mais l'écran était brisé et barbouillé de sang.

Kehoe mit fin à l'appel et le portable sanglant se tut.

« Dites aux hommes du SWAT de monter *tout de suite*, dit-il à Hoffner en levant la tête vers les fenêtres explosées. Qu'ils emmènent les secouristes avec eux. »

1. Paroles d'une chanson (1972) du groupe écossais Stealers Wheel utilisée par Quentin Tarantino pour la bande-son de *Reservoir Dogs*.

104

Centre médical de l'université de Columbia

Que la lumière soit.
Et la lumière fut.
Que le bruit soit.
Et le bruit fut.
Que la douleur soit.
Et la douleur fut.
Plus qu'il n'en fallait.

Enfin, l'odorat se réveilla. Il sentit un parfum d'eau de Cologne, presque imperceptible sous les effluves d'antiseptique.

Il essaya d'ouvrir les yeux.

On prononça son nom, mais d'un ton interrogateur, comme si la personne ignorait s'il y avait quelqu'un à la maison.

« Page ? » répéta la voix.

Il se força à ouvrir les yeux.

Une silhouette à la Salvador Dali miroitait au loin, tel un mirage de flanelle grise.

Lucas cligna des yeux, et la forme se fit un peu plus précise – elle était désormais dotée d'une tête, surmontée d'une couronne de cheveux gris qui pulsaient, comme électrifiés. Il ferma les yeux, consacra toute sa bande passante à la vision, puis essaya de nouveau.

Kehoe ne scintillait plus. Il semblait quasiment humain.

Enfin, autant qu'il en était capable.

Lucas desserra lentement les lèvres ; ses muqueuses semblaient avoir été remplacées par un tapis de feutre desséché.

Il voulut attraper le pichet sur le plateau à proximité, mais il était trop loin et il lui manquait un bras.

De lui-même, Kehoe s'approcha pour remplir le gobelet d'hôpital, qu'il porta à la bouche de Lucas. Ses mouvements étaient détachés et précis, mais il avait au moins l'élégance de feindre une certaine inquiétude.

Lucas but une gorgée, s'étonnant d'être capable d'avaler. Il laissa le liquide l'imprégner, puis prit une autre lampée avant d'essayer de parler :

« Merci », dit-il avec la voix de Boris Karloff.

Il essaya de bouger la jambe gauche, avec succès.

Mais sa prothèse droite avait disparu.

Son bras gauche semblait fonctionner, lui aussi.

« Les médecins sont confiants. Tu ne t'en sors pas si mal pour un type qu'on a brancardé ici avec un bras humain attaché au poignet comme une amulette », ironisa Kehoe.

Lucas regarda son poignet. Ce dernier était couvert d'une grosse ecchymose bleu foncé, qui commençait à se parer d'un halo vert. Son bras était constellé de petites blessures. Il n'avait aucun souvenir de ce qui s'était passé lorsqu'il s'était écarté de la mine.

« Les chirurgiens ont extrait neuf billes en acier de ton corps. Aucune d'entre elles n'a touché d'organe vital, tu as eu beaucoup de chance.

– J'étais sous pression, j'ai joué le tout pour le tout. »

Lucas appuya sur le bouton de la télécommande ; le lit se redressa lentement pour le hisser en un semblant de position assise. Il saisit le gobelet de sa main valide et le porta à ses lèvres. Heureusement, pensa-t-il, que l'eau ne lui ressortait pas par tous les trous, à la façon d'un personnage de Tex Avery.

« Saarinen, articula-t-il, sans même essayer de préciser la question.

– Tu es arrivé enchaîné à son bras avec son visage en surimpression. Quant au reste… fit Kehoe en secouant la tête. Eh bien, il a dû passer du solide au liquide en moins de temps qu'il n'en faut pour le dire. »

Lucas regarda autour de lui, à la recherche de ses membres disparus.

« Tu as vu mes prothèses ?

– Elles sont en bas dans une boîte, il va t'en falloir de nouvelles. Elles ont encaissé le gros de l'explosion ; Saarinen a pris le reste. » La gestuelle de Kehoe revenait progressivement à la normale, ce qui signifiait que toute trace – d'inquiétude comme d'amabilité – en disparaîtrait bientôt. « Je leur ai demandé de te les garder.

– Bien. »

Ils s'observèrent en silence quelques instants, sans aucun embarras. Lucas se demanda si Kehoe s'autorisait souvent ce genre de moment d'intimité.

« Pourquoi est-ce que tu te mets dans des situations pareilles ? demanda finalement ce dernier.

– J'y entraîne aussi les autres, mais ils n'ont pas l'air bien résistants », répondit Lucas avant d'avaler une nouvelle gorgée d'eau.

C'était la boisson la plus délicieuse qu'il ait jamais goûtée. Il fut soudain envahi par un sentiment qu'il reconnut aussitôt : la gratitude.

« Alors, ce n'était qu'une histoire de vengeance ? s'enquit Kehoe.

– Je n'ai pas eu le temps de demander d'explications à Saarinen, mais ça me semble assez évident. Il voulait démolir les Hockney. Je suppose qu'ils avaient quelque chose à voir avec la mort de son fils. »

Kehoe hocha la tête.

« La roquette LAWS qui a tué son fils a été fabriquée par une entreprise du groupe Hockney : Horsuch LLC en Ukraine.

– Laisse-moi deviner : ils ont fait l'acquisition de la société par l'intermédiaire de Jonathan Makepeace.

– Excellente déduction.

– Au royaume des aveugles, les borgnes sont rois », dit Lucas en se tapotant le côté de la tête de l'index.

Toute inquiétude s'était désormais évaporée du visage de Kehoe, qui avait repris sa morosité habituelle.

« Tu as compris ce que Frosst venait faire dans tout ça ?

– L'argent, j'imagine ?

– Son petit ami a trouvé la mort dans le même car que le jeune Saarinen. »

Avec cette précision supplémentaire, toutes les pièces du puzzle achevèrent de se mettre en place.

« Alors ça, je ne m'en serais pas douté. Surtout avec cette coupe de cheveux. Et Hockney Junior ?

– Les pilotes de la Garde nationale l'escortaient jusqu'à une base californienne quand son jet privé a explosé en plein vol. »

Lucas aurait voulu réagir, mais il n'avait plus de surprise en réserve.

« Saarinen a fait les choses scrupuleusement. Il a rayé tous les noms sur sa liste.

– Tous, sauf le tien. »

Lucas haussa les épaules. C'était agréable, de bouger un peu.

Kehoe posa la main sur le pied du lit.

« Pourquoi ne m'as-tu pas appelé quand tu as découvert qui était le tueur ?

– Je l'ai compris à peu près deux secondes avant de poser le pied sur cette mine.

– Quel a été le déclic ?

– Je ne cessais de me demander à qui profitaient ces

explosions. J'étais trop aveuglé par mes préjugés pour comprendre que ce n'était pas la bonne question. Qu'il s'agissait non pas de profit, mais de *perte*.»

Lucas s'interrompit un moment pour reprendre son souffle.

« Saarinen était l'exception, l'anomalie : un survivant. Le tueur était trop rigoureux pour faire une boulette pareille, cela signifiait qu'il l'avait épargné volontairement.

– C'est comme ça que tu as compris ?

– Non. J'avais des soupçons, c'est pour ça que j'ai appelé Nadeel pour lui demander d'enquêter sur la mort du fils, mais je n'arrivais pas à être suffisamment sûr de moi. J'étais dans son appartement, à observer le paysage par la fenêtre, et son reflet dans la vitre me gênait. Quelque chose n'allait pas. Curtis nous a dit que la bombe retrouvée dans le data center avait été fabriquée par un droitier, tandis que celle qui avait tué Donny Rich et sa mère l'avait été par un gaucher.»

Lucas prit une autre gorgée d'eau, puis agita le gobelet vide devant lui, en un geste que les barmen du monde entier voyaient chaque nuit dans leurs cauchemars. Kehoe vint le remplir et reprit sa position au pied du lit.

« Ce qui n'allait pas, c'est que Saarinen était gaucher. C'est là que je me suis souvenu de la bombe à Medusa et des ciseaux de William Hockney. Alors j'ai compris.

– Quels ciseaux ?

– Il y avait des ciseaux dans son appartement, le soir où je lui ai rendu visite. Une paire magnifique, conçue pour tailler les bonsaïs, qui coûte plus cher qu'une voiture. Il y a sans doute trois artisans au monde qui sont capables d'en forger d'aussi beaux. Je les ai pris en main et ils épousaient parfaitement mes doigts, ce qui aurait dû me mettre la puce à l'oreille, vu que je suis gaucher. Hockney était droitier – je l'ai suffisamment vu manipuler son verre de whisky. Or, quelqu'un s'était servi des ciseaux ce soir-là ; il y avait des chutes dans un bol. Il y avait aussi une empreinte de patte dans l'ascenseur, mais je n'ai pas fait le lien jusqu'au moment où j'ai remarqué son reflet, dit Lucas avec incrédulité. Son reflet... comme quoi, j'avais vraiment besoin d'une nouvelle perspective.

– Impressionnant », dit Kehoe en le fixant d'un air insondable.

Il croisa les bras.

« On a trouvé un autre jeune recruté par Saarinen.

– Vivant ? demanda Lucas.

– Oui, bien vivant. Il est interne à Cornell, en cardiologie. C'est lui qui a installé le logiciel grâce auquel Saarinen a pu accéder aux données de l'hôpital et causer l'infarctus de William Hockney. Son avocat nous assure qu'il ne savait rien de ses intentions. On va être indulgents avec lui. Après tout, c'est le seul survivant de cette petite armée et il a accepté de collaborer avec nous.

– Comment vous l'avez trouvé ?

– En piratant l'ordinateur de Saarinen. Il était synchronisé avec son portable, que tu as fait exploser, entre autres choses. Curtis s'est douté qu'il avait posé d'autres bombes déclenchées par téléphone, on a donc passé ses contacts au peigne fin. Tous les numéros étaient authentiques à part un seul, qui renvoyait à une ligne prépayée. D'après notre GPS, le portable se trouvait dans un parking de la 70e Rue Est. Les relais téléphoniques indiquent que le numéro a été activé quelques semaines avant l'explosion du Guggenheim. Le portable effectuait le même trajet six jours par semaine ; seule la place de parking différait. Le téléphone n'avait jamais passé ni reçu le moindre appel. Il était connecté à un engin explosif placé sous le siège d'une Audi appartenant à Franklin Kisber, un interne de vingt-sept ans à Cornell. Quand le type a découvert qu'il roulait dans une voiture piégée depuis des semaines et qu'il était condamné à mort comme les cinq autres, il a décidé qu'il ferait mieux de se mettre à table.

– Kisber a assisté à la conférence TED ?

– Non, il a été recruté plus tard, quand William Hockney s'est fait poser son pacemaker.

– Saarinen ne laissait vraiment rien au hasard.

– C'est le moins qu'on puisse dire.

– Comment a-t-il embrigadé ces jeunes ?

– Il a rencontré Kisber sur 4chan, un de ces forums… On n'a pas encore recoupé toutes les informations, mais il semblerait que ton étudiante, Jespersen, ait vu juste : il jetait son dévolu sur des jeunes hommes frustrés. Le FBI s'intéresse aux incels depuis quelques années. Leur profil est étonnamment similaire à celui des jeunes musulmans radicalisés.

– Tu plaisantes.

– Il a pris contact avec lui sur le forum, avant de passer sur une application cryptée.

– Et les autres ?

– La plupart de ses fichiers sont chiffrés, mais il semblerait qu'il ait fréquenté beaucoup de sites d'écologistes radicaux : ces jeunes pensaient réellement lutter contre le système. »

Lucas prit un moment pour méditer cette information. Il était toujours sidéré par le nombre de détraqués qui pouvaient courir les rues.

« Et Las Vegas ?

– Saarinen est censé avoir passé ces trois jours à Los Angeles, mais quelque chose me dit qu'on va vite s'apercevoir qu'il était à Las Vegas. Après tout, ce n'est qu'à quatre heures de route.

– À mon avis, il a été plus prudent que ça. Je parie qu'il les a tous invités à assister à cette conférence et qu'aucun d'entre eux ne savait que les autres étaient dans la salle. Quant à Frosst et Hockney Junior, ils ont été placés là à notre intention, pour le jour où nous finirions par comprendre. Je t'ai bien dit qu'il ne laissait rien au hasard. D'ailleurs, lorsque Frosst et Cristobel se trouvaient chez Makepeace, n'importe lequel des deux aurait pu poser la bombe dans le coffret à cigares. Deux complices qui se servent mutuellement d'alibi. Chapeau. »

Kehoe s'éloigna quelques instants pour écrire quelque chose sur son téléphone.

« Je vais me répéter, mais je suis impressionné, dit-il en revenant vers Lucas.

– Nadeel et Jespersen ont fait tout le boulot.

– C'est pour ça que je leur ai offert un job à tous les deux.

– Et quelle excuse t'ont-ils donnée pour justifier leur refus ?

– Jespersen m'a dit qu'elle s'ennuierait dans un environnement de travail aussi strict. Elle veut aller à Caltech. L'une de tes anciennes universités, il me semble. »

Lucas y avait passé son second doctorat, à l'observatoire de Palomar.

« Et Nadeel ?

– Il m'a dit qu'il était trop cher pour moi. Ces jeunes te suivraient jusqu'au bout du monde, ajouta Kehoe. Comment fais-tu pour inspirer une telle loyauté ? »

C'était une bonne question.

« Je les oblige à donner le maximum. Je suis dur avec eux, ça les pousse à se surpasser.

– C'est une approche intéressante », répondit Kehoe avec un petit sourire.

Lucas voulut l'envoyer se faire voir, mais il était tombé dans le panneau tout seul.

« Je suis fatigué, Brett. Et toi, tu as du pain sur la planche.

– Eh bien, merci encore pour ton aide. Oh, il y a autre chose – deux choses, plutôt. Je me suis arrangé avec l'école où tu devais inscrire ta fille avant vendredi dernier, LaGuardia. Ils ont gardé sa place. Je lui ai écrit une lettre de recommandation et leur ai également promis qu'un astrophysicien mondialement célèbre viendrait y donner une conférence dès qu'il serait remis sur pied. »

Cette information prit Lucas au dépourvu.

« Merci, Brett », dit-il enfin, d'une voix émue.

Kehoe lui fit signe que ce n'était rien.

« Et l'autre chose ?

– On peut parler de la sonnerie que tu m'as attribuée ? » demanda-t-il en agitant son téléphone.

Pour la première fois depuis des jours, Lucas sourit vraiment.

105

Lucas était endormi, ou presque, lorsqu'une voix surgie du vide le tira de ses ténèbres médicalisées.

« Deux fois ? »

Il ouvrit les yeux, ne vit que le plafond.

« *Deux fois ?* » répéta la voix.

Ce n'était donc pas une hallucination. Lucas saisit la télécommande au bout du fil et commença à redresser le lit en position assise. Une fois à mi-hauteur, il la vit enfin.

Whitaker se trouvait près de son lit, en chaise roulante.

Ils gardèrent le silence un moment, occupés à s'examiner l'un l'autre.

Elle semblait en forme. En tout cas plus que la dernière fois qu'il l'avait vue. Elle avait un bandage autour du cou et un pied dans le plâtre et portait un pyjama écossais assorti d'un peignoir en flanelle plutôt masculin. La seule chose qui trahissait la gravité de ce qu'elle avait traversé était son amaigrissement – elle avait dû perdre sept ou huit kilos.

« Deux fois quoi ? » demanda-t-il.

Whitaker secoua la tête d'un air navré, comme s'ils ne parlaient pas la même langue.

« Vous êtes allé vous fourrer dans *deux* explosions ?

– Ah non, j'y ai fourré *d'autres personnes*. Nuance.

– Au temps pour moi.

– Et puis c'est plutôt trois, d'ailleurs.
– Je ne parlais que des événements récents.
– Les éternalistes vous diraient que tout se produit en même temps. De ce point de vue-là, les trois explosions dont j'ai fait les frais sont bien récentes – et même simultanées, si l'on veut chipoter. »
Whitaker fit pivoter son fauteuil et entreprit de rouler hors de la pièce.
« D'accord, d'accord. Oui, je suis allé me fourrer dans deux explosions. Vous êtes contente ? »
De nouveau, Whitaker fit volte-face. Elle semblait être devenue experte en maniement de la chaise roulante.
« Je suis surtout contente que vous m'ayez sauvé la vie.
– Oh, on commet tous des erreurs.
– C'est quoi votre problème, bordel ? Même à l'hôpital, alors qu'on a failli y passer tous les deux, vous n'êtes pas capable d'être un peu sympa. Vous faites un blocage ou quoi ? »
Lucas haussa les épaules. Il aurait pu dire des tas de choses – y compris des choses gentilles.
« C'est la vie, répondit-il finalement.
– Bon, je laisse tomber, dit-elle en riant.
– Je suis content que vous soyez rétablie. Vraiment.
– Eh bien, merci. Kehoe m'a expliqué ce que vous aviez dû faire pour me sauver de Frosst. Je vous dois une fière chandelle. C'était… »
Elle fondit en larmes, sans prévenir.
« Comment vous sentez-vous ? » ne sut que demander Lucas.
Il agita la main en direction de ses nombreuses blessures, espérant la distraire pour qu'elle arrête de pleurer.
« Je vais avoir besoin d'une canne pendant quelque temps et je boiterai sans doute un petit peu, mais ça ne m'empêchera pas d'être sur le terrain. L'une des balles a perforé mon poumon droit, heureusement ils ont réussi à le recoudre. Ça m'a fait perdre un peu de capacité

respiratoire, mais avec une bonne dose de sport et de prudence, ça devrait aller.

– J'ai eu peur que celle-ci soit la bonne, dit-il en désignant son cou.

– Vous n'êtes pas le seul. Frosst a utilisé des munitions militaires, qui m'ont traversée de part en part. Celle-ci n'a pas touché la carotide ni les cordes vocales, elle a seulement tutoyé la vertèbre. J'ai eu de la chance. Je ne peux pas encore bouger mon cou comme avant, mais les muscles devraient se reformer parfaitement. »

Les traits radoucis, Whitaker demanda d'une voix où pointait la tendresse :

« Et vous ? Vous allez bien ?

– Tout dépend de ce qu'on entend par « bien ».

– Vous avez l'air un peu… plus vieux.

– Écoutez, si c'est le prix à payer pour ne pas mourir jeune…

– J'ai quelque chose à vous annoncer, dit-elle en approchant du lit.

– Votre cactus en plastique a rendu l'âme ? »

La plaisanterie la fit sourire.

« Vous vous souvenez d'Owen McCoy ?

– Le policier de Medusa ? Celui à qui vous plaisiez ?

– Comment vous savez que je lui plaisais ?

– Vous savez, cette manière qu'ont les femmes de toujours se comprendre les unes les autres ?

– Les hommes ont la même chose, c'est ça ?

– Pas du tout. Mais pour un flic McCoy cachait très mal son jeu.

– Il a appris ce qui nous était arrivé à la télévision et est venu me rendre visite ici. Deux fois. Il m'a apporté des fleurs – de *vraies* fleurs. Depuis, on se parle sur FaceTime.

– Vous pensez que vos voisins vont devoir trouver quelqu'un d'autre pour le sacrifice au volcan ?

– C'est possible, dit-elle en souriant.

– En tout cas, vous pourrez toujours profiter des congés maladie pour aller passer du temps à Medusa.

– Dieu a quand même un sacré sens de l'humour, dit-elle en hochant la tête d'un air fataliste.

– Ah non, vous n'allez pas vous y mettre, avec votre Dieu…

– Vraiment ? Vous ne croyez toujours pas en Lui après qu'il vous a sauvé la peau deux… non, trois fois ? Si Dieu n'existe pas, quel est le sens de la vie ?

– Qu'est-ce qui vous dit qu'elle en a un ?

– Vous n'arrêtez jamais une minute, pas vrai ?

– Non, sans doute pas », dit-il après avoir pris un temps de réflexion.

Ils restèrent silencieux quelques instants, après quoi Whitaker prit la main de Lucas. La sensation était étrange, mais pas désagréable.

« Alors, c'était Saarinen ? demanda-t-elle. De A à Z ?

– On dirait bien. Il a passé des années à tout organiser. C'est lui qui tirait les ficelles et qui manœuvrait Frosst. Il faudra des mois pour dérouler tous les fils, mais Saarinen est l'araignée au centre de la toile.

– Kehoe vous a briefé ?

– Il est venu me voir ce matin.

– Oui, moi aussi. Il était presque… paternel. Ça m'a fait tout drôle. Dites-moi, quelle est la suite des événements, pour le Dr Lucas Page ? demanda-t-elle en pressant sa paume.

– Alors ça, agent spécial Alice Whitaker, c'est une excellente question », répondit-il en serrant sa main à son tour.

106

Upper East Side

Le petit bouledogue dormait les quatre fers en l'air et ronflait comme un bienheureux.

Lemmy était assis au milieu du grand tapis kazakh, occupé à observer Lucas et le chiot. Sa queue était immobile et ses oreilles parfaitement alignées, en position de radar canin. Sa tête oscillait de l'un à l'autre tandis qu'il essayait de comprendre qui était ce porcelet sur les genoux de son maître. Au parc, ils ne détachaient jamais sa laisse à moins d'être seuls. Lemmy pouvait être un peu agressif avec les autres chiens, Lucas n'était donc pas très sûr de son coup. Il n'avait pas donné de nom au chiot pour le moment. La maison était le territoire de Lemmy et il ne savait pas s'il serait ouvert à l'idée de se faire un nouvel ami.

« Alors ? »

La tête de Lemmy pencha vers la gauche.

« Il peut rester ? »

Un instant, Lucas crut que Lemmy avait hoché la tête, puis il se sentit idiot de projeter ses pensées sur une créature qui se laisserait mourir de soif avant de penser à soulever le levier du robinet, un geste qu'il l'avait pourtant vu faire des milliers de fois. Les capacités d'apprentissage de Lemmy étaient limitées.

« Alors ? »

La queue du molosse fouetta l'air dans un sens, puis dans l'autre. Il souleva son gros arrière-train et fit quelques pas indécis, concentré sur la petite boule de poils ronflante.

« Tout va bien, gros bêta. »

Lemmy abaissa les épaules et s'approcha d'un air hésitant tout en reniflant bruyamment.

Le chien posa précautionneusement la truffe sur les genoux de Lucas et renifla le derrière, puis le ventre de la petite gargouille, qui laissa échapper un couinement. Il lui fit une léchouille à visée exploratoire, puis posa ses deux grosses pattes sur les cuisses de Lucas et se hissa par-dessus le bouledogue pour lécher le visage de son maître.

« Alors c'est bon, il peut rester ? » interrogea Lucas.

Lemmy émit un grognement approbateur et lécha le chiot une nouvelle fois. La porte d'entrée s'ouvrit.

Lemmy se précipita dans le vestibule, où il fut accueilli par un chœur de voix espiègles.

Lucas cala le chiot somnolent au creux de son bras comme un ballon de rugby et se leva du canapé à l'aide de sa canne provisoire.

Erin et les enfants étaient rentrés.

En passant devant le miroir, il se souvint qu'il devait encore faire quelque chose pour ses cheveux.

Ou peut-être pas.

RÉALISATION : soft office (38)
IMPRESSION : CPI FRANCE
DÉPÔT LÉGAL : MAI 2022. N° 146426 (3047781)
IMPRIMÉ EN FRANCE